COLLECTION

FOLIO CLASSIQUE

Andersen

Contes

Textes choisis,
traduits et présentés
par Régis Boyer
Professeur à l'Université de Paris-Sorbonne

Gallimard

Traduction de la Bibliothèque de la Pléiade

PRÉFACE

Non, Andersen ne fut pas une sorte de machine à rédiger des contes, ouvrages au demeurant qu'il tenait pour mineurs, puisqu'il entendait bien être d'abord un grand auteur dramatique, ensuite un romancier célèbre (ce qu'il fut assurément de son temps sinon depuis), en troisième lieu un autobiographe appliqué, et enfin une sorte de journaliste grand reporter qui nous a laissé de fort intéressants récits de voyages à travers toute l'Europe et au-delà. Non, ses contes ne sont pas écrits «pour enfants», même si, dans les toutes premières livraisons (il y en aura vingt-cinq en tout), il a cru bon de devoir leur appliquer cette caractérisation, sans doute pour leur assurer une meilleure diffusion car ce bon Scandinave fut toujours extrêmement attentif à l'aspect matériel de toutes ses entreprises. Non, les Contes *d'Andersen ne sont pas des récits du type populaire, ils sont assurément bien danois, et ils n'appartiennent qu'à lui. Tant dans la littérature universelle que pour les lettres de son propre pays.*

Il n'existe pas au monde d'œuvre aussi connue, aussi imitée, adaptée, pillée, arrangée, traduite, récrite, démarquée, pastichée ou parodiée que les cent cinquante-six (en vérité cent soixante-treize si l'on tient compte de ceux qui ont été récemment découverts) récits de toutes dimensions et de toutes natures qui ont été édités intégralement dans la «Bibliothèque de la

Pléiade[1] *» auquel le présent ouvrage se permettra de renvoyer. Cette œuvre est passée dans notre vocabulaire courant (je veux voir l'empereur nu, elle est aussi malheureuse que la petite fille aux allumettes, c'est le vilain petit canard de l'histoire, il y aura toujours un ramoneur pour cette bergère, etc.), il n'est guère de grand dessinateur qui ne se soit laissé tenter par l'illustration de ces textes, le dessin animé, les bandes dessinées, le cinéma, le disque, la radio s'en sont donné à cœur joie sur les personnages ou les intrigues, et rares sont les langues dans lesquelles il n'existe pas de version d'au moins une partie des* Contes. *Une visite au musée qui est consacré à l'auteur, dans sa ville natale d'Odense en Fionie (Danemark), dispenserait de tout commentaire. La création tout entière parle le danois d'Andersen. S'il a trouvé auprès des enfants une audience particulière, tant mieux, mais nous avons tous quelque chose à retirer de ses histoires. Au demeurant, tel chef-d'œuvre noir comme «L'Ombre», que l'on pourra lire ici, est d'un modernisme confondant et de vastes fresques comme «La Reine des neiges», «La Vierge des glaces», «Une histoire des dunes» ou «La Dryade» suffiraient à rendre dérisoires les appréciations puériles ou melliflues que l'on porte si souvent sur cet écrivain de haute volée.*

Comment présenter un auteur qui se joue constamment des critiques, historiens de la littérature ou essayistes? Reprendre, comme il est assez souvent d'usage, le fil de sa vie pour tenter de percer son secret ne me paraît pas souhaitable.

Je préfère essayer une approche qui part d'une constatation patente : cet homme illustre par excellence le phénomène de la création littéraire. Il fut écrivain, et par là, tout est dit. Il ne s'est jamais envisagé autrement, la vie aura toujours été, pour lui, matière à écriture. Depuis son adolescence jusqu'à sa mort, le fait

1. Andersen, *Œuvres I*, textes traduits, présentés et annotés par Régis Boyer, Gallimard, 1992.

d'écrire, de se voir imprimé, de se savoir lu ou entendu (car il adorait lire à haute voix ses contes ou des chapitres de ses romans) aura résumé toutes les ambitions et défini toute l'existence d'un homme qui nous a laissé un Journal *intime de quelque quatre mille cinq cents pages et une correspondance énorme.*

Car ce fut un homme seul, sans amour, sans famille, sans véritables amis intimes, sans autre passion ou préoccupation que d'écrire. Et c'est sous cet angle précis que je voudrais que l'on fît sa connaissance. En posant, et en essayant d'y répondre, trois questions toutes simples : Écrire, pourquoi? Écrire, quoi? Écrire, comment?

Écrire, pourquoi?

Tous ceux qui l'ont connu et qui nous ont parlé de lui sont d'accord sur un point : Andersen fut un homme étrange. Physiquement d'abord. Avec sa longue silhouette («le long Andersen», dit de lui Chamisso), ses membres interminables dans lesquels il s'empêtrait à plaisir, son nez immense, son regard bizarre et singulièrement attachant, sa façon mi-obséquieuse, mi-désinvolte de se présenter, son attention extrême à son allure extérieure, ses réactions toujours inattendues en face des circonstances, il était «à part», le sut très tôt, ne l'admit ni ne s'en consola vraiment jamais. Essayons de nous replacer dans le Danemark du début du XIX*e* *siècle, petit pays peu peuplé, vivant en cercles fermés où le regard d'autrui pèse, rudement marqué d'un luthéranisme à tendances piétistes très attentif au comportement de tout un chacun, un pays où tout le monde connaît tout le monde, où le sens de l'appartenance à ce que nous appellerions aujourd'hui une classe était fort vif : qu'est-ce que ce parvenu dégingandé, mal né, mal élevé (je veux dire : abandonné très tôt à lui-même) avec son père cordonnier rêveur et passablement lunatique, sa mère* *lavandière qui finira alcoolique, son grand-père fou, sa grand-mère mythomane, sa tante prostituée et son énigmatique demi-sœur, peu recommandable elle aussi, pouvait bien avoir à faire dans ce monde? Il ne faisait certainement pas bon être à part dans l'Odense de 1815 ou la Copenhague de 1820. Surtout lorsque l'on n'a pas un sou en poche et que l'on passe son temps à se chercher, à essayer de se trouver dans ce qui est à la mode, dans les milieux où l'identité, l'identification est facile. Être chanteur, ou danseur, ou acteur, passe : cela ne résiste pas à l'épreuve de l'expérience. Et puis après? Il y a eu, tout au fond de cette personnalité, un immense retirement et s'il n'est pas sain d'en prendre prétexte pour en déduire je ne sais quelles approches classées (et fausses!), il ne serait pas juste de ne pas en tenir compte.*

Il fut seul, il fut mal aimé ou même pas aimé du tout, au sens passionnel, s'entend. Or la malchance ou le destin voulait qu'il fût comme Mozart allant de l'un à l'autre, dit-on, en demandant : «M'aimez-vous? M'aimez-vous bien?» On pourra toujours accuser sa mère qui fut probablement plutôt rude, ou son père réfugié dans un imaginaire où la fibre paternelle n'avait sans doute pas grande part; on pourra toujours invoquer les graves blessures que sa condition d'élève trop grand, trop vieux aux écoles de Slagelse et de Helsingør a provoquées; on sera tenté d'invoquer les circonstances qui ont voulu qu'il n'ait jamais vraiment eu de «foyer» digne de ce nom, toujours pris en charge qu'il fut par de charitables protecteurs qui s'entendaient à lui faire la morale dès qu'il ne correspondait plus à leur attente : il a manqué à ce cœur excessivement sensible, à cette imagination très tôt nourrie de poncifs sentimentaux dans le goût romantique, à cette vive intelligence qui percevait d'instinct et immédiatement les désaccords entre réalités matérielles ou sociales et ses aspirations somme toute légitimes, la consolation de se savoir aimé pour lui-même et sincèrement, le sentiment de ne pas être de trop ou de ne pas exister pour rien là où il vivait. C'est en ce sens qu'il a raison de dire que ce fut lui le vilain petit canard, avant la reconnaissance finale que nous dit le conte. Il a toujours eu un compte à régler avec la vie, il a chargé, comme il arrive si souvent, son œuvre de fournir l'indispensable compensation à cette frustration, mais il est clair que frustration il y eut, qu'il le sut, qu'il ne parvint jamais vraiment à l'admettre et que, bon gré mal gré, il se forgea, il se trempa une âme capable de faire face. Mais on sait bien les manques de cette attitude : il a délégué à son ombre le soin de pénétrer dans le temple du Beau puisque lui-même n'y était pas admis. Le conte nous dit bien que ce transfert entraîne fatalement la mort.

Pourtant, ce n'est pas faute d'avoir essayé. Il est tombé amoureux au moins quatre fois, dont une n'est certainement pas romancée, mais sans succès : son aventure avec la belle cantatrice suédoise Jenny Lind. Il était trop bizarre aussi. Allez donc lier votre vie à un être qui se tient toujours un peu à côté ou au-delà ! Et qui est sans aucun doute plus amoureux de l'amour, de l'idée qu'il s'en fait au moins, que de la créature bien vivante que lui propose le destin. Certes, ce fut un mal-aimé-ne-sachant-pas-aimer, comme on l'a dit. Là résident sa force et sa faiblesse. La « Vierge des glaces » ou la « Reine des neiges » - ces images de froid ne sauraient laisser indifférent - peuvent bien vous communiquer le vertige, elles ne vous admettent que dans la mort. Deux thèmes reviennent constamment sous la plume du conteur : celui des amours d'enfance que trahit immanquablement l'âge adulte, celui du garçon pauvre qui se fait à la force du poignet, qui parvient au faîte de la gloire mais qu'une sorte de malédiction secrète empêche de connaître le véritable, le simple, le commun bonheur. Il véhiculait cet abîme - encore une image récurrente dans l'œuvre - qu'il ne sondait pas plus que ses fréquentations : de là, certainement, cette fascination, qu'ont dite tous ses contemporains, qu'il exerçait sur son entourage et qui suffit à expliquer la sollicitude dont il fut l'objet, toute sa vie durant, de la part d'individus haut placés ou influents. Mais entre s'intéresser à lui et partager affectueusement son idiosyncrasie, il y a un monde, celui de ses contes évidemment. Il y aura toujours eu, en lui, un gouffre de détresse que ce cœur pudique, inhibé par un entourage peu enclin à donner dans ce genre de considérations, a littéralement souffert et littérairement tenté de combler.

Car il faut s'en convaincre, c'est d'abord de lui-même qu'il souffrit. Ç'aurait été tellement plus facile d'être comme tout le monde ! De ne pas avoir constamment à substituer son personnage à sa personne. Et l'on peut bien avancer, sans risque d'être contredit, qu'il aura traversé la vie masqué. Sa passion notoire de se faire portraiturer, peindre, sculpter, photographier, ses cartes de visite « avec photographie », les lettres de recommandation dont il se munissait avant tout voyage ne sont qu'illustrations de son incapacité à s'accepter tel qu'il était. Et c'est bien là le cœur du sujet : jamais il n'aura rencontré une personne qui l'aurait accepté tel qu'il était. Finalement, voilà une bonne clef de son écriture : elle fut le moyen qu'il avait trouvé pour se connaître lui-même ; devant sa feuille de papier, il pouvait se donner l'illusion de dire, de se dire, bien que nous sachions aujourd'hui que ce biais n'est qu'une autre manière de se dérober à l'aveu véridique. Lorsqu'il confie à un faux col le soin de courtiser les belles, nous savons bien que c'est de lui qu'il parle - c'est TOUJOURS *de lui qu'il parle, en tout état de cause et nous comprenons aussi pourquoi, par une implacable logique située au-delà de l'entendement court, il finit par livrer le faux col à la caisse aux chiffons dont on fera du papier, de même pour « Les Chiffons » ou « Le Lin », qui connaîtront une fin identique ! Mais prenons-y bien garde : du papier, pas autre chose, du papier sur lequel on pourra toujours écrire un jour de belles histoires, ce qui referme la boucle. Il a essayé de se connaître par l'écriture, c'était le seul moyen dont il disposait. Inconnu, méconnu, ardent d'être reconnu : il a passé sa vie à se chercher sans se (re)trouver. Il y a gagné la gloire, certes, et ce type d'écriture qui est premièrement quête, enquête, mais on sent bien ce qui sépare l'intention du résultat. Or c'est exactement dans cette marge que s'inscrit la valeur, la qualité de ses contes. Il a mis dans son œuvre l'amour qui lui a été refusé dans la vie. Mais l'entreprise était vaine, pour belle qu'elle ait été : aucune création littéraire ne vaudra jamais celle d'un enfant de chair et de sang.*

Voilà expliquée cette rage de raconter, de se *raconter qui est la marque de toute sa production. Le constat d'évidence est proprement accablant. Voilà un homme qui n'aura pas un instant cessé de se mettre en scène, directement ou sous divers truchements qu'il ne nous est pas difficile d'identifier. Il est clair que l'Antonio de* L'Improvisateur *ou le Christian de* Rien qu'un violoneux *s'appellent, en réalité, Hans Christian. L'élément autobiographique est plus apparent dans ces romans que dans ses contes. Ce serait un travail accablant que de relever, ligne après ligne, les correspondances. Tant de complaisance doit cacher une volonté délibérée de brouiller les pistes. Il n'empêche que l'on ne saurait prendre tous ces portraits plus ou moins flatteurs pour de pures créations littéraires. Le* Digter *Andersen (un terme qui laisse pantois tous les traducteurs, puisqu'il convoie à peu près toutes les acceptions que l'on peut mettre sous les termes auteur, poète, écrivain, etc.) se prit au piège de ses propres fictions. Soyons indulgent et admettons que, comme il le dit parfois, il écrit parce que « le conte frappe à sa porte », exigeant d'être consigné, convenons qu'il est à l'écoute de ces sollicitations : il est gouverné par l'envie irrépressible de raconter. Prenons garde à la dernière phrase de « La Princesse au petit pois » : il vient de narrer cette histoire, en soi invraisemblable et digne de tous les commentaires que l'on voudra ; il conclut en disant : « Et voilà une vraie histoire. » Ou bien : « Quelle histoire ! », ou encore : « Vous vous rendez compte de l'histoire que voilà ! » Son inspiration se connaît et se réalise dans et par l'histoire, la réalité, s'il en existe une, qui la sous-tend, importe finalement peu. Ce qui compte, c'est la résolution en histoire de toutes les incitations venues de l'extérieur ou nées de son propre psychisme. On comprend pourquoi toutes les figures à la mode ou les vieux thèmes légendaires (comme le Prêtre-Jean, le* Hollandais *volant, l'oiseau phénix, Ahasverus, Aladin) ont trouvé immédiatement un écho chez cet homme, ce n'étaient que prétextes puisqu'il importe avant tout de se dire. Nous comprenons par là ce jeu caractéristique d'intertextualité personnelle, ces morceaux qui renvoient constamment à tel autre passage de tel autre ouvrage, ces personnages comme interchangeables, ces péripéties que nous avons déjà vu passer, toute cette formidable tautologie où l'auteur se laisse enfermer avec une visible délectation. Il est à la fois acteur sans cesse présent sur sa propre scène et spectateur toujours attentif : pour emprunter à l'un de ses contes, c'est lui aussi bien le montreur de marionnettes que chacune des marionnettes en question et que le personnage présent dans la salle, qui regarde et essaie de suivre. Un introverti impatient de sortir de soi? Voire! Tous les dédoublements qu'il nous suggère reviennent fatalement à lui.*

Donc une subjectivité triomphante et écrasante. Georg Brandes, le plus grand critique danois de son temps, l'a fort bien vu : «[C'est] un esprit complètement et entièrement empli de lui-même» et Hans Brix, *l'un des meilleurs exégètes actuels de cette œuvre, confirme en disant qu'Andersen a peint plus d'autoportraits que Rembrandt lui-même! Ce que nous cherchons et trouvons derrière les* Contes *d'Andersen, c'est d'abord leur auteur. Manière de redire la prodigieuse richesse de cette personnalité, car il n'est pas donné à tout le monde d'être intéressant à ce point! Ici, Montaigne nous aiderait en nous rappelant que des êtres d'exception peuvent fort bien se donner pour jauges de notre condition commune, pour peu qu'ils soient exceptionnels. Et modestie ou humilité à part, Andersen savait fort bien qu'il sortait du commun...*

C'est là la raison pour laquelle il souffrait d'une vanité souvent ridicule à nos yeux. J'ai dit à quel point il aimait les distinctions, les décorations aussi. Il lui arrive de le confesser. Dans son Journal, *il évoque Byron : «Oh! il me ressemblait jusqu'à la manie de se raconter, mon âme est assoiffée d'honneur comme la sienne, elle ne se sent heureuse que quand elle est admirée de tous» (10 novembre 1825, il n'a que vingt ans!). On le voit vraiment fâché lorsque, pour son anniversaire, date qu'il fêtait et dont il attendait d'être honoré par toutes ses connaissances avec un éclat particulier, il constate que tel et tel ont manqué à lui témoigner leur attention : il est le centre de son monde, ceux qui manquent à s'en souvenir sont impardonnables! Et donc, celui qui entendait bien être tenu et par ses contemporains et par la postérité pour un grand* Digter *peut noter : «Il* faut *qu'on me mentionne parmi les* bons *écrivains de mon âge, mais je veux plus que cela [...] Je veux être compté parmi* les plus éminents *des écrivains du Danemark [...]. Un grand* Digter *en ce monde, et un encore plus grand dans l'autre, voilà ce que j'espère être, le soldat qui ne rêve pas de devenir général est un mauvais soldat» (dans une lettre de janvier 1837). Ne nous étonnons pas qu'il n'ait pas supporté la plus innocente critique et que la moindre appréciation qui ne correspondait pas à l'excellente idée qu'il se faisait de lui-même et de son œuvre nous vaille de violentes réactions! Quand Søren Kierkegaard éreintera - à juste titre, dirons-nous -* Rien qu'un violoneux *parce que ce roman partait du postulat que le génie est acquis une fois pour toutes et ne souffre pas contradictions, Andersen ne comprendra pas, davantage encore : il souffrira réellement de cette opinion, tant il était sûr d'avoir raison!*

On comprendra, à partir de là, que l'écriture ait pu lui servir de compensation. Il est vrai qu'il n'a «pas eu de jeunesse» comme le dit Le Conte de ma vie. *Vrai aussi qu'ensuite, parvenu au faîte de la gloire, il ne soit jamais arrivé à se situer dans une société où il n'avait pas de place classée. Il ne s'intéressait pas à la politique, pourtant extrêmement active en ce Danemark du milieu du* XIXe *siècle où il connut ses meilleures années. Ce fils de cordonnier* des plus pauvres fréquenta les cercles les plus éminents de la société, il fut l'hôte de tous les grands de ce monde, les têtes couronnées se faisaient un devoir de le convier à leur table, et s'il arrive parfois au pauvre Andersen d'évoquer sa mère (« Ah Maman! si tu me voyais! ») c'est plus par rhétorique que par véritable triomphalisme : l'observateur est partagé entre l'identification d'un phénomène de classe (de promotion sociale dirions-nous aujourd'hui) et l'aval d'un réflexe inconscient d'adaptation à des circonstances comme attendues et quasi naturelles. Quand on est qui je suis, il est normal que... etc. Retour au vilain petit canard : il ne triomphe pas après sa reconnaissance, elle était attendue, en somme. Du reste, il l'a affirmé maintes fois, non à titre de compensation, mais sans aucun doute par conviction profonde : la véritable noblesse est celle de l'esprit, cela ne nous est nulle part mieux dit que dans le roman Les Deux Baronnes.

À partir de là, on peut admettre qu'il a écrit pour exorciser ses démons. Ceux de ses origines et de son enfance, d'abord. Ceux qui naissaient de sa pauvreté extrême et qui justifient l'espèce d'exultation puérile avec laquelle il accueille l'annonce de la subvention annuelle qui lui sera versée par le roi à partir de 1838; ceux qui remontent à ses temps de brimade chez le prétendu terrible Meisling, son professeur à Slagelse et Helsingør qui ne fut certainement pas le tyran qu'il a bien voulu dépeindre, etc. Il avait un compte à régler avec sa propre vie. Il y aura eu, sans aucun doute, un fond de souffrance respectable en dessous de tant d'affabulations faciles. Dans « La Petite Sirène » : l'amour humain, le passage à l'humain exigent une mutilation sanglante. Quand il écrit des textes comme le roman O. T., il leur confère une valeur thérapeutique : il lui importe de se délivrer des terreurs de son passé. Il n'a tant créé que pour se recréer, la clef de son intense production est là, en première approximation. Peut-être tenons-nous là l'explication de ce fond de violence inattendue qui sous-tend ses contes, depuis le tout premier, « Le Briquet », où l'on décapite sans vergogne, et *l'atmosphère inquiétante, macabre, de tant de ses créations. Cet homme vivait dans de constantes terreurs (d'être volé, de perdre son passeport, de manquer d'argent, de tomber victime d'une épidémie, ce grand voyageur ne se déplaçait jamais sans une corde destinée à lui permettre de sortir sans encombres de sa chambre d'hôtel en cas d'incendie, il aura renoncé à faire le voyage des États-Unis où il était chaleureusement convié parce que l'une de ses amies avait péri dans un naufrage en s'y rendant) et presque tous ses contes reposent sur un fond prémonitoire qui contribue à leur séduction.*

Ainsi, l'écriture est une délivrance. Et la mention rapide des thèmes abordés ne saurait contredire cette vision.

Écrire, quoi?

Deux opinions incontestablement erronées à propos de cette écriture des Contes : *ils n'étaient pas premièrement destinés aux enfants, ils n'entendaient pas donner dans le genre populaire.*

Il se peut qu'initialement, il ait vraiment songé aux enfants en se mettant à la composition de ces histoires. C'est ce qui ressortirait de ses déclarations à quelques amis, tout au début de cette production (en 1835, donc). Mais il se dégagera très vite de cette orientation; dès la septième livraison (en 1843, soit huit ans après la première), la mention « racontés aux enfants » disparaît définitivement de ses intitulés. Il a dit maintes fois qu'il écrivait pour tout le monde, pour les enfants si l'on veut, mais en pensant que les adultes auraient quelque intérêt à écouter également. Et nul ne contestera que mainte histoire, comme les plus longs de ses contes, n'est guère destinée à des auditeurs ou lecteurs tout petits. Voyez ce qu'un enfant de dix ans pourrait retirer de « La Pierre philosophale » ou du « Bonnet de nuit du commis au poivre », pour ne citer que deux titres au hasard. Il était ulcéré lorsqu'on le représentait parmi tout un parterre d'enfants venus l'écouter. Et il avait coutume de lire ses textes en société : non à des enfants, mais aux adultes qui voulaient bien le convier à une fête ou un repas : c'était la façon dont il entendait payer son écot. « Mes contes [...] sont tout autant pour les aînés que pour les enfants, ceux-ci ne comprennent que les personnages accessoires, ce sont seulement les personnes mûres qui voient et comprennent le tout » (Journal du 4 juin 1875). Ou encore, à propos des « Galoches du bonheur », « En ce temps-ci, j'écris un conte [...] pas pour les enfants » (lettre du 10 février 1838).

De même, ce grand lecteur des Légendes populaires du Danemark de son ami J. Thiele peut bien s'inspirer du fonds populaire, il ne lui fait droit que très rarement (comme dans « Hans le Balourd »). Le fait qu'il emprunte si souvent à ce registre, notamment ses personnages ou bon nombre de péripéties, ne signifie nullement qu'il veuille refaire du Grimm.

Il est donc vain de chercher sous ces rubriques - conte pour enfants, conte populaire - des justifications à cette production. L'étrange alchimie qui préside à toutes ces compositions prévient les « explications » situées ou datées. On a parlé ici de « miracle » : il est en effet tout à fait extraordinaire que ces réussites auxquelles il est vain de chercher des antécédents patents puissent se donner l'air de s'inscrire dans une thématique reconnue. Elles valent, en fait, pour elles-mêmes, et par là, tout est dit.

Cela ne les empêche pas d'être bien datées et situées, parfois. Andersen écrivait en pleine époque romantique, que la littérature danoise aura illustrée avec éclat, à travers des œuvres célèbres comme celles d'Œhlenschläger, le Victor Hugo danois, d'Ingemann, l'Alexandre Dumas père de son pays, au demeurant grand ami d'Andersen, ou de Grundtvig. Cet émule-né qu'il fut de tout ce qui portait un nom dans son pays, qui avait le regard rivé sur ces grands modèles, entendait faire aussi bien ou mieux qu'eux. Par exemple, Œhlenschläger a fait une fortune au personnage d'Aladin dans Les Mille et Une Nuits : le même héros paraît, sous *mille travestis, dans les contes (voyez, dès le tout premier conte, «Le Briquet», les réminiscences littérales). Le nationalisme du «Nid de cygnes» sort du motif de l'éveil des nationalités lancé par Herder. Le thème du génie qui finit toujours par s'imposer est banal à l'époque de Byron : il est majeur chez l'auteur de «Bavardage d'enfants». Un certain type d'imagination «pittoresque» ou baroque, à prétentions historiques d'ordinaire (comme dans les romans d'Ingemann), préside à nombre de créations comme «La Fille du roi de la Vase», le «Livre d'images de Parrain» ou «Le vent raconte l'histoire de Valdemar Daae et de ses filles», «L'Évêque de Børglum et son cousin». On peut s'amuser des fracassantes proclamations sur le Vrai, le Beau, le Bien, le Juste, qui reviennent avec une telle insistance dans bon nombre de contes. Nous évoluons là en territoire bien connu, il serait tout à fait anormal qu'Andersen n'ait pas entendu apporter sa contribution personnelle à des courants de pensée qui faisaient loi de son temps. Avec modération pourtant : on a déjà dit que cet écrivain n'est pas un théoricien. Et qu'il est plus ardent à livrer son monde propre qu'à sacrifier aux mots d'ordre de l'heure. C'est même l'un de ses caractères les plus remarquables, qui font de lui, réellement, un génie universel : les incitations de l'heure peuvent bien l'inspirer, ou bien il s'en évade vite, ou bien il les assimile pour en faire œuvre personnelle. «Le Livre d'images sans images» brode à loisir sur un sujet romantique : le pauvre étudiant dans sa mansarde auquel la lune, seule consolatrice, vient raconter ce qu'elle a vu ailleurs ou en d'autres temps. Les prestiges romantiques sont largement dépassés dans les superbes camées qui nous sont proposés.*

De même, il importe de ne pas oublier que cet écrivain fut danois. Depuis que nous les connaissons, littérairement parlant, s'entend, les Scandinaves sont de prodigieux conteurs : leurs lettres ont commencé par les sagas islandaises et cette veine n'a jamais tari depuis. Comme s'il entrait dans leur génie d'avoir quelque chose à dire, en prose, leur muse aura fait merveille dans ce domaine, on ne dénombre pas les grands romanciers, auteurs de nouvelles et de contes qu'ils nous ont donnés. Andersen s'inscrit dans cette lignée. Certes, il composa aussi de nombreux poèmes et pièces de théâtre, mais c'est dans le domaine de la prose narrative qu'il s'est illustré, témoins les six longs romans et tous les contes qu'il nous a laissés, sans parler de ses relations de voyages. On ne saurait donc dire qu'il fut original sous cet angle, il sacrifiait inconsciemment à un impératif qui lui était légué depuis le fond des âges.

Nombre de ses thèmes sont bien scandinaves, à commencer par ce culte de la Nature qui, pour être romantique, recoupait parfaitement une tendance immémoriale. Et il lui a sacrifié de toutes les façons, certains de ses «personnages», comme l'arbre, l'oiseau, la lande, la rivière, la mer, etc., remontant à une lointaine tradition que vérifient les grands textes mythologiques islandais. La faune et la flore tiennent une place de choix dans son inspiration, au grand désespoir du traducteur (voyez notamment le conte qui s'intitule «Le Perce-neige» ou «Sous le saule»), chose étonnante chez cet enfant de la ville. De même, il a fréquenté les grands textes médiévaux qui surgissent à tout propos, gage de l'imprégnation dont l'auteur était l'objet. Le spécialiste des antiquités nordiques s'émerveille de voir paraître tout soudain de très anciennes notions (à propos de magie, de métamorphoses ou de conception de la vie et de la mort) correctement entendues et remployées à des fins inattendues. On ne saurait entendre judicieusement cet auteur si l'on fait abstraction de tous ces thèmes issus du fond des âges nordiques qui reparaissent souvent sous formes dites secondaires (elfes, nixes, trolls, etc.). Cela fait partie intégrante de l'aspect dit exotique de ces contes, mais il faut bien se convaincre qu'exotiques, ils ne l'étaient pas pour l'auteur de «La Fille du roi de la Vase». Il en va de même pour l'histoire proprement dite du Danemark qu'il connaissait parfaitement et qu'il éprouve de temps en temps le besoin de dire et d'illustrer, comme dans le «Livre d'images de Parrain». Les Contes *perpétuent un esprit autochtone, une bonne partie de leur charme vient de là, même si le lecteur étranger et moderne ne saisit pas toujours la portée, pour un cœur du Nord, d'un récit comme «La Soupe à la brochette».*

En fait, le spécialiste est admirativement surpris par la lecture d'Andersen : il semble qu'il ait tout connu de ce qui avait pu s'écrire dans sa langue - ou dans des domaines apparentés comme les islandais, norvégien et suédois - et qu'il ait tenu à exploiter cette dimension, soit qu'il ironise sur le compte du patriotisme norvégien («Les Chiffons») ou qu'il s'attarde sur tel épisode noir de l'histoire danoise («La Famille de Grethe-aux-Poules»). Et je ne mentionne que par référence ceux de ces textes où il se définit par opposition aux modes régnantes dans son pays. C'est un point rassurant : universel, il le fut sans conteste, mais l'historien n'a pas de mal à le replacer dans son temps.

Ce qui tient à lui plus précisément est sans doute plus intéressant pour nous. Ainsi de son irrépressible besoin d'évasion : partir dans le vaste monde est la préoccupation majeure de presque tous ses héros, tant il est clair qu'il étouffait dans son petit Danemark, comme on l'a indiqué. Qu'on ne dise pas qu'il en a trouvé l'idée dans Les Mille et Une nuits, *l'un de ses modèles (voyez «La Malle volante») : il y a un côté «roman de formation»* (Bildungsroman *en allemand) dans bon nombre de ses histoires et le spécialiste de cette thématique aura plaisir à voir dans plus d'un de ses contes l'illustration de rites de passage pour qui veut devenir un homme adulte (ainsi dans* L'Improvisateur, *où l'épreuve est positive ou,* a contrario, *dans* Rien qu'un violoneux *qui nous donne un exemple de ratage sans appel). En fait, sa passion de voyager peut bien trouver là son explication. Remarquable est le fait qu'au total, il aura consacré neuf ans de sa vie à parcourir toute l'Europe en poussant même des incursions au-delà ! De même que sa naïve passion pour toutes les trouvailles techniques de cette seconde moitié du* XIXe *siècle (voyez* «Le *Serpent de mer» ou* «La *Dryade»).*

C'est que la liberté, la fantaisie sont évidemment son trait majeur. Voyons-y la raison de sa susceptibilité, de son refus de se plier à des normes sociales, bourgeoises, esthétiques : il n'a jamais su ou pu se conformer à des règles. L'aspect baroque de son inspiration n'a pas d'autre explication. De même que ce type de fantastique irréductible aux habitudes classées qui surgit tout soudain dans n'importe quel récit, comme dans «Le *Bousier». Souvent, nous avons l'impression qu'à partir d'une incitation innocente, tout lui est possible, le pied-de-nez terminal de nombre de ses contes inclus. Essayez de trouver le fil conducteur du «Moulin à vent», par exemple. Ou avancez donc une justification aux amours d'un pou et d'un professeur! Méditez gravement, s'il vous plaît, la conclusion de «L'Aiguille à repriser»!* T*out lui est matière à récit, rien ne saurait l'arrêter. Il peut, pour plaire à un lecteur, illustrer une image qu'on lui a envoyée* («La *Petite Fille aux allumettes»), mais la contemplation d'un vulgaire chardon au fond d'un jardin fait naître toute une histoire circonstanciée («Ce qui arriva au chardon») tout comme, à l'inverse, il sait escamoter d'une pirouette tout ce que l'on pourrait tirer d'une réflexion sur le spiritisme («La Clef du portail»). Rien ne le limite, d'où son charme. Il y a un fil directeur très net dans «Une histoire des dunes», mais ce n'est pas le calvaire de son héros, c'est une bonne vieille* folkevise *(ballade médiévale) qu'il entend illustrer à sa façon. Avec lui, le pire ou le meilleur est toujours sûr et je ne saurais trop insister là-dessus. Les abstracteurs de quintessence et les faiseurs de systèmes s'échinent à trouver des schèmes directeurs, des grilles de lecture aux* Contes : *leurs efforts ou prétentions sont dérisoires. Un de ses contemporains suédois, C. J. L. Almquist, disait : «Je peins ainsi parce que c'est ainsi qu'il me plaît de peindre.» Dans ses romans, au contraire, il devait se plier à des lois de composition. Mais pas dans ses contes et histoires, ce qui* *rend compte de leur excellence. Il a envie, sur un prétexte bien situé, l'emploi du gaz de ville pour l'éclairage de Copenhague, de vous raconter les heurs et malheurs d'un vieux chapeau de réverbère, soit. Voyez quel est le résultat («Le Vieux Réverbère»). C'est aussi pourquoi il n'est pas possible de le faire entrer dans une taxinomie reçue. Ce génie tout à fait inclassable est à son aise dans le contingent, le fortuit, le gratuit - et que nous faut-il davantage?*

Un autre thème est déterminant, l'inspiration religieuse des contes. Andersen fut un esprit foncièrement religieux, parfait luthérien, bon chrétien, fidèle aux Écritures qu'il connaissait à merveille comme tous ses compatriotes et contemporains. Il aura été toute sa vie obsédé de religion. Plutôt sous l'angle des actes (des «œuvres» comme on disait en luthéranisme pratiquant à l'époque) que sous celui des dogmes, mais de façon vivante assurément. Ses héros ne manquent jamais de faire leur prière, de chanter leurs cantiques ou de s'en remettre à Dieu du soin de conduire leur destinée. Un certain mysticisme guide en outre cette réflexion. Il a cru en une vie après la mort, il professe volontiers des vues qui tendraient à une croyance en la métempsycose, il adore un dieu personnel qui tient en ses mains notre sort et qui veille à ce que tout soit pour le mieux indépendamment de ce que croit penser sa créature. Il professait une manière d'optimisme sans excès. C'est également en ce sens qu'il faut voir sa philosophie de la nature : qui est foncièrement bonne, qui conçoit que la vie est bien assez dure en soi pour qu'il soit nécessaire et de la compliquer et d'en déplorer les arrêts. Au demeurant, il s'est rarement livré à de véritables méditations (sauf dans des contes comme «Au jour suprême» ou «Une histoire des dunes» qui revient à une grave méditation sur une vie possible après la mort, voire «La Petite Fille aux allumettes» où est postulé, sans le dire expressément, un au-delà meilleur que l'ici-bas), ce n'était pas son propos. Le thème du jeune garçon sorti de rien et se faisant à la force du poignet se retrouve dans toute l'œuvre d'Andersen (à titre d'exemple, «Le

Fils du concierge »). Cette ascension ne se fait qu'avec l'aide de la Providence (Forsyn) *qui est le deus ex machina de la majorité des contes. Je disais que l'amour humain semble avoir été refusé à cet homme : l'amour divin, non. Je n'entends pas faire de lui un esprit religieux ou un chevalier de la foi comme son contemporain Kierkegaard, il n'a pas cette profondeur et ce prosélytisme. Mais à sa façon, il exalte la grandeur des œuvres de Dieu à travers sa créature humaine et la raison de son dynamisme, de sa bonhomie, de ce sourire inimitable, un peu crispé, un peu en retrait, se trouve là aussi. Cet aspect est assez rarement souligné dans les critiques de son œuvre.*

Ce n'est pas dire qu'il faille s'aveugler sur certains contes dont le message irait à l'encontre de ce qui a été avancé à l'instant. Car il est exact que cette muse est volontiers noire, que les âmes évoluant sous nos yeux y ont souvent froid, d'un froid intérieur capable de nous donner le frisson, que l'inaccomplissement affectif dont aura souffert Andersen toute sa vie s'est traduit par des visions souvent assez sinistres de la condition humaine (voyez, ainsi, « Le Sapin » *ou, encore une fois,* « L'Ombre »*). J'ai dit à quel point le sentiment de solitude vraiment existentielle dans laquelle a vécu l'auteur a dû déteindre, inconsciemment, sur l'écriture : cela vaut surtout pour la peinture des amours si souvent bafouées. Et c'est proférer un truisme que de constater que la mort hante tous ces textes, parfois tout à fait explicitement comme dans la paire* « Le Fantôme - Le Compagnon de voyage »*. Si Andersen privilégiait les austères méditations sur le trépas, sur le destin cruel, sur les fins dernières et les causes premières incompréhensibles, ce type d'inspiration volontiers morbide n'est pas du tout son apanage. Les inspirations scandinaves sont noires, elles ne brodent pas facilement sur la joie de vivre et le bonheur d'exister. Est-ce le décor rude, le climat revêche, une histoire difficile, ou faut-il faire droit à des composantes caractéristiques de ces tempéraments : toujours est-il que le frais rire de jeune fille ou même le beau sang vermeil dans l'herbe* *haute ne sont pas nécessairement au rendez-vous de ces inspirations. En quoi Andersen, une fois de plus, est parfaitement enfant de son Nord scandinave. Dira-t-on, par exemple, que les sagas islandaises soient des textes joyeux, soutiendra-t-on que les œuvres d'un Ibsen, d'un Strindberg, d'un Laxness, d'un Dagerman prêtent à sourire? La Vierge des glaces ou la Reine des neiges, puisque je tiens à ne pas dissocier ces deux figures, ne respirent pas l'alacrité. Il y a quelque chose de ténébreux tout au fond de ces âmes et rien ne justifierait que celle d'Andersen fût plus claire. Voyez bien comme «Ib et la Petite Christine», qui est une histoire tragique sur un thème banal chez Andersen, s'achève en un hymne d'espérance où la perle du Chagrin devient une gemme scintillante au ciel. Sur une basse continue qui n'est pas l'expression de l'alacrité même, s'élève au prix de variations infinies un chant de joie qui prend d'autant plus de prix qu'il n'est pas né spontanément d'une vision courte où tout serait parfait ici-bas.*

Écrire, comment?

Créateur dépassé par sa création? Peut-être. Narrateur sincèrement étonné par toutes les gentillesses que prend son esprit? Il me paraît hors de doute qu'il composait pour raconter une histoire, mais qu'il ne se sentait pas toujours responsable du rendu qu'il lui avait donné. Car enfin, nous n'avons pas affaire à un fin littérateur nourri de théories et de culture sophistiquée; on attend trop de lui en exigeant qu'il ait été conscient des règles d'écriture qu'il appliquait sans le savoir; il n'a jamais réfléchi sur le fait d'écrire qu'en termes si vagues, si conventionnels que les sémioticiens et autres structuralistes modernes en sont pour leurs frais. Il n'était pas conscient d'avoir mis au point un type de récit qui défiait toutes les normes antérieurement admises. Il s'émerveillait devant le succès que connaissaient ses contes, sa vanité bien connue en tirait avantage! Mais la fréquentation même des meilleurs esprits de son temps, des théoriciens (comme le redoutable critique littéraire J. L. Heiberg par exemple) ne lui a jamais inspiré une solide réflexion critique sur son art. Il demeure qu'en dehors de lui, et après lui, mille auteurs se sont essayés au même genre sans aucun succès. On peut faire du sous-Grimm, du sous-Perrault, du sous-Maupassant, mais allez donc faire du sous-Andersen! Il y a là quelque chose d'irritant.

Il était lui-même averti de ce mystère qui surgissait de son for intérieur. Ainsi : pourquoi a-t-il pris tant de peine à définir ses compositions? Eventyr (conte de fées ou légende), historie (histoire), fortælling (récit), etc. : il n'est pas sûr de la bonne manière de les qualifier, l'eventyr renfermant un élément merveilleux, l'historie étant plus réaliste, le fortælling étant long, l'anekdote, courte. La vérité, c'est probablement qu'il ne voyait pas bien lui-même le bien-fondé de ces distinctions.

Un certain nombre d'évidences s'imposent malgré tout à l'observateur attentif. La première est que la règle d'or de ce type de compositions est la simplicité, le naturel absolument parfait, l'absence voulue de toute complication ou de tout raffinement : on ne saurait faire plus direct, plus court, plus immédiat. Andersen est pressé de relater ce qu'il a à dire, il s'adresse à n'importe qui, il note des faits de simple évidence, même s'il nous entraîne dans des histoires parfaitement invraisemblables. Et le roi en personne vient, en pantoufles et robe de chambre, ouvrir la porte de la ville à la princesse. Qui est, n'est-ce pas, une «vraie» princesse. Et la Reine des neiges offre au petit Kay une paire de patins neufs et le monde entier. Et le bonhomme de neige entame un dialogue tout à fait normal avec le chien de garde. Et le rossignol trouve absolument naturel d'aller chanter pour l'empereur («avec le plus grand plaisir»). Nous avons dépassé le registre normal de la narration, tout est possible parce qu'il n'y a plus rien d'aberrant. Tout a été démythifié, ou, mieux, le mythe est devenu la *norme en sorte qu'il n'y a plus à faire aucun saut pour passer d'un plan à l'autre. Nul besoin de merveilleux classé, d'explications pédantes et vaines, tout est naturel.*

En conséquence, ce style rapide, vif, ce tempo allègre sans longs préambules ni incises circonstanciées, sans digressions lourdes ou retours en arrière explicatifs. La narration progresse sans faille, tout est donné pour acquis sans justification, on ne saurait même dire que la fin justifie les moyens car elle revient très souvent à une échappatoire narquoise, il ne reste que ce récit qui court à son terme allegro con brio. *Avec une spontanéité souveraine, comme si nous avions affaire à de véritables improvisations.*

Or le fait est que l'improvisation n'existe pas. L'analyste est frappé du caractère écrit, dominé de ces contes. Les sagas islandaises appellent la même remarque. L'impression première est qu'elles sont rédigées au courant de la plume, sans apprêt, sans «science». Et puis, dès que l'on descend dans le détail de la rédaction, on s'aperçoit très vite que ce sont des textes gouvernés, des espèces de mosaïques où chaque pièce est savamment mise en place en vue d'un effet d'ensemble, où il n'est pas un seul détail, si saugrenu qu'il paraisse au premier abord, qui n'appelle une retombée, parfois lointaine, parfois inattendue. Si bien qu'on découvre que rien n'a été laissé au hasard, que tout avait dès le départ sa raison d'être. C'est l'art d'Andersen! Nous avons les brouillons de quelques-uns de ses contes, nous connaissons la genèse patiente de nombre d'entre eux et nous en savons assez pour établir que le «produit fini» est le résultat d'une lente élaboration : ce dernier terme, le maître mot, assurément, de cet art. Il entre une alchimie étonnante dans la mise au point progressive de quantité de ces textes, courts ou longs, n'importe. Il est parfois arrivé à Andersen de nous tendre, par humour bien entendu, des clefs : ainsi pour «La Fille du roi de la Vase» où il s'est donné la peine de recenser tous les travaux d'approche dont, dit-il, il s'est rendu capable. Il reste ce long texte un peu baroque, passablement *contorsionné pour aboutir, en apparence, à un hymne à la Vie! Mais que de détours en cours de route, que d'incursions saugrenues dans des domaines tout à fait hétéroclites, que de pirouettes et de cabrioles! Prenez «*L'*Aiguille à repriser», une histoire absurde.* La *voilà, aux dernières lignes, gisant dans le caniveau où le hasard (le destin) l'a amenée.* Une *charrette lui passe dessus, elle reste étendue de tout son long. Eh bien! «qu'elle y reste!»*

À l'origine, il a pu exister une image, une simple image banale comme nous en rencontrons tous tout au long de notre vie. J'ai déjà parlé d'un chardon entrevu dans un jardin, ajoutez-y une pâquerette, ou un homme qu'il aurait vu sur un bateau et qui était tellement maigre qu'il avait l'air de son ombre, ou une pièce de monnaie étrangère qui se serait glissée dans un porte-monnaie. Ne *serait-ce pas l'image qui aurait déclenché le processus affabulateur, elle dont l'impérieuse présence aurait exigé une texture narrative?* Autrement *dit : une activité que je dirai iconomotrice ne présiderait-elle pas à ce genre de création?* Il *semble que le processus fonctionne dans les deux sens : d'une part, comme on vient de le noter, une image dicte en quelque sorte le récit, il suffit de parcourir la liste des titres des* Contes *pour s'en apercevoir : très rares, ceux qui ne nous donnent rien à voir.* D'*autre part, le conte lui-même va d'image en image plutôt que d'idée en idée ou de sentiment en sentiment. «*Le Rossignol*» en serait un bon exemple.* Initialement, *il y aurait une image-force. Puis le pouvoir «contagieux» de cette représentation en engendrerait indéfiniment d'autres selon les apparents caprices d'une fantaisie apparemment vagabonde mais, en fait, bien tempérée.* Il *suffit d'un petit cygne évoluant maladroitement parmi les roseaux («*Le Vilain Petit Canard*»), de tout un bric-à-brac entrevu sur une commode («*La Bergère *et le* Ramoneur*») et nous voilà partis!* Le *lecteur s'amuse de tous les rebondissements, logiques ou inattendus, saugrenus ou farfelus que va lui valoir l'histoire qu'il suit : la chute n'est jamais prévisible, tel cet arbre déraciné et transplanté qui sert de prétexte* *à «La Dryade» et dont le destin initial nous entraîne... dans les égouts de Paris!*

Un art essentiellement visuel (ou, parfois, auditif) qui n'aboutit à un point final que momentanément car on pressent toutes les suites possibles qu'il pourrait enfanter.

C'est pourquoi Andersen a d'abord aimé le théâtre; il aurait voulu être un grand auteur dramatique; tous ses contes peuvent se découper en scènes et en actes, ses créatures étant des personnages dont les répliques admettraient sans peine une mise en forme conventionnelle. On aime souligner le parfait naturel avec lequel ils s'expriment, on parle de ton de la conversation courante : voyons bien en outre que c'est une science du dialogue tel qu'on l'attendrait dans une comédie ou un drame qui nous est offert. C'est pour cela aussi que l'auteur aimait tant lire ses créations à haute voix, tous les contemporains sont d'accord pour dire à quel point il s'entendait à mettre en scène, à se mettre en scène. Ce n'est pas un hasard s'il fut appelé «déclamateur» par l'un de ses intimes et si le tout premier roman qu'il composa s'est intitulé L'Improvisateur. *C'est, bien entendu, que le théâtre était, par nature, re-présentation : le genre autorisait toutes les transpositions, tous les aveux voilés, la convention sur laquelle il repose légitimait les plus grandes audaces. D'où les saynètes burlesques comme «Le Petit Claus et le Grand Claus», mais aussi les grandes machines théâtrales comme «La Petite Sirène» ou «Les Souliers rouges». Il s'agit toujours et partout, en jouant à dessein sur l'ambivalence de l'expression, d'un double jeu qui sauvegarde la réserve naturelle de l'auteur («ce n'était qu'une histoire») tout en communiquant un message que l'aveu franc et direct aurait récusé. Je n'en veux pour témoin que «Ce que fait le patron est toujours bien fait», qui est une variation sur le thème rebattu du benêt qui troque son cheval contre une vache, puis celle-ci pour un mouton et ainsi de suite, et qui finit par rapporter de la foire un trophée risible. Mais les commentateurs ont souligné, en ces temps présents de féminisme agressif, qu'il fallait peut-être entendre derrière cette grosse farce une volonté de réhabiliter le rôle de la* Femme*!*

Remarquons aussi à quel point Andersen aime les mots pour eux-mêmes, avec quelle satisfaction il joue, en vrai poète, sur les sonorités, les résonances, les harmoniques des vocables dont il use. Il a écrit un conte intitulé «Quelque chose». Ce dernier terme, tel quel ou au négatif («pas quelque chose» qui est une façon de dire «rien» en danois), revient un nombre considérable de fois en quelques pages. Il prisait les jeux de mots, calembours, expressions populaires rendues à leur sens littéral (ainsi de «La Soupe à la brochette» qui est une manière de dire : «n'importe quoi», mais qu'il prend au pied de la lettre), équivoques sur les sonorités comme sur le sens, ou ces pures variations gratuites comme «Peiter, Peter et Peer» qui s'appliquent tous les trois à notre prénom Pierre. On n'épuise jamais la polysémie d'un vocable lorsque l'on s'attache à le faire valoir en soi, c'est une vérité que nous connaissons tous. Et quand le dictionnaire a livré tout son savoir, il demeure l'inflexion de la voix qui parle, le clin d'œil sous-entendu, le geste sous-jacent : par quoi nous voici revenus au théâtre qui est bien le tout de cet art.

Et qui explique aussi le ton prodigieusement vivant de ces histoires. Là-dessus, il ne faut pas négliger ce que dit d'Andersen son grand ami Edvard Collin : «Qu'il raconte des histoires de son cru ou qu'il répète, la façon de raconter était si exclusivement la sienne propre et si vivante qu'elle ravissait les enfants. Lui-même s'amusait à donner libre cours à sa fantaisie, le récit allait interminablement, abondamment pourvu des façons de parler familières aux enfants et de gestes appropriés. À la phrase la plus sèche, il donnait vie : il ne disait pas "les enfants arrivèrent en voiture et s'en allèrent", mais "et alors, ils arrivèrent en voiture : au revoir père, au revoir mère, le fouet claqua, clic-clac, et en avant, hue!". Ceux qui, par la suite, l'avaient entendu lire ses eventyr *ne pouvaient que se faire une faible idée de la vie extraordinaire de cette causerie dans le cercle des enfants.»* La Vie. *C'est certainement la clef souveraine de cet art. Ce ton exclamatif établit une connivence entre auteur, acteur et lecteur qui est, en définitive, tout ce que nous attendons d'un conteur. Avec cet étonnement amusé devant le résultat obtenu qui donnerait à entendre que tout a été improvisé!*

La dernière composante de ce génie est l'humour, lui aussi façon de prendre ses distances vis-à-vis de l'énoncé, de sauvegarder son quid proprii *et de détendre une atmosphère devenue irrespirable ou scabreuse. L'humour est engagement au second degré de la personne d'un auteur car il met en jeu plus que son intelligence. Malheureusement, rien n'est moins «exportable» que l'humour. On peut donner des exemples immédiats : «Il y avait beaucoup de gens, et deux fois plus de jambes que de têtes», «Le jour de sa naissance suivait immédiatement celui de sa fille, des années plus tôt, bien entendu, bien des années plus tôt» (dans «*Le Fils du concierge*»), mais c'est l'auteur tout entier, en tant qu'homme, qui est engagé de la sorte. Le réflexe de réserve, la bonhomie que nous pressentons derrière ces manières de dire confèrent une profondeur inattendue à l'énoncé. Quelle maîtrise dans la toute dernière réplique de l'empereur, dans «*Le Rossignol*», au moment où nous attendrions une véritable «conclusion», elle permet de repartir sur de toutes nouvelles assises, elle laisse grande ouverte la porte à toutes les suites imaginables, elle ne referme rien! Et revenons une dernière fois à «*L'Ombre*», ce morceau vraiment magistral où rien ne nous est explicitement donné. Récit d'une gratuité totale conjuguée à un rigoureux processus logique qui nous fait prendre l'ombre pour la proie, qui nous met de l'autre côté du miroir où le non-être est devenu une évidente réalité.*

L'universalité des Contes, *qui a été notée ici même, se déduit des quelques considérations proposées à la sagacité du lecteur. Andersen sollicite parfois le Conte, avec majuscule, comme personnage qui frappe à la porte et exige d'être narré : c'est le cas, par exemple, dans « "Les feux follets sont dans la ville", a dit la femme des marais ». Il est manifeste que l'écrivain danois obéissait à une nécessité interne lorsqu'il rédigeait ses histoires. Il peut y avoir des situations extrêmes : il est en train de regarder, au Théâtre royal de Copenhague, le* Don Juan *de Mozart et tout soudain, au beau milieu d'un acte, il se lève, il se précipite chez lui, il va écrire. Ou, au milieu d'un chapitre de l'un de ses récits de voyages (dans* En Suède *ou* En Espagne, *notamment), il nous propose une petite histoire qui est si bien un conte qu'il l'intégrera ensuite à ses recueils. Il a tenu à intituler ses complaisantes autobiographies* Le Conte de ma vie (Mit Livs Eventyr). *Il faut comprendre qu'il a envisagé son existence comme un beau conte de fées car la distance aura été considérable entre le pauvre gamin parti à quatorze ans pour Copenhague, tenter sa chance, et la personnalité de réputation mondiale que rois et grands de ce monde prient à leur table. Mais on est en droit d'entendre aussi bien que sa vie a été, pour lui, prétexte à conter, à raconter, qu'il ne s'est jamais envisagé autrement que sous les espèces d'un texte écrit, imprimé, publié, qu'il sera lui-même resté toute sa vie un texte vivant.*

Car c'est un homme que nous trouvons derrière tant d'affabulations transparentes. Lui, nous, n'importe. Un homme vivant.

La Varenne, le 3 novembre 1993
Régis Boyer

Il n'était pas possible de donner ici, sous une forme si ramassée, l'intégralité des *Contes*. Le choix que nous proposons est nécessairement arbitraire. On a tenté de sacrifier aux attendus d'un pareil choix en proposant quelques-uns des morceaux les plus connus et quelques-unes des histoires qui, pour des raisons difficilement compréhensibles, sont moins courantes. On s'est également attaché à faire figurer des représentants des principales catégories classées (la différence entre *eventyr* et *historie*, encore une fois!) et de longueurs variées. Ils sont présentés ici, non dans l'ordre chronologique éventuel de leur composition, trop difficile à établir avec certitude en raison des reprises ou modifications de certains d'entre eux, mais dans celui de la publication des recueils où ils figurent, tels que ces recueils ont vu le jour du vivant de leur auteur. On trouvera donc ici le tout premier conte publié («Le Briquet», 1835) et l'un de ceux qui figurent dans le dernier recueil publié («L'Estropié», 1872), soit trois ans avant la mort de l'auteur. De la sorte, pensons-nous, l'admirable continuité ou constance de l'inspiration aura été illustrée.

LE BRIQUET

Un soldat s'en vint marchant au pas cadencé sur la grand-route : une, deux ! une, deux ! Il avait son sac sur le dos et un sabre au côté, car il avait été à la guerre et, maintenant, il rentrait chez lui. Et, alors, il rencontra une vieille sorcière sur la grand-route ; comme elle était affreuse ! Sa lèvre inférieure lui pendait jusque sur la poitrine[1]. Elle dit :

« Bonsoir, soldat ! Comme tu as un beau sabre et un grand sac, tu es un vrai soldat ! Maintenant, tu vas avoir autant d'argent que tu voudras !

— Merci, vieille sorcière, dit le soldat.

— Tu vois ce grand arbre ? » dit la sorcière en montrant un arbre qui se trouvait à côté d'eux. « À l'intérieur, il est tout creux ! Tu vas grimper à sa cime et tu verras un trou dans lequel tu pourras te glisser pour arriver tout au fond ! Je vais t'attacher une corde autour de la taille pour pouvoir te remonter quand tu m'appelleras !

— Et qu'est-ce que je vais faire au fond de cet arbre ? demanda le soldat.

— Chercher de l'argent ! dit la sorcière. Quand tu seras arrivé au fond de l'arbre, tu seras, sache-le, dans un grand couloir tout éclairé, car il y a plus de cent lampes qui y brûlent. Puis tu verras trois portes, tu peux les ouvrir, la clef est dessus. Si tu entres dans la première pièce, tu verras, au milieu, un grand coffre. Un chien est assis dessus ; il a des yeux grands comme des tasses à thé, mais ne t'en occupe pas ! Je te donne mon tablier bleu à carreaux, tu l'étaleras sur le plancher ; alors, va directement prendre le chien, pose-le sur mon tablier, ouvre le coffre et prends autant de pièces que tu voudras. Elles sont toutes de cuivre. Mais, si tu préfères de l'argent, entre dans la pièce suivante. Seulement, là, il y a un chien qui a des yeux grands comme des roues de moulin ; ne t'en soucie pas, pose-le sur mon tablier et prends de l'argent. Si, en revanche, tu veux de l'or, tu peux en avoir aussi et autant que tu en voudras, il suffit d'entrer dans la troisième pièce. Mais là, le chien qui est sur le coffre a des yeux dont chacun est aussi grand qu'une tour ronde. C'est un fameux chien, crois-moi ! mais ne t'en occupe absolument pas ! Tu n'as qu'à le poser sur mon tablier, il ne te fera rien, et prends dans le coffre autant d'or que tu voudras !

— Ce n'est pas bête ! dit le soldat. Mais qu'est-ce que je vais te donner, vieille sorcière ? Car tu veux sans doute quelque chose aussi, j'imagine ?

— Non, dit la sorcière, je ne veux pas un sou ! Tu me prendras seulement un vieux briquet que ma grand-mère a oublié la dernière fois qu'elle est descendue là !

— Bon ! Mets-moi la corde autour de la taille ! dit le soldat.

— La voici ! dit la sorcière ; et voilà mon tablier bleu à carreaux. »

Puis le soldat grimpa dans l'arbre, se laissa choir dans le trou et se trouva alors, comme l'avait dit la sorcière, dans le grand couloir où brûlaient des centaines de lampes.

Alors, il ouvrit la première porte. Hou ! le chien aux yeux grands comme des tasses à thé était là et le regardait fixement.

« Tu es un brave type ! » dit le soldat. Il le posa sur le tablier de la sorcière et prit autant de pièces de cuivre qu'il pouvait en mettre dans sa poche, referma le coffre, reposa le chien et entra dans la deuxième pièce. Aïe ! le chien aux yeux aussi grands que des roues de moulin était là.

« Ne me regarde donc pas tant ! dit le soldat, tu pourrais avoir mal aux yeux ! » et il le posa sur le tablier de la sorcière, mais, en voyant toutes les pièces d'argent dans le coffre, il jeta toutes les pièces de cuivre qu'il avait et emplit sa poche et son sac uniquement d'argent. Puis il entra dans la troisième pièce... Oh ! c'était affreux ! Ce chien-là avait vraiment des yeux aussi grands que des tours rondes, et il les faisait tourner dans sa tête comme des roues !

« Bonsoir ! » dit le soldat en portant la main à sa casquette, car, un pareil chien, il n'en avait encore jamais vu. Mais l'ayant regardé un peu, il pensa : « Maintenant, ça suffit », il le déposa sur le sol et ouvrit le coffre. Mon Dieu ! tout l'or qu'il y avait ! Avec cela, il pourrait acheter tout Copenhague et les cochons en sucre des pâtissières, tous les soldats de plomb, les martinets et les chevaux à bascule du monde ! Oh oui ! pour de l'argent, c'était de l'argent ! Alors, le soldat jeta toutes les pièces d'argent dont il avait empli sa poche et son sac et prit de l'or à la place, toutes ses poches, son sac, sa casquette et ses bottes furent emplis, c'est à peine s'il pouvait marcher ! Ah ! il en avait, de l'argent ! Pour le chien, il le posa sur le coffre, referma la porte et cria au travers de l'arbre :

« Remonte-moi maintenant, vieille sorcière !

— Tu as le briquet ? demanda la sorcière.

— C'est vrai, dit le soldat, je l'avais tout simplement oublié », et il alla le prendre. La sorcière le remonta, et il se retrouva sur la grand-route, les poches, les bottes, le sac et la casquette pleins d'argent.

« Qu'est-ce que tu veux donc avec ce briquet ? demanda le soldat.

— Cela ne te regarde pas ! dit la sorcière. Tu as l'argent, n'est-ce pas ? Donne-moi le briquet, c'est tout !

— Bêtises ! dit le soldat. Veux-tu me dire tout de suite ce que tu en feras, sinon, je tire mon sabre et je te coupe la tête !

— Non », dit la sorcière.

Alors, le soldat lui coupa la tête. La voilà par terre ! Pour lui, il mit tout son argent dans le tablier, qu'il noua, se le jeta sur le dos comme un baluchon, fourra le briquet dans sa poche et marcha droit sur la ville.

C'était une belle ville, il descendit dans la plus belle auberge, exigea ce qu'il aimait le mieux comme chambre et comme plats, car, maintenant qu'il avait tant d'argent, il était riche.

Le domestique qui devait cirer ses bottes trouva, à juste titre, que c'étaient de vieilles bottes ridicules pour un monsieur si riche, mais le soldat ne s'en était pas encore acheté de neuves. Le lendemain, il se procura des bottes, et des habits, d'un chic ! Maintenant, c'était devenu un monsieur distingué, et on lui parla de tout ce qu'il y avait de superbe dans la ville, et du roi, et de la charmante princesse qu'il avait pour fille.

« Où est-ce qu'on peut la voir ? demanda le soldat.

— On ne peut absolument pas la voir, disaient-ils tous, elle habite un grand château de cuivre tout entouré de murailles et de tours ! En dehors du roi, personne n'ose se rendre chez elle, car on a prédit qu'elle serait mariée à un simple soldat, et le roi ne peut souffrir cela ! »

« Je voudrais bien la voir ! » pensa le soldat, mais il n'y parvenait simplement pas !

Alors, il vécut joyeusement, alla au théâtre, se promena en voiture dans le parc royal et donna beaucoup d'argent aux pauvres, ce qui était bien gentil ! Il savait bien, par expérience, comme il fait mauvais ne pas posséder un sou !... Or il était riche, il avait de beaux habits, il se fit quantité d'amis qui, tous, disaient que c'était un homme extraordinaire, un vrai gentilhomme, et, cela, ça faisait grand plaisir au soldat ! Mais, comme chaque jour il dépensait de l'argent sans en regagner du tout, il ne lui resta plus, pour finir, que deux skillings ; il dut déménager des beaux appartements où il avait logé et prendre une toute petite chambre juste sous le toit, brosser lui-même ses bottes, les rapiécer avec une aiguille à repriser, et aucun de ses amis ne vint le voir parce qu'il y avait tant d'étages à monter.

C'était un soir tout noir, il ne pouvait même pas s'acheter une chandelle, mais alors, il se rappela qu'il y en avait un petit bout dans le briquet qu'il avait pris dans l'arbre creux où la sorcière l'avait aidé à descendre. Il sortit le briquet et le bout de chandelle, mais, au moment précis où il battait le briquet et que des étincelles jaillissaient du silex, la porte s'ouvrit à la volée, et le chien qui avait des yeux aussi grands que des tasses à thé et qu'il avait vu au fond de l'arbre se trouva devant lui et dit : « Qu'ordonne mon maître ?

— Qu'est-ce que c'est que ça ? dit le soldat. Voilà un drôle de briquet si je peux, de la sorte, avoir ce que je veux ! Trouve-moi de l'argent ! » dit-il au chien, et hop ! le voilà parti, hop ! le voilà revenu, tenant dans la gueule une grande bourse pleine de skillings.

Maintenant, le soldat savait ce que c'était que ce formidable briquet ! S'il en battait une fois, le chien posé sur le coffre aux pièces de cuivre arrivait ; s'il en battait deux fois, c'était celui aux pièces d'argent ; s'il en battait trois fois, arrivait celui qui avait de l'or...

Donc, le soldat redescendit dans les beaux appartements, mit de bons habits, et, alors, tous ses amis le reconnurent aussitôt, et ils l'aimaient tant...

Puis, un jour, il pensa : « C'est tout de même ridicule qu'on ne puisse pas voir la princesse ! Tout le monde dit qu'elle est si charmante ! Mais à quoi bon, s'il faut qu'elle reste tout le temps dans le grand château de cuivre aux nombreuses tours... Est-ce que, vraiment, je ne peux pas la voir ?... Où donc est mon briquet ? » Et il battit le briquet, et hop ! le chien aux yeux grands comme des tasses à thé arriva.

« Certes, nous sommes au milieu de la nuit, dit le soldat, mais je voudrais tellement voir la princesse, rien qu'un petit instant ! »

Le chien passa aussitôt la porte, et le soldat n'eut pas le temps de réfléchir qu'il le revit avec la princesse : elle était sur le dos du chien, endormie, et tellement charmante que tout le monde pouvait voir que c'était une vraie princesse. Le soldat ne put tout simplement pas s'en empêcher, il fallut qu'il l'embrasse, car c'était un vrai soldat.

Puis le chien courut rapporter la princesse, mais lorsque ce fut le matin et que le roi et la reine lui offrirent le thé, elle dit qu'elle avait fait un rêve étrange cette nuit-là, elle avait rêvé d'un chien et d'un soldat. Elle avait chevauché le chien, et le soldat l'avait embrassée.

« Une belle histoire, vraiment ! » dit la reine.

Alors, une des vieilles dames de la cour dut, la nuit suivante, veiller près du lit de la princesse pour voir si c'était vraiment un rêve, sinon, quoi !

Le soldat languissait si affreusement de revoir la charmante princesse que le chien vint pendant la nuit, la prit et courut tant qu'il put, mais la vieille dame de cour mit des bottes de pêcheur[1] et leur courut après tout aussi vite. En les voyant disparaître dans une grande maison, elle pensa : « Maintenant, je sais où c'est », et elle fit une grande croix sur le portail avec un morceau de craie[2]. Puis elle rentra se coucher, et le chien aussi revint avec la princesse. Mais, quand il vit que l'on avait tracé une croix sur le portail de la maison qu'habitait le soldat, il prit, lui aussi, un morceau de craie et fit une croix sur les portails des maisons de toute la ville, et c'était astucieux, car, maintenant, la dame de cour ne pourrait plus trouver la bonne porte, puisqu'il y avait une croix sur toutes.

Le matin, de bonne heure, le roi, la reine, la vieille dame de cour et tous les officiers vinrent voir à quel endroit la princesse était allée.

« C'est là ! » dit le roi en voyant le premier portail inscrit d'une croix.

« Non, c'est là, mon cher époux ! » dit la reine qui voyait le second portail avec une croix.

« Mais il y en a une là, et il y en a une là ! » dirent-ils

tous. Et, où qu'ils regardent, il y avait une croix sur le portail. Ils virent bien, alors, qu'il ne servait à rien de chercher.

Seulement, la reine était une femme très avisée qui était capable de faire bien autre chose que de rouler en carrosse. Elle prit ses grands ciseaux d'or, découpa une grande pièce de soie en morceaux puis cousit un petit sac : elle le remplit de très fine farine de blé noir, l'attacha sur le dos de la princesse et, quand ce fut fait, elle perça un petit trou dans le sac afin que la farine coule tout le long du chemin que prendrait la princesse.

La nuit, le chien revint, prit la princesse sur son dos et l'emporta en courant chez le soldat qui l'aimait tant et qui aurait tellement voulu être prince afin d'en faire sa femme.

Le chien ne s'aperçut simplement pas que la farine coulait, depuis le château jusqu'à la fenêtre du soldat où il escaladait le mur en portant la princesse. Le matin, le roi et la reine virent bien où leur fille était allée ; ils s'emparèrent du soldat et le mirent au cachot.

C'est là qu'il resta. Hou ! comme c'était sombre et lugubre ! Et on lui dit : « Demain, tu vas être pendu ! » Ce n'était pas réjouissant à entendre, et il avait oublié son briquet chez lui, à l'auberge. Le matin, entre les barreaux de fer de la petite fenêtre, il aperçut les gens qui sortaient en hâte de la ville pour le voir pendre. Il entendit les tambours et vit les soldats marchant au pas. Tout le monde courait. Et il y avait aussi un apprenti cordonnier, en tablier de cuir et en pantoufles : il galopait tellement qu'une de ses pantoufles vola tout droit sur le mur où le soldat était en train de regarder entre les barreaux de fer.

« Hé ! apprenti cordonnier ! Ne te dépêche pas tant, lui dit le soldat, il ne se passera rien avant que j'arrive ! Mais, si tu veux courir à la maison où j'ai logé et me rapporter mon briquet, tu auras quatre skillings ! Mais prends tes jambes à ton cou ! »

L'apprenti cordonnier voulait bien les quatre skillings, il partit comme une flèche chercher le briquet, le donna au soldat et... bon, nous allons voir !

En dehors de la ville, on avait édifié un grand gibet ; tout autour, il y avait les soldats et des centaines de milliers de gens. Le roi et la reine siégeaient sur un trône magnifique, juste devant le tribunal et tout le Conseil.

Le soldat était déjà en haut de l'échelle, mais, lorsque l'on voulut lui passer la corde au cou, il dit que l'on permettait toujours à un pécheur, avant qu'il subisse sa peine, de satisfaire un souhait innocent. Il aurait bien voulu fumer une pipe, car ce serait la dernière qu'il aurait en ce monde.

Le roi ne voulut pas refuser, et le soldat prit son briquet et en battit, un, deux, trois ! et voilà tous les chiens, celui aux yeux grands comme des tasses à thé, celui aux yeux comme des roues de moulin et celui qui avait des yeux aussi grands que des tours rondes !

« Maintenant, aidez-moi, pour que je ne sois pas pendu ! » dit le soldat, et, alors, les chiens se précipitèrent sur les juges et sur tout le Conseil, ils en saisirent un par les jambes et un par le nez et les jetèrent en l'air à plusieurs toises, si bien qu'en retombant ils furent mis en pièces.

« Je ne veux pas ! » dit le roi, mais le plus gros des chiens les saisit, lui et la reine, et les jeta après tous les autres. Alors, les soldats furent épouvantés, et tout le monde cria : « Petit soldat, c'est toi qui vas être notre roi, et tu auras la charmante princesse ! »

Puis ils mirent le soldat dans le carrosse du roi, et les trois chiens dansèrent devant en criant : « Hourra ! » et les garçons sifflèrent dans leurs doigts, et les soldats présentèrent les armes. La princesse sortit du château de cuivre et devint reine, et cela lui plut bien ! Les noces durèrent huit jours, et les chiens prirent également place à table, en roulant de grands yeux.

LE PETIT CLAUS
ET LE GRAND CLAUS

Dans une petite ville, il y avait deux hommes qui avaient le même nom, ils s'appelaient Claus tous les deux, mais l'un possédait quatre chevaux et l'autre, seulement un. Pour les distinguer l'un de l'autre, on appelait celui qui avait quatre chevaux le grand Claus, et celui qui n'en avait qu'un, le petit Claus. Nous allons apprendre maintenant comment les choses se passaient pour eux, car c'est une vraie histoire !

D'un bout à l'autre de la semaine, le petit Claus devait labourer pour le grand Claus et lui prêter son unique cheval. À son tour, le grand Claus l'aidait avec ses quatre chevaux, mais une fois par semaine seulement, et c'était le dimanche. Hue ! comme le petit Claus faisait claquer son fouet sur les cinq chevaux, autant dire qu'alors ils étaient à lui, cet unique jour-là. Le soleil brillait magnifiquement, et toutes les cloches du clocher sonnaient pour appeler à l'église, les gens étaient en beaux atours, ils s'en allaient, leur livre de cantiques sous le bras, entendre prêcher le pasteur, et ils regardaient le petit Claus qui labourait à cinq chevaux, et il était si content qu'il faisait encore claquer son fouet en criant : « Hue ! tous mes chevaux !

— Tu n'as pas à dire ça, dit le grand Claus, il n'y a qu'un cheval qui soit à toi ! »

Mais lorsque, de nouveau, quelqu'un passa qui se rendait à l'église, le petit Claus oublia qu'il ne devait pas dire cela et cria : « Hue ! tous mes chevaux !

— Bon ! à présent, je te demande de cesser ! dit le grand Claus. Si tu le dis encore une fois, je frapperai ton cheval sur le front, si bien qu'il tombera mort sur place, et c'en sera fini de lui !

— Bien ! je ne le dirai plus ! » dit le petit Claus. Mais, lorsque des gens passèrent qui lui firent bonjour d'un signe de tête, il fut si content, il trouva si formidable d'avoir cinq chevaux pour labourer son champ qu'il fit claquer son fouèt en criant : « Hue ! tous mes chevaux !

— Je vais leur dire hue, moi, à tes chevaux ! » dit le grand Claus, et il prit sa mailloche et frappa l'unique cheval du petit Claus sur le front de telle sorte qu'il culbuta : il était tout à fait mort.

« Ah ! maintenant, je n'ai plus de cheval ! » dit le petit Claus, qui se mit à pleurer. Puis il dépouilla le cheval, prit la peau et la fit bien sécher au vent, la fourra dans un sac qu'il se mit sur l'épaule et se rendit à la ville, vendre la peau de son cheval.

Il avait un long chemin à faire, une grande forêt sombre à traverser, et voilà qu'il y eut un terrible orage. Il s'égara complètement et, avant qu'il eût retrouvé le bon chemin, ce fut le soir : il y avait trop loin pour arriver à la ville ou pour retourner chez lui avant qu'il fît nuit.

Tout près du chemin, il y avait une grande ferme, les volets étaient fermés, mais on pouvait voir briller de la lumière dans le haut. « On me permettra bien de passer la nuit là », pensa le petit Claus, qui alla frapper à la porte.

La femme du paysan ouvrit, mais, en entendant ce qu'il voulait, elle lui dit de passer son chemin : son mari n'était pas à la maison, et elle ne recevait pas d'étrangers.

« Bon, alors, il faudra que je couche dehors », dit le petit Claus, et la femme du paysan lui ferma sa porte.

Tout près, il y avait une grosse meule de foin, et, entre cette meule et la maison, on avait construit un petit appentis au toit de chaume, tout plat.

« C'est là-haut que je peux me coucher », dit le petit Claus en voyant le toit, « c'est un bon lit, la cigogne ne descendra sûrement pas me pincer les jambes », car il y avait une cigogne sur le toit, où elle avait son nid.

Donc, le petit Claus grimpa sur l'appentis, où il se coucha et se tourna pour être étendu comme il faut. Les volets de bois n'arrivaient pas jusqu'en haut des fenêtres, il pouvait voir à l'intérieur de la salle.

Une grande table était mise, avec du vin, du rôti et un poisson magnifique : la femme du paysan et le sacristain étaient à table, sinon, personne d'autre, et elle le servait : il n'y allait pas avec le dos de la cuiller pour prendre du poisson, car c'était une chose qu'il aimait.

« Si seulement on pouvait en avoir aussi ! » dit le petit Claus en allongeant la tête vers la fenêtre. Dieu ! quel délicieux gâteau il apercevait ! Pour un festin, c'était un festin !

Alors, il entendit, sur la grand-route, un cavalier qui arrivait vers la maison, c'était le mari qui rentrait chez lui.

C'était un brave homme, mais il souffrait de

l'étrange maladie de ne pouvoir supporter la vue des sacristains. Si un sacristain se présentait à ses yeux, il entrait en fureur. C'était pour cela aussi que le sacristain était entré dire bonjour à la femme, sachant que le mari n'était pas chez lui, et que la brave femme lui avait proposé les plats les plus succulents qu'elle avait. Quand ils entendirent le mari arriver, ils furent épouvantés, et la femme pria le sacristain de se fourrer dans un grand coffre vide qui se trouvait dans le coin. C'est ce qu'il fit, car il savait bien que le pauvre homme ne pouvait supporter de voir des sacristains. La femme cacha précipitamment tous les plats succulents et le vin dans son four à pain, car, si le mari avait aperçu cela, il aurait sûrement demandé ce que cela signifiait.

« Hélas ! » soupira le petit Claus sur son appentis, en voyant disparaître tous les plats.

« Il y a quelqu'un là-haut ? » demanda le paysan en levant les yeux sur le petit Claus. « Pourquoi es-tu là ? Viens dans la salle, plutôt ! »

Puis le petit Claus raconta comment il s'était perdu et demanda s'il pouvait passer la nuit là.

« Bien sûr ! dit le paysan, mais, d'abord, nous allons nous sustenter un peu ! »

La femme les accueillit très aimablement tous les deux, elle mit une longue table et leur donna un grand plat de gruau. Le paysan avait faim et mangea de grand appétit, mais le petit Claus ne pouvait s'empêcher de penser au succulent rôti, au poisson, au gâteau qui étaient, il le savait, dans le four.

Sous la table, à ses pieds, il avait posé son sac avec la peau de cheval dedans : nous savons que c'était avec elle qu'il était parti de chez lui afin de la vendre en ville. Au gruau, il ne voulait tout simplement pas goûter, et, alors, il posa le pied sur son sac, et la peau séchée qui était dedans émit un grand craquement.

« Chut ! » dit le petit Claus à son sac, mais, au même instant, il remit le pied dessus, si bien qu'il y eut un craquement encore beaucoup plus fort.

« Tiens ! qu'est-ce que tu as dans ton sac ? demanda le paysan.

— Oh ! c'est un sorcier ! dit le petit Claus, il dit que nous ne devons pas manger du gruau, il a ensorcelé le four et l'a rempli de rôti, de poisson et de gâteau.

— Comment ça ? » dit le paysan, et il ouvrit vivement le four, où il vit tous les plats délicieux que sa femme avait cachés, mais il crut que c'était le sorcier du sac qui les avait suscités. La femme n'osa rien dire, elle posa aussitôt les plats sur la table et ils mangèrent tous les deux du poisson, du rôti et du gâteau. Alors, le petit Claus posa de nouveau le pied sur son sac, de sorte que la peau craqua.

« Qu'est-ce qu'il dit, maintenant ? demanda le paysan.

— Il dit, dit le petit Claus, que, par sorcellerie, il nous a aussi suscité trois bouteilles de vin, elles sont là-bas, dans le coin, près du four ! » Il fallut donc que la femme sorte le vin qu'elle avait caché, et le paysan but et devint tout joyeux. Un sorcier comme celui que le petit Claus avait dans son sac, il aurait vraiment bien voulu en avoir un pareil.

« Est-ce qu'il peut aussi susciter le Diable ? demanda le paysan. Lui, j'aimerais bien le voir, parce que, maintenant, je suis tout gai !

— Oui, dit le petit Claus, mon sorcier peut faire tout ce que je demanderai. N'est-ce pas, toi ? » demanda-t-il en marchant sur le sac, qui craqua. « Tu entends ? Il dit oui ! Mais le Diable a un air si affreux qu'il ne vaut pas la peine de le voir !

— Oh ! je n'ai pas peur du tout ! Quel air peut-il bien avoir ?

— Eh bien ! Il aura l'air tout craché d'un sacristain !

— Hou ! dit le paysan, c'est affreux ! Vous saurez que je ne puis supporter de voir des sacristains ! Mais ça n'a pas d'importance, comme je sais que c'est le Diable, je m'en accommoderai mieux. À présent, j'ai du courage ! Mais qu'il ne m'approche pas de trop près !

— Je vais interroger mon sorcier », dit le petit Claus en marchant sur son sac et en tendant l'oreille.

« Que dit-il ?

— Il dit que vous pouvez aller ouvrir le coffre qui se trouve dans le coin. Alors, vous verrez le Diable tout recroquevillé, mais il faut tenir le couvercle pour qu'il ne s'échappe pas.

— Voulez-vous m'aider à le tenir ! » dit le paysan en allant au coffre où sa femme avait caché le vrai sacristain qui avait grand-peur.

Le paysan souleva un peu le couvercle et jeta un coup d'œil en dessous. « Hou ! » cria-t-il en reculant d'un bond. « Oui, je l'ai vu, il a tout à fait l'air de notre sacristain ! Oh ! c'est épouvantable ! »

Il fallait arroser ça, et ils burent encore jusque tard dans la nuit.

« Ce sorcier, il faut que tu me le vendes, dit le paysan, demandes-en ce que tu voudras ! Je te donne tout de suite tout un boisseau d'argent !

— Non, je ne peux pas ! dit le petit Claus, pense donc, tout le profit que je peux tirer de ce sorcier !

— Ah ! j'aurais vraiment voulu l'avoir », dit le paysan, qui continua de supplier.

« Bon », dit le petit Claus finalement, « comme tu as eu la bonté de me donner asile cette nuit, ça pourra aller, tu vas avoir le sorcier pour un boisseau d'argent, mais je veux un boisseau plein à ras bord.

— Tu l'auras, dit le paysan, mais le coffre là-bas, il faut l'emporter, je n'en veux pas une heure de plus dans la maison, qui sait s'il n'est pas dedans encore. »

Le petit Claus donna au paysan son sac contenant la peau desséchée, et reçut pour cela tout un boisseau d'argent, et plein à ras bord. Le paysan lui fit même cadeau d'une grande brouette pour y transporter l'argent et le coffre.

« Au revoir ! » dit le petit Claus, et il s'en alla avec son argent et le grand coffre où se trouvait encore le sacristain.

De l'autre côté de la forêt, il y avait une grande rivière profonde, l'eau coulait si fort que c'était à peine si l'on pouvait nager contre le courant. On avait fait par-dessus un grand pont tout neuf, le petit Claus s'arrêta au milieu et dit très haut, pour que le sacristain, dans le coffre, pût entendre :

« Bon, mais qu'est-ce que je vais bien faire de ce fichu coffre ? Il est aussi lourd que s'il y avait des pierres dedans ! Si je continue à le traîner, je vais être tout fatigué. Aussi, je vais le jeter dans la rivière. S'il vogue jusque chez moi, c'est bien, sinon, ça n'a pas d'importance. »

Il s'empara du coffre d'une main, et le souleva un peu, comme s'il voulait le précipiter dans l'eau.

« Non, arrêtez ! » cria le sacristain dans le coffre. « Laissez-moi sortir !

— Hou ! » dit le petit Claus en faisant semblant d'avoir peur. « Il est encore là-dedans ! Alors, il faut que je me dépêche de le jeter dans la rivière, qu'il se noie !

— Oh non, oh non ! cria le sacristain. Si tu ne le fais pas, je te donnerai tout un boisseau d'argent !

— Alors, c'est une autre affaire ! » dit le petit Claus en ouvrant le coffre. Le sacristain sortit aussitôt et poussa le coffre vide dans l'eau, puis alla chez lui, où le petit Claus reçut tout un boisseau d'argent. Il en avait déjà un qui lui venait du paysan, maintenant, toute sa brouette était pleine d'argent.

« Eh bien, on m'a fort bien payé ce cheval ! » se dit-il quand il fut revenu dans sa propre maison, et il déversa tout son argent en un gros tas au milieu de la pièce. « Le grand Claus sera fâché quand il apprendra comme je suis devenu riche avec mon unique cheval, mais je ne le lui dirai tout de même pas carrément ! »

Il envoya alors un gamin chez le grand Claus pour lui emprunter un boisseau.

« Qu'est-ce qu'il peut bien vouloir en faire ! » pensa le grand Claus, et il enduisit de goudron le fond du boisseau pour qu'il y reste un peu de ce qui serait mesuré, et c'est bien aussi ce qui se produisit, car, lorsque le boisseau lui revint, trois pièces neuves en argent, de huit skillings, y étaient collées[1].

« Qu'est-ce que c'est que ça ? » dit le grand Claus qui courut aussitôt chez le petit. « D'où tiens-tu tout cet argent ?

— Oh ! c'est pour la peau de mon cheval, je l'ai vendue hier soir.

— Par ma foi, c'est bien payé ! » dit le grand Claus, qui courut vivement chez lui, prit une hache et frappa au front ses quatre chevaux, les dépouilla et se rendit à la ville avec les peaux.

« Des peaux ! des peaux ! Qui veut acheter des peaux ? » cria-t-il par les rues.

Tous les cordonniers et les tanneurs accoururent et demandèrent ce qu'il en voulait.

« Un boisseau d'argent chaque, dit le grand Claus.

— Tu es fou ? dirent-ils tous ; tu crois que nous avons de l'argent par boisseaux ?

— Des peaux ! des peaux ! Qui veut acheter des peaux ? » cria-t-il de nouveau, mais, à tous ceux qui demandaient ce que coûtaient ces peaux, il répondait : « Un boisseau d'argent.

— Il veut se moquer de nous », dirent-ils tous, et les cordonniers prirent leurs tire-pieds, et les tanneurs, leurs tabliers de cuir, et ils se mirent à rosser le grand Claus.

« Des peaux, des peaux ! » criaient-ils en l'imitant. « Tiens ! on va te donner une peau qui va te rendre tout rouge comme un cochon ! Allez, ouste ! qu'on le sorte de la ville ! » criaient-ils, et le grand Claus dut se précipiter tant qu'il put, jamais il n'avait été rossé de la sorte.

« Fort bien ! » dit-il en arrivant chez lui, « le petit Claus va payer ça, je le battrai à mort ! »

Mais, chez le petit Claus, la vieille grand-mère était morte. Assurément, elle avait été acariâtre et méchante pour lui, mais il était quand même très affligé. Il prit la morte et la coucha dans son lit bien chaud pour voir si elle ne pourrait pas revenir à la vie. C'est là qu'elle passerait toute la nuit, pour lui, il resterait dans le coin et dormirait sur une chaise, cela lui était déjà arrivé.

Alors qu'il était là, pendant la nuit la porte s'ouvrit, et le grand Claus entra avec sa hache. Il savait où était le lit du petit Claus, il marcha tout droit dessus et frappa au front la grand-mère morte en croyant que c'était le petit Claus.

« Voilà ! dit-il, maintenant, tu ne te moqueras plus de moi ! » Et il rentra chez lui.

« C'est tout de même un très méchant homme ! dit le petit Claus. Il voulait me tuer. Heureusement pour la vieille grand-mère, elle était déjà morte, sinon, il lui aurait ôté la vie ! »

Puis il mit à la vieille grand-mère ses habits du dimanche, emprunta un cheval à son voisin, l'attela à la voiture, installa la vieille grand-mère sur le siège arrière de façon qu'elle ne puisse pas tomber quand il conduirait, et ils s'en allèrent à travers la forêt. Quand le soleil se leva, ils étaient devant une grande auberge. Là, le petit Claus s'arrêta et entra prendre quelque chose.

L'aubergiste avait beaucoup, beaucoup d'argent, c'était aussi un très brave homme, mais emporté, comme s'il y avait en lui du poivre et du tabac.

« Bonjour ! » dit-il au petit Claus, « te voilà de bonne heure dans tes beaux atours aujourd'hui.

— Eh oui ! dit le petit Claus, je vais à la ville avec ma vieille grand-mère, elle est dehors dans la voiture, je ne parviens pas à la décider à entrer dans la salle ! Voulez-vous lui apporter un verre d'hydromel, mais il faut lui parler assez haut, elle n'entend pas bien.

— Bien, je vais le faire », dit l'aubergiste, et il servit un grand verre d'hydromel, qu'il sortit porter à la grand-mère morte installée dans la voiture.

« Voici un verre d'hydromel de la part de votre fils ! » dit l'aubergiste, mais la morte ne souffla mot et resta tout à fait immobile !...

« Vous n'entendez pas ! » cria l'aubergiste aussi fort

qu'il put. « Voici un verre d'hydromel de la part de votre fils ! »

Une fois encore, il cria la même chose, et une fois encore, assurément, mais, comme elle ne bougeait pas, il se fâcha et lui jeta le verre en plein visage, si bien que l'hydromel lui coula sur le nez et qu'elle tomba à la renverse dans la voiture, car on l'avait seulement installée, mais pas attachée.

« Holà ! » cria le petit Claus, qui sortit en courant et saisit l'aubergiste à la gorge. « Tu as frappé à mort ma grand-mère ! Tu n'as qu'à regarder, elle a un grand trou au front !

— Oh ! quel malheur ! » cria l'aubergiste en joignant les mains. « Tout cela vient de mon emportement ! Cher petit Claus, je te donnerai tout un boisseau d'argent et je ferai enterrer ta grand-mère comme si c'était la mienne, seulement, tais-toi, sinon, on me coupera la tête, et c'est tellement affreux ! »

Ainsi, le petit Claus eut tout un boisseau d'argent, et l'aubergiste enterra la vieille grand-mère comme si ç'avait été la sienne.

Quand, donc, le petit Claus revint chez lui avec tout cet argent, il envoya tout de suite son commissionnaire au grand Claus pour lui demander s'il ne pourrait pas lui prêter un boisseau.

« Comment ça ? dit le grand Claus. Est-ce que je ne l'ai pas tué ? Alors, il faut que j'aille voir moi-même », et il se rendit en personne, avec le boisseau, chez le petit Claus.

« Mais d'où tiens-tu tout cet argent ? » demanda-t-il, et il écarquillait les yeux en voyant tout l'argent qui était arrivé...

« C'est ma grand-mère que tu as tuée, et pas moi ! dit

le petit Claus. Je l'ai vendue et j'en ai obtenu un boisseau d'argent !

— Par ma foi, c'était bien payé », dit le grand Claus, qui se précipita chez lui, prit une hache et frappa aussitôt sa vieille grand-mère à mort, la mit dans la voiture, se rendit à la ville où habitait l'apothicaire et demanda s'il voulait acheter une morte.

« Qui est-ce, et d'où la tenez-vous ? demanda l'apothicaire.

— C'est ma grand-mère ! dit le grand Claus, je l'ai frappée à mort pour un boisseau d'argent !

— Dieu nous garde ! dit l'apothicaire. Vous perdez la tête ! Ne dites donc pas de pareilles choses, on pourrait vous décapiter !... » Et il lui dit quel mal épouvantable il avait commis, quelle méchante personne c'était, et qu'on devrait le châtier. Le grand Claus fut si effrayé qu'il sortit en courant de la pharmacie, sauta dans la voiture, fouetta les chevaux et rentra chez lui : l'apothicaire et tout le monde le croyaient fou et donc le laissèrent aller où il voulait.

« Tu vas payer ça ! » dit le grand Claus quand il fut sur la grand-route ; « oui, tu vas payer ça, petit Claus ! » Et alors, dès qu'il fut arrivé chez lui, il prit le plus grand sac qu'il put trouver, se rendit chez le petit Claus et dit : « Tu t'es encore moqué de moi ! J'ai tué, d'abord mes chevaux, puis ma vieille grand-mère ! Tout ça, c'est ta faute, mais jamais plus tu ne te moqueras de moi », et il prit le petit Claus par la taille, le fourra dans son sac et le chargea sur ses épaules en criant : « Maintenant, je vais te noyer ! »

Il y avait un bon bout de chemin à faire avant d'arriver à la rivière, et le petit Claus n'était pas tellement léger. Le chemin passait tout près de l'église, l'orgue jouait, on entendait de beaux chants. Si bien que le grand Claus posa son sac avec le petit Claus dedans tout contre le portail de l'église et pensa qu'il pourrait être fort bon d'entrer écouter un cantique d'abord, avant de poursuivre son chemin, car le petit Claus ne pouvait pas s'échapper et tout le monde était à l'église. Donc, il entra.

« Hélas, hélas ! » soupirait le petit Claus dans le sac. Il se retournait et se retournait, mais impossible de défaire le lien. Juste alors survint un vieux, vieux bouvier aux cheveux tout blancs, un grand bâton à la main. Il poussait devant lui tout un troupeau de vaches et de taureaux : ils coururent au sac dans lequel était le petit Claus et le renversèrent.

« Hélas ! soupirait le petit Claus, je suis si jeune et je vais déjà aller au royaume des Cieux !

— Et moi, pauvre de moi, dit le bouvier, je suis si vieux, et je ne puis y arriver encore !

— Ouvre le sac, cria le petit Claus, prends ma place : tu arriveras tout de suite au royaume des Cieux !

— Oh oui ! je ne demande pas mieux », dit le bouvier en libérant le petit Claus, qui sortit aussitôt d'un bond.

« Veux-tu t'occuper du bétail ? » dit le vieil homme en se cachant dans le sac; le petit Claus le referma et alla son chemin avec toutes les vaches et les taureaux.

Peu après, le grand Claus sortit de l'église, et reprit son sac sur les épaules, trouvant qu'assurément il était devenu bien léger, car le vieux bouvier ne pesait pas la moitié du petit Claus ! « Comme il est devenu léger ! Hé ! c'est sûrement parce que j'ai entendu un cantique ! » Puis il alla à la rivière qui était grande et profonde, jeta dans l'eau le sac contenant le vieux bouvier et lui cria, parce que, bien entendu, il croyait que c'était le petit Claus : « Voilà ! Maintenant, tu ne te moqueras plus de moi ! »

Puis il alla chez lui. Mais, arrivé à la bifurcation, il rencontra le petit Claus, qui poussait tout son bétail.

« Qu'est-ce que c'est que ça ? dit le grand Claus. Je ne t'ai pas noyé ?

— Mais si, dit le petit Claus, tu m'as jeté dans la rivière il y a une petite demi-heure !

— Mais d'où tiens-tu tout ce magnifique bétail ? demanda le grand Claus.

— C'est du bétail marin[1] ! dit le petit Claus. Je vais te raconter toute l'histoire, et merci aussi à toi de m'avoir noyé ; maintenant, j'ai repris le dessus et je suis vraiment riche, tu peux m'en croire !... J'avais bien peur dans mon sac quand tu m'as jeté du pont dans l'eau froide, et le vent me sifflait aux oreilles. J'ai tout de suite coulé jusqu'au fond, mais je ne me suis pas cogné, car, en bas, il pousse de l'herbe délicieusement moelleuse. C'est là que je suis tombé, et aussitôt le sac fut ouvert, et la plus charmante des jeunes filles, tout de blanc vêtue, une guirlande verte sur ses cheveux mouillés, m'a pris par la main en disant : “Te voilà, petit Claus ? Tiens, voici, pour commencer, un peu de bétail ! À une lieue en amont, il y en a encore tout un troupeau que je veux t'offrir !...” Je vis alors que la rivière servait de grand-route aux gens de la mer. Ils circulent dans le fond depuis la mer jusqu'à l'intérieur des terres, là où se termine la rivière. C'était un délice : des fleurs ; de l'herbe tendre ; et les poissons qui nageaient dans l'eau me frôlaient les oreilles, tout comme ici les oiseaux dans l'air. Comme les gens étaient gentils, et tous les troupeaux qu'il y avait, déambulant par monts et par vaux !...

— Mais pourquoi es-tu remonté tout de suite? demanda le grand Claus. Moi, je ne l'aurais pas fait si tout était si délicieux là-bas!

— Eh bien, dit le petit Claus, c'est justement ça qui est futé de ma part! Tu as bien entendu que je te disais : "L'ondine a dit qu'une lieue en amont du chemin" — et, par "chemin", elle voulait dire la rivière, bien sûr, car elle ne peut pas passer ailleurs — "il y avait encore tout un troupeau de bétail pour moi." Mais moi, je sais comme la rivière décrit des boucles, une ici, une là, tout ça fait un fameux détour! Non, si on le peut, on raccourcit en remontant ici à terre et en coupant tout droit pour revenir à la rivière : comme ça, je gagne presque une demi-lieue, et j'arriverai plus vite à mon bétail marin!

— Oh! tu es un homme heureux! dit le grand Claus. Crois-tu que, moi aussi, j'aurai du bétail marin si je descends au fond de la rivière?

— Oui, je pense, dit le petit Claus, mais je ne peux pas te porter dans le sac jusqu'à la rivière, tu es trop lourd pour moi. Si tu veux y aller toi-même et entrer dans le sac, je te jetterai à l'eau avec le plus grand plaisir.

— Merci! dit le grand Claus, mais, si je n'ai pas de bétail marin quand je serai descendu, je te donnerai la raclée, tu peux m'en croire!

— Oh non! ne sois pas si méchant!» Puis ils allèrent à la rivière. Quand le bétail, qui avait soif, vit l'eau, toutes les bêtes coururent tant qu'elles purent pour descendre boire.

« Vois comme elles se dépêchent! dit le petit Claus. Elles languissent de redescendre au fond!

— Bon! aide-moi d'abord! dit le grand Claus, sinon, tu auras ta raclée!» Et il se glissa dans le grand sac qui était resté en travers du dos d'un des taureaux. « Mets une pierre dedans, sinon, j'ai peur de ne pas couler, dit le grand Claus.

— Ça va sûrement aller ! » dit le petit Claus, mais il mit tout de même une grosse pierre dans le sac, le ferma solidement et puis le poussa : Ploump ! Voilà le grand Claus dans la rivière, et il coula à pic aussitôt.

« J'ai peur qu'il ne trouve pas le bétail ! » dit le petit Claus en rentrant celui qu'il avait.

LA PRINCESSE AU PETIT POIS

Il y avait une fois un prince. Il voulait épouser une princesse, mais ce devait être une *vraie* princesse. Alors, il voyagea par le monde entier pour en trouver une de ce genre, mais, partout, il y avait quelque chose à redire. Des princesses, il n'en manquait pas, mais que ce soient de *vraies* princesses, il ne pouvait en être tout à fait sûr, toujours, il y avait quelque chose qui n'allait pas vraiment. Alors, il revint chez lui et il était bien affligé, car il aurait tellement voulu une véritable princesse.

Un soir, il fit un temps épouvantable, éclairs et tonnerre, pluie à verse, c'était tout à fait effrayant ! Alors, on frappa aux portes de la ville, et le vieux roi alla ouvrir.

C'était une princesse qui se trouvait dehors. Mais, Dieu, l'air qu'elle avait, avec cette pluie et ce mauvais temps ! L'eau ruisselait de ses cheveux et de ses habits, elle lui coulait du nez dans les chaussures et ressortait par les talons, et voilà qu'elle dit être une véritable princesse.

« Ouais ! c'est ce que nous allons voir ! » pensa la vieille reine, mais elle ne dit rien, elle entra dans la chambre à coucher, enleva toute la literie, et posa un petit pois sur le fond du lit, sur quoi elle prit vingt matelas, les posa au-dessus du petit pois, et ajouta encore vingt édredons par-dessus les matelas.

C'est là que la princesse passerait la nuit.

Le lendemain matin, ils lui demandèrent comment elle avait dormi.

« Oh ! affreusement mal ! dit la princesse. Je n'ai presque pas fermé l'œil de toute la nuit ! Dieu sait ce qu'il y avait dans ce lit ! J'ai couché sur quelque chose de dur, j'en ai le corps tout couvert de bleus ! C'est absolument affreux ! »

Alors, ils purent voir que c'était une vraie princesse, puisque, à travers vingt matelas et vingt édredons, elle avait senti le petit pois. Personne ne pouvait avoir l'épiderme aussi délicat, sinon une véritable princesse.

Alors, le prince la prit pour femme, car, maintenant, il savait qu'il avait une vraie princesse, et le petit pois fut placé au cabinet des Curiosités où il est encore visible si personne ne l'a pris[1].

Voilà, c'était une vraie histoire !

LA PETITE SIRÈNE

Dans la mer, bien loin, l'eau est aussi bleue que les pétales du plus joli bleuet et aussi limpide que le cristal le plus pur, mais elle est très profonde, si profonde qu'aucune ancre n'atteint le fond, il faudrait empiler des quantités de clochers pour monter du fond à la surface. C'est là qu'habitent les ondins.

Maintenant, n'allez pas croire qu'il n'y a là qu'un fond de sable blanc et nu ; non, les arbres et les plantes les plus extraordinaires y poussent, leurs tiges et leurs feuilles sont si souples qu'elles remuent au moindre mouvement de l'eau comme si elles étaient vivantes. Tous les poissons, petits et grands, se faufilent entre les branches, comme ici, les oiseaux dans l'air. À l'endroit le plus profond, il y a le château du roi de la mer, ses murs sont de corail et ses longues fenêtres gothiques, de l'ambre le plus clair, mais le toit est fait de coquillages qui s'ouvrent et se ferment au gré des courants ; cela a très grand air car, dans chaque coquillage, il y a des perles scintillantes : une seule ferait une parure splendide dans la couronne d'une reine.

Le roi de la mer était veuf depuis bien des années, c'est sa vieille mère qui tenait sa maison, c'était une femme avisée, mais fière de sa noblesse, aussi portait-elle douze huîtres sur la queue, là où les autres dignitaires ne devaient en porter que six... Sinon, elle méritait grandes louanges, en particulier parce qu'elle aimait tant les petites princesses de la mer, les filles de son fils. C'étaient six charmantes enfants, mais la plus jeune était la plus belle de toutes, sa peau avait l'éclat limpide d'un pétale de rose, ses yeux étaient bleus comme le lac le plus profond, seulement, comme toutes les autres, elle n'avait pas de pieds mais une queue de poisson.

Il leur arrivait de jouer à longueur de journée dans le château, dans les grandes salles où des fleurs vivantes poussaient sur les murs. On ouvrait les grandes fenêtres d'ambre et, alors, les poissons entraient et nageaient jusqu'à elles, tout comme chez nous les hirondelles entrent en volant quand nous ouvrons, et les poissons nageaient tout droit jusqu'aux petites princesses, mangeant dans leur main et se laissant caresser.

À l'extérieur du château, il y avait un grand jardin aux arbres rouge feu et bleu sombre, les fruits étincelaient comme de l'or, et les fleurs, comme feu ardent, tout en agitant constamment tiges et pétales. Pour le sol, il était du sable le plus fin, mais bleu comme soufre enflammé. Sur le tout planait une merveilleuse lueur bleue, on se serait cru très haut en l'air à ne voir que le ciel au-dessus et en dessous de soi, plutôt que de se trouver au fond de la mer. Par temps parfaitement calme, on pouvait apercevoir le soleil, on aurait dit une fleur pourpre dont le calice dispensait toute cette lumière.

Chacune des petites princesses avait son petit coin dans le jardin, où elle pouvait creuser et planter comme elle le voulait ; l'une donnait à sa plate-bande de fleurs la forme d'une baleine, une autre préférait que la sienne ressemblât à une petite sirène, mais la plus jeune fit la sienne toute ronde comme le soleil et n'eut que des fleurs d'un rouge éclatant, comme lui. C'était une étrange enfant, tranquille et réfléchie, et tandis que ses sœurs décoraient leur coin avec les choses les plus extraordinaires qu'elles avaient retirées des bateaux coulés, elle, ne voulait, en dehors des fleurs rose vif qui ressemblaient au soleil là-haut, qu'une belle statue de marbre : c'était un joli garçon taillé dans de la pierre blanche et claire et qu'un naufrage avait déposé au fond de la mer. Elle planta près de cette statue un saule pleureur rose vif qui poussa merveilleusement et fit retomber ses fraîches branches tout autour, jusqu'au sol de sable bleu où l'ombre apparaissait violette et remuait comme les branches ; on aurait dit que la cime et les racines jouaient à s'embrasser.

Elle n'avait pas de plus grande joie que d'entendre parler du monde des hommes, là-haut ; il fallait que sa vieille grand-mère raconte tout ce qu'elle savait des bateaux et des villes, des gens et des animaux, surtout, elle trouvait étonnamment merveilleux que, là-haut, sur la terre, les fleurs aient un parfum, elles n'en avaient pas au fond de la mer, et que les forêts soient vertes, et que les poissons que l'on voyait parmi les branches sachent chanter si haut, si délicieusement que c'en était un plaisir ; c'étaient les petits oiseaux que la grand-mère appelait poissons, sinon, les petites princesses n'auraient pu la comprendre puisqu'elles n'avaient jamais vu d'oiseau.

« Quand vous aurez quinze ans, disait la grand-mère, vous aurez la permission de monter à la surface de la mer, de vous asseoir au clair de lune sur les rochers et de voir les grands bateaux passer ; vous verrez des forêts, des villes ! » L'année qui vint, l'une des sœurs eut quinze ans, mais les autres... eh bien, chacune avait un an de moins que la précédente, et, donc, la plus jeune devait attendre encore cinq ans avant d'oser monter du fond de la mer pour voir notre monde. Mais elles se promettaient mutuellement de se raconter ce qu'elles auraient vu et trouvé de plus joli le premier jour, car leur grand-mère ne leur en racontait pas assez, il leur restait toujours tant de choses à savoir.

Aucune n'était aussi impatiente que la plus jeune, celle, précisément, qui avait le plus longtemps à attendre et qui était si calme et réfléchie. Bien des nuits, elle restait à la fenêtre ouverte, levant les yeux à travers l'eau bleu sombre où les poissons agitaient les nageoires et la queue. Elle apercevait la lune et les étoiles, certes, elles brillaient d'un éclat bien pâle, mais à travers l'eau, elles avaient l'air bien plus grandes qu'à nos yeux ; qu'il passât comme une sorte de nuage sous elles, elle savait alors que c'était soit une baleine qui nageait au-dessus d'elle, soit encore un bateau plein de gens qui ne pensaient sûrement pas qu'une charmante petite sirène se trouvait en dessous, tendant vers la quille ses blanches mains.

Ainsi, l'aînée des princesses eut quinze ans et monta à la surface de la mer.

Quand elle revint, elle avait cent choses à raconter, mais le plus délicieux, dit-elle, c'était de s'étendre au clair de lune sur un banc de sable dans la mer tranquille, et de voir tout près de la côte la grande ville où les lumières scintillaient comme des centaines d'étoiles, d'entendre la musique et le bruit et le vacarme des voitures et des gens, de voir tous les clochers et les flèches d'églises, et d'entendre les cloches sonner ; comme elle ne pouvait y aller, c'était surtout de tout cela qu'elle languissait.

Oh ! comme la plus jeune sœur écoutait, et quand, ensuite, elle se tint à la fenêtre ouverte, le soir, levant les yeux à travers l'eau bleu sombre, elle pensa à la grande ville avec tout son vacarme et son bruit, et elle crut entendre la sonnerie des cloches descendant jusqu'à elle.

L'année suivante, la deuxième sœur eut la permission de monter et de nager où elle voudrait. Elle émergea au moment précis où le soleil se couchait et ce fut ce spectacle qu'elle trouva le plus splendide. On eût dit que le ciel tout entier était d'or, dit-elle, et les nuages, eh bien, elle ne pourrait assez les décrire ! Rouges et violets, ils avaient vogué au-dessus d'elle, mais bien plus rapide qu'eux volait, comme un long voile blanc, un groupe de cygnes sauvages, au-dessus de l'eau, là où était le soleil ; elle avait nagé vers lui, mais il avait sombré et la lueur rose s'était éteinte à la surface de la mer et sur les nuages.

L'année suivante, ce fut la troisième sœur qui monta, c'était la plus hardie de toutes, aussi nagea-t-elle vers un large fleuve qui se jetait dans la mer. Elle vit de magnifiques collines vertes avec des vignes, des châteaux et des fermes qui perçaient parmi de splendides forêts ; elle entendit chanter tous les oiseaux et le soleil était si chaud qu'elle dut plonger souvent pour rafraîchir son visage brûlant. Dans une petite anse, elle rencontra tout un groupe d'enfants ; ils couraient tout nus et pataugeaient dans l'eau, elle voulut jouer avec eux, mais ils se sauvèrent, effrayés, et un petit animal noir arriva, c'était un chien, mais jamais, encore, elle n'avait vu de chien, il aboya si affreusement après elle qu'elle prit peur et chercha refuge en pleine mer, mais jamais elle ne pourrait oublier les magnifiques forêts, les vertes collines et les jolis enfants qui savaient nager bien qu'ils n'aient pas de queue de poisson.

La quatrième sœur n'était pas si hardie, elle resta au beau milieu de la mer démontée et dit que c'était précisément là que c'était le plus magnifique ; on voyait à des lieues à la ronde et le ciel, au-dessus, était comme une grande cloche de verre. Des bateaux, elle en avait vu, mais loin, on aurait dit des goélands, les dauphins amusants avaient fait des culbutes, et les grosses baleines avaient soufflé de l'eau par leurs évents, on aurait cru qu'il y avait des centaines de jets d'eau à la ronde.

Vint le tour de la cinquième sœur ; son anniversaire tombait en hiver, aussi vit-elle ce que les autres n'avaient pas vu la première fois. La mer était très verte, çà et là nageaient de grands icebergs, chacun avait l'air d'une perle, dit-elle, et il était pourtant bien plus grand que les clochers construits par les hommes. Ils prenaient les formes les plus extraordinaires et brillaient comme des diamants. Elle s'était assise sur l'un des plus grands et tous les voiliers s'écartaient, effrayés, de l'endroit où elle se trouvait, laissant voler au vent sa longue chevelure ; mais vers le soir, le ciel se couvrit de nuages, il y eut des éclairs, du tonnerre, tandis que la mer, toute noire, soulevait très haut les gros blocs de glace et les faisait briller sous les éclairs rouges. Sur tous les bateaux, on carguait les voiles, angoisse et terreur, mais elle, elle restait tranquille sur son iceberg flottant, à voir le rai bleu de l'éclair frapper en zigzag la mer qui brillait.

La première fois que l'une des sœurs montait à la surface, chacune était toujours ravie de tout ce qu'elle avait vu de nouveau et de beau, mais comme, maintenant, devenues grandes filles, elles avaient la permission de monter quand elles voulaient, cela leur devenait indifférent, elles languissaient de revenir chez elles et, au bout d'un mois, elles disaient que c'était quand même là que c'était le plus beau et que l'on était tellement bien chez soi.

Le soir, bien des fois, les sœurs se prenaient par le bras et montaient en ligne à la surface ; elles avaient de charmantes voix, plus belles que celle d'aucun humain, et quand une tempête s'annonçait et qu'elles pouvaient croire que des bateaux sombreraient, elles nageaient devant les bateaux et chantaient délicieusement la beauté du fond de la mer, demandant aux marins de ne pas avoir peur d'y descendre ; mais ceux-ci ne comprenaient pas leurs paroles, ils croyaient que c'était la tempête et ils ne parvenaient pas à voir les délices d'en bas, car lorsque le bateau coulait, les hommes se noyaient et c'est morts qu'ils arrivaient au château du roi de la mer.

Quand, de la sorte, les sœurs montaient le soir, bras dessus, bras dessous à travers la mer, la petite sirène restait toute seule à les suivre des yeux et l'on eût dit qu'elle allait pleurer, mais une sirène n'a pas de larmes et elle n'en souffre que davantage.

« Ah ! si seulement j'avais quinze ans ! disait-elle ; je sais que je vais vraiment aimer ce monde de là-haut et les humains qui l'habitent ! »

Enfin, elle eut ses quinze ans.

« Eh bien, te voilà émancipée ! » dit sa grand-mère, la vieille reine douairière. « Viens, que je te pare comme tes sœurs ! » Et elle lui posa une couronne de lis blancs sur les cheveux, chaque pétale de fleur étant une demi-perle ; et la vieille fit fixer sur la queue de la princesse huit grandes huîtres pour manifester son rang élevé.

« Ça fait mal ! dit la petite sirène.

— Oui, il faut souffrir un peu pour être belle ! » dit la vieille.

Oh ! elle aurait tant voulu se débarrasser de toute cette parure et déposer sa lourde couronne ; les fleurs rouges de son jardin l'habillaient beaucoup mieux, mais elle n'osa pas défaire tout cela. « Au revoir ! » dit-elle, et elle monta dans l'eau, claire et légère comme une bulle.

Le soleil venait tout juste de se coucher quand sa tête émergea, mais tous les nuages brillaient encore comme des roses et de l'or et, dans l'atmosphère rouge pâle, l'étoile du soir scintillait, claire et délicieuse, l'air était frais et doux, la mer, parfaitement calme. Un grand trois-mâts mouillait là, une seule voile dehors car il n'y avait pas un souffle de vent et tout autour des cordages comme sur les vergues étaient assis les matelots. Il y avait de la musique et des chants, au fur et à mesure que la soirée s'assombrissait, s'allumaient des centaines de lumières ; on aurait dit que les drapeaux de toutes les nations flottaient dans l'air. La petite sirène nagea jusqu'au hublot du salon et chaque fois que l'eau la soulevait, elle apercevait par les carreaux transparents beaucoup de gens fort bien mis, mais le plus beau était pourtant le jeune prince aux grands yeux noirs, il ne devait sûrement pas avoir beaucoup plus de seize ans, c'était son anniversaire, et voilà pourquoi il y avait toute cette pompe. Les matelots dansaient sur le pont, et quand le jeune prince s'y rendit, plus de cent fusées partirent en l'air, elles éclairaient comme en plein jour si bien que la petite sirène eut très peur, elle plongea sous l'eau mais elle ressortit bientôt la tête, et alors, ce fut comme si toutes les étoiles du ciel tombaient sur elle. Jamais elle n'avait vu le feu faire pareille magie. De grands soleils tournoyaient, de magnifiques poissons de feu ondulaient dans l'air bleu, et la mer calme et limpide renvoyait tout cet éclat. Sur le bateau, il faisait si clair que l'on apercevait le moindre cordage, à plus forte raison les gens. Oh ! comme le jeune prince était beau tout de même, et il serrait la main aux gens, il riait, il souriait tandis que la musique résonnait dans la nuit splendide.

Il se fit tard, mais la petite sirène ne pouvait détourner les yeux du bateau et du charmant prince. Les lumières multicolores furent éteintes, les fusées ne partaient plus, on n'entendait plus de coups de canon, mais il y avait un bruissement, un grondement au profond de la mer ; elle resta sur l'eau, ballottée par les vagues, afin de voir dans le salon ; mais le bateau prit de la vitesse, les voiles furent déployées l'une après l'autre, les vagues se firent plus fortes, de gros nuages s'amassèrent, il y eut des éclairs au loin. Oh ! il allait y avoir un épouvantable orage ! Aussi les matelots carguèrent-ils les voiles. Le gros bateau roula et tangua à une vitesse folle sur la mer démontée, l'eau se souleva en grandes montagnes noires qui voulaient déferler sur le mât, mais le bateau plongeait comme un cygne entre les hautes vagues pour se laisser de nouveau soulever sur l'amoncellement des eaux. La petite sirène trouvait que c'était une course amusante, mais ce n'était pas l'avis des marins, le bateau craquait avec fracas, les épais madriers ployaient sous la puissance des coups, la mer prenait d'assaut le bateau, le mât se brisa par le milieu comme un roseau, et le bateau se coucha sur le flanc tandis que l'eau pénétrait dans la cale. La petite sirène vit alors qu'ils étaient en péril, elle-même dut prendre garde aux poutres et aux débris qui dérivaient sur l'eau. Un instant, il fit si noir qu'elle ne put plus rien voir, mais dès qu'il y avait un éclair, il faisait si clair de nouveau qu'elle reconnaissait tout le monde sur le bateau ; chacun se démenait de son mieux ; elle cherchait surtout le jeune prince et elle le vit, quand le bateau se brisa, sombrer dans la mer profonde. Aussitôt, elle se réjouit très fort, car, maintenant, il descendait jusque chez elle, mais elle se rappela alors que les hommes ne peuvent pas vivre dans l'eau et qu'il ne pourrait arriver que mort au château de son père. Mourir, non, il ne fallait pas qu'il meure. Aussi nagea-t-elle parmi les poutres et les planches dérivant sur la mer, oubliant totalement qu'elles auraient pu l'écraser, elle plongea profondément pour remonter très haut parmi les vagues, et parvint enfin jusqu'au jeune prince qui ne pouvait presque plus nager dans la mer déchaînée : ses bras et ses jambes commençaient à s'épuiser, ses beaux yeux se fermaient, il aurait dû mourir si la petite sirène n'était intervenue. Elle lui tint la tête au-dessus de l'eau et laissa les vagues les pousser, elle et lui, là où elles voulaient.

Au matin, le mauvais temps était passé ; du bateau, on ne voyait pas un débris ; rouge et brillant, le soleil se leva de l'eau, ce fut comme si les joues du prince en étaient animées, mais ses yeux restèrent fermés ; la sirène embrassa son beau front haut et repoussa ses cheveux mouillés ; elle eut l'impression qu'il ressemblait à la statue de marbre dans son petit jardin, elle l'embrassa encore en souhaitant qu'il pût vivre.

Elle vit alors devant elle la terre ferme, de hautes montagnes bleues à la cime desquelles brillait la neige blanche comme si c'étaient des cygnes couchés là ; sur la côte il y avait de splendides forêts vertes et, devant, une église ou un monastère, elle ne savait pas bien, mais c'était un bâtiment, en tout cas. Dans le jardin poussaient des citronniers et des pommiers et devant le portail s'élevaient des hauts palmiers. La mer formait là une petite anse totalement calme mais fort profonde jusqu'à la roche couverte de fin sable blanc : c'est jusque-là qu'elle nagea avec le beau prince ; elle le déposa sur le sable et veilla surtout qu'il eût la tête en haut dans la chaleur de l'éclat du soleil.

Or les cloches sonnèrent dans le grand bâtiment blanc et un grand nombre de jeunes filles traversèrent le jardin. Alors, la petite sirène nagea plus loin jusque derrière quelques rochers élevés qui dépassaient de l'eau, se mit de l'écume de mer sur les cheveux et sur la poitrine pour que personne ne pût voir son petit visage et examina qui venait au pauvre prince.

Il ne fallut pas longtemps pour qu'une jeune fille vînt jusque-là, elle parut très effrayée, mais un instant seulement, puis elle alla chercher d'autres personnes et la sirène vit le prince reprendre vie et sourire à tout le monde à la ronde, mais à elle, il ne souriait pas, il ne savait pas non plus, bien entendu, que c'était elle qui l'avait sauvé. Elle se sentit bien affligée et quand on le conduisit dans le grand bâtiment, elle plongea, toute triste, pour rentrer chez elle, au château de son père.

Toujours, elle avait été calme et réfléchie, mais

désormais, elle le fut bien plus encore. Ses sœurs lui demandèrent ce qu'elle avait vu la première fois qu'elle était allée là-haut, mais elle ne raconta rien.

Bien des soirs, bien des matins, elle montait là où elle avait quitté le prince. Elle vit mûrir les fruits du jardin, et qu'on les cueillait, elle vit fondre la neige sur les hautes montagnes, mais le prince, elle ne le vit pas, aussi retournait-elle chez elle plus affligée encore. Là, sa seule consolation était de rester dans son petit jardin et d'entourer de ses bras la belle statue de marbre qui ressemblait au prince, mais de ses fleurs, elle ne s'occupait pas, elles poussaient comme dans un fourré, jusque dans les allées, enlaçant de leurs tiges et de leurs feuilles les branches des arbres si bien qu'il faisait tout sombre.

Finalement, elle n'y tint plus, elle le dit à l'une de ses sœurs, et, aussitôt, toutes les autres l'apprirent, mais personne d'autre qu'elles sinon deux ou trois autres sirènes qui ne le dirent qu'à leurs plus proches amies. L'une de celles-ci savait qui était ce prince, elle aussi avait vu la fête sur le bateau et savait d'où il était, où se trouvait son royaume.

« Viens, petite sœur ! » dirent les autres princesses, et les bras autour des épaules l'une de l'autre, elles montèrent en une longue ligne devant l'endroit où elles savaient que se trouvait le château du prince.

Celui-ci était fait d'une sorte de pierres jaune clair et brillantes, avec de grands escaliers de marbre par lesquels on descendait tout droit à la mer. De magnifiques coupoles dorées s'élevaient au-dessus du toit, et entre les piliers qui faisaient tout le tour du bâtiment, il y avait de grandes statues de marbre qui paraissaient vivantes. Par les vitres claires des hautes fenêtres, on plongeait le regard dans les salles magnifiques tendues de rideaux de soie et de tapis, et tous les murs étaient ornés de grands tableaux que c'était un pur plaisir de regarder. Au milieu de la plus grande salle jaillissait un grand jet d'eau dont les rayons montaient très haut vers la coupole de verre à travers laquelle le soleil brillait sur l'eau et sur les superbes plantes qui poussaient dans le grand bassin.

Elle savait maintenant où il habitait et maint soir, mainte nuit, elle y vint par la mer. Elle nageait beaucoup plus près de la terre qu'aucune des autres ne l'avait osé, elle alla même jusque dans le canal étroit, vers la magnifique terrasse de marbre qui projetait une longue ombre sur l'eau. Elle restait là à regarder le jeune prince qui se croyait tout seul dans la limpidité du clair de lune.

Bien des soirs, elle le vit naviguer en musique dans son splendide bateau où flottaient les drapeaux. Elle risquait un regard entre les verts roseaux et si le vent s'en prenait à son long voile et que quelqu'un eût vu cela, on eût pensé que c'était un cygne déployant ses ailes.

Mainte nuit, quand les pêcheurs étaient en mer à la lueur de leurs torches, elle les entendit dire grand bien du jeune prince, elle se réjouissait de lui avoir sauvé la vie alors qu'à demi mort il flottait sur les vagues et elle songeait comme sa tête avait fermement reposé sur sa poitrine et comme elle l'avait tendrement embrassé. Il n'en savait absolument rien, il ne pouvait pas même rêver d'elle.

De plus en plus, elle se mit à aimer les humains, de plus en plus, elle souhaita pouvoir monter parmi eux ; leur monde lui paraissait bien plus vaste que le sien ; car ils étaient capables de voler sur la mer en bateau, de grimper sur les hautes montagnes haut au-dessus des nuages et les terres qu'ils possédaient, avec leurs forêts et leurs champs, s'étendaient bien au-delà de la portée de ses regards. Il y avait tant de choses qu'elle aurait voulu savoir, mais ses sœurs n'avaient pas réponse à tout, aussi interrogea-t-elle la vieille grand-mère qui connaissait bien le monde d'en haut : c'est ainsi qu'à juste titre elle appelait les pays d'au-dessus de la mer.

« Quand les humains ne se noient pas, demanda la petite sirène, peuvent-ils vivre toujours, ne meurent-ils pas, comme nous, ici-bas, dans la mer ?

— Si ! dit la vieille, ils doivent mourir, eux aussi, et leur temps de vie est même plus court que le nôtre. Nous, nous pouvons vivre trois cents ans, et lorsque nous cessons d'exister ici, nous devenons seulement écume sur l'eau, nous n'avons même pas une tombe ici-bas parmi ceux qui nous sont chers. Nous n'avons pas une âme immortelle, nous ne revivons jamais, nous sommes comme le vert roseau, qu'on le coupe une fois, il ne peut reverdir ! En revanche, les humains ont une âme qui vit toujours, qui vit après que le corps est devenu poussière ; elle monte dans l'air limpide jusqu'à toutes les brillantes étoiles ! Tout comme nous émergeons de la mer et voyons les pays des hommes, de même ils montent jusqu'en des lieux inconnus et délicieux que nous ne verrons jamais.

— Pourquoi ne nous a-t-on pas donné une âme immortelle ? » disait la petite sirène, affligée. « Je donnerais les trois cents années que j'ai à vivre pour être personne humaine un seul jour et avoir part ensuite au monde céleste !

— Il ne faut pas y penser, dit la vieille ; nous avons

une vie bien meilleure et plus heureuse que les humains là-haut !

— Il va donc falloir que je meure et que je flotte comme écume sur la mer, sans entendre la musique des vagues, sans voir les splendides fleurs et le rouge soleil ! Je ne puis donc rien faire pour acquérir une âme éternelle !...

— Non ! dit la vieille ; à moins qu'un homme t'aime tant que tu sois plus pour lui que son père et sa mère ; s'il t'était attaché de toute sa pensée, de tout son amour et qu'il fasse poser par le pasteur sa main droite dans la tienne en te promettant fidélité ici et pour toute l'éternité, son âme s'infuserait dans ton corps et tu participerais aussi au bonheur des hommes. Il te donnerait une âme tout en gardant la sienne. Mais cela ne se fera jamais ! Ce qui, précisément, est splendide, ici dans la mer, ta queue de poisson, on trouve cela affreux là-haut sur la terre, on n'y comprend rien, là-bas, il faut avoir deux piliers grossiers qu'on appelle jambes pour être beau ! »

La petite sirène soupira et regarda tristement sa queue de poisson.

« Soyons satisfaites, dit la vieille, nous sautons tant et plus pendant les trois cents années que nous avons à vivre, ce n'est tout de même pas mal, ensuite, on n'est que plus satisfait de pouvoir reposer dans sa tombe. Ce soir, nous allons avoir bal à la cour ! »

Il faut dire que c'était une splendeur comme on n'en voit jamais sur terre. Les murs et le plafond de la grande salle de danse étaient de verre épais mais diaphane. Plusieurs centaines de coquillages colossaux, rose vif et vert pré, étaient rangés de chaque côté, brûlant d'un feu bleu qui illuminait toute la salle et brillait à travers les murs si bien que la mer au-dehors était tout illuminée, on pouvait voir les innombrables poissons, grands et petits, qui nageaient vers le mur de verre, les écailles de certains brillant d'un éclat pourpre, d'autres paraissant d'argent et d'or... Au milieu de la salle coulait un vaste fleuve sur lequel dansaient les ondins et les sirènes au son délicieux de leurs propres chants. Des voix aussi belles, les humains, sur terre, n'en ont pas. De tous, c'était la petite sirène qui chantait le mieux et on l'applaudissait, et, un instant, elle ressentit de la joie en son cœur car elle savait qu'elle avait la plus belle voix qui fût sur terre et dans la mer ! Mais elle se mit à repenser bientôt au monde au-dessus d'elle ; elle ne pouvait oublier le beau prince et le chagrin qu'elle avait de ne pas posséder, comme lui, une âme immortelle. Aussi se glissa-t-elle hors du château de son père et tandis qu'à l'intérieur tout était chant et liesse, elle resta toute triste dans son petit jardin. Alors, elle entendit le cor sonner à travers l'eau et elle pensa : « Voilà sûrement qu'il vogue là-haut, *lui* que j'aime plus que mon père et ma mère, lui à qui s'attachent mes pensées et dans la main de qui je voudrais poser le bonheur de ma vie. Je risquerai tout pour le conquérir et avoir une âme immortelle ! Pendant que mes sœurs dansent au château de mon père, je vais aller trouver la sorcière de la mer, elle dont j'ai toujours eu si peur, peut-être pourra-t-elle me conseiller et m'aider ! »

Donc, la petite sirène sortit de son jardin et se dirigea vers les tourbillons mugissants derrière lesquels habitait la sorcière. Jamais encore elle n'avait pris ce chemin, il n'y poussait pas de fleurs, pas d'herbes marines, seul, le sol de sable gris et nu s'étendait vers les remous où l'eau, comme une roue de moulin grondante, tourbillonnait, arrachant tout ce qu'elle saisissait pour l'entraîner dans les profondeurs ; il lui fallut traverser ces tourbillons fracassants pour pénétrer dans le domaine de la sorcière et là, sur une longue distance, il n'y avait pas d'autre chemin que celui qui passait au-dessus de la vase chaude et bouillonnante que la sorcière appelait sa tourbière. Sa maison se trouvait derrière, au milieu d'une étrange forêt. Tous les arbres et les buissons étaient des polypes, mi-bêtes, mi-plantes, on aurait dit des serpents à cent têtes qui poussaient du sol ; toutes les branches étaient de longs bras visqueux aux doigts comme des vers flexibles, qui remuaient de la racine à l'extrémité. Tout ce dont ils pouvaient s'emparer dans la mer, ils s'enlaçaient autour et ne le lâchaient plus. La petite sirène fut tout effrayée en arrivant dans cette forêt, son cœur battait d'angoisse, pour un peu, elle aurait fait demi-tour, mais, alors, elle pensa au prince et à l'âme humaine et elle prit courage. Elle attacha fermement ses longs cheveux flottants autour de sa tête pour que les polypes ne l'attrapent pas par là, elle joignit les mains sur sa poitrine et s'envola, comme le poisson vole à travers l'eau, parmi les affreux polypes qui tendaient vers elle leurs bras et leurs doigts flexibles. Elle vit comme chacun tenait quelque chose qu'il avait attrapé, des centaines de petits bras le maintenaient comme de solides liens de fer. Des naufragés qui avaient sombré jusqu'en ces profondeurs apparaissaient, squelettes blancs, dans les bras des polypes. Ceux-ci étreignaient des gouvernails, des squelettes d'animaux terrestres et — ce qui fut presque le plus épouvantable pour elle — une petite sirène qu'ils avaient capturée et étouffée.

Elle arriva alors à un grand espace visqueux dans la

forêt où s'ébattaient des couleuvres d'eau, grandes et grasses, en montrant leur répugnant ventre jaunâtre. Au milieu de cet espace se dressait une maison faite de blancs ossements humains échoués : c'est là que siégeait la sorcière de la mer, qui faisait manger un crapaud dans sa propre bouche comme font les humains pour donner du sucre à un petit canari. Ces affreuses et grasses couleuvres d'eau, elle les appelait ses petits poussins et les laissait se vautrer sur sa vaste poitrine spongieuse.

« Je sais bien ce que tu veux ! » dit la sorcière de la mer ; « c'est stupide de ta part ! Tu feras à ta volonté tout de même car elle te mettra dans le malheur, ma charmante princesse. Tu voudrais bien te débarrasser de ta queue pour avoir à la place deux moignons sur lesquels marcher, comme les humains, afin que le jeune prince s'éprenne de toi et que tu puisses l'obtenir, lui et une âme immortelle !... » Ce disant, la sorcière eut un rire si bruyant et si laid que le crapaud et les couleuvres tombèrent par terre où ils se vautrèrent. « Tu arrives au bon moment, dit la sorcière, demain, quand le soleil se serait levé, il aurait fallu une année entière avant que je puisse t'aider. Je vais te préparer une boisson ; avant que le soleil se lève, tu vas nager jusqu'à terre et l'emporter, tu t'assoiras au bord et la boiras, alors, ta queue se divisera et se rétrécira pour donner ce que les hommes appellent de jolies jambes, mais cela fait mal, c'est comme si une épée acérée te transperçait. Tous ceux qui te verront diront que tu es la plus délicieuse enfant d'un homme qu'ils aient vue ! Tu conserveras ta démarche dansante, aucune danseuse ne pourra marcher en se balançant comme toi, mais à chaque pas que tu feras, ce sera comme si tu marchais sur un couteau tranchant qui ferait couler ton sang. Veux-tu souffrir tout cela et que je t'aide ?

— Oui ! » dit la petite sirène d'une tremblante voix, en pensant au prince et à l'âme immortelle qu'elle gagnerait.

« Mais rappelle-toi, dit la sorcière, dès que tu auras pris forme humaine, tu ne pourras jamais plus redevenir sirène ! Jamais tu ne pourras descendre à travers l'eau jusqu'à tes sœurs et au château de ton père, et si tu ne gagnes pas l'amour du prince, de sorte que, pour toi, il oublie père et mère, dépende de toi de toute sa pensée et fasse que le pasteur unisse vos mains pour que vous deveniez mari et femme, alors, tu n'auras pas d'âme immortelle ! Le lendemain matin du jour où il en aura épousé une autre, ton cœur se brisera et tu deviendras écume sur l'eau.

— Je le veux ! » dit la petite sirène, pâle comme une morte.

« Mais il faut me payer, moi aussi ! dit la sorcière, et ce que je réclame, ce n'est pas peu de chose. Tu as la plus délicieuse voix de tous ceux qui sont ici au fond de la mer, tu crois sans doute que c'est par elle que tu l'enchanteras, mais cette voix, tu vas me la donner. Je veux le meilleur de ce que tu possèdes pour ma précieuse boisson ! car c'est mon propre sang qu'il faut que j'y mêle pour que cette boisson soit âpre comme une épée à double tranchant !

— Mais si tu prends ma voix, dit la petite sirène, que me restera-t-il ?

— Ta ravissante personne, dit la sorcière, ton allure dansante et tes yeux éloquents : cela suffit pour ensorceler un cœur humain. Eh bien, as-tu perdu courage !

Tends-moi ta petite langue, que je la coupe pour paiement, et tu auras la puissante boisson !

— Soit ! » dit la petite sirène, et la sorcière installa sa marmite pour faire bouillir la boisson magique. « La propreté est une bonne chose ! » dit-elle en récurant la marmite avec les couleuvres dont elle avait fait un nœud. Puis elle s'égratigna la poitrine et fit dégoutter son sang noir, la vapeur prit les formes les plus étranges, il y avait de quoi être terrifié. À chaque instant, la sorcière mettait de nouvelles choses dans la marmite et lorsque ce fut bien bouillant, on eût dit des larmes de crocodile. Enfin, la boisson fut prête, elle avait l'aspect de l'eau la plus pure !

« Voilà ! » dit la sorcière en tranchant la langue de la petite sirène qui, maintenant, était muette et ne pouvait ni chanter ni parler.

« Au cas où les polypes voudraient t'attraper quand tu retraverseras ma forêt, dit la sorcière, jette-leur une seule goutte de cette boisson, leurs bras et leurs doigts partiront en mille morceaux ! » Mais la petite sirène n'en eut pas besoin, les polypes, effrayés, reculèrent devant elle en voyant la boisson lumineuse qui luisait dans sa main comme si c'était une étoile scintillante. De la sorte, elle eut bientôt traversé la forêt, la tourbière et les tourbillons grondants.

Elle aperçut le château de son père ; les lumières étaient éteintes dans la grande salle de danse ; tout le monde dormait, sûrement, elle n'osa pas aller les voir maintenant qu'elle était muette et qu'elle allait les quitter pour toujours. Ce fut comme si son cœur allait se briser de chagrin. Elle se coula dans son jardin, prit une fleur dans les plates-bandes de chacune de ses sœurs, envoya du bout des doigts mille baisers vers le château et monta à travers la mer bleu sombre.

Le soleil n'était pas encore levé quand elle vit le château du prince et gravit le magnifique escalier de marbre. La lune brillait, d'une merveilleuse clarté. La petite sirène but l'âpre boisson brûlante et ce fut comme si une épée à double tranchant transperçait son corps délicat, elle s'évanouit et resta comme morte. Quand le soleil brilla sur la mer, elle se réveilla et ressentit une douleur aiguë, mais juste devant elle se tenait le ravissant jeune prince, il fixait ses yeux noirs sur elle, de sorte qu'elle baissa les siens et vit que sa queue de poisson avait disparu et qu'elle avait les plus jolies petites jambes blanches que jeune fille pût avoir, mais elle était toute nue, aussi s'enveloppa-t-elle dans sa longue chevelure. Le prince demanda qui elle était et comment elle était arrivée là, et elle, le regarda très doucement, quoique très tristement, de ses yeux bleu foncé, car parler, elle ne le pouvait pas. Alors, il la prit par la main et l'emmena au château. À chaque pas qu'elle faisait, c'était, comme la sorcière l'en avait prévenue, comme si elle foulait des aiguilles acérées et des couteaux affilés, mais elle supportait cela volontiers ; tenant la main du prince, elle marchait, légère comme une bulle, et lui, comme tout le monde, s'émerveillait de sa démarche gracieuse et dansante.

Elle mit de précieux vêtements de soie et de mousseline ; au château, c'était la plus belle de toutes, mais elle était muette, ne pouvait ni chanter ni parler. De charmantes esclaves, vêtues de soie et d'or, s'avancèrent et chantèrent pour le prince et ses royaux parents ; l'une chantait mieux que toutes les autres et le prince applaudit et lui sourit : la petite sirène s'affligea, elle savait qu'elle aurait chanté bien mieux ! Elle pensa : « Oh ! si seulement il savait que, pour être auprès de lui, j'ai cédé ma voix à tout jamais ! »

Puis les esclaves exécutèrent des danses gracieuses et légères aux accents de la plus splendide musique. Alors, la petite sirène leva ses beaux bras blancs, se dressa sur la pointe des pieds et traversa la salle en ondulant, dansa comme personne encore n'avait dansé. À chacun de ses mouvements, sa grâce devenait encore plus visible, et ses yeux parlaient plus profondément au cœur que le chant des esclaves.

Tout le monde était ravi, le prince surtout, qui l'appela son petit enfant trouvé, et elle dansa de plus belle, bien que chaque fois que son pied touchait le sol, c'était comme si elle foulait des couteaux acérés. Le prince dit qu'elle resterait tout le temps auprès de lui, et elle eut la permission de dormir devant sa porte sur un coussin de velours.

Il lui fit faire un costume d'homme pour qu'elle pût l'accompagner à cheval. Ils chevauchèrent parmi les forêts embaumées où les branches vertes lui frappaient l'épaule et où les oiselets chantaient derrière le frais feuillage. Elle escalada les hautes montagnes avec le prince et ses pieds délicats avaient beau saigner au point que les autres s'en apercevaient, elle s'en riait et suivait le prince jusqu'à ce qu'ils voient les nuages voguer en dessous d'eux comme une bande d'oiseaux partis pour des pays étrangers.

Au château du prince, la nuit, quand les autres dormaient, elle sortait sur le vaste escalier de marbre, se tenait dans l'eau froide de la mer qui rafraîchissait ses pieds brûlants, et, alors, elle pensait à ceux d'en bas, dans les profondeurs.

Une nuit, ses sœurs arrivèrent, bras dessus, bras dessous, elles chantaient avec grand chagrin tout en nageant à la surface, et elle leur fit signe, elles la reconnurent et dirent à quel point elle les avait attristées, toutes. Ensuite, elles vinrent lui rendre visite chaque nuit, et, une nuit, elle vit, loin au large, sa vieille grand-mère qui, pendant bien des années, n'était pas montée à la surface, ainsi que le roi de la mer, couronne sur la tête : ils tendaient les mains vers elle sans oser approcher de la terre autant que ses sœurs.

De jour en jour, elle devenait plus chère au prince, il l'aimait comme on peut aimer un bon enfant chéri, mais faire d'elle sa reine, l'idée ne lui en venait pas, or, il fallait qu'elle devînt sa femme, sinon, elle n'aurait pas une âme immortelle, le matin du jour où il célébrerait ses noces, elle deviendrait écume sur la mer.

« N'est-ce pas moi que, de toutes, tu aimes le plus ! » semblaient dire les yeux de la petite sirène quand il la prenait dans ses bras en embrassant son beau front.

« Si ! c'est toi qui m'es la plus chère, disait le prince, car c'est toi qui as le meilleur cœur, c'est toi qui m'es le plus dévouée et tu ressembles à une jeune fille que j'ai vue un jour, mais que je ne retrouverai sûrement jamais. J'étais sur un bateau qui fit naufrage, les vagues me jetèrent à la côte près d'un temple sacré desservi par quelques jeunes filles, la plus jeune me trouva sur le rivage et me sauva la vie, je ne la vis que deux fois ; c'est la seule que je pourrais aimer en ce monde, mais tu lui ressembles, tu évinces presque son image de mon âme, elle appartient au temple sacré, c'est pour cela que la bonne fortune t'a envoyée à moi, jamais nous ne nous quitterons !... — Hélas ! il ne sait pas que c'est moi qui lui ai sauvé la vie, pensa la petite sirène, je l'ai porté sur la mer jusqu'à la forêt où se trouve le temple, j'étais derrière l'écume et je regardais si personne n'allait venir ! J'ai vu la belle fille qu'il aime plus que moi ! » et la sirène soupira profondément : pleurer, elle ne le pouvait pas. « Cette fille appartient au temple sacré, a-t-il dit, elle ne viendra jamais en ce monde, ils ne se rencontreront plus, je suis auprès de lui, je le vois chaque jour, je le soignerai, l'aimerai, lui sacrifierai ma vie ! »

Et voilà que le prince va se marier et épouser la charmante fille du roi voisin, racontait-on, c'est pour cela qu'il équipe si magnifiquement un bateau ! Le prince s'en va voir les terres du roi voisin, à ce que l'on dit, mais c'est pour voir la fille du roi voisin, il va emmener une grande escorte. Mais la petite sirène secouait la tête en riant, elle connaissait les pensées du prince bien mieux que tous les autres. « Il faut que je m'en aille ! lui avait-il dit, il faut que je voie la belle princesse, mes parents l'exigent, mais me forcer à l'amener ici en qualité de fiancée, ils ne le veulent pas ! Je ne puis l'aimer, elle ne ressemble pas, comme toi, à la belle fille du temple. Si je devais choisir une fiancée, ce serait plutôt toi, ma muette enfant trouvée aux yeux qui parlent ! » Et il baisait sa bouche rouge, jouait avec sa longue chevelure et posait la tête contre son cœur qui rêvait de bonheur humain et d'âme immortelle.

« Tu n'as tout de même pas peur de la mer, mon enfant muette ! » dit-il quand ils furent sur le magnifique bateau qui devait le conduire au pays du roi voisin ; et il lui parla de tempête et de calme plat, d'étranges poissons des profondeurs et de ce que les plongeurs y avaient vu, et elle sourit de son récit, elle savait mieux que personne, bien entendu, ce qu'il y avait au fond de la mer.

Dans la nuit, au clair de lune, alors que tout le monde dormait à l'exception du timonier qui était à la barre, elle se tenait au bastingage, regardant fixement dans l'eau limpide, et il lui sembla voir le château de son père : tout en haut se tenait la vieille grand-mère, sa couronne d'argent sur la tête, qui levait les yeux à travers les violents courants, vers la quille du bateau. Alors, ses sœurs arrivèrent à la surface, elles la regardèrent tristement en tordant leurs mains blanches, elle leur fit signe, sourit et voulut dire que tout allait bien et heureusement pour elle, mais le mousse s'approcha d'elle et ses sœurs plongèrent si bien qu'il crut que le blanc qu'il avait vu était de l'écume sur la mer.

Le lendemain matin, le bateau entra dans le port de la superbe ville du roi voisin. Toutes les cloches des églises carillonnaient, des hautes tours, on sonnait de la trompette tandis que les soldats, bannières au vent et baïonnettes scintillantes, formaient les rangs. C'était fête chaque jour. Bals et dîners se succédaient, mais la princesse n'était pas encore là, elle était élevée loin de là dans un temple sacré, disait-on, elle y apprenait toutes les vertus royales.

Enfin, elle arriva.

La petite sirène languissait de voir sa beauté et elle dut le reconnaître, elle n'avait jamais vu personne plus gracieuse. Sa peau était délicate et rose, et derrière de longs cils noirs souriaient deux yeux fidèles, brun foncé !

« C'est toi, dit le prince, toi qui m'as sauvé lorsque je gisais comme un cadavre sur la côte ! » et il serra dans ses bras sa rougissante fiancée. « Oh ! je suis trop heureux ! » dit-il à la petite sirène. « Ce que je n'aurais jamais osé espérer de mieux s'est accompli pour moi. Tu vas te réjouir de mon bonheur car c'est toi qui, de tous, m'aimes le plus ! » Et la petite sirène lui baisa la main et il lui sembla sentir que, déjà, son cœur se brisait. Car le matin des noces du prince lui apporterait la mort et la transformerait en écume sur la mer.

Toutes les cloches des églises sonnaient, les hérauts chevauchaient par les rues, proclamant les fiançailles. Sur tous les autels brûlaient des huiles parfumées dans de précieuses lampes d'argent. Les pasteurs balancèrent des encensoirs, les fiancés se tendirent la main et reçurent la bénédiction de l'évêque. La petite sirène, vêtue de soie et d'or, tenait la traîne de la fiancée mais ses oreilles n'entendaient pas la musique de fête, ses yeux ne voyaient pas la sainte cérémonie, elle pensait à la nuit de sa mort, à tout ce qu'elle avait perdu en ce monde.

Le soir même, les mariés montèrent à bord du bateau, les canons tonnèrent, tous les drapeaux flottaient. Au milieu du bateau fut dressée une précieuse tente d'or et de pourpre, avec les coussins les plus magnifiques : c'est là que les jeunes mariés dormiraient, dans la nuit claire et fraîche.

Les voiles se gonflèrent au vent et le bateau glissa, léger, presque sans remuer sur la mer limpide.

Quand il fit noir, on alluma des lampes multicolores et les marins dansèrent joyeusement sur le pont. Il fallut bien que la petite sirène pense à la première fois où elle avait émergé et vu la même splendeur et la même joie, et elle se joignit à la danse dans un tourbillon, flottant comme flotte le cygne quand il est poursuivi, et tout le monde exulta d'admiration pour elle, jamais elle n'avait dansé aussi superbement, ses pieds délicats étaient lacérés comme par des couteaux tranchants, mais elle ne le sentait pas ; son cœur était plus douloureusement meurtri. Elle savait que c'était le dernier soir qu'elle le voyait, lui pour qui elle avait abandonné sa famille et son foyer, donné sa ravissante voix et souffert quotidiennement de tourments infinis sans qu'il y eût pensé. C'était la dernière nuit, elle respirait le même air que lui, voyait la mer profonde et le ciel bleu étoilé, une nuit éternelle, sans pensées, sans rêves, l'attendait, elle qui n'avait pas d'âme, qui ne pourrait en acquérir une. Et tout fut joie et gaieté sur le bateau jusque longtemps après minuit, elle rit et dansa, la pensée de la mort dans le cœur. Le prince embrassait sa charmante épouse, et elle, jouait avec ses cheveux noirs, et, se tenant par le bras, ils allèrent se reposer dans la magnifique tente.

Ce fut le silence et le calme sur le bateau, seul, le pilote se tenait à la barre, la petite sirène posa ses bras blancs sur le bastingage et regarda vers l'est, cherchant l'aube : elle savait que le premier rayon du soleil la tuerait. Alors, elle vit ses sœurs monter de la mer, elles étaient pâles, comme elle ; leur belle longue chevelure ne flottait plus au vent, elle était coupée.

« Nous l'avons donnée à la sorcière pour qu'elle fasse en sorte que tu ne meures pas cette nuit ! Elle nous a donné un couteau, le voici ! Vois-tu comme il est acéré ? Avant que le soleil se lève, il faut que tu l'enfonces dans le cœur du prince, et lorsque son sang chaud rejaillira sur tes pieds, ils se rassembleront en une queue de poisson et tu redeviendras une sirène, tu pourras descendre dans l'eau, jusqu'à nous, et vivre tes trois cents ans avant de devenir l'écume morte de la mer salée. Dépêche-toi ! Il faut que l'un meure, lui ou toi, avant que le soleil se lève ! Notre vieille grand-mère a tant de chagrin que ses cheveux blancs sont tombés, tout comme les nôtres sont tombés sous les ciseaux de la sorcière. Tue le prince et reviens ! Dépêche-toi, vois-tu cette raie rouge dans le ciel ? Dans quelques minutes, le soleil se lèvera et alors, tu devras mourir ! » et elles poussèrent un soupir merveilleusement profond, puis sombrèrent dans la vague.

La petite sirène écarta le rideau de pourpre de la tente, et elle vit dormir la charmante mariée, la tête contre la poitrine du prince, et elle se pencha, embrassa le prince sur son beau front, regarda le ciel où l'aube luisait de plus en plus, regarda le couteau acéré et, de nouveau, fixa les yeux sur le prince qui, dans son rêve, prononçait le nom de son épouse : elle seule occupait ses pensées, et le couteau trembla dans la main de la sirène... mais alors, elle le jeta loin dans les vagues, qui se mirent à luire, toutes rouges, à l'endroit où il tomba, on eut l'impression que des gouttes de sang perlaient à la surface de l'eau ; une fois encore, les yeux à demi éteints, elle regarda le prince, puis se précipita du navire dans la mer, et elle sentit son corps se dissoudre en écume.

Et le soleil monta de la mer. Ses rayons tombèrent, bien doucement, bien chaudement, sur l'écume de la mer froide et morte, et la petite sirène ne sentit pas la mort, elle vit le clair soleil, au-dessus d'elle planaient des centaines de charmantes créatures transparentes. À travers elles, elle apercevait les voiles blanches du bateau et les rouges nuages du ciel ; leurs voix étaient mélodie, mais si immatérielles qu'aucune oreille humaine ne pouvait les entendre, tout comme aucun œil terrestre n'eût pu les voir; elles planaient dans l'air, sans ailes, sous l'effet de leur propre légèreté. La petite sirène vit qu'elle avait un corps comme elles, qui s'élevait de l'écume, de plus en plus.

« Je vais vers qui ? » dit-elle, et sa voix eut le même timbre que celle des autres êtres, si immatérielle qu'aucune musique terrestre ne peut la rendre.

« Vers les filles de l'air ! répondirent les autres. La sirène n'a pas d'âme immortelle, n'en aura jamais à moins de conquérir l'amour d'un être humain ! Son existence éternelle dépend d'un pouvoir étranger. Les filles de l'air non plus n'ont pas d'âme éternelle, mais elles peuvent s'en créer une par leurs bonnes actions. Nous volons vers les pays chauds où l'air pestiféré et suffocant tue les humains ; nous y soufflons la fraîcheur. Nous répandons parmi l'air le parfum des fleurs et envoyons réconfort et guérison. Quand nous nous sommes évertuées à faire tout le bien que nous pouvons, pendant trois cents ans, nous obtenons alors une âme immortelle et participons au bonheur éternel des humains. Toi, pauvre petite sirène, tu t'es efforcée de tout ton cœur de faire la même chose que nous, tu as souffert et enduré ta peine et tu t'es haussée jusqu'au monde des esprits aériens ; maintenant, par tes bonnes actions, tu peux te créer une âme immortelle d'ici trois cents ans. »

Et la petite sirène leva ses bras clairs vers le soleil de Dieu, et, pour la première fois, elle sentit couler ses larmes.

Sur le bateau, il y avait de nouveau de la vie et du bruit, elle vit le prince, avec sa belle mariée, se mettre à sa recherche ; mélancoliques, ils regardaient l'écume bouillonnante comme s'ils savaient qu'elle s'était précipitée dans les vagues. Invisible, elle embrassa le front de la mariée, fit un sourire au prince et monta avec les autres enfants de l'air sur le nuage rose qui voguait dans l'atmosphère.

« Dans trois cents ans, nous entrerons ainsi au royaume de Dieu !

— Et nous pouvons y arriver plus tôt aussi ! » chuchota l'une d'elles. « Invisibles, nous pénétrons dans les maisons humaines où il y a des enfants, et pour chaque jour où nous trouvons un bon enfant qui donne de la joie à ses parents et mérite leur amour, Dieu écourte notre temps d'épreuve. L'enfant ne sait pas quand nous volons à travers la salle, et s'il nous inspire un sourire de joie, une année nous est enlevée sur les trois cents, mais si nous voyons un vilain enfant méchant, force nous est de pleurer de tristesse et chaque larme ajoute un jour à notre temps d'épreuve... ! »

LES HABITS NEUFS DE L'EMPEREUR

Il y a bien des années, vivait un empereur qui raffolait tellement de beaux habits neufs qu'il dépensait tout son argent pour être vraiment bien habillé. Il n'avait cure de ses soldats, ne se souciait pas d'aller au théâtre ou de se faire voiturer en forêt, sinon pour montrer ses habits neufs. Il avait une tenue pour chaque heure du jour, et tout comme on dit d'un roi : « Il est au Conseil », on disait toujours de lui : « L'empereur est dans sa garde-robe. »

Dans la grande ville où il habitait, il se passait beaucoup de choses amusantes, chaque jour arrivaient de nouveaux étrangers. Un jour, vinrent deux escrocs, ils se firent passer pour tisserands et dirent qu'ils s'entendaient à tisser l'étoffe la plus extraordinaire que l'on pût imaginer. Non seulement les couleurs et le dessin en étaient d'une beauté peu commune, mais les habits taillés dans cette étoffe avaient la merveilleuse propriété d'être invisibles pour quiconque n'était bon à rien dans son emploi ou encore était d'une bêtise inadmissible.

« Voilà bien des habits formidables, pensa l'empereur ; en les portant, je pourrai découvrir qui, dans mon royaume, est bon à rien dans son emploi, je pourrai distinguer les gens intelligents des imbéciles ! oui ! il faut me tisser cette étoffe tout de suite ! » et il versa des arrhes élevées aux deux escrocs pour qu'ils commencent leur travail.

Et c'est ce qu'ils firent : ils installèrent deux métiers à tisser, firent comme s'ils travaillaient, mais ils n'avaient absolument rien sur le métier. Sans plus, ils réclamèrent la soie la plus fine et l'or le plus magnifique ; ils mirent cela dans leur sac et travaillèrent sur les métiers vides, et ce, jusque bien avant dans la nuit.

« Je voudrais tout de même bien savoir où ils en sont de leur étoffe ! » pensait l'empereur, mais il se sentait un peu gêné à l'idée que quiconque était stupide ou convenait mal à son emploi ne pourrait la voir ; bien sûr, il considérait qu'il n'avait pas besoin d'avoir peur pour lui-même, mais il voulut tout de même d'abord envoyer quelqu'un voir comment les choses se présentaient. Dans toute la ville, tout le monde savait la merveilleuse vertu de cette étoffe, et chacun était ardent de voir comme son voisin était incapable ou stupide.

« Je vais envoyer aux tisserands mon brave vieux ministre, pensa l'empereur, c'est lui qui pourra le mieux voir quel effet produit cette étoffe, car il a de l'entendement et personne ne remplit sa fonction mieux que lui... »

Donc, le vieux ministre habile entra dans la salle où les deux escrocs étaient en train de travailler à leurs métiers vides. « Dieu nous garde ! » pensa le vieux ministre en ouvrant de grands yeux, « mais je ne vois rien du tout ! » Seulement, il ne le dit pas.

Les deux escrocs le prièrent d'avoir la bonté de

s'approcher et demandèrent si ce n'était pas là un joli dessin et de ravissantes couleurs. Puis ils montrèrent le métier vide et le pauvre vieux ministre continua d'écarquiller les yeux, mais il ne pouvait rien voir puisqu'il n'y avait rien. « Seigneur Dieu ! pensa-t-il, serais-je stupide ! Je ne l'aurais jamais cru, et personne ne doit le savoir ! Est-ce que je ne vaudrais rien dans ma fonction ? Non, raconter que je ne peux voir cette étoffe, ce n'est pas possible !

— Eh bien, vous n'en dites rien ! » dit l'un, tout en tissant.

« Oh ! c'est joli ! C'est tout à fait ravissant ! » dit le vieux ministre en mettant ses lunettes pour regarder, « ce dessin, ces couleurs... ! Oui, je dirai à l'empereur que ça me plaît extrêmement !

— Eh bien, ça nous fait plaisir ! » dirent les deux tisserands, et ils donnèrent le nom des couleurs et expliquèrent l'étrange dessin. Le vieux ministre écouta attentivement afin de pouvoir dire la même chose quand il reviendrait trouver l'empereur, et c'est ce qu'il fit.

Alors, les escrocs demandèrent encore de l'argent, encore de la soie et de l'or dont ils se serviraient pour le tissage. Ils fourraient tout dans leurs poches, pas un seul fil n'arriva sur le métier, ils continuèrent, comme devant, à tisser sur le métier vide.

Bientôt, l'empereur envoya un autre fonctionnaire avisé pour voir comment se passait le tissage et si l'étoffe serait bientôt prête. Il en alla de lui comme de l'autre, il regarda, regarda ; comme il n'y avait rien que le métier vide, il ne put rien voir.

« Eh bien, est-ce que ce n'est pas une belle pièce d'étoffe ! » dirent les deux escrocs en montrant et en détaillant le splendide dessin qui n'existait simplement pas.

« Stupide, je ne le suis pas, pensa l'homme, c'est donc dans mon bon emploi que je ne vaux rien ? Voilà qui est bien risible ! Mais ça, il ne faut pas qu'on s'en rende compte ! » et donc, il loua l'étoffe qu'il ne voyait pas et les assura de sa joie de voir les belles couleurs et le splendide dessin. « Oui, c'est tout à fait magnifique ! » dit-il à l'empereur.

En ville, tout le monde parlait de la superbe étoffe.

Alors, l'empereur en personne voulut la voir pendant qu'elle était encore sur le métier. Avec toute une cohorte d'hommes choisis, dont les deux fonctionnaires avisés qui étaient déjà venus, il alla trouver les deux escrocs rusés qui tissaient maintenant de toutes leurs forces, mais sans le moindre fil.

« Eh bien, n'est-ce pas magnifique ! » dirent les deux honnêtes fonctionnaires. « Votre Majesté veut-elle voir ce dessin, ces couleurs ! » et ils montraient le métier vide, croyant que les autres, certainement, pouvaient voir l'étoffe.

« Comment cela, pensa l'empereur, je ne vois rien ! C'est tout de même effrayant ! Est-ce que je suis stupide ? Est-ce que je ne vaux rien comme empereur ? C'est ce qui pourrait m'arriver de plus épouvantable ! Oh ! c'est très beau ! dit l'empereur, j'approuve au dernier degré ! » et il fit un signe de tête satisfait en contemplant le métier vide : il ne voulait pas dire qu'il n'apercevait rien. Toute son escorte regardait, regardait sans en tirer rien de plus que tous les autres, mais ils dirent, comme l'empereur : « Oh ! c'est très beau ! » et ils lui conseillèrent de porter ces magnifiques habits neufs pour la première fois au grand défilé qui se préparait.

« C'est magnifique ! ravissant, parfait ! » disait-on en chœur, et tout le monde en était sincèrement satisfait. À chacun des escrocs, l'empereur donna une croix de chevalier à accrocher à sa boutonnière, avec le titre de damoiseau-tisserand.

Toute la nuit d'avant la matinée du défilé, les escrocs restèrent debout, ayant allumé plus de seize lampes. Les gens pouvaient voir qu'ils s'affairaient fort à terminer les habits neufs de l'empereur. Ils faisaient comme s'ils enlevaient l'étoffe du métier, ils taillaient dans l'air avec de grands ciseaux, ils cousaient avec des aiguilles, sans fil, et dirent finalement : « Voilà, les habits sont terminés ! »

L'empereur, avec ses chevaliers les plus distingués, vint en personne, et les deux escrocs levèrent un bras en l'air comme s'ils tenaient quelque chose, en disant : « Voyez ! voilà le pantalon ! voilà l'habit ! voilà le manteau ! » et ainsi de suite. « C'est aussi léger qu'une toile d'araignée ! On croirait que l'on n'a rien sur le corps, mais c'est précisément cela, la vertu de cette étoffe !

— Oui ! » dirent tous les chevaliers, mais ils ne pouvaient rien voir puisqu'il n'y avait rien.

« Votre Majesté Impériale veut-elle avoir l'extrême bonté de se déshabiller ! dirent les escrocs, pour que nous lui passions les habits neufs, ici, devant ce grand miroir ! »

L'empereur ôta tous ses vêtements et les escrocs se comportèrent comme s'ils lui donnaient, pièce après pièce, les nouveaux habits prétendument cousus, et l'empereur se tourna et se retourna devant le miroir.

« Dieu ! comme ils vous habillent bien ! Comme ils tombent parfaitement ! dirent-ils tous. Quel dessin ! Quelles couleurs ! Voilà un précieux costume... !

— Les gens qui doivent porter le dais au-dessus de Votre Majesté pendant le défilé sont là, dehors ! » dit le grand maître des cérémonies.

« Mais oui, je suis prêt, dit l'empereur. Est-ce que ça ne me va pas bien ? » et il se tourna encore une fois devant le miroir, car il s'agissait maintenant de faire comme s'il contemplait comme il faut sa parure.

Les chambellans qui devaient porter la traîne tâtonnèrent sur le plancher comme s'ils la relevaient, ils allèrent mains en l'air, n'osant pas faire remarquer qu'ils ne voyaient rien.

Puis l'empereur défila sous le dais magnifique et tout le monde, dans la rue et aux fenêtres, disait : « Dieu ! comme les habits neufs de l'empereur sont incomparables ! Quelle ravissante traîne il a à son habit ! Comme elle fait merveilleux effet ! » Personne ne voulait laisser remarquer qu'il ne voyait rien, car alors, n'est-ce pas, c'est qu'il n'aurait rien valu dans son emploi ou qu'il aurait été très stupide. Jamais les habits de l'empereur n'avaient obtenu un tel succès.

« Mais voyons, il n'a rien sur lui », dit un petit enfant. « Seigneur Dieu, écoutez la voix de cet innocent », dit son père. Et l'on se chuchota de l'un à l'autre ce que disait cet enfant.

« Mais voyons, il n'a rien sur lui », cria finalement tout le peuple. L'empereur frissonna car il lui semblait bien qu'ils avaient raison, mais il se dit quelque chose comme : « Il faut que je défile jusqu'au bout. » Et les chambellans allèrent, portant la traîne qui n'existait pas.

L'INTRÉPIDE SOLDAT DE PLOMB

Il y avait une fois vingt-cinq soldats de plomb. Ils étaient tous frères car ils étaient nés d'une vieille cuiller de plomb. Ils avaient le fusil au bras, faisaient la même figure et, pour leur uniforme, rouge et bleu, il avait bon effet. La première chose qu'ils entendirent en ce monde, quand le couvercle de la boîte où ils étaient couchés fut enlevé, ce fut : « Des soldats de plomb ! » : c'était ce que criait un petit garçon en battant des mains. On les lui avait donnés pour son anniversaire et il les aligna sur la table. Chacun était le vivant portrait de l'autre, il n'y en avait qu'un pour être un peu différent : il n'avait qu'une jambe parce que c'était lui qui avait été fondu le dernier et il ne restait plus assez de plomb. Pourtant, il se tenait aussi ferme sur son unique jambe que les autres sur deux et c'est précisément lui qui va mériter notre attention.

Sur la table où on les avait alignés, il y avait beaucoup d'autres jouets, mais ce qui frappait le plus le regard, c'était un joli château de carton. Par les petites fenêtres, on apercevait les salles. Dehors, de petits arbres entouraient un petit miroir qui tenait lieu de lac; des cygnes de cire y nageaient et s'y miraient. L'ensemble était charmant, mais le plus charmant était encore une petite demoiselle qui se tenait dans l'embrasure de la porte du château. Elle aussi était découpée dans du carton, mais elle portait une jupe de linon transparent et un mince petit ruban bleu sur l'épaule qui faisait comme une écharpe, avec, au beau milieu, une paillette aussi grande que son visage. La petite demoiselle étendait les deux bras, car c'était une danseuse, et elle levait l'une de ses jambes si haut que le soldat de plomb ne la découvrit pas et crut qu'elle n'avait qu'une jambe, comme lui.

« Voilà une femme pour moi, pensa-t-il, mais elle est distinguée, elle habite au château, moi, je n'ai qu'une boîte et nous sommes vingt-cinq dedans, ce n'est pas un endroit pour elle. Il faut tout de même que je tâche de faire sa connaissance ! » Il s'étendit de tout son long derrière une tabatière qui se trouvait sur la table. Là, il put regarder la petite dame délicate qui continuait de se tenir sur une jambe sans perdre l'équilibre.

Quand la soirée fut avancée, tous les autres soldats de plomb entrèrent dans leur boîte et les gens de la maison allèrent au lit. Alors, les jouets se mirent à jouer, à organiser des réceptions, à faire la guerre, à danser. Les soldats de plomb cliquetaient dans leur boîte, ils auraient voulu en être mais ils ne parvenaient pas à enlever le couvercle. Le casse-noisettes faisait des culbutes, le crayon écrivait des plaisanteries sur l'ardoise. C'était un tel vacarme que le canari se réveilla et entama la conversation, et en vers, qui plus est. Les deux seuls qui ne bougeaient pas, c'étaient le soldat de plomb et la petite danseuse : elle, se tenait bien droite sur la pointe du pied, les deux bras étendus, lui, était tout aussi intrépide sur son unique jambe, pas un instant il ne détachait d'elle son regard.

Minuit sonna et clac ! le couvercle de la tabatière sauta. Or il n'y avait pas de tabac dedans, non, mais un petit troll noir, c'était une boîte à surprise !

« Soldat de plomb, dit le troll, veux-tu regarder ailleurs ! »

Mais le soldat de plomb fit comme s'il n'entendait pas.

« Fort bien, attends demain ! » dit le troll.

Quand ce fut le matin et que les enfants arrivèrent, on posa le soldat de plomb à la fenêtre, et, est-ce que ce fut le troll ou un courant d'air, la fenêtre s'ouvrit soudain et le soldat tomba, tête la première, du deuxième étage. La vitesse fut épouvantable, il avait la jambe en l'air, il se retrouva tout droit sur sa casquette, sa baïonnette enfoncée entre deux pavés.

La bonne et le petit garçon descendirent aussitôt le chercher. Mais ils eurent beau manquer lui marcher dessus, ils ne l'aperçurent pas. Si le soldat de plomb avait crié : « Je suis ici ! », ils l'auraient sûrement trouvé, mais il estima inconvenant de crier puisqu'il était en uniforme.

Et voilà qu'il se mit à pleuvoir, les gouttes tombaient de plus en plus dru, c'était une sérieuse averse. Lorsqu'elle fut passée, deux gamins arrivèrent.

« Regarde donc, dit l'un, voilà un soldat de plomb ! On va le faire naviguer ! »

Avec un journal, ils firent un bateau, y mirent le soldat de plomb et le voilà qui descend le caniveau. Les deux garçons couraient à côté en battant des mains. Dieu ! les vagues qu'il y avait dans ce caniveau, et quel courant ! Il faut dire aussi qu'il avait plu à verse. Le bateau de papier tanguait, virant parfois de bord, si brusquement que le soldat de plomb en tremblait. Mais il restait intrépide, ne changeait pas d'expression, regardait bien droit et gardait l'arme au bras.

Tout à coup, le bateau passa sous une longue dalle recouvrant le caniveau. Il y faisait aussi noir que s'il avait été dans sa boîte.

« Où est-ce que je vais arriver, pensa-t-il, ouais, c'est de la faute du troll ! Ah ! si seulement la petite demoiselle était dans ce bateau, il pourrait bien faire deux fois plus noir encore, ça me serait égal ! »

À cet instant surgit un gros rat d'égout qui logeait sous la dalle.

« Tu as un passeport[1] ? demanda le rat. Montre-le ! »

Le soldat de plomb se tut et serra encore plus son fusil. Le bateau cingla, suivi du rat. Hou ! comme il grinçait des dents, criant aux bouts de bois, aux brins d'herbe :

« Arrêtez-le ! arrêtez-le ! Il n'a pas payé la douane ! il n'a pas montré son passeport ! »

Mais le courant devenait de plus en plus fort ! Le soldat de plomb apercevait déjà la lumière du jour à l'endroit où finissait la dalle, devant, mais il entendait aussi un grondement bien capable d'effrayer un brave. Pensez donc ! à l'endroit où finissait la dalle, le ruisseau se précipitait dans un grand canal. Pour le soldat, ce serait aussi dangereux que, pour nous, d'être entraînés dans une grande cascade.

Et il en était si près déjà qu'il ne pouvait s'arrêter. Le bateau fut projeté, le pauvre soldat de plomb se tint aussi raide qu'il put, personne ne pourrait lui reprocher d'avoir battu des cils. Le bateau tournoya trois ou quatre fois et se remplit d'eau jusqu'au bord, il ne pouvait que couler. Le soldat de plomb avait de l'eau jusqu'au cou, le bateau ne cessait de s'enfoncer, le papier se défaisait de plus en plus. Maintenant, le soldat avait de l'eau par-dessus la tête... alors, il pensa à la charmante petite danseuse qu'il ne verrait jamais plus ; et une chanson résonna aux oreilles du soldat de plomb :

Passe, passe, passera,
La dernière, la dernière,
Passe, passe, passera,
La dernière restera !

Et le papier creva, et le soldat de plomb le transperça... pour être, au même instant, avalé par un gros poisson.

Oh ! comme il faisait noir là-dedans ! C'était encore pire que sous la dalle du caniveau, et puis on était tellement à l'étroit. Mais le soldat de plomb était intrépide, il s'étendit de tout son long, l'arme au bras...

Le poisson frétilla, il fit les mouvements les plus épouvantables ; finalement, il resta tout à fait immobile, il fut traversé comme d'un éclair. Il y eut une lumière très claire et quelqu'un s'écria : « Un soldat de plomb ! » Le poisson avait été pêché, apporté au marché, vendu et parvenu à la cuisine où la bonne l'ouvrait avec un grand couteau. Entre deux doigts, elle prit le soldat par la taille et le porta au salon où tout le monde voulait voir un homme aussi remarquable qui avait voyagé dans le ventre d'un poisson. Mais le soldat de plomb n'était pas fier du tout. On le posa sur la table et... vraiment, comme il peut se passer de drôles de choses en ce monde ! Le soldat de plomb se retrouvait dans le salon même où il avait déjà été, car il vit les mêmes enfants, et, sur la table, les mêmes jouets ; le joli château avec la charmante petite danseuse : elle se tenait encore sur une seule jambe et levait l'autre très haut, elle aussi était intrépide. Le soldat de plomb en fut ému, il fut sur le point de pleurer, mais ce n'était pas convenable. Il la regarda et elle le regarda, mais ils ne dirent rien.

À cet instant, l'un des petits garçons prit le soldat et le jeta dans le poêle, sans donner aucune raison : c'était sûrement le troll de la tabatière qui en était cause.

Le soldat de plomb était tout ébloui et ressentit une chaleur épouvantable, mais sans savoir si cela venait réellement du feu ou de l'amour. Il avait perdu ses couleurs : personne n'aurait pu dire si cela s'était produit pendant son voyage ou si c'était de chagrin. Il regardait la petite demoiselle, elle le regardait, il se sentait fondre mais il restait encore intrépide, le fusil au bras. Alors, une porte s'ouvrit, le vent s'empara de la danseuse qui vola comme une sylphide[1] tout droit dans le poêle auprès du soldat de plomb, s'enflamma et disparut ; puis le soldat de plomb fondit, devint un petit bloc de plomb et, le lendemain, quand la bonne enleva les cendres, elle le trouva sous forme d'un petit cœur de plomb. De la danseuse, en revanche, il ne restait que la paillette calcinée, noire comme du charbon.

LE GARÇON PORCHER

Il y avait une fois un pauvre prince. Il avait un royaume qui était tout petit, mais bien assez grand pour se marier, toujours, et pour se marier, il voulait se marier.

Assurément, c'était tout de même bien hardi de sa part que d'oser dire à la fille de l'empereur : « Veux-tu m'épouser ? » mais pour oser, il osa, son nom était célèbre à la ronde, il y avait des centaines de princesses qui auraient dit : « Oui, merci », mais elle, voyez si elle le fit.

Écoutons :

Sur la tombe du père du prince poussait un rosier, un charmant rosier, oh oui ! il ne fleurissait que tous les cinq ans et ce, pour ne donner qu'une seule fleur, mais c'était une rose au parfum si suave qu'à la sentir on oubliait tous ses chagrins et ses soucis. Et puis, il avait un rossignol qui savait chanter comme s'il avait dans son petit gosier toutes les ravissantes mélodies. Cette rose et ce rossignol seraient pour la princesse. Aussi furent-ils mis tous les deux dans de grands étuis d'argent et ils lui furent envoyés.

L'empereur les fit apporter devant lui dans la grande

salle où la princesse était en train de jouer avec ses dames d'honneur à se rendre des visites. Quand elle vit les grands étuis contenant les présents, de joie, elle battit des mains.

« Si seulement c'était une petite chatte ! » dit-elle... mais ce fut le rosier à la rose ravissante qui apparut.

« Oh ! comme elle est bellement faite ! » dirent toutes les dames d'honneur.

« Elle est plus que belle, dit l'empereur, elle est jolie ! »

Mais la princesse la toucha et fut sur le point de pleurer.

« Mais non, papa, dit-elle, elle n'est pas artificielle, elle est *naturelle* !

— Mais non ! dirent tous les courtisans, elle est naturelle !

— Voyons d'abord ce qu'il y a dans l'autre étui avant de nous fâcher ! » pensa l'empereur... et le rossignol parut. Il chanta si délicieusement qu'aussitôt on ne put rien dire de mal contre lui.

« *Superbe ! charmant !* » dirent les dames d'honneur car, toutes, elles parlaient français, plus mal l'une que l'autre.

« Comme cet oiseau me rappelle la boîte à musique de feu l'impératrice, dit un vieux gentilhomme. Oh oui ! c'est le même accent, la même diction, tout à fait !

— Oui », dit l'empereur, et il pleura comme un petit enfant.

« J'ai du mal à croire, tout de même, qu'il soit naturel ! dit la princesse.

— Si ! c'est un véritable oiseau ! » dirent ceux qui l'avaient apporté.

« Eh bien, que cet oiseau vole ! » dit la princesse et elle ne voulut rien entendre pour que le prince vienne.

Mais il ne se laissa pas décourager. Il se barbouilla la figure de brun et de noir, s'enfonça une casquette sur la tête et frappa à la porte.

« Bonjour, empereur ! dit-il. Ne pourrais-je prendre du service, ici, au château ?

— Mais oui ! dit l'empereur, j'ai besoin de quelqu'un qui sache s'occuper des cochons ! car nous en avons beaucoup ! »

Et le prince fut engagé comme garçon porcher impérial. On lui donna une mauvaise chambrette en bas de la sente aux cochons et c'est là qu'il lui fallut loger. Mais il passa toute la journée à travailler et, quand ce fut le soir, il avait fait une jolie petite marmite tout entourée de clochettes : dès que la marmite bouillait, les clochettes sonnaient mignonnement en jouant la vieille mélodie :

Ach, du lieber Augustin
Alles ist vaek, vaek, vaek[1] *!*

Pourtant, ce qu'il y avait de plus ingénieux, c'était que, lorsqu'on tenait le doigt dans la vapeur de cette marmite, on pouvait sentir aussitôt quels plats on préparait dans chaque cheminée de la ville. Voyez ! c'était vraiment tout autre chose que la rose.

Or la princesse arriva, se promenant avec toutes ses dames d'honneur, et en entendant la mélodie, elle s'arrêta et eut l'air réjouie : car elle aussi savait jouer *« Ach, du lieber Augustin »*, c'était la seule chose qu'elle sût, mais elle la jouait d'un seul doigt.

« Mais c'est celle que je sais, dit-elle, il doit être cultivé, ce garçon porcher ! Écoutez ! Descendez lui demander combien coûte cet instrument ! »

Et il fallut qu'une des dames d'honneur y aille, mais elle mit des sabots...

« Que veux-tu pour cette marmite ? dit la dame d'honneur.

— Je veux dix baisers de la princesse ! dit le garçon porcher.

— Dieu nous en garde ! dit la dame d'honneur.

— Ça ne peut pas être moins ! répondit le garçon porcher.

— Qu'il est donc inconvenant ! » dit la princesse, et elle s'en alla... mais quand elle eut fait un petit bout de chemin, les clochettes tintèrent mignonnement :

Ach, du lieber Augustin
Alles ist vaek, vaek, vaek !

« Écoute, dit la princesse, demande-lui s'il veut dix baisers de mes dames d'honneur !

— Non, merci, dit le garçon porcher, dix baisers de la princesse, sinon, je garde la marmite !

— Comme c'est ennuyeux, dit la princesse, mais alors vous allez vous mettre devant moi pour que personne ne voie cela ! »

Et les dames d'honneur se placèrent devant elle en déployant leurs robes, et le garçon porcher eut les dix baisers, et elle, eut la marmite.

Oh ! quel plaisir ce fut ! toute la soirée et tout le jour suivant, il fallut faire bouillir la marmite. Dans toute la ville, il n'y avait pas une cheminée où l'on ne sût ce qui cuisait, tant chez le chambellan que chez le cordonnier. Les dames d'honneur dansaient en battant des mains.

« Nous savons qui aura de la soupe aux fruits avec des crêpes ! Nous savons qui aura du gruau et des côtelettes ! comme c'est intéressant !

— Oui, mais taisez-vous, car je suis la fille de l'empereur !

— Dieu nous en garde ! » dirent-elles toutes.

Le porcher, c'est-à-dire le prince — mais tout ce qu'elles savaient, n'est-ce pas, c'est que c'était un véritable garçon porcher —, ne laissa pas passer cette journée sans rien faire, et il fabriqua une crécelle : quand on la faisait tourner, toutes les valses, toutes les saltarelles que l'on connût depuis la création du monde résonnaient.

« Mais c'est superbe », dit la princesse alors qu'elle passait, « je n'ai jamais entendu composition plus ravissante ! Écoutez ! entrez lui demander combien coûte cet instrument ! Mais je ne donnerai pas de baisers !

— Il veut cent baisers de la princesse ! » dit la dame de cour qui était entrée demander.

« Je crois qu'il est fou ! » dit la princesse, et elle s'en alla. Mais lorsqu'elle eut fait un petit bout de chemin, elle s'arrêta. « Il faut encourager l'art, dit-elle, je suis la fille de l'empereur ! Dis-lui qu'il aura dix baisers comme hier, le reste, il pourra le prendre chez mes dames d'honneur !

— Mais ça ne nous plaît pas ! dirent les dames d'honneur.

— Verbiage ! dit la princesse ; si je peux l'embrasser, moi, vous le pouvez aussi ! Rappelez-vous que c'est moi qui vous entretiens et vous paie ! » Et la dame d'honneur dut retourner le voir.

« Cent baisers de la princesse, dit-il, ou que chacun garde son bien !

— Mettez-vous devant ! » dit-elle, et toutes les dames d'honneur se rangèrent devant, et il l'embrassa.

« Qu'est-ce que ça peut bien être que cet attroupement là-bas dans la sente aux cochons ! » dit l'empereur qui était passé sur sa terrasse. Il se frotta les yeux et mit ses lunettes. « Mais ce sont les dames d'honneur qui s'amusent ! Il faut que je descende les voir !... » et il remonta l'arrière de ses pantoufles car il avait écrasé le contrefort de ces souliers-là.

Tudieu ! comme il se dépêchait !

Dès qu'il fut arrivé dans la ferme, il marcha tout doucement, et les dames d'honneur étaient fort occupées à compter les baisers parce que tout devait se passer honnêtement, si occupées qu'elles ne remarquèrent pas l'empereur. Il se dressa sur la pointe des pieds.

« Qu'est-ce que c'est que ça ! » dit-il en voyant qu'ils s'embrassaient, et il leur donna un coup de pantoufle sur la tête au moment précis où le garçon porcher recevait le quatre-vingt-sixième baiser. « Dehors ! » dit l'empereur, car il était fâché, et la princesse et le garçon porcher furent tous deux chassés de son empire.

Elle restait là à pleurer, le garçon porcher jurait et la pluie tombait à verse.

« Ah ! misérable que je suis ! dit la princesse. Si j'avais épousé le prince charmant ! Ah ! comme je suis malheureuse ! »

Et le porcher passa derrière un arbre, essuya de son visage le brun et le noir, jeta ses affreux habits et s'avança dans son costume princier, si beau que la princesse dut faire la révérence.

« Je suis venu te dire mon mépris, fit-il. Tu n'as pas voulu d'un prince loyal ! Tu n'as rien compris à la rose et au rossignol, mais le porcher, tu as été capable de l'embrasser pour un instrument de musique ! Bien du plaisir à toi, maintenant ! »

Et il rentra dans son royaume en lui fermant la porte ; certes, elle pouvait chanter :

Ach, du lieber Augustin,
Alles ist vaek, vaek, vaek !

LE ROSSIGNOL

En Chine, tu sais, bien sûr, que l'empereur est un Chinois et que tous ceux qui l'entourent sont chinois. C'était il y a bien des années maintenant, mais c'est précisément pour cela qu'il vaut la peine d'entendre cette histoire avant qu'on l'oublie ! Le château de l'empereur était le plus magnifique du monde, tout entier de porcelaine fine, si précieuse mais si fragile, si difficile à manipuler qu'il fallait faire vraiment attention. Dans le jardin, on voyait les fleurs les plus extraordinaires, et à celles qui étaient les plus magnifiques, on avait attaché des clochettes d'argent qui sonnaient, pour peu qu'on passe sans remarquer la fleur. Eh oui ! tout était étudié au jardin de l'empereur et il s'étendait si loin que le jardinier lui-même n'en savait pas la fin. Si l'on poursuivait sa marche, on entrait dans la plus ravissante des forêts avec de grands arbres et des lacs profonds. Cette forêt descendait jusqu'à la mer qui était bleue et profonde. Il arrivait que de gros bateaux s'en viennent naviguer jusque sous les branches, et dans celles-ci habitait un rossignol qui chantait si divinement que même le pauvre pêcheur qui avait à s'occuper de tant d'autres choses restait immobile et écoutait quand, la nuit, il était sorti tirer ses filets et qu'il entendait alors le rossignol. « Seigneur Dieu ! que c'est beau ! » disait-il, mais ensuite, il lui fallait s'occuper de ses affaires et il oubliait l'oiseau. Cependant, la nuit suivante, quand de nouveau il chantait et que le pêcheur arrivait, celui-ci disait tout de même : « Seigneur Dieu ! que c'est beau quand même ! »

De tous les pays du monde, des voyageurs venaient à la ville de l'empereur et ils l'admiraient, ainsi que le château et le jardin, mais quand ils entendaient le rossignol, tous, ils disaient : « C'est tout de même lui le meilleur ! »

Rentrés chez eux, les voyageurs en parlaient, et les doctes écrivaient force livres sur la ville, le château et le jardin, sans oublier le rossignol : lui, ils le mettaient au-dessus de tout. Et ceux qui savaient composer écrivaient les poèmes les plus délicieux, tous sur le rossignol de la forêt au bord de la mer profonde.

Ces livres faisaient le tour du monde et certains parvinrent aussi, un jour, à l'empereur. Il était sur son siège d'or et lut, lut, hochant la tête à chaque instant car il se réjouissait de voir les magnifiques descriptions de la ville, du château et du jardin. « Mais le mieux de tout, c'est quand même le rossignol ! » était-il écrit.

« Quoi ! dit l'empereur. Le rossignol ! Mais je ne le connais simplement pas ! Il y a un pareil oiseau dans mon empire, et dans mon jardin par-dessus le marché ! Je n'ai jamais entendu dire cela ! Faut-il qu'on apprenne une pareille chose dans les livres ! »

Et il fit venir son chevalier d'honneur qui était tellement distingué que, lorsque quelqu'un d'un rang inférieur au sien osait lui adresser la parole ou demander quelque chose, tout ce qu'il répondait, c'était « P ! », ce qui n'a aucune signification.

« Il y aurait ici un oiseau extrêmement remarquable, que l'on appelle rossignol ! dit l'empereur. On dit que c'est ce qu'il y a de mieux dans mon grand empire ! Pourquoi ne m'a-t-on jamais rien dit de lui ?

— Jamais encore, je ne l'ai entendu mentionner ! dit le chevalier ; il n'a jamais été présenté à la cour !

— Je veux qu'il vienne ici ce soir et qu'il chante pour moi ! dit l'empereur. Le monde entier sait ce que je possède, et moi, je ne le sais pas !

— Jamais encore, je ne l'ai entendu mentionner ! dit le chevalier ; je vais le chercher, je vais le trouver ? »

Mais où le trouver ? Le chevalier parcourut les escaliers en tous sens, traversa salles et couloirs, aucun de ceux qu'il rencontrait n'avait entendu parler du rossignol, et le chevalier revint trouver l'empereur, dire que ce devait sûrement être une fable inventée par ceux qui écrivaient des livres. « Votre Impériale Majesté n'a pas à croire ce qu'on écrit ! Ce sont des inventions et cette chose que l'on appelle l'art noir[1] !

— Mais le livre où j'ai lu cela, dit l'empereur, m'est envoyé par le très puissant empereur du Japon, ce ne peut être mauvaise foi. Je veux entendre le rossignol ! Il faut qu'il soit ici ce soir ! Il aura ma grâce suprême ! Et s'il ne vient pas, toute ma cour recevra des coups sur le ventre après dîner !

— *Tsing-pe*[2] ! » dit le chevalier qui parcourut les escaliers en tous sens, traversa toutes les salles, tous les couloirs. Et la moitié de la cour courait avec lui, il ne leur plaisait pas de recevoir des coups sur le ventre. Les questions pleuvaient sur cet extraordinaire rossignol que le monde entier connaissait, mais personne à la cour.

Enfin, on trouva, à la cuisine, une pauvre petite fille qui dit : « Oh Dieu ! le rossignol ! je le connais bien ! Oh oui ! comme il sait chanter ! Chaque soir, j'ai la permission d'apporter quelques restes chez nous à ma pauvre mère malade, elle habite au bord du rivage, et quand je reviens, je suis fatiguée, je me repose dans la forêt, j'entends le rossignol chanter ! Cela me met les larmes aux yeux, c'est comme si ma mère m'embrassait !

— Petite cuisinière, dit le chevalier, je vous donnerai un emploi fixe à la cuisine et la permission de voir l'empereur manger si vous pouvez nous mener jusqu'au rossignol, car il est convoqué pour ce soir ! »

Et ils se rendirent tous dans la forêt où le rossignol avait l'habitude de chanter. La moitié de la cour les accompagnait. En cours de route, une vache se mit à meugler.

« Oh ! » dirent les gentilshommes de la cour, « nous le tenons ! Quelle force étonnante, tout de même, chez une si petite bête ! Je l'ai déjà entendu, très certainement !

— Non, ce sont les vaches qui meuglent, dit la petite cuisinière, nous sommes encore loin de l'endroit. »

Voilà que les grenouilles coassèrent dans le marais.

« Charmant ! » dit le chapelain chinois du château ; « je l'entends maintenant, on dirait de petites cloches d'église !

— Non, ce sont les grenouilles ! dit la petite cuisinière. Mais je pense que nous allons l'entendre bientôt, maintenant ! »

Puis le rossignol se mit à chanter.

« Le voilà ! dit la petite fille ; écoutez ! écoutez ! et il est là ! » et elle montra un petit oiseau gris dans les branches.

« Est-ce possible, dit le chevalier, je ne me le serais jamais imaginé ainsi ! Comme il a l'air commun ! il a dû perdre sa couleur en voyant tant de gens distingués !

— Petit rossignol », cria très fort la petite cuisinière, « notre gracieux empereur aimerait bien que vous chantiez pour lui !

— Avec le plus grand plaisir ! » dit le rossignol qui chanta, que c'en était un délice.

« On dirait des cloches de verre, dit le chevalier, et voyez son petit gosier, comme il s'en sert ! C'est extraordinaire que nous ne l'ayons jamais entendu encore ! Il va avoir un grand *succès*[1] à la cour !

— Dois-je chanter encore une fois pour l'empereur ? » demanda le rossignol qui croyait que l'empereur était là.

« Excellent petit rossignol, dit le chevalier, j'ai la grande joie de vous convoquer à une fête à la cour ce soir où vous enchanterez Sa Haute Grâce Impériale de votre charmant chant !

— C'est dans la verdure qu'il fait le meilleur effet », dit le rossignol. Pourtant, il les accompagna volontiers en apprenant que l'empereur le souhaitait.

Au château, le ménage avait été fait comme il faut. Murs et sol, qui étaient de porcelaine, brillaient de milliers et de milliers de lampes d'or. Les plus ravissantes fleurs, qui savaient parfaitement carillonner, étaient disposées dans les couloirs. Ce n'étaient que va-et-vient et courants d'air, mais les clochettes, précisément, sonnaient tant que l'on ne pouvait s'entendre.

Au milieu de la grande salle où siégeait l'empereur, on avait placé un perchoir d'or : c'est là que devait se poser le rossignol. Toute la cour était là, et la petite cuisinière avait obtenu la permission de se tenir derrière la porte puisque, maintenant, elle était devenue cuisinière en titre. Tout le monde était dans ses plus beaux atours et regardait le petit oiseau gris auquel l'empereur faisait des signes de tête.

Et le rossignol chanta si délicieusement que l'empereur eut les larmes aux yeux, les pleurs lui coulaient sur les joues, alors, le chant du rossignol fut encore plus beau, cela vous allait droit au cœur. Et l'empereur était tout content, il dit que le rossignol aurait sa pantoufle d'or à porter autour du cou. Mais le rossignol remercia, il avait déjà été assez récompensé.

« J'ai vu des larmes aux yeux de l'empereur, c'est pour moi le plus riche trésor ! Les larmes d'un empereur ont un pouvoir merveilleux ! Dieu sait que je suis assez récompensé ! » Et il chanta encore, de sa douce voix bénie.

« C'est la plus adorable coquetterie que je connaisse », disaient les dames alentour, et elles se mettaient de l'eau en bouche[1] pour glousser quand quelqu'un leur adressait la parole : elles croyaient être alors des rossignols aussi. Même les laquais et les chambrières firent savoir qu'eux aussi étaient satisfaits et cela veut dire beaucoup de choses car ce sont les gens les plus difficiles à contenter. Oh oui ! vraiment, le rossignol eut du succès !

Il devait désormais rester à la cour, avoir sa propre cage ainsi que la liberté de sortir faire une promenade deux fois par jour et une fois par nuit. On lui donna douze serviteurs qui, tous, le tenaient par un ruban de soie attaché à sa patte et ne le lâchaient pas. Il n'y avait aucun plaisir à faire cette promenade.

Toute la ville parlait de l'extraordinaire oiseau ; que deux personnes se rencontrent, l'une n'avait qu'à dire : « Ross... ! » et l'autre disait : « gnol », et elles soupiraient, elles se comprenaient, on alla même jusqu'à donner son nom à onze enfants de charcutiers, mais pas un n'eut une seule mélodie dans le corps...

Un jour, un gros paquet parvint à l'empereur. Il était écrit dessus : *Rossignol.*

« Voilà un nouveau livre sur notre célèbre oiseau ! » dit l'empereur. Mais ce n'était pas un livre, c'était une petite mécanique déposée dans une boîte, un rossignol artificiel qui était censé ressembler au rossignol vivant, mais qui était tout couvert de diamants, de rubis et de saphirs. Dès que l'on remontait l'oiseau artificiel, il était capable de chanter un des morceaux que donnait le vrai, et sa queue montait et descendait, tout étincelante d'argent et d'or. À son cou était pendu un petit ruban sur lequel était écrit : *Le rossignol de l'empereur du Japon est pauvre en comparaison de celui de l'empereur de Chine.*

« C'est ravissant ! » dirent-ils tous, et celui qui avait apporté l'oiseau artificiel reçut aussitôt le titre de grand-porteur-de-rossignol-impérial.

« Il faut qu'ils chantent ensemble ! quel duo cela va faire ! »

Et ils durent chanter ensemble, mais cela n'allait pas très bien, car le vrai rossignol chantait à sa façon et l'oiseau artificiel suivait le mouvement de ses cylindres. « Ce n'est pas de sa faute, dit le maître de musique, il chante particulièrement bien en mesure, il est tout à fait de mon école ! » Alors, l'oiseau artificiel dut chanter tout seul... Il remportait autant de succès que le vrai, et, bien sûr, il était beaucoup plus joli à voir aussi : il brillait comme un bracelet et une broche.

Trente-trois fois, il chanta le même morceau et pourtant, il n'était pas fatigué. Les gens auraient volontiers continué à l'écouter, mais l'empereur pensa que le rossignol vivant devait chanter un peu aussi maintenant... mais où était-il ? Personne n'avait remarqué qu'il s'était envolé par la fenêtre ouverte jusqu'à sa vaste forêt.

« Mais qu'est-ce donc que cela ? » dit l'empereur. Et tous les courtisans de trouver cela déshonorant et de penser que le rossignol était un animal extrêmement ingrat. « Nous gardons le meilleur oiseau, tout de même », dirent-ils, et il fallut que l'oiseau artificiel chante de nouveau et c'était la trente-quatrième fois qu'ils entendaient le même morceau, pourtant, ils ne le savaient pas encore en entier car il était très difficile, et le maître de musique loua excessivement l'oiseau, assurant même qu'il était meilleur que le vrai rossignol, non seulement pour ce qui était de sa vêture et des nombreux et superbes diamants, mais aussi par son mécanisme intérieur.

« Car voyez-vous, messires et gentes dames, et avant tout, monseigneur l'empereur, chez le vrai rossignol, on ne peut jamais prévoir ce qui va venir, alors que chez l'oiseau artificiel, tout est fixé ! Ce sera ainsi et pas autrement ! On peut en rendre compte, on peut le démonter et montrer ce qu'a conçu l'intelligence humaine, voir comment se présentent les cylindres, comment ils marchent et comment ils s'enchaînent... !

— C'est tout à fait ce que je pense ! » dirent-ils tous et le maître de musique eut la permission de présenter l'oiseau au peuple le dimanche suivant. « Ils l'entendraient chanter également », dit l'empereur. Et ils l'entendirent, et ils furent aussi contents que s'ils avaient été grisés de thé, ce qui est tout à fait chinois, et ils firent tous : « Oh ! » et ils dressèrent le doigt qu'on appelle « lèche-pot » en hochant la tête. Mais les pauvres pêcheurs qui avaient entendu le vrai rossignol dirent : « Le son est assez beau, ça ressemble aussi, mais il manque quelque chose, je ne sais quoi ! »

Le vrai rossignol fut banni du pays et de l'empire.

L'oiseau artificiel avait sa place sur un coussin de soie tout près du lit de l'empereur. Tous les cadeaux qu'il avait reçus, or et pierres précieuses, étaient disposés autour de lui et il avait obtenu le titre de « grand-chantre-de-la-table-de-nuit-impériale », rang numéro un, côté gauche, l'empereur tenant pour le plus éminent le côté du cœur, et le cœur est du côté gauche chez un empereur aussi. Et le maître de musique écrivit vingt-cinq volumes sur l'oiseau artificiel, un long ouvrage savant, plein des mots chinois les plus difficiles, en sorte que tout le monde disait l'avoir lu et compris, sinon, ils auraient été stupides et auraient reçu des coups sur le ventre.

Une année entière passa de la sorte. L'empereur, la cour et tous les autres Chinois savaient par cœur le moindre gloussement du chant de l'oiseau artificiel et c'est pourquoi, précisément, il leur plaisait plus que tout. Ils étaient capables de l'accompagner eux-mêmes et c'est ce qu'ils faisaient. Les gamins des rues chantaient : « Tsitsitsi ! kloukkloukklouk ! » L'empereur le chantait... ! oh oui, vraiment, c'était ravissant !

Mais un soir que l'oiseau artificiel chantait le mieux, l'empereur couché dans son lit et l'écoutant, il y eut un svoup ! à l'intérieur de l'oiseau, quelque chose sauta, sourrr ! tous les rouages se déroulèrent et la musique s'arrêta.

L'empereur bondit aussitôt de son lit et fit appeler son médecin, mais que pouvait-il y faire ? On envoya chercher l'horloger et, après force discours et beaucoup d'examens, il remit à peu près l'oiseau en état, mais il dit qu'il fallait le ménager fort, car les pivots étaient tout usés et il n'était pas possible d'en mettre de nouveaux pour être sûr d'avoir de la musique. Ce fut une grande affliction ! Une fois par an seulement, on osait faire chanter l'oiseau, et encore ! Mais le maître de musique fit un petit discours plein de mots difficiles en disant que tout était aussi bien qu'avant et donc, tout fut aussi bien qu'avant.

Cinq années avaient passé et tout le pays fut en grand deuil, car au fond, tous, ils aimaient bien leur empereur. Or il était malade et ne survivrait pas, disait-on, un nouvel empereur était déjà élu, les gens, dans la rue, demandaient au chevalier comment allait leur empereur.

« P ! » disait-il en secouant la tête.

Glacé, livide, l'empereur gisait dans son grand lit magnifique, toute la cour le croyait mort, chacun s'empressait de courir saluer le nouvel empereur. Les valets de chambre couraient en parler et les servantes du château faisaient de grandes réceptions en offrant du café. Dans toutes les salles et tous les couloirs, on avait posé des tapis pour étouffer le bruit des pas, aussi était-ce un tel silence, un tel silence ! Mais l'empereur n'était pas mort encore. Roide et livide, il gisait dans le lit magnifique aux longs rideaux de velours et aux lourds glands d'or. Tout en haut, une fenêtre était ouverte et la lune brillait sur l'empereur et l'oiseau artificiel.

Le pauvre empereur pouvait à peine respirer, c'était

comme s'il avait quelque chose sur la poitrine. Il ouvrit les yeux et vit alors que c'était la mort qu'il avait sur la poitrine, elle avait mis sa couronne d'or, d'une main, elle tenait le sabre d'or de l'empereur, et de l'autre, son magnifique drapeau. Et tout autour, dans les plis des grands rideaux de velours du lit, perçaient d'étranges têtes, certaines tout à fait affreuses, d'autres d'une douceur bénie : c'étaient toutes les bonnes et les mauvaises actions de l'empereur qui le regardaient, maintenant que la mort siégeait sur son cœur.

« Te rappelles-tu cela ? » chuchotaient-elles à tour de rôle ; « te rappelles-tu cela ? » et elles lui en racontaient tant que la sueur lui perlait au front.

« Je n'en ai jamais rien su ! dit l'empereur. Musique, musique, le grand tambour chinois, cria-t-il, que je n'entende pas, au moins, tout ce qu'elles disent ! »

Et elles continuaient, et la mort opinait, à la mode des Chinois, à tout ce qui était dit.

« Musique, musique ! cria l'empereur. Chante donc, toi, petit oiseau d'or béni, chante ! Je t'ai donné de l'or et des cadeaux précieux, je t'ai personnellement accroché une pantoufle d'or autour du cou, chante donc, chante ! »

Mais l'oiseau restait silencieux, et il n'y avait personne pour le remonter et, sans cela, il ne chantait pas. Et la mort continuait à regarder l'empereur de ses grandes orbites vides, et tout était silencieux, effroyablement silencieux.

Alors résonna soudain, tout près de la fenêtre, le chant le plus délicieux : c'était le petit rossignol, le rossignol vivant, posé sur la branche, dehors ; il avait entendu parler de la détresse de son empereur, c'est pour cela qu'il était venu lui chanter consolation et espoir. Et au fur et à mesure qu'il chantait, les figures fantomatiques pâlissaient de plus en plus, le sang se ravivait dans les membres affaiblis de l'empereur et la mort elle-même écoutait, disant : « Continue, petit rossignol ! Continue !

— D'accord, si tu veux me donner le magnifique sabre d'or ! D'accord, si tu veux me donner le superbe drapeau ! si tu veux me donner la couronne de l'empereur ! »

Et la mort lui donna chacun de ces joyaux pour un chant, et le rossignol continua de chanter, et il chanta le cimetière paisible où poussent les roses blanches, où le sureau embaume, et où l'herbe verte est arrosée des larmes des vivants. Alors, la mort languit de revoir son jardin et elle s'envola par la fenêtre sous la forme d'une froide brume blanche.

« Merci, merci ! dit l'empereur. Ô toi, petit oiseau céleste, je te reconnais bien ! C'est toi que j'ai chassé de mon pays et de mon empire ! Et pourtant, tu as chassé de mon lit les mauvaises visions, tu as écarté la mort de mon cœur ! Comment vais-je te récompenser ?

— Tu m'as récompensé, dit le rossignol, j'ai reçu les larmes de tes yeux la première fois que j'ai chanté, je n'oublierai jamais cela de ta part ! Ce sont ces joyaux-là qui font du bien au cœur d'un chanteur... ! Mais alors maintenant, reprends forces et santé ! Je vais chanter pour toi ! »

Et il chanta... et l'empereur fut pris dans un doux sommeil, un sommeil tranquille et bienfaisant[1].

Le soleil brillait sur lui, par les fenêtres, quand il se réveilla, fortifié et dispos. Aucun de ses serviteurs n'était venu encore, ils le croyaient mort, mais le rossignol était encore en train de chanter.

« Il faut rester toujours auprès de moi ! dit l'empereur. Tu ne chanteras que quand tu le voudras, pour l'oiseau artificiel, je le mettrai en mille morceaux.

— Ne fais pas cela, dit le rossignol, il a fait tout le bien qu'il pouvait ! Garde-le comme d'habitude ! Je ne pense pas bâtir mon nid au château, mais laisse-moi venir quand j'en aurai envie, alors, le soir, je me poserai sur cette branche et chanterai pour toi, pour que tu sois joyeux et pensif à la fois ! Je chanterai les heureux et aussi ceux qui souffrent ! Je chanterai le mal et le bien que l'on tient cachés autour de toi ! Le petit oiseau chanteur vole partout à la ronde, chez le pauvre pêcheur, jusqu'au toit du paysan, chez tous ceux qui sont loin de toi et de ta cour ! J'aime ton cœur plus que ta couronne, et pourtant, ta couronne est entourée du parfum de quelque chose de sacré... ! Je viendrai, je chanterai pour toi... ! mais il y a une chose qu'il faut que tu me promettes... !

— Tout ! » dit l'empereur, debout dans son costume impérial, qu'il avait passé lui-même, et tenant son sabre d'or tout pesant contre son cœur.

« Je te demande une chose ! Ne raconte à personne que tu as un petit oiseau qui te dit tout, tout ira encore mieux ainsi ! »

Et le rossignol s'envola.

Les serviteurs entrèrent voir leur empereur mort... Et ils se tenaient là, et l'empereur dit : « Bonjour ! »

LE VILAIN PETIT CANARD

Il faisait si bon à la campagne. C'était l'été, les blés étaient jaunes, l'avoine, verte, on avait mis le foin en meules dans le pré, la cigogne y déambulait sur ses longues pattes rouges en parlant égyptien car elle avait appris cette langue de sa mère. Autour des champs et des prés, il y avait de grandes forêts et, au milieu de ces forêts, des lacs profonds. Oh oui ! il faisait vraiment bon à la campagne ! En plein soleil, s'étendait un vieux manoir entouré de douves profondes, de ses murailles jusqu'à l'eau poussaient de grandes feuilles d'oseilles, si hautes que les petits enfants pouvaient se tenir debout sous les plus grandes. Il y avait autant de fouillis là-dedans que dans la forêt la plus épaisse et, là, il y avait une cane dans son nid. Elle couvait ses canetons qui allaient éclore, elle commençait à en avoir assez parce que cela durait si longtemps et qu'elle recevait rarement de la visite. Les autres canards aimaient mieux nager dans les douves que de monter courir s'asseoir sous une feuille d'oseille pour bavarder avec elle.

Enfin, les œufs s'ouvrirent l'un après l'autre, ils faisaient « pip ! pip ! », tous les jaunes d'œufs étaient devenus vivants et sortaient la tête.

« Coin-coin ! » dit-elle, et ils cancanèrent tous tant qu'ils purent, regardant de tous côtés sous les feuilles vertes, et leur mère les laissa regarder autant qu'ils voulaient car le vert est bon pour les yeux.

« Comme le monde est grand tout de même ! » dirent tous les petits. C'est qu'ils avaient vraiment bien plus de place que lorsqu'ils étaient dans l'œuf.

« Croyez-vous que ce soit là le monde entier, dit la mère : il s'étend bien loin de l'autre côté du jardin, jusqu'au champ du pasteur ! Mais là, je n'y ai jamais été... ! Vous êtes bien tous là... ? » et elle se leva. « Non, je ne les ai pas tous ! le plus gros œuf est encore là. Combien de temps ça va durer ! Je commence à en avoir assez ! » et elle se recoucha.

« Alors, comment ça va ? » dit une vieille cane qui venait en visite.

« Il y a un œuf qui dure tellement longtemps ! dit la cane. Pas moyen qu'il perce ! Mais regarde donc les autres ! Ce sont les plus charmants canetons que j'aie vus ! Ils ressemblent tous à leur père, ce répugnant personnage : il ne vient pas me voir !

— Fais-moi voir cet œuf qui ne veut pas s'ouvrir ! dit la vieille. C'est un œuf de dinde, figure-toi ! Moi aussi, on m'a trompée ainsi, une fois, et j'ai eu bien du mal avec les petits parce qu'ils ont peur de l'eau, je te dirai ! Je n'arrivais pas à les y mettre ! Je cancanais, je couicouinais, rien à faire... ! Fais-moi voir cet œuf ! Mais oui, c'est un œuf de dinde ! Laisse-le tranquille et apprends aux autres enfants à nager !

— Je vais quand même le couver encore un peu ! dit la cane. Il y a si longtemps que j'y suis, je peux bien continuer le temps qu'il faudra !

— Je t'en prie ! » dit la vieille cane, qui s'en alla.

Enfin, le gros œuf se fendit. « Pip ! pip ! » dit le petit en culbutant. Il était grand et laid. La cane le regarda : « Voilà un caneton d'une taille épouvantable ! dit-elle. Aucun des autres n'a un pareil air ! Ce ne serait tout de même pas un dindonneau ! Bon, on verra ça bientôt ! On va le mettre à l'eau, quand je devrais l'y mettre à coups de patte ! »

Le lendemain, il faisait un temps merveilleux. Le soleil brillait sur toutes les oseilles vertes. La mère cane descendit aux douves avec toute sa famille : plouf ! elle sauta dans l'eau. « Coin-coin ! » dit-elle et les canetons se laissèrent tomber l'un après l'autre. Ils avaient de l'eau par-dessus la tête mais ils remontèrent bientôt et nagèrent joliment. Leurs pattes fonctionnaient d'elles-mêmes et ils étaient tous là, même le petit gris et laid nageait avec eux.

« Non, ce n'est pas un dindon ! dit-elle. Voyez comme il se sert bien de ses pattes, comme il se tient droit ! C'est un petit à moi ! Au fond, il est très beau tout de même, à bien le regarder ! Coin-coin !... Venez avec moi maintenant, je vais vous emmener dans le monde et vous présenter aux canards de la basse-cour, mais restez toujours près de moi, que personne ne vous marche dessus, et prenez garde aux chats ! »

Et ils entrèrent dans la basse-cour. Il y avait un vacarme effroyable, deux familles se battaient pour une tête d'anguille, ce fut le chat qui la prit, toutefois.

« Voyez, voilà comment les choses se passent en ce monde ! » dit la mère cane en se léchant le bec car elle aussi voulait la tête d'anguille. « Servez-vous de vos pattes, dit-elle, tâchez de vous dépêcher et courbez le cou devant la vieille cane là-bas ! C'est la plus distinguée de tous ceux qui sont ici ! Elle est de sang espagnol, c'est pour cela qu'elle est grosse et vous voyez qu'elle a un chiffon rouge à la patte ! C'est une chose extrêmement chic,. c'est la plus grande distinction qu'une cane puisse obtenir, cela a tellement d'importance que l'on ne veut pas s'en débarrasser, bêtes et hommes doivent la reconnaître... ! Dépêchez-vous... ! Ne vous mettez pas dans mes pattes ! Un canard bien élevé écarte bien les pattes, comme son père et sa mère ! Voilà ! Bon, courbez le cou maintenant, et dites : "Coin-coin !" »

C'est ce qu'ils firent. Mais les autres canards, alentour, les regardaient et dirent très haut : « Voyez donc ! Nous voilà avec cette bande en plus ! comme si nous n'étions pas assez déjà ! et pouah ! quel air il a, ce caneton ! Celui-là, nous n'en voulons pas... ! » et aussitôt, une cane de voler et de lui pincer le cou.

« Laissez-le tranquille, dit la mère, il ne fait rien à personne !

— Oui, mais il est trop grand et trop cocasse », dit la cane qui l'avait pincé, « on va le corriger !

— Ce sont de beaux enfants que vous avez là, la mère », dit la vieille cane au chiffon autour de la patte, « tous beaux, à une exception près, celui-là n'est pas réussi ! Je souhaiterais volontiers que vous puissiez le refaire !

— Ce n'est pas possible, Votre Grâce, dit la mère cane, il n'est pas beau, mais c'est une bonne nature et il nage aussi bien que certains des autres, j'ose même dire un peu mieux ! Je pense qu'il deviendra beau en grandissant ou qu'il sera un petit peu plus petit avec le temps ! Il est resté trop longtemps dans son œuf, c'est pour ça qu'il n'a pas la taille voulue ! » Puis elle lui nettoya la nuque et lui lissa le plumage. « De plus, c'est un mâle, dit-elle, et donc, ça n'a pas tellement d'importance ! Je crois qu'il forcira bien et qu'il fera son chemin !

— Les autres canetons sont mignons, dit la vieille, faites comme chez vous, si vous trouvez une tête d'anguille, vous pouvez me l'apporter ! »

Et ils furent comme chez eux.

Mais le pauvre caneton qui était sorti le dernier de son œuf et qui avait l'air affreux, on le pinça, on le bouscula, on se moqua de lui et ce, aussi bien les canards que les poules. « Il est trop grand ! » disaient-ils tous et le dindon qui était né avec des éperons, et croyait en conséquence être un empereur, se gonfla comme un navire toutes voiles dehors, se précipita sur lui, glouglouta et sa tête devint toute rouge. Le pauvre petit canard ne savait s'il devait rester ou s'en aller, il s'affligeait tellement d'avoir l'air si laid et d'être la risée de tous les canards de la basse-cour !

Ainsi passa la première journée, puis ce fut de pire en pire. Tout le monde chassait le pauvre petit canard, même ses frères et sœurs étaient méchants pour lui, ils disaient tout le temps : « Si seulement le chat te prenait, espèce d'affreux ! » et sa mère disait : « Ah ! si tu pouvais être loin d'ici ! » Et les canards le pinçaient et les poules lui donnaient des coups de bec et la fille qui donnait à manger aux bêtes le renvoyait du pied.

Alors, il s'envola vite par-dessus la haie. Les petits oiseaux, dans les buissons, s'envolèrent, effrayés. « C'est parce que je suis tellement laid ! » pensa le petit canard en fermant les yeux, mais il s'enfuit tout de même. Alors, il entra dans le grand marais où habitaient les canards sauvages. Il y passa toute la nuit, il était bien fatigué et triste.

Au matin, les canards sauvages s'envolèrent et ils regardèrent leur nouveau camarade. « D'où viens-tu, drôle de type ? » demandèrent-ils, et le petit canard se tourna de tous côtés en saluant du mieux qu'il pouvait.

« Tu es réellement laid, dirent les canards sauvages, mais ça nous est égal, pour peu que tu ne te maries pas dans notre famille !... » Le pauvre ! Il ne pensait vraiment pas à se marier, il ne demandait que la permission de rester dans les roseaux et de boire un peu d'eau du marais.

Il resta là deux jours entiers, puis arrivèrent deux oies sauvages, ou plus exactement deux jars sauvages, car c'étaient deux mâles. Il n'y avait pas très longtemps qu'ils étaient sortis de l'œuf, c'est pour cela qu'ils étaient si insolents.

« Écoute, camarade, dirent-ils, tu es si laid que tu nous plais ! Veux-tu nous accompagner et être oiseau migrateur ? Tout près d'ici, dans un autre marais, il y a quelques sacrément belles oies sauvages, toutes demoiselles, qui savent dire : "Coin-coin !" Tu es bien capable d'avoir du succès, laid comme tu es... ! »

Au même instant, au-dessus d'eux, on entendit pif ! paf ! et les deux jars sauvages tombèrent, morts, dans les roseaux, l'eau devint rouge sang. Pif ! paf ! entendit-on encore, et des bandes entières d'oies sauvages s'envolèrent des roseaux, et il y eut encore des détonations. C'était une grande chasse, les chasseurs encerclaient le marais, il y en avait même quelques-uns dans les branches des arbres qui s'étendaient loin au-dessus des roseaux. La fumée bleue s'insinuait comme des nuages parmi les arbres sombres et restait suspendue au-dessus de l'eau. Dans la vase arrivèrent les chiens de chasse, klask ! klask ! Joncs et roseaux oscillaient de tous côtés.

C'était effroyable pour le petit canard, il tourna la tête pour se la mettre sous l'aile et, en cet instant précis, un gros chien terrible se trouva tout près de lui, longue langue pendante et des yeux horriblement brillants. Il posa la gueule tout contre le caneton, montra ses dents pointues... et pladsk ! pladsk ! repartit sans y toucher.

« Oh ! Dieu soit loué ! soupira le caneton, je suis si laid que même ce chien ne daigne pas me mordre ! »

Et il resta tout à fait immobile tandis que les plombs sifflaient dans les roseaux et que les coups de feu se succédaient.

Le calme ne revint que tard dans la journée, mais le pauvre jeunot n'osait pas encore se lever, il attendit plusieurs heures encore avant de regarder autour de lui, puis il se dépêcha de quitter le marais le plus vite qu'il put. Il courut à travers champs et prés, il y avait du vent, il avait du mal à avancer.

Vers le soir, il atteignit une pauvre petite maison de paysans ; elle était si misérable qu'elle ne savait pas elle-même de quel côté elle s'effondrerait, en sorte qu'elle avait pris le parti de rester debout. Le vent soufflait si fort autour du caneton qu'il dut se mettre sur la queue pour résister. Et cela ne cessait d'empirer. Alors, il s'aperçut que la porte était sortie d'un de ses gonds et qu'elle pendait, de travers, si bien que, par la fente, il pouvait se glisser dans la chaumière et c'est ce qu'il fit.

Habitait là une vieille femme avec son chat et sa poule, et le chat, qu'elle appelait Fiston, savait faire le gros dos et ronronner, il allait jusqu'à lancer des étincelles, mais, pour cela, il fallait le caresser à rebrousse-poil. La poule avait de toutes petites pattes, aussi l'appelait-on Kot-Kot-courtes-pattes. C'était une bonne pondeuse et la femme l'aimait comme son propre enfant.

Le matin, on remarqua tout de suite le caneton inconnu, le chat se mit à ronronner et la poule à glousser.

« Qu'est-ce qu'il y a ? » dit la femme en regardant alentour, mais elle ne voyait pas bien et elle crut que le caneton était une cane bien grasse qui s'était égarée. « Voilà une bonne prise, dit-elle, je vais avoir des œufs de cane ; pourvu que ce ne soit pas un mâle ! on va voir ! »

Et le petit canard fut pris à l'essai pour trois semaines, mais il ne vint pas d'œuf. Et le chat était le maître de la maison, et la poule, la maîtresse, et ils disaient tout le temps : « *Nous* et le monde ! » parce qu'ils croyaient en être la moitié, et la meilleure. Le petit canard trouvait que l'on pouvait avoir une autre opinion, mais la poule ne l'admettait pas.

« Sais-tu pondre un œuf ? demandait-elle.

— Non !

— Bon, alors, tu n'as qu'à taire ton bec ! »

Et le chat disait : « Sais-tu faire le gros dos, ronronner et lancer des étincelles ?

— Non.

— Bon, alors, tu n'as pas à avoir d'opinion quand les gens sensés parlent ! »

Et le petit canard restait dans le coin, et il était de mauvaise humeur. Alors, il se mit à penser à l'air frais et à l'éclat du soleil. Il eut une extraordinaire envie de flotter sur l'eau, pour finir, il ne put se retenir, il fallait qu'il le dise à la poule.

« Qu'est-ce qui t'arrive ? demanda-t-elle. Tu n'as rien à faire, c'est pour cela qu'il te vient des lubies ! Ponds un œuf ou ronronne, et ça te passera.

— Mais c'est si délicieux de flotter sur l'eau, dit le petit canard, si délicieux d'en avoir au-dessus de la tête et de plonger jusqu'au fond !

— Bon ! le beau plaisir ! dit la poule. Tu dois être devenu fou ! Demande au chat, c'est lui le plus sage que je connaisse, s'il aime flotter sur l'eau ou plonger ! Je ne parle pas de moi... ! Demande même à notre maîtresse, la vieille femme : plus sage qu'elle, cela n'existe pas en ce monde ! Crois-tu qu'elle ait envie de flotter et d'avoir de l'eau par-dessus la tête !

— Vous ne me comprenez pas ! dit le petit canard.

— C'est ça, si nous ne te comprenons pas, qui te comprendra, alors ! Tu ne prétends tout de même pas être plus sage que le chat et la femme, pour ne pas me citer ! Ne fais pas le malin, enfant, et remercie ton créateur de tout le bien que l'on t'a fait ! Est-ce que tu n'es pas arrivé dans une maison chaude, n'as-tu pas des fréquentations qui puissent t'apprendre quelque chose ! Mais tu es un benêt et ce n'est pas amusant d'avoir affaire à toi ! Tu peux m'en croire ! Je te veux du bien, je te dis des choses désagréables, c'est à cela qu'on reconnaît ses vrais amis ! Occupe-toi seulement de pondre un œuf et d'apprendre à ronronner ou à lancer des étincelles !

— Je crois que je vais m'en aller dans le vaste monde ! dit le caneton.

— Eh bien, fais-le ! » dit la poule.

Et le petit canard s'en alla : il flottait sur l'eau, il plongeait mais il était dédaigné de tous les animaux à cause de sa laideur.

Puis l'automne arriva, dans la forêt, les feuilles devinrent jaunes et brunes, le vent s'en emparait si bien qu'elles dansaient en tous sens, et on sentait le froid dans l'air. Les nuages étaient lourds de grêle et de flocons de neige, le froid faisait crier : « Aô ! aô ! » au corbeau sur la clôture. Oh oui ! il y avait de quoi avoir froid quand on y pensait. Ça n'allait vraiment pas pour le pauvre petit canard.

Un soir que le soleil se couchait dans toute sa splendeur, toute une bande de superbes grands oiseaux sortit des buissons. Le petit canard n'en avait jamais vu d'aussi beaux, ils étaient d'un blanc tout brillant, avec de longs cous flexibles. C'étaient des cygnes, ils poussèrent un cri très étrange, étendirent leurs longues ailes magnifiques et s'envolèrent de ces froides régions pour se rendre dans des pays plus chauds, vers de vastes mers ouvertes ! Ils montèrent si haut, si haut que le vilain petit canard eut une impression étrange, il tournoya dans l'eau comme une roue, tendit haut le cou vers eux, poussa un cri si fort et bizarre qu'il en eut peur lui-même. Oh ! il ne pourrait oublier ces ravissants oiseaux, ces heureux oiseaux et dès qu'il ne les vit plus, il plongea jusqu'au fond, et quand il revint à la surface, il était hors de lui pour ainsi dire. Il ne savait pas comment s'appelaient ces oiseaux, ni où ils allaient et, pourtant, il les aimait comme il n'avait jamais aimé personne. Il ne les enviait pas, comment l'idée aurait-elle pu lui venir de souhaiter une telle splendeur pour lui-même, il aurait été content si seulement les canards l'avaient toléré parmi eux..., la pauvre vilaine bête !

Et l'hiver fut si froid, si froid. Le caneton devait nager sans arrêt pour empêcher l'eau de geler complètement. Mais chaque nuit, le trou dans lequel il nageait se faisait plus étroit. Il gelait à en faire craquer la croûte de glace. Il fallait que le caneton joue tout le temps des pattes pour que l'eau ne se referme pas. Pour finir, il était si épuisé qu'il resta tout à fait immobile et fut pris dans la glace.

De bonne heure, le matin, arriva un paysan qui le vit, alla casser la glace avec ses sabots et le porta chez lui, à sa femme. Là, on le ranima.

Les enfants voulurent jouer avec lui mais il crut qu'ils voulaient lui faire du mal et, dans sa frayeur, se précipita tout droit dans la jatte de lait si bien qu'il éclaboussa la pièce. La femme cria et tapa dans ses mains. Alors, il vola dans la baratte où était le beurre, puis descendit dans le tonneau de farine et remonta. Quel air il avait, vraiment ! et la femme criait en cherchant à le frapper avec les pincettes, et les enfants se culbutaient en courant capturer le caneton, et ils riaient, ils criaient... ! Heureusement que la porte était ouverte, il se précipita parmi les buissons dans la neige fraîchement tombée... il resta là, comme engourdi.

Mais ce serait trop affligeant de raconter toute la détresse et la misère qu'il dut endurer pendant ce rude hiver... Il gisait dans le marais parmi les roseaux quand le soleil se remit à briller et à chauffer. Les alouettes chantèrent... ce fut un printemps délicieux.

Alors, d'un coup, il déploya ses ailes, elles bruissaient plus fort qu'avant et l'emportèrent puissamment. Avant de s'en être rendu compte, il se trouvait dans un grand jardin où les pommiers étaient en fleur, où les lilas embaumaient et laissaient pendre leurs longues branches vertes jusque tout en bas, vers les courbes des douves ! Oh ! qu'il faisait bon, quelle fraîcheur printanière ! Et droit devant lui, sortant du fourré, arrivèrent trois charmants cygnes blancs. Leurs plumes bruissaient, ils voguaient légèrement sur l'eau, le caneton reconnut les magnifiques bêtes et fut saisi d'une étrange tristesse.

« Je volerai vers eux, ces oiseaux royaux ! et ils me massacreront parce que moi, qui suis si laid, j'ose m'approcher d'eux. Mais ça m'est égal, mieux vaut être tué par eux qu'être pincé par les canards, piqué par les poules, poussé du pied par la fille de basse-cour et souffrir en hiver ! » Et il vola jusque dans l'eau et nagea vers les cygnes magnifiques, qui le virent et s'en vinrent vers lui, plumes bruissantes. « Tuez-moi donc ! » dit la pauvre bête en courbant la tête vers la surface de l'eau et en attendant la mort... mais que vit-il dans l'eau limpide ? Il vit en dessous de lui sa propre image, mais ce n'était plus un oiseau grisâtre et lourdaud, affreux et laid, c'était un cygne.

Cela ne fait rien qu'on soit né dans une basse-cour si l'on est sorti d'un œuf de cygne !

Il se sentait vraiment content de toute la détresse et des contrariétés qu'il avait subies. Maintenant, il comprenait précisément son bonheur, toute cette splendeur qui l'accueillait. Et les grands cygnes nageaient autour de lui, le caressant du bec.

Quelques petits enfants arrivèrent au jardin, ils jetèrent dans l'eau du pain et des graines, et le plus petit cria :

« Il y en a un nouveau ! » et les autres enfants exultèrent avec lui : « Oui, il en est arrivé un nouveau ! » et ils battaient des mains et dansaient en rond, coururent chercher leur père et leur mère, et l'on jeta dans l'eau du pain et des gâteaux, et tous, ils disaient : « C'est le nouveau le plus beau ! Si jeune et si joli ! » et les vieux cygnes s'inclinèrent devant lui.

Alors il se sentit tout gêné et se cacha la tête sous les

ailes, il ne savait plus où il en était ! il était trop heureux, bien que pas fier du tout, car un bon cœur n'est jamais fier ! Il songeait comme il avait été pourchassé et honni, et il entendait maintenant tout le monde dire qu'il était le plus ravissant de tous les ravissants oiseaux. Et les lilas inclinaient leurs branches jusque dans l'eau, devant lui, et le soleil brillait, chaud et bon, alors ses plumes bruirent, son col flexible se dressa, et il exulta de tout son cœur : « Je ne rêvais pas de tant de bonheur quand j'étais le vilain petit canard ! »

LE SAPIN

Dans la forêt, il y avait un joli sapin. Il était bien placé : du soleil, il pouvait en avoir, de l'air, il y en avait suffisamment et tout autour poussaient beaucoup de camarades plus grands, sapins et pins à la fois. Mais le petit sapin était très impatient de grandir. Il ne pensait pas au chaud soleil et à l'air frais, il n'avait cure des enfants de paysans qui passaient, bavardant quand ils allaient cueillir des fraises ou des framboises. Souvent, ils en avaient un pot tout plein, ou des fraises embrochées sur une paille, puis ils s'asseyaient près de l'arbrisseau en disant : « Oh ! comme il est mignon, ce petit-là ! » Cela, l'arbre ne voulait absolument pas l'entendre.

L'année suivante, il s'était allongé d'un nœud et l'année d'après, d'un encore beaucoup plus long. Car on peut toujours voir, dans un sapin, le nombre de ses années d'après le nombre de ses nœuds.

« Oh ! si j'étais un grand arbre comme les autres, soupirait l'arbrisseau, je pourrais étendre mes branches loin à la ronde et, de ma cime, contempler le vaste monde ! Les oiseaux feraient leurs nids parmi mes branches et quand le vent soufflerait, je pourrais hocher la tête aussi dignement que les autres, là ! »

Il ne tirait aucun plaisir de l'éclat du soleil, des oiseaux ou des nuages rouges qui, matin et soir, voguaient au-dessus de lui.

Si c'était l'hiver et que la neige, alentour, fût d'un blanc étincelant, un lièvre s'en venait courant et sautait juste au-dessus du petit arbre — oh ! que c'était vexant ! Mais deux hivers passèrent, et, le troisième, l'arbre était si grand que le lièvre dut en faire le tour. « Oh ! grandir, grandir, devenir grand et vieux, c'étaient tout de même les seules délices en ce monde », pensait l'arbre.

En automne, les bûcherons venaient toujours abattre quelques-uns des arbres les plus grands, cela se produisait chaque année et le jeune sapin, qui était maintenant de tout à fait belle taille, en tremblait car les grands arbres magnifiques tombaient à terre avec fracas. On leur coupait les branches, ils avaient l'air tout nus, longs et minces. Ils étaient presque méconnaissables, et puis on les chargeait sur des chariots et des chevaux les emportaient de la forêt.

Où allaient-ils ? Qu'est-ce qui les attendait ?

Au printemps, quand l'hirondelle et la cigogne arrivèrent, l'arbre leur demanda : « Est-ce que vous savez où on les emporte ? Vous ne les avez pas rencontrés ? »

Les hirondelles ne savaient rien, mais la cigogne eut l'air pensif, hocha la tête et dit : « Je crois bien ! J'ai rencontré beaucoup de bateaux neufs en revenant d'Égypte. Il y avait sur ces bateaux de grands mâts magnifiques, j'ose dire que c'étaient eux, ça sentait le sapin ! Je t'apporte toutes leurs salutations, ils portent haut la tête, ils portent haut la tête !

— Oh ! si, moi aussi, j'étais assez grand pour voler au-dessus de la mer ! En fait, comment elle est, cette mer, et à quoi ressemble-t-elle ?

— Euh ! c'est compliqué à expliquer ! » dit la cigogne, qui s'en alla.

« Réjouis-toi de ta jeunesse, disaient les rayons du soleil, réjouis-toi de pousser et d'être en bonne santé, de la jeune vie qui est en toi ! »

Et le vent embrassa l'arbre, et la rosée versa des larmes dessus, mais le sapin ne comprit pas.

Quand ce fut l'époque de Noël, on abattit de tout jeunes arbres, des arbres qui, souvent, n'étaient même pas aussi grands ni aussi âgés que ce sapin qui ne connaissait pas de repos et voulait toujours partir. Ces jeunes arbres — c'étaient précisément les plus beaux — gardaient toujours toutes leurs branches, on les mettait dans des chariots et des chevaux les emportaient de la forêt.

« Où vont-ils ? demandait le sapin. Ils ne sont pas plus grands que moi, il y en avait même un qui était beaucoup plus petit. Pourquoi ont-ils gardé toutes leurs branches ? Où les a-t-on conduits ?

— Nous le savons ! Nous le savons ! pépiaient les moineaux. Nous avons regardé par les carreaux, en ville ! nous savons où on les a emportés ! Oh ! là où ils arrivent, ils sont dans le plus grand éclat, la plus grande splendeur que l'on puisse imaginer ! Nous avons jeté un coup d'œil par les fenêtres, nous avons vu qu'on les installe au milieu du salon bien chauffé et qu'on les décore des choses les plus ravissantes, pommes dorées, pains d'épice, jouets et des centaines de bougies.

— Et ensuite ? » demanda le sapin en tremblant de

toutes ses branches. Et ensuite ? Qu'est-ce qui se passe ensuite ?

— Euh... Nous n'en savons pas davantage ! C'était formidable !

— Et si, moi aussi, on me faisait prendre cette voie radieuse ? exultait l'arbre. C'est encore mieux que de traverser la mer ! Comme le désir me fait souffrir ! Si encore c'était Noël ! Me voici aussi haut et large que les autres qui ont été emportés l'an dernier !... Oh ! si j'étais déjà sur le chariot ! Si seulement j'étais dans le salon bien chaud dans tout cet éclat et cette splendeur ! et alors... ? Eh bien, il arriverait quelque chose d'encore meilleur, d'encore plus beau, sinon, pourquoi me décorerait-on ainsi ! Il faut qu'il arrive quelque chose d'encore plus grand, encore plus splendide... ! Mais quoi ? Oh ! je souffre ! je languis ! Je ne sais plus où j'en suis !

— Réjouis-toi avec moi ! » disait l'air, disait la lumière du soleil. « Réjouis-toi de ta saine jeunesse au grand air ! »

Mais il ne se réjouissait pas du tout. Il poussait, poussait, il restait vert, hiver comme été. Vert foncé, il restait. Les gens qui le voyaient disaient : « C'est un arbre superbe ! » et, à l'époque de Noël, ce fut le premier de tous à être abattu. La hache s'enfonça profondément dans ses moelles, l'arbre tomba à terre en poussant un soupir, il sentait une douleur, une faiblesse, il était absolument incapable de penser à un quelconque bonheur, il était triste de quitter son foyer, le lieu où il avait poussé. Il savait bien qu'il ne verrait jamais plus ses chers vieux camarades, les petits buissons et les fleurs alentour, et peut-être même pas les oiseaux. Son départ n'eut vraiment rien d'agréable.

Il ne retrouva ses esprits que lorsque, dans la cour, il fut déchargé avec les autres arbres et entendit un homme dire : « Celui-là est magnifique ! Nous n'en prendrons pas d'autre ! »

Deux domestiques en beaux atours vinrent rentrer le sapin dans une superbe grande salle. Tout autour, aux murs, étaient accrochés des portraits et, près du grand poêle de faïence, il y avait de grands vases chinois avec des lions sur le couvercle. Il y avait des fauteuils à bascule, des sofas de soie, de grandes tables couvertes de livres d'images et de jouets pour des centaines et des centaines de rixdales..., à ce que disaient les enfants, du moins. Et l'on dressa le sapin dans un grand tonneau plein de sable, mais personne ne pouvait voir que c'était un tonneau car on l'avait entouré de tissu vert et il était sur un grand tapis bariolé. Oh ! comme l'arbre frémissait ! Qu'allait-il donc se passer ? Des domestiques et des demoiselles étaient en train de le décorer. Ils accrochaient à une branche de petits filets découpés dans du papier de couleur. Chaque filet était empli de bonbons. Des pommes et des noix dorées pendaient comme si elles avaient poussé là et plus de cent petites bougies rouges, bleues et blanches étaient fixées sur les branches. Des poupées qui avaient vraiment l'air de personnes humaines — l'arbre n'en avait jamais vu de pareilles encore — planaient dans la verdure et tout en haut, à sa cime, on mit une grosse étoile toute pailletée d'or. C'était magnifique, d'une magnificence inouïe.

« Ce soir, disaient-ils tous, ce soir, il va resplendir !

— Oh ! pensait l'arbre, si seulement on était ce soir ! Si seulement on allumait bientôt les bougies ! et qu'est-ce qui va se passer alors, hein ? Supposons que les arbres de la forêt viennent me regarder ? Que les moineaux volent près des carreaux ? Que je pousse ici et reste décoré hiver comme été ? »

Pour en savoir long, il en savait long. Seulement, il avait, d'impatience, solidement mal à l'écorce et, pour un arbre, le mal à l'écorce est aussi pénible que, pour nous autres, le mal de tête.

Et puis les bougies furent allumées. Quel éclat, quelle magnificence ! l'arbre en frémissait de toutes ses branches, si bien qu'une des bougies mit le feu à la verdure. Cela flamba comme il faut.

« Dieu nous garde ! » crièrent les demoiselles en se dépêchant d'éteindre.

L'arbre n'osait même pas frémir. Oh ! quelle horreur ! Il avait tellement peur de perdre de sa parure. Il était complètement bouleversé dans tout son éclat... et alors, la porte s'ouvrit à deux battants et une foule d'enfants se précipitèrent comme s'ils voulaient culbuter l'arbre. Les grandes personnes suivaient plus posément. Les petits restèrent silencieux... mais un instant seulement, puis ils reprirent leurs cris de joie, cela faisait un joli charivari ! Ils dansaient autour de l'arbre et les cadeaux furent cueillis l'un après l'autre. « Mais qu'est-ce qu'ils font donc ? pensait l'arbre. Qu'est-ce qui va se passer ? » Et les bougies brûlèrent jusqu'aux branches, au fur et à mesure qu'elles étaient consumées, on les éteignait et les enfants eurent la permission de dépouiller l'arbre. Hou ! Ils se précipitèrent dessus si fort qu'il craqua de toutes ses branches. S'il n'avait pas été attaché au plafond par sa cime et l'étoile d'or, il aurait été renversé.

Les enfants dansaient en rond avec leurs jouets magnifiques, personne ne regardait l'arbre en dehors de la vieille bonne d'enfants qui allait jetant un coup d'œil parmi les branches, mais c'était seulement pour voir si l'on n'avait pas oublié une figue encore, ou une pomme.

« Une histoire ! une histoire ! » crièrent les enfants en tirant vers l'arbre un petit homme ventru : il s'assit juste en dessous, « comme ça, nous sommes dans la verdure, dit-il, et ça peut faire beaucoup de bien à l'arbre d'écouter aussi ! Mais je ne raconterai qu'une histoire. Voulez-vous entendre celle d'Ivede-Avede[1], ou celle de Klumpe-Dumpe qui tomba dans les escaliers et qui arriva tout de même sur le siège d'honneur et épousa la princesse[2] ?

— Ivede-Avede ! crièrent certains. Klumpe-Dumpe ! » crièrent d'autres. Quel vacarme cela faisait ! Seul, le sapin se taisait, très calme, pensant : « Et moi, je n'en serai pas, je vais rester à ne rien faire ? » Il avait été de la fête, tout de même, il avait fait ce qu'il avait à faire.

Et l'homme raconta l'histoire de Klumpe-Dumpe qui tomba dans les escaliers et qui arriva tout de même sur le siège d'honneur et qui épousa la princesse. Et les enfants applaudirent en disant : « Raconte ! raconte ! » Ils voulaient Ivede-Avede aussi, mais ils n'eurent que l'histoire de Klumpe-Dumpe. Le sapin restait très calme et pensif, jamais les oiseaux de la forêt n'avaient rien raconté de pareil. « Klumpe-Dumpe est tombé dans les escaliers et il a tout de même épousé la princesse ! C'est ça, c'est comme ça que ça se passe dans le monde ! » pensait le sapin qui croyait que c'était vrai parce que c'était un homme si gentil qui racontait. « Eh oui ! qui sait ! Peut-être que moi aussi, je tomberai dans les escaliers et j'épouserai une princesse ! » Et il se réjouit d'être, le lendemain, vêtu de lumières, de jouets, d'or et de fruits.

« Demain, je ne tremblerai pas ! pensa-t-il. Je me réjouirai comme il faut dans toute ma splendeur. Demain, je vais de nouveau entendre l'histoire de Klumpe-Dumpe et peut-être celle d'Ivede-Avede. » Et l'arbre resta immobile et pensif toute la nuit.

Le lendemain, un domestique et une bonne entrèrent.

« Voilà la fête qui recommence ! » pensa l'arbre, mais ils le traînèrent hors du salon, lui firent monter l'escalier, l'entrèrent au grenier et là, dans un coin obscur, où ne brillait aucune lueur de jour, ils le déposèrent. « Qu'est-ce que ça signifie ? pensa l'arbre. Qu'est-ce que je vais faire ici ? Qu'est-ce que je vais bien pouvoir entendre ? » Et il s'appuya au mur, réfléchissant, réfléchissant... Et il avait tout son temps, car des jours et des nuits passèrent. Personne ne venait là-haut et quand enfin il arrivait quelqu'un, c'était pour déposer de grandes caisses dans le coin. L'arbre était complètement caché, on aurait cru qu'il était tout à fait oublié.

« Maintenant, c'est l'hiver, dehors ! pensait l'arbre. Le sol est dur et couvert de neige, on ne peut pas me planter. Ce doit être pour ça que je dois rester ici à l'abri pour le printemps ! Comme tout cela est bien pensé ! comme les humains sont bons tout de même !... Si seulement il ne faisait pas si noir ici et qu'on ne soit pas dans une solitude aussi effroyable... ! Pas même un petit lièvre... ! C'était tout de même amusant, là-bas, dans la forêt, quand il y avait de la neige et que le lièvre passait en bondissant. Et même quand il me sautait par-dessus, mais ça ne me plaisait pas en ce temps-là. Ici, on est tout de même dans une solitude effroyable !

— Pip ! pip ! » dit soudain une petite souris en se glissant hors de son trou. Et il en arriva une petite encore. Elles flairèrent le sapin et se glissèrent entre ses branches.

« Il fait un froid terrible ! dirent les petites souris. Sinon, on est rudement bien, ici ! N'est-ce pas, vieux sapin ?

— Je ne suis pas vieux du tout, dit le sapin, il y en a beaucoup de bien plus vieux que moi !

— D'où viens-tu, demandèrent les souris, et que sais-tu ? » Elles étaient terriblement curieuses. « Parle-nous de l'endroit le plus délicieux sur terre ! Tu y as été ? As-tu été dans le garde-manger où il y a des fromages sur les étagères et où des jambons sont pendus au plafond, où l'on danse sur des chandelles de suif : on y entre maigre, on en sort grasse !

— Je ne le connais pas, dit l'arbre, mais je connais la forêt où le soleil brille et où les oiseaux chantent ! » Et il raconta toute sa jeunesse et jamais encore les petites souris n'avaient rien entendu de pareil, et elles écoutèrent attentivement et dirent : « Toutes les choses que tu as vues ! Comme tu as été heureux !

— Moi ! » dit le sapin en réfléchissant à ce qu'il racontait lui-même... « Oui, au fond, c'étaient des temps très agréables... ! » et puis il leur raconta le soir de Noël quand il était décoré de bonbons et de bougies.

« Oh ! dirent les petites souris, comme tu as été heureux, vieux sapin !

— Je ne suis pas vieux du tout, dit l'arbre, c'est cet hiver que je suis venu de la forêt, quand même ! Je suis dans la fleur de l'âge, c'est seulement que j'ai arrêté ma croissance !

— Comme tu racontes bien ! » dirent les petites souris, et, la nuit suivante, elles vinrent avec quatre autres souricettes qui voulaient entendre l'arbre raconter, et plus il racontait, mieux il se rappelait tout, et trouvait que « c'étaient tout de même des temps bien amusants ! mais ils peuvent venir, ils peuvent venir ! Klumpe-Dumpe est tombé dans les escaliers et a quand même épousé la princesse, peut-être que moi aussi, je pourrai épouser une princesse », et le sapin pensa à un mignon petit bouleau qui poussait dans la forêt : c'était vraiment une charmante princesse pour le sapin.

« Qui est Klumpe-Dumpe ? » demandèrent les petites souris. Et le sapin raconta toute l'histoire, il se la rappelait mot pour mot. Et les petites souris étaient sur le point de grimper à la cime de l'arbre, par pur plaisir. La nuit suivante, il arriva beaucoup plus de souris et, le dimanche, il vint même deux rats. Mais ils dirent que l'histoire n'était pas amusante et cela affligea les petites souris car l'histoire leur plut moins, à elles aussi.

« C'est la seule histoire que vous sachiez ? demandèrent les rats.

— C'est la seule, répondit l'arbre, je l'ai entendue le soir de mon plus grand bonheur, mais cette fois-là, je ne savais pas à quel point j'étais heureux !

— C'est une histoire excessivement mauvaise ! Vous n'en savez aucune qui parle de lard et de chandelles de suif ? Aucune histoire de garde-manger ?

— Non ! dit l'arbre.

— Bon, alors, merci ! » répondirent les rats qui rentrèrent chez eux.

Les petites souris aussi finirent par disparaître et alors, l'arbre soupira : « C'était tout de même vraiment formidable quand elles étaient autour de moi, ces vives petites souris, et qu'elles écoutaient ce que je racontais !

Maintenant, c'est fini, ça aussi... mais je me rappellerai qu'il faut que je m'amuse quand on me ressortira ! »

Et quand cela se produisit-il ?... Eh bien ! Ce fut un matin, des gens vinrent fouiller dans le grenier. Les caisses furent déplacées, l'arbre, tiré. Assurément, on le jeta un peu rudement sur le sol, mais aussitôt, un homme le traîna vers l'escalier où le jour brillait.

« Maintenant, la vie recommence ! » pensa l'arbre, il sentait l'air frais, le premier rayon du soleil... et voilà qu'il était dans la cour. Tout alla si vite, l'arbre oublia totalement de se regarder, il y avait tant de choses à voir alentour. La cour ouvrait sur un jardin où tout était en fleur. Les roses couraient, fraîches et parfumées, sur la petite barrière, les tilleuls étaient en fleur, et les hirondelles volaient de çà de là, disant : « Kvirre-virre-vit, mon mari est arrivé[1] ! » mais ce n'était pas au sapin qu'elles pensaient.

« Maintenant, je vais vivre », exultait le sapin en déployant ses branches. Hélas ! elles étaient toutes flétries et jaunes. C'était dans le coin, parmi les mauvaises herbes et les orties, qu'il gisait, l'étoile de papier doré était encore à sa cime et scintillait au clair soleil.

Dans la cour jouaient quelques-uns des joyeux enfants qui, à l'époque de Noël, avaient dansé autour de l'arbre et y avaient pris tant de plaisir. Un des plus petits courut arracher l'étoile d'or.

« Regardez ce qu'il y avait encore sur ce sale vieil arbre de Noël ! » dit-il en piétinant les branches qui craquèrent sous ses bottes.

Et l'arbre regarda toute cette splendeur de fleurs et toute cette fraîcheur du jardin, il se regarda lui-même et il souhaita être resté dans son coin obscur au grenier. Il pensa à sa verte jeunesse dans la forêt, au joyeux soir de

Noël et aux petites souris qui avaient été si contentes d'entendre l'histoire de Klumpe-Dumpe.

« Fini ! fini ! dit le pauvre arbre. Si, au moins, je m'étais réjoui pendant que je le pouvais ! Fini ! fini ! »

Et le domestique vint couper l'arbre en petits morceaux, il y en eut tout un tas. Il flamba superbement sous la grande marmite. Et il soupira profondément, chaque soupir était comme une petite détonation. Aussi, les enfants qui jouaient accoururent-ils s'asseoir devant le feu, le regardant en criant : « Pif ! paf ! » mais à chaque éclatement, qui était un profond soupir, l'arbre pensait à un jour d'été dans la forêt, à une nuit d'hiver là-bas quand les étoiles brillaient. Il pensait au soir de Noël et à Klumpe-Dumpe, le seul conte qu'il eût entendu et qu'il sût dire... et puis l'arbre fut consumé.

Les enfants jouaient dans la cour, le plus petit arborait sur la poitrine l'étoile d'or que l'arbre avait portée le soir où il avait été le plus heureux. C'était fini maintenant, et l'arbre était fini et l'histoire avec lui. Fini, fini, comme toutes les histoires.

LA BERGÈRE ET LE RAMONEUR

As-tu jamais vu un vraiment vieux bahut, tout noirci par l'âge et sculpté d'arabesques et de feuillages ? Il y en avait précisément un de ce genre dans un salon, il était hérité de l'arrière-grand-mère et sculpté de roses et de tulipes du haut jusqu'en bas. Il y avait les plus extraordinaires arabesques, de petits cerfs aux bois nombreux y passaient la tête, mais au milieu du bahut, un homme tout entier était sculpté. Il était assurément cocasse à voir et pour grimacer, il grimaçait, on ne saurait appeler cela rire, il avait des pattes de bouc, de petites cornes au front et une longue barbe. Les enfants de la maison l'appelaient toujours Sergentmajorgénéralenchefetensecond-aux-pieds-de-bouc, parce que c'est un titre difficile à dire et qu'il n'y en a pas beaucoup pour le porter. Mais le faire sculpter, ç'avait été quelque chose aussi. Tout de même, il était là ! Toujours, il regardait la table, sous le miroir, parce que, là, il y avait une ravissante petite bergère de porcelaine. Ses souliers étaient dorés, sa robe, mignonnement agrafée par une rose rouge, et elle avait un chapeau d'or et une houlette. Elle était délicieuse. Tout près d'elle, il y avait un petit ramoneur, noir comme du charbon, mais pour le reste, de porcelaine également. Il était aussi propre et beau que n'importe qui ; qu'il fût ramoneur, c'était seulement ce qu'il devait représenter, le fabricant de porcelaine aurait tout aussi bien pu en faire un prince, cela serait revenu au même !

Il était là, tout mignon avec son échelle, un visage blanc et rouge comme celui d'une fille et, en fait, c'était une erreur, il aurait bien pu être un peu noir. Il se tenait tout près de la bergère. Tous deux avaient été posés là et puisqu'ils s'y trouvaient, ils s'étaient fiancés, ils allaient bien l'un avec l'autre, n'est-ce pas, c'étaient des jeunes gens, ils étaient de la même porcelaine et tous deux également fragiles.

Tout près d'eux se tenait une poupée trois fois plus grande, c'était un vieux Chinois qui pouvait hocher la tête. Lui aussi était de porcelaine, il prétendait être le grand-père de la petite bergère, mais il ne pouvait sûrement pas le prouver, il affirmait avoir autorité sur elle, aussi avait-il dodeliné de la tête à l'intention du Sergentmajorgénéralenchefetensecond - aux - pieds - de - bouc qui avait demandé la main de la petite bergère.

« Là, tu auras un mari, dit le vieux Chinois, un mari qui, je crois bien, est en acajou, il peut faire de toi une Sergentmajorgénéralenchefetensecond - aux - pieds - de - bouc, le bahut tout entier, plein d'argenterie, est à lui, sans compter ce qu'il recèle dans ses cachettes secrètes !

— Je ne veux pas entrer dans ce bahut obscur, dit la petite bergère, j'ai entendu dire qu'il a là-dedans onze femmes de porcelaine... !

— Ainsi, tu pourras être la douzième ! dit le Chinois. Cette nuit, dès qu'il y aura des craquements dans le vieux bahut, vous célébrerez vos noces, aussi vrai que je suis Chinois ! » puis il hocha la tête et s'endormit.

Mais la petite bergère pleurait en regardant le bien-aimé de son cœur, le ramoneur de porcelaine.

« Je crois que je vais te demander, dit-elle, de partir avec moi dans le vaste monde, parce qu'ici nous ne pouvons rester !

— Je veux tout ce que tu veux, dit le petit ramoneur, partons tout de suite, je pense bien être capable de te faire vivre en exerçant ma profession !

— Si seulement nous étions en bas de cette table, dit-elle, je ne serai pas heureuse tant que nous ne serons pas dans le vaste monde ! »

Et il la consola, il montra où elle devait poser son petit pied sur les sculptures et le feuillage doré le long du pied de la table, il s'aida aussi de son échelle, et les voilà sur le plancher, mais lorsqu'ils regardèrent le vieux bahut, ils virent que tout était en mouvement. Tous les cerfs sculptés étiraient davantage la tête, dressaient leurs bois et tournaient le cou. Le Sergentmajor-généralenchefetensecond-aux-pieds-de-bouc sauta en l'air en criant au vieux Chinois : « Voilà qu'ils se sauvent ! voilà qu'ils se sauvent ! »

Alors, ils furent un peu effrayés, vite, ils sautèrent dans un tiroir de l'estrade où était la table à ouvrage[1].

Là, il y avait deux ou trois jeux de cartes incomplets et un petit théâtre de marionnettes qui se trouvait dressé autant que cela pouvait se faire. On y jouait la comédie et toutes les dames, de carreau comme de cœur, de trèfle et de pique, étaient assises au premier rang, s'éventant de leurs tulipes, derrière, il y avait tous les valets qui montraient qu'ils avaient de la tête, et en haut et en bas, comme font les cartes. La comédie traitait de deux personnes qui ne parvenaient pas à se marier, et cela fit pleurer la bergère car c'était comme sa propre histoire.

« Je ne peux pas supporter ça ! dit-elle. Il faut que je sorte de ce tiroir ! » Mais lorsqu'ils furent sur le plancher et qu'ils levèrent le regard vers la table, le vieux Chinois était réveillé, il vacilla de tout son corps et se retrouva en bas de toute sa masse !

« Voilà le vieux Chinois ! » cria la petite bergère et elle tomba sur ses genoux de porcelaine, tant elle était affligée.

« J'ai une idée, dit le ramoneur, si on rampait dans la grosse potiche à parfums, là, dans le coin, nous pourrions nous étendre sur des roses et de la lavande et lui jeter du sel dans les yeux quand il arrivera.

— Ça ne donnera pas grand-chose, dit-elle, de plus, je sais que le vieux Chinois et la potiche ont été fiancés, et il reste toujours un peu de tendresse quand on a eu des relations de ce genre ! Non, il n'y a rien d'autre à faire que de partir dans le vaste monde !

— As-tu vraiment le courage de m'accompagner dans le vaste monde ? demanda le ramoneur. As-tu réfléchi à son immensité et que nous ne pourrons jamais plus revenir ici ?

— J'y ai réfléchi ! » dit-elle.

Et le ramoneur la regarda très fixement, puis il dit : « Mon chemin passe par la cheminée ! As-tu vraiment le courage de ramper avec moi à travers le poêle de faïence, le cylindre et le tuyau ? Alors, nous parviendrons dans la cheminée et là, je suis à mon affaire ! Nous monterons si haut qu'ils ne pourront nous atteindre et, tout en haut, il y a un trou qui donne sur le vaste monde ! »

Et il la conduisit jusqu'à la porte du poêle de faïence.

« Ça a l'air bien noir ! » dit-elle, mais elle l'accompagna tout de même, tant à travers le cylindre que dans le tuyau où il faisait nuit noire.

« Nous voici dans la cheminée, dit-il, et vois ! vois ! tout en haut, la plus magnifique des étoiles brille ! »

Et il y avait vraiment une étoile au ciel qui brillait jusqu'à eux comme si elle voulait leur montrer le chemin. Et ils rampèrent et grimpèrent, c'était un chemin affreux, si haut, si haut. Mais il la soulevait, l'aidait, il la tenait et montrait les meilleurs endroits où elle devait poser ses petits pieds de porcelaine, et ils atteignirent ainsi le bord de la cheminée où ils s'assirent car ils étaient bien fatigués et il y avait de quoi.

Le ciel était au-dessus d'eux avec toutes ses étoiles, et tous les toits de la ville en dessous. Ils voyaient tout alentour, très loin de par le monde. La pauvre bergère n'avait jamais imaginé cela ainsi, elle posa sa petite tête contre son ramoneur, puis elle pleura, si bien que l'or de sa ceinture s'en alla.

« C'est trop ! dit-elle. Je ne peux pas supporter ça ! Le monde est trop grand ! Si seulement je pouvais me retrouver sur la petite table, sous le miroir ! Jamais je ne serai heureuse tant que je n'y serai pas revenue ! Je t'ai suivi jusque dans le vaste monde, maintenant, tu peux bien me raccompagner chez nous, si tu tiens à moi tant soit peu ! »

Et le ramoneur lui parla raisonnablement, parla du vieux Chinois et du Sergentmajorgénéralenchefetensecond-aux-pieds-de-bouc, mais elle sanglotait atrocement en embrassant son petit ramoneur, et il ne put faire autrement que la satisfaire, tout mal que ce fût.

Et donc, ils redescendirent la cheminée en rampant à grand-peine, et ils traversèrent le tuyau et le cylindre, cela n'avait absolument rien de drôle, et ils se trouvèrent dans l'obscur poêle de faïence. Là, ils guettèrent derrière la porte pour savoir comment ça se passait dans le salon. Tout y était tranquille. Ils jetèrent un coup d'œil... Aïe ! Au milieu de la pièce gisait le vieux Chinois, il était tombé de la table en voulant les suivre, il s'était cassé en trois morceaux. Tout son dos s'était détaché en bloc, sa tête avait roulé dans un coin. Le Sergentmajorgénéralenchefetensecond - aux - pieds - de - bouc était toujours à la même place, réfléchissant.

« C'est épouvantable, dit la petite bergère, le vieux grand-père est en morceaux et c'est notre faute ! Je ne pourrai survivre à ça ! » Et elle tordit ses toutes petites mains.

« On peut encore le raccommoder ! dit le ramoneur. On peut fort bien le raccommoder... ! Ne t'emporte donc pas tant ! On n'a qu'à lui recoller le dos et lui rattacher le cou comme il faut, il redeviendra comme neuf et pourra nous dire beaucoup de choses désagréables !

— Tu crois ? » dit-elle. Et ils regrimpèrent sur la table où ils étaient auparavant.

« Voilà où nous en sommes, dit le ramoneur, nous aurions pu nous épargner tout ce tracas !

— Si seulement le vieux grand-père était raccommodé ! dit la bergère. Est-ce que c'est tellement cher ? »

Et il fut raccommodé. La famille lui fit recoller le dos, on lui rattacha le cou comme il faut, il fut comme neuf, mais il ne pouvait hocher la tête.

« Vous voilà devenu bien hautain depuis que vous avez été mis en pièces, dit le Sergentmajorgénéralenchefetensecond-aux-pieds-de-bouc, il me semble pourtant qu'il n'y a pas là de quoi faire une affaire si épouvantable ! Est-ce que je vais épouser la bergère, oui ou non ? »

Et le ramoneur et la petite bergère firent un regard si touchant au vieux Chinois, ils avaient tellement peur qu'il hoche la tête, mais il ne le pouvait pas et il lui était désagréable de dire à un étranger qu'il portait constamment une attache dans le cou, et les sujets de porcelaine restèrent ensemble ainsi que les attaches du bien-aimé grand-père, et ils s'aimèrent jusqu'à ce qu'ils furent mis en pièces.

LE VIEUX RÉVERBÈRE

Connais-tu l'histoire du vieux réverbère? Elle n'a rien de particulièrement amusant, mais on peut toujours l'entendre une fois. C'était un brave vieux réverbère qui avait fait son service pendant de longues, longues années mais que l'on allait mettre au rebut. C'était le dernier soir qu'il était sur son poteau[1] et qu'il éclairait la rue, il avait à peu près l'humeur d'une vieille figurante de ballet qui danse pour sa dernière soirée et qui sait que, le lendemain, elle restera dans son grenier. Le réverbère était terrifié par ce lendemain car il savait qu'alors il irait à la mairie pour la première fois et serait examiné par les trente-six échevins de la ville pour savoir s'il était utilisable ou non. On déciderait alors s'il serait envoyé sur un des ponts pour l'éclairage, ou à la campagne dans une usine, peut-être irait-il tout droit chez un fondeur pour y être refondu, en ce cas, on pourrait assurément en faire n'importe quoi, mais il souffrait de ne pas savoir s'il garderait alors le souvenir d'avoir été un réverbère... Quoi qu'il dût en être, il serait séparé du veilleur de nuit et de sa femme qu'il considérait tout à fait comme sa famille. Il était devenu réverbère quand l'homme était devenu veilleur de nuit.

Sa femme faisait la fière en ce temps-là ; quand elle passait devant le réverbère, elle ne le regardait que le soir, jamais dans la journée. Maintenant, en revanche, ces dernières années, alors qu'ils étaient devenus vieux tous les trois, le veilleur, sa femme et le réverbère, la femme avait pris soin de lui aussi, elle nettoyait la lampe et y versait de l'huile. C'étaient de braves gens, ce couple, ils n'auraient jamais volé une seule goutte d'huile au réverbère.

C'était son dernier soir dans la rue et, le lendemain, il irait à la mairie, cela faisait deux sombres pensées pour le réverbère et l'on imagine bien comment il brûlait. Mais il était traversé d'autres pensées aussi. Il y avait tant de choses qu'il avait vues, tant de choses qu'il avait éclairées, peut-être autant que les trente-six échevins, mais il ne le disait pas car c'était un brave vieux réverbère, il ne voulait offenser personne, surtout pas ses supérieurs. Il se rappelait tant de choses, et parfois, sa flamme s'empourprait en lui, on eût dit qu'il ressentait quelque chose comme : « Eh oui ! on se souvient de moi aussi ! par exemple, il y avait ce jeune homme... eh oui ! il y a bien des années de cela ! il apportait une lettre, sur un papier rose, si joli, si joli, avec une bordure d'or, elle était si mignonnement écrite, c'était une écriture de dame. Il la lut deux fois et il l'embrassa et il leva les deux yeux sur moi, ils disaient : "Je suis le plus heureux des hommes... !" Eh oui ! il n'y avait que lui et moi pour savoir ce que disait la première lettre de sa fiancée... Je me rappelle aussi deux autres yeux, c'est curieux comme les pensées peuvent sauter d'un objet à un autre ! Il y avait ici, dans la rue, un magnifique enterrement, la belle jeune dame gisait dans le cercueil sur le fourgon mortuaire tendu de velours, il y avait tant de fleurs et de couronnes, tant de flambeaux qui brillaient que j'en disparaissais, purement et simplement. Le trottoir était tout plein de gens, ils suivaient tous le convoi, mais quand les flambeaux furent hors de vue et que je regardai autour de moi, il restait encore une personne près du poteau, qui pleurait, je n'oublierai jamais les deux yeux égarés qui me contemplaient !... » Ainsi, bien des pensées traversaient le vieux réverbère qui éclairait, ce soir-là, pour la dernière fois. La sentinelle que l'on relève sait, elle, qui lui succède et peut lui dire quelques mots, mais le réverbère ne le savait pas, il aurait pourtant pu lui donner quelques indications, sur la pluie et la rouille, sur l'ampleur de l'éclat de la lune sur le trottoir et le côté d'où soufflait le vent.

Au bord du caniveau, trois personnages s'étaient présentés au réverbère, croyant que c'était lui qui décidait qui reprendrait ses fonctions. L'un d'eux était une tête de hareng parce qu'elle luit dans l'obscurité et qu'elle pensait que, si on la mettait sur le poteau du réverbère, cela pourrait faire une véritable économie d'huile. L'autre était un bout de bois pourri, qui luit aussi, et mieux, toujours, qu'une morue séchée, à ce qu'il disait. En outre, c'était le dernier morceau d'un arbre qui, un jour, avait été la gloire de la forêt. Le troisième était un ver luisant. D'où il était venu, le réverbère ne le comprenait pas, mais le ver était là et pour luire, il faut dire qu'il luisait ; cependant, le bout de bois pourri et la tête de hareng affirmèrent sous serment que ce n'était qu'à certaines époques qu'il luisait et que, par conséquent, il n'y avait pas à le prendre en considération.

Le vieux réverbère dit qu'aucun d'eux ne luisait

assez pour être réverbère, mais aucun d'eux ne le crut et quand ils apprirent que ce n'était pas le réverbère qui décidait lui-même qui reprendrait ses fonctions, ils dirent que c'était fort heureux car il était trop décrépit aussi pour être en état de choisir.

À ce moment, le vent arriva du coin de la rue, il souffla au travers du chapeau du vieux réverbère et lui dit : « Qu'est-ce que j'apprends là ? Tu t'en vas demain ? Est-ce le dernier soir que je te trouverai ici ? Alors, tu vas avoir un cadeau. Je vais te souffler dans le crâne pour que, non seulement tu puisses te rappeler clairement ce que tu as vu et entendu, mais aussi pour que, lorsqu'on racontera ou lira quelque chose en ta présence, tu sois si lucide que tu le voies aussi !

— Eh bien, c'est formidable, dit le vieux réverbère, grands mercis ! Pourvu qu'on ne me refonde pas !

— On n'y est pas encore ! dit le vent. Et maintenant, je souffle pour raviver ta mémoire. Si tu reçois plusieurs cadeaux comme celui-là, tu pourras avoir une vieillesse tout à fait agréable !

— Pourvu qu'on ne me refonde pas, dit le réverbère, ou alors, peux-tu m'assurer que je garderai ma mémoire dans ce cas-là aussi ?

— Vieux réverbère, sois raisonnable ! » dit le vent, et il souffla... Au même instant, la lune se montra : « Que donnez-vous ? demanda le vent.

— Je ne donne rien, dit-elle, je suis sur mon déclin, n'est-ce pas, et les réverbères ne m'ont jamais éclairée, c'est moi qui ai éclairé les réverbères ! » Et la lune retourna derrière les nuages, elle ne voulait pas qu'on l'ennuie. Alors, une goutte d'eau tomba juste sur le chapeau, elle avait l'air de dégoutter du toit, mais elle dit qu'elle venait des nuages gris et qu'elle aussi était un cadeau, le meilleur de tous peut-être. « Je m'insinuerai en toi en sorte que tu aies la faculté, quand tu le désireras, de te transformer en rouille en une nuit pour t'effondrer complètement et devenir poussière. » Mais le réverbère trouva que c'était un mauvais cadeau et le vent pensa de même. « N'y a-t-il rien de mieux ? N'y a-t-il rien de mieux ? » souffla-t-il, aussi fort qu'il le put. Alors, une étoile filante tomba en faisant un long trait brillant.

« Qu'est-ce que c'est, cria la tête de hareng, n'y a-t-il pas une étoile qui vient de tomber ? Je crois qu'elle est entrée dans le réverbère... ! Bon, si d'aussi éminentes personnes recherchent cet emploi, nous pouvons aller nous coucher ! » Et c'est ce qu'elle fit, et les autres aussi. Mais le vieux réverbère éclaira soudain avec une force merveilleuse. « C'est un cadeau superbe, dit-il, les claires étoiles dont je me suis toujours tant réjoui et qui brillent d'un éclat qu'en vérité je n'ai jamais pu égaler, malgré tous mes efforts, elles m'ont remarqué, moi, pauvre vieux réverbère, et elles m'en ont envoyé une m'apporter un cadeau qui consiste en ce que tout ce que je me rappelle et vois distinctement pourra être vu aussi par ceux que j'aime ! et le vrai plaisir, c'est d'abord cela, car lorsqu'on ne peut pas le partager avec d'autres, ce n'est qu'une demi-joie !

— Voilà une pensée fort respectable, dit le vent, mais tu ne sais sans doute pas qu'il faut une bougie de cire pour cela. Si l'on n'allume pas une bougie de cire en toi, aucun des autres ne peut rien voir de toi. Les étoiles n'ont pas réfléchi à cela, elles doivent croire que tout ce qui brille a, en soi, pour le moins, une bougie de cire ! Mais je suis fatigué maintenant, dit le vent, je veux me coucher ! » et il se coucha.

Le lendemain... bon, nous pouvons passer sur le lendemain. Le lendemain soir, le réverbère était dans un fauteuil, et où... ? Chez le vieux veilleur de nuit. Pour ses longs et loyaux services, celui-ci avait demandé aux trente-six échevins la faveur de garder le vieux réverbère. Ils avaient ri de lui et de sa requête, et puis ils le lui avaient donné, et maintenant, le réverbère était dans un fauteuil tout près du poêle chaud, c'était vraiment comme s'il en était devenu plus grand, il remplissait presque tout le siège. Et les vieilles gens étaient déjà à table pour le dîner, jetant de doux regards sur le vieux réverbère auquel ils auraient volontiers donné place à table. Certes, c'était dans un sous-sol qu'ils habitaient, à deux aunes sous terre. Il fallait traverser un vestibule pavé pour entrer dans la pièce, mais il y faisait tiède, il y avait des lisières à la porte. Tout y avait un air propre et net : des rideaux au lit et aux petites fenêtres où se trouvaient accrochés au chambranle deux étranges pots de fleurs. Christian, le matelot, les avait rapportés des Indes orientales ou occidentales, c'étaient deux éléphants de terre cuite dont le dos manquait : à la place poussaient dans la terre qu'on y avait mise, dans l'un de la ciboulette de l'espèce la plus ravissante — c'était le jardin potager des vieux — et dans l'autre, un grand géranium en fleur, c'était leur jardin d'agrément. Au mur était accroché un grand tableau en couleurs, avec le Congrès de Vienne, ils avaient là tous les empereurs et les rois à la fois... ! Une horloge de Bornholm[1] aux lourds poids de plomb faisait tic-tac : elle avançait toujours, mais mieux valait cela que retarder, disaient les vieux. Ils prirent leur dîner et le vieux réverbère gisait, comme on l'a dit, tout près du poêle chaud. Pour lui, le monde était pour ainsi dire sens dessus dessous...

Mais quand le vieux veilleur le regarda et parla de tout ce qu'ils avaient vécu ensemble, tous les deux, par la pluie et la rouille, dans les claires et brèves nuits d'été et quand la neige tourbillonnait tant qu'il faisait bon rentrer dans l'abri du sous-sol, tout se remettait en place pour le vieux réverbère, il voyait tout comme si cela existait encore ; oh oui ! le vent lui avait vraiment bien éclairci les esprits...

Ils étaient si actifs, si adroits, ces vieilles gens, ils ne gaspillaient pas un moment. Le dimanche après-midi, on sortait un livre ou un autre, un récit de voyage surtout, et le vieillard lisait à haute voix des descriptions de l'Afrique, des grandes forêts et des éléphants qui circulaient librement, et la vieille écoutait en regardant les éléphants de terre cuite qui étaient des pots de fleurs... ! « Pour un peu, je m'imaginerais ça ! » disait-elle. Et le réverbère souhaitait profondément qu'il y eût une bougie de cire à allumer et à lui mettre, pour qu'elle pût tout voir exactement comme lui le voyait, les grands arbres, les branches touffues enlacées les unes aux autres, les Noirs tout nus, à cheval, et des troupeaux entiers d'éléphants qui, de leurs longues pattes, écrasaient les joncs et les buissons.

« À quoi bon tous mes talents puisqu'il n'y a pas de bougie de cire, soupirait le réverbère, ils n'ont que de l'huile de baleine et de la chandelle, ça ne suffit pas !... »

Un jour arriva au sous-sol tout un paquet de bouts de bougies de cire, on fit brûler les plus grands ; les plus petits, la vieille s'en servit pour en cirer son fil quand elle cousait. C'était de la bougie de cire, mais l'idée ne leur vint pas d'en mettre un petit bout dans le réverbère.

« Je suis là, avec mes talents peu communs, disait le

réverbère, j'ai tout en dedans de moi et je ne peux pas partager avec eux ! Ils ne savent pas que je peux transformer les murs blancs en tapisseries ravissantes, en riches forêts, en tout ce qu'ils souhaiteraient !... Ils ne le savent pas ! »

Au demeurant, le réverbère restait, bien astiqué et propre, dans un coin où il frappait toujours le regard. Les gens disaient, il est vrai, que c'était une chose choquante, mais les vieux n'en avaient cure, ils aimaient le réverbère.

Un jour, c'était l'anniversaire du vieux veilleur, la vieille alla au réverbère, fit un petit sourire et dit : « Je vais illuminer pour lui ! » et le réverbère en eut un craquement dans son chapeau de tôle car il pensa : « Voici que la lumière leur vient ! », mais on lui mit de l'huile et non de la bougie de cire, il brûla toute la soirée en sachant maintenant que le cadeau que lui avaient fait les étoiles, le meilleur de tous les cadeaux, était un trésor mort en cette vie. Alors il rêva — et quand on a de telles facultés, on peut bien rêver — que les vieux étaient morts, que lui-même était chez un fondeur et qu'il allait être refondu, il était aussi angoissé que lorsqu'il avait dû aller à la mairie, être examiné par les trente-six échevins, mais bien qu'il eût la faculté de s'effondrer en rouille et en poussière s'il le désirait, il ne le faisait tout de même pas, il entrait dans le four de la fonderie et devenait le plus charmant des chandeliers de fer où quelqu'un mettrait une bougie de cire. Il avait la forme d'un ange qui portait un bouquet, et, au milieu de ce bouquet, on mettait une bougie de cire, et le chandelier prenait place sur un bureau vert, et la pièce était tellement agréable, il y avait là quantité de livres, de beaux tableaux étaient accrochés, c'était chez un poète, et tout ce qu'il pensait, tout ce qu'il écrivait se déployait tout autour, la pièce devenait forêts obscures, prairies ensoleillées où la cigogne déambulait dignement, pont de navire bien haut au-dessus de la mer agitée... !

« Que j'ai de talents ! » dit le vieux réverbère en se réveillant. « Pour un peu, je pourrais souhaiter être refondu ! Mais non, il ne faut pas que ça se fasse tant que les vieux vivront ! Ils m'aiment pour ce que je suis ! C'est que je leur tiens lieu d'enfant, ils m'ont astiqué et ils m'ont donné de l'huile... ! et tout va aussi bien pour moi que pour *Le Congrès* qui est une chose tellement distinguée ! »

Et à dater de ce temps, il connut plus de calme intérieur, et il le méritait, le brave vieux réverbère.

L'AIGUILLE À REPRISER

Il était une fois une aiguille à repriser qui faisait tellement la fière qu'elle se prenait pour une aiguille à coudre.

« Prenez donc garde à ce que vous tenez ! » disait l'aiguille à repriser aux doigts qui se saisissaient d'elle. « Ne me perdez pas ! Si je tombe par terre, on pourrait bien ne jamais me retrouver, tant je suis fine !

— N'exagérons pas ! » disaient les doigts en la serrant par la taille.

« Voyez-vous, j'ai une traîne », disait l'aiguille à repriser en tirant un long fil derrière elle, un fil qui, toutefois, n'avait pas de nœud.

Les doigts dirigèrent l'aiguille tout droit sur la pantoufle de la fille de cuisine : le dessus de cuir était déchiré et on allait le recoudre.

« C'est un travail dégradant ! dit l'aiguille à repriser. Je ne traverserai jamais, je casse, je casse... ! » et elle cassa. « Je ne l'avais pas dit ? dit l'aiguille à repriser. Je suis trop fine !

— Maintenant, elle n'est plus bonne à rien », pensèrent les doigts, mais ils durent la tenir droite tout de même, la fille de cuisine lui versa de la cire dessus et la piqua dans l'avant de son fichu.

« Voyez, maintenant, me voici broche ! dit l'aiguille à repriser. Je savais bien qu'on me mettrait à l'honneur. Quand on est quelque chose, on devient toujours quelque chose. » Et elle rit en son for intérieur, car jamais on ne voit, en regardant une aiguille à repriser de l'extérieur, qu'elle rit. Elle resta là, aussi fière que si elle menait carrosse, regardant de tous côtés.

« Puis-je avoir l'honneur de vous prier de me dire si vous êtes en or », demanda-t-elle à l'épingle qui était sa voisine. « Vous avez belle apparence et une tête bien à vous, mais elle est petite ! Veillez donc à ce qu'elle grandisse car on ne peut pas mettre de la cire au bout de tout le monde ! » Et l'aiguille à repriser se redressa si fièrement qu'elle se détacha du fichu et tomba dans l'eau de lessive au moment précis où la fille de cuisine vidait le cuveau.

« À présent, nous partons en voyage ! dit l'aiguille à repriser. Pourvu que je ne me perde pas ! » Or, c'est ce qui lui arriva.

« Je suis trop fine pour ce monde ! » dit-elle en se retrouvant dans le caniveau. « J'ai bonne conscience, c'est toujours une petite satisfaction ! » et l'aiguille à repriser se tint bien droite et ne perdit pas sa bonne humeur.

Toutes sortes de choses voguaient au-dessus d'elle, des brindilles, des fétus de paille, des morceaux de journaux.

« Voyez comme ils voguent ! disait l'aiguille à repriser. Ils ne savent pas ce qui peut les piquer par en dessous ! C'est que je pique ! je suis là ! Tiens, voilà une brindille, elle ne pense à rien en ce monde en dehors de “brindille”, c'est-à-dire à elle-même. Voici un fétu de paille qui flotte, voyez comme il ondule, voyez comme il tourne ! Ne pense pas tant à toi, tu pourrais te cogner aux pavés... ! Voilà un journal qui flotte !... Ce qu'il contient est oublié, et pourtant, il s'étale... ! Moi, je reste patiente et calme ! Je sais ce que je suis et je m'y tiens... ! »

Un jour, il y eut une chose qui brillait joliment tout près et l'aiguille à repriser crut que c'était un diamant, mais c'était un tesson de bouteille et comme il brillait, l'aiguille à repriser lui adressa la parole en se faisant passer pour une broche ! « Vous devez être un diamant ? — Oui, je suis quelque chose de ce genre ! » Et chacun crut de l'autre qu'il était réellement précieux, et ils parlèrent de l'orgueil qu'il y avait en ce monde.

« Eh oui ! j'ai logé dans une boîte chez une demoiselle, dit l'aiguille à repriser, et cette demoiselle était fille de cuisine. Elle avait cinq doigts à chaque main, je n'ai jamais rien connu d'aussi infatué que ces cinq doigts qui n'existaient que pour me tenir, me sortir de la boîte et m'y remettre.

— Avaient-ils de l'éclat ? demanda le tesson de bouteille.

— De l'éclat ! dit l'aiguille à repriser. Non, c'était de l'orgueil ! C'étaient cinq frères, tous nés “doigts”, ils se tenaient droit les uns contre les autres, bien que de longueurs différentes. Celui qui était tout au bout, le pouce, était court et gros, il n'était pas dans l'alignement, et il n'avait qu'une articulation dans le dos, il ne pouvait se recourber qu'une fois, mais il disait que si on le tranchait à un homme, celui-ci n'était plus bon pour le service militaire. Le doigt à pourlécher se fourrait dans le sucré et dans le sur, montrait le soleil et la lune, c'est lui qui appuyait quand les autres écrivaient. Le longuet regardait par-dessus la tête des autres. Brandon d'or portait un anneau d'or autour du ventre et le petit Peer le Violoneux ne faisait rien, ce dont il était fier. Vantardises ici, vantardises là, et puis je suis passée dans la lessive[1] !

— Et maintenant, nous restons là à briller ! » dit le tesson de bouteille. À ce moment, de l'eau afflua dans le caniveau qui déborda de tous côtés et l'eau entraîna le tesson de bouteille.

« Tiens, voilà qu'il a eu de l'avancement ! dit l'aiguille à repriser. Moi, je reste, je suis trop fine, mais c'est ma fierté et elle est respectable ! » Et elle resta bien droite, pensant à maintes choses.

« Pour un peu, je croirais que je suis née d'un rayon de soleil, fine comme je suis ! il me semble aussi que le soleil est toujours en train de me chercher sous l'eau. Hélas ! je suis si fine que ma mère ne pourra me trouver ! Si j'avais mon ancien œil, qui a cassé, je crois bien que je pourrais pleurer... ! quoique je ne l'aie pas fait... pleurer, ce n'est pas chic ! »

Un jour, quelques gamins des rues étaient en train de fouiller dans le caniveau où ils trouvaient de vieux clous, des skillings et des choses de ce genre. C'était une cochonnerie, mais ils y prenaient plaisir.

« Aïe ! » dit l'un. Il s'était piqué à l'aiguille à repriser. « Tu parles d'une saloperie !

— Je ne suis pas une saloperie, je suis une demoiselle ! » dit l'aiguille à repriser, mais personne ne l'entendit. Elle avait perdu sa cire, elle était devenue noire, mais le noir vous amincit et elle pensait être encore plus fine qu'avant.

« Tiens ! voilà une coquille d'œuf qui navigue »,

dirent les gamins, et ils piquèrent l'aiguille à repriser dans la coquille.

« Des murs blancs, quand, soi-même, on est noire, dit l'aiguille à repriser, voilà qui vous va bien ! ainsi, on pourra me voir, tout de même... Pourvu que je n'aie pas le mal de mer, car alors, je casserai... ! » Mais elle n'eut pas le mal de mer et ne cassa point.

« Contre le mal de mer, il est bon d'avoir un ventre d'acier et aussi de se rappeler toujours que l'on est un peu plus qu'un homme ! À présent, mon mal de mer, à moi, est passé ! Plus on est fin, plus on peut en supporter !

— Crac ! » dit la coquille d'œuf : toute une charretée lui était passée dessus.

« Hou ! quel poids, dit l'aiguille à repriser, je vais finir par avoir le mal de mer ! je craque ! je casse ! » Mais elle ne cassa pas, bien qu'une charretée fût passée dessus, elle resta étendue de tout son long... Qu'elle y reste !

L'OMBRE

Dans les pays chauds, il arrive que le soleil soit vraiment brûlant ! Les gens deviennent tout bruns, comme de l'acajou. En même temps, dans les pays les plus chauds, ils en deviennent nègres. Or, c'était uniquement dans les pays chauds qu'était venu un savant homme des pays froids. C'est qu'il croyait pouvoir y circuler comme chez lui ! Eh bien, il en perdit bientôt l'habitude ! Il fallait rester à l'intérieur, pour lui comme pour tous les gens sensés, les volets des fenêtres et les portes étaient fermés toute la journée. On aurait dit que toute la maison dormait ou qu'il n'y avait personne chez soi. La rue étroite aux maisons hautes où il habitait était construite de telle sorte que, du matin au soir, le soleil donnait dessus, c'était vraiment intenable... ! Ce savant homme des pays froids, c'était un homme jeune, un homme intelligent, il avait l'impression de se trouver dans un poêle allumé. Il en souffrait, il en devint tout maigre, même son ombre se recroquevilla, elle devint beaucoup plus petite que chez lui, elle souffrait aussi du soleil... On ne revivait que le soir, quand le soleil était couché.

C'était un véritable plaisir de voir cela. Dès que l'on

apportait de la lumière dans la salle, l'ombre s'étendait jusqu'au mur et même jusqu'au plafond, tant elle s'allongeait, il lui fallait s'étendre pour reprendre des forces. Le savant passait sur le balcon pour s'allonger, et à mesure que les étoiles apparaissaient dans l'air délicieusement clair, c'était comme s'il revivait. Sur tous les balcons de la rue — et dans les pays chauds, chaque fenêtre a son balcon —, les gens sortaient car on a besoin d'air même si l'on a l'habitude d'être acajou ! Il y avait une telle animation, de haut en bas. Cordonniers et tailleurs, tout le monde passait dans la rue, on y portait tables et chaises et la lumière brillait, plus de mille lumières brillaient, et l'un parlait et l'autre chantait, et les gens se promenaient, les voitures roulaient, les ânes circulaient : klingelingeling ! ils portent des clochettes. On enterrait des morts en chantant des cantiques, les gamins des rues tiraient des pétards, les cloches des églises sonnaient, oh oui ! il y en avait, de la vie, en bas, dans la rue !

Il n'y avait qu'une maison, juste en face de celle qu'habitait le savant, qui restât complètement silencieuse. Pourtant, elle était habitée car il y avait des fleurs sur le balcon, elles poussaient merveilleusement à la chaleur du soleil : elles ne l'auraient pu s'il n'y avait eu quelqu'un pour les arroser, il fallait bien que quelqu'un les arrosât, il fallait qu'il y eût du monde. D'ailleurs, la porte, là-haut, s'entrebâillait le soir, mais il faisait sombre à l'intérieur, en tout cas dans la première pièce ; de celles du fond venait de la musique. Le savant étranger trouvait cette musique tout à fait extraordinaire, mais il pouvait se faire aussi que ce ne fût qu'une illusion car il trouvait tout extraordinaire là-bas, dans les pays chauds, pour peu qu'il n'y eût pas eu de soleil.

Le logeur de l'étranger disait ne pas savoir qui avait loué la maison d'en face car on ne voyait personne et pour ce qui était de la musique, il la trouvait terriblement ennuyeuse. « On dirait quelqu'un qui s'exerce à jouer un morceau sans parvenir à s'en tirer, toujours le même morceau. "J'y parviendrai bien !" doit-il dire, mais il a beau jouer longtemps, il n'y arrive tout de même pas. »

Une nuit, l'étranger se réveilla, il dormait porte du balcon ouverte, le rideau, devant, se soulevait au vent, il eut l'impression qu'une étrange lueur venait du balcon d'en face, toutes les fleurs brillaient comme des flammes aux couleurs splendides, et, au milieu de ces fleurs, il y avait une jeune fille svelte, charmante, on eût dit qu'elle aussi brillait. Cela lui fit réellement mal aux yeux, il faut dire qu'il les avait écarquillés tout grands et qu'il sortait de son sommeil. D'un bond, il fut debout, tout doucement, il avança derrière le rideau, mais la jeune fille avait disparu, la lueur était partie. Les fleurs ne brillaient pas du tout, mais elles étaient en bon état, comme toujours. La porte était entrebâillée, tout au fond résonnait une douce, exquise musique, elle était vraiment capable de vous emporter dans de douces pensées. C'était comme un enchantement, et qui donc habitait là ? En fait, où était l'entrée ? Le rez-de-chaussée n'était constitué que de boutiques, on ne pouvait quand même pas les traverser tout le temps.

Un soir, l'étranger était sur son balcon, à l'intérieur, derrière lui, brûlait la lumière, il était donc tout à fait naturel que son ombre passât jusqu'au mur d'en face. Et même, elle était juste au-dessus des fleurs du balcon. Quand l'étranger bougeait, l'ombre remuait aussi, c'est une chose qu'elle fait...

« Je crois que mon ombre est la seule chose vivante que l'on voie là-haut ! dit le savant. Comme elle se tient gentiment parmi les fleurs, la porte est entrebâillée, l'ombre devrait avoir l'astuce de passer à l'intérieur, de regarder autour d'elle et de revenir me raconter ce qu'elle a vu ! Oui, tu te rendrais utile ! dit-il en plaisantant. Pénètre à l'intérieur, s'il te plaît ! Eh bien ! Tu y vas ? » et il fit un signe de tête à l'ombre, et l'ombre le lui rendit. « Bien, va, mais ne reste pas ! » et l'étranger se leva et son ombre, sur le balcon d'en face, se leva aussi. Si quelqu'un avait fait attention comme il faut, il aurait pu voir nettement que l'Ombre entrait par la porte entrouverte du balcon au moment précis où l'étranger entrait dans sa chambre en laissant retomber derrière lui le long rideau.

Le lendemain matin, le savant sortit prendre son café et lire les journaux. « Quoi ! » dit-il en arrivant au soleil, « mais je n'ai pas d'ombre ! alors, elle est vraiment partie hier soir et n'est pas revenue. Voilà qui est bien ennuyeux ! »

Et il en fut fâché, pas tellement parce que l'Ombre avait disparu, mais parce qu'il existait une histoire sur un homme sans ombre, tout le monde la connaissait[1] chez lui, dans les pays froids ; que le savant y aille raconter la sienne, on dirait qu'il était en train de l'imiter, et ce n'était pas la peine. Aussi résolut-il de ne pas en parler, c'était une pensée raisonnable.

Le soir, il passa de nouveau sur son balcon, il avait très judicieusement posé la lumière derrière lui car il savait que l'ombre prend toujours son maître pour écran, mais il ne put l'attirer. Il se fit petit, il se fit grand, mais il n'y avait pas d'ombre, personne ne vint ! Il dit : « Hum ! hum ! » mais sans résultat.

C'était irritant, mais, dans les pays chauds, tout pousse très vite et au bout de huit jours, il remarqua, à sa grande satisfaction, qu'une nouvelle ombre lui poussait en partant de ses jambes quand il se mettait au soleil, la racine avait dû rester. Au bout de trois semaines, il avait une ombre tout à fait convenable qui, quand il rentra chez lui dans les pays du Nord, ne fit que grandir pendant le voyage, en sorte que, pour finir, elle était si longue et grande que la moitié aurait suffi.

Puis le savant arriva chez lui et écrivit des livres sur ce qu'il y a de vrai dans le monde et sur ce qu'il y a de bon et de beau, et des jours et des années passèrent, beaucoup d'années passèrent.

Un soir, il était dans sa chambre et l'on frappa tout doucement à la porte.

« Entrez ! » dit-il, mais personne n'entra. Il ouvrit et il y avait devant lui une personne d'une maigreur tellement extraordinaire qu'il en demeura interdit. Au demeurant, cette personne était particulièrement bien habillée, ce devait être un homme distingué.

« À qui ai-je l'honneur de parler ? demanda le savant.

— C'est cela, je pensais bien, dit l'homme élégant, que vous ne me reconnaîtriez pas. Je suis devenu tellement corporel, j'ai pris chair et vêtements comme il faut ! Vous n'avez sûrement jamais imaginé me voir si prospère. Vous ne reconnaissez pas votre ancienne ombre ? Bien sûr, vous n'avez pas pensé que je revienne jamais. Pour moi, tout est allé particulièrement bien depuis la dernière fois que j'étais avec vous, je suis devenu très riche à tous égards ! S'il faut que je paie pour m'affranchir, je le peux ! » Et il fit cliqueter tout un faisceau de sceaux précieux qui étaient accrochés à sa montre, et il fourra la main dans l'épaisse chaîne d'or qu'il portait autour du cou. Oh ! comme tous ses doigts scintillaient de bagues et de diamants ! Et tout cela était réel.

« Eh bien, je n'en reviens pas, dit le savant, qu'est-ce que c'est que tout cela !

— Certes, ce n'est pas une chose ordinaire, dit l'Ombre, mais vous-même, vous n'êtes pas du genre ordinaire non plus, n'est-ce pas, et moi, vous le savez bien, je vous ai suivi à la trace depuis l'enfance. Dès que vous m'avez trouvé assez mûr pour partir seul de par le monde, j'ai suivi ma voie. Je vis dans les conditions les plus magnifiques, mais j'ai été saisi d'une sorte de nostalgie de vous revoir un jour avant votre mort, car vous allez mourir, n'est-ce pas ! J'avais envie, aussi, de revoir ces pays, on aime toujours sa patrie, bien entendu... Je sais que vous avez retrouvé une autre ombre, ai-je quelque chose à payer, à elle ou à vous ? Ayez seulement la bonté de le dire.

— Vraiment, c'est toi, dit le savant, c'est tout de même vraiment extraordinaire ! Je n'aurais jamais cru que l'ancienne ombre de quelqu'un puisse revenir sous forme humaine !

— Dites-moi ce qu'il faut que je paie, dit l'Ombre, je tiens absolument à ne pas avoir de dettes !

— Comment peux-tu parler ainsi ! dit le savant. De quelle dette s'agit-il ici ! Sois parfaitement tranquille ! Je me réjouis absolument de ton bonheur ! Assois-toi, vieil ami, et raconte-moi seulement un peu comment ça s'est passé et ce que tu as vu dans la maison d'en face, là-bas, dans les pays chauds... !

— Oui, je vais vous raconter », dit l'Ombre en s'asseyant, « mais alors, il faut me promettre de ne jamais dire à personne, ici, en ville, où que vous me rencontrerez, que j'ai été votre ombre ! J'ai l'intention de me fiancer ! J'ai plus que ce qu'il faut pour entretenir une famille... !

— Sois tranquille, dit le savant, je ne dirai à personne qui tu es vraiment, voici ma main ! je te le promets et un homme n'a qu'une parole.

— Une ombre n'a qu'une parole ! » dit l'Ombre, et c'est bien ainsi qu'il devait parler.

Il était d'ailleurs tout à fait remarquable de voir à quel point c'était un être humain. Il était tout en noir, en habits noirs des plus élégants, des bottes vernies et un chapeau claque qui pouvait se réduire au sommet et au rebord[1], sans parler de ce que nous savons déjà, les sceaux, la chaîne en or et les bagues de diamant. Oh oui ! l'Ombre était extrêmement bien habillée, et c'était précisément cela qui en faisait tout à fait un être humain.

« Maintenant, je vais raconter », dit l'Ombre, et il posa ses jambes aux bottes vernies aussi rudement qu'il le put sur le bras de la nouvelle ombre du savant qui était couchée à ses pieds comme un caniche, que ce fût par orgueil ou, peut-être, pour l'amener à s'attacher à lui. Et l'Ombre couchée se tint calme et tranquille pour bien écouter. Elle voulait sûrement savoir comment on pouvait se libérer de la sorte pour devenir son propre maître.

« Savez-vous qui habitait la maison d'en face ? dit l'Ombre. C'était la plus charmante personne qui soit, c'était la poésie ! J'y passai trois semaines et cela fait le même effet que si l'on vivait trois mille ans à lire tout ce qui a été composé et écrit, c'est ce que je dis et c'est vrai ! J'ai tout vu et je sais tout !

— La poésie ! s'écria le savant. Bien sûr, bien sûr...

elle vit souvent en ermite dans les grandes villes ! La poésie ! mais oui, je l'ai vue, un seul et bref instant, mais j'avais les yeux pleins de sommeil ! Elle était sur le balcon et resplendissait comme l'aurore boréale ! Raconte ! raconte ! Tu étais sur le balcon, tu es entré par la porte, et puis... ?

— Et puis je fus dans l'antichambre ! dit l'Ombre. Ce que vous avez toujours vu, c'était l'antichambre. Il n'y avait pas de lumière, il régnait une sorte de crépuscule, mais les portes s'ouvraient l'une après l'autre sur une longue rangée de pièces et de salles. Et tout était illuminé, cette lumière m'aurait purement et simplement tué si j'étais parvenu jusqu'à la demoiselle. Mais je fus prudent, je pris mon temps, c'est ce qu'il faut faire !

— Et alors, qu'as-tu vu ? demanda le savant.

— Je vis tout et je vais vous le raconter, mais... ce n'est pas de la fierté de ma part, mais... libre comme je suis et ayant les connaissances que j'ai, sans parler de ma belle situation, des conditions excellentes dans lesquelles je vis... j'aimerais bien que vous me vouvoyiez !

— Pardon, dit le savant, c'est une vieille habitude bien ancrée ! Vous avez parfaitement raison ! et je vais m'en souvenir ! Mais racontez-moi maintenant tout ce que vous avez vu !

— Tout, dit l'Ombre, car j'ai tout vu et je sais tout !

— Quel air avaient les salles du fond ? demanda le savant. Était-ce comme dans la verte forêt ? Était-ce comme dans une sainte église ? Les salles étaient-elles comme le ciel clair étoilé quand on est sur les montagnes élevées ?

— Il y avait tout ! dit l'Ombre. Bien sûr, je ne suis pas entré tout à fait, je suis resté dans la pénombre de la première pièce, mais j'y étais particulièrement bien, j'ai tout vu et je sais tout ! J'ai été à la cour de la poésie, dans l'antichambre.

— Mais qu'avez-vous vu ? Tous les dieux de l'Antiquité traversaient-ils ces grandes salles ? Les anciens héros y combattaient-ils ? De gentils enfants jouaient-ils en racontant leurs rêves ?

— Je vous le dis, j'étais là et vous comprenez que je voyais tout ce qu'il y avait à voir ! Si vous y étiez venu, vous ne seriez pas devenu un être humain, mais moi, si ! et en même temps, j'appris à connaître ma nature la plus intime, ce qui était inné en moi, les liens de famille que j'avais avec la poésie. Évidemment, du temps que j'étais avec vous, je ne pensais pas à cela, mais toujours, vous le savez, au lever et au coucher du soleil, je devenais étrangement grande. Au clair de lune, j'aurais été plus distincte que vous, pour un peu. En ce temps-là, je ne comprenais pas ma nature, mais, dans l'antichambre, elle se révéla à moi ! Je devins un être humain !... Je sortis mûri, mais vous n'étiez plus dans les pays chauds. En tant qu'être humain, j'eus honte d'aller tel que j'étais, j'avais besoin de bottes, d'habits, de tout ce vernis humain qui rend un homme reconnaissable... Je me dirigeai, eh bien ! à vous, je le dis, vous ne mettrez sûrement pas cela dans un livre, je me dirigeai vers la jupe d'une pâtissière, je me cachai en dessous. Cette femme ne pensait pas à tout ce qu'elle abritait. Je sortais seulement le soir. Je courais partout dans la rue, au clair de lune. Je m'étirais contre le mur, cela vous chatouille délicieusement le dos ! je courais en tous sens, jetant un coup d'œil par les fenêtres les plus élevées, dans la salle et sur le toit, je regardais où personne ne le pouvait et je voyais ce que personne d'autre ne voyait, ce que personne ne devait voir ! Au fond, ce monde est ignoble ! Je ne voulais pas être homme s'il n'était pas entendu une bonne fois pour toutes que c'est quelque chose que d'être un homme ! J'ai vu les choses les plus impensables chez les femmes, chez les hommes, chez les parents et chez les gentils enfants sans pareils... j'ai vu, dit l'Ombre, ce que personne ne devrait savoir mais que tout le monde aimerait tant savoir, le mal chez le voisin... ! Si j'avais rédigé un journal, on l'aurait lu, oui ! Mais j'écrivais directement à la personne en question, et c'était la terreur dans toutes les villes où je passais. On avait tellement peur de moi ! et l'on m'aimait tant ! Les professeurs me faisaient professeur, les tailleurs me donnaient des habits neufs, je suis bien pourvu. Le chef du cabinet des Médailles frappait monnaie pour moi et les femmes disaient que j'étais si beau... ! et ainsi, je devins l'homme que je suis ! et maintenant, je vous dis adieu. Voici ma carte, j'habite du côté du soleil et je reste toujours chez moi quand il pleut ! » et l'Ombre s'en fut.

« C'est quand même extraordinaire ! » dit le savant.

Des années passèrent, puis l'Ombre revint.

« Comment ça va ? demanda-t-elle.

— Hé ! dit le savant, j'écris sur le vrai, le bon et le beau, mais personne ne se soucie d'en entendre parler, je suis complètement désespéré parce que je prends cela tellement à cœur !

— Eh bien, pas moi ! dit l'Ombre. J'engraisse, et c'est ce qu'il faut veiller à faire ! C'est que vous ne comprenez rien à ce monde. Cela vous rend malade ! Il faut voyager ! Je ferai un voyage cet été, voulez-vous m'accompagner ? J'aimerais bien avoir un compagnon de voyage ! Voulez-vous venir avec moi, comme ombre ? Ce sera un grand plaisir pour moi de vous emmener, je paierai le voyage.

— Vous allez un peu loin ! dit le savant.

— Cela dépend de la façon dont on le prend ! dit l'Ombre. Cela vous fera un bien extrême de voyager ! Si vous voulez être mon ombre, vous voyagerez absolument *gratis* !

— C'est absolument insensé ! dit le savant.

— Ainsi va le monde, dit l'Ombre, et ainsi continuera-t-il ! » et l'Ombre s'en alla.

Le savant n'allait pas bien du tout, chagrin et tourments ne le quittaient pas, et ce qu'il disait du vrai et du bon et du beau, c'était, pour la plupart, comme des roses pour une vache... ! Finalement, il fut tout à fait malade.

« Vous avez vraiment l'air d'une ombre ! » lui disaient les gens, et le savant en avait des frissons parce que cela lui donnait à penser.

« Il faut prendre les eaux », dit l'Ombre qui était venue lui rendre visite, « il n'y a rien d'autre à faire ! Je vous emmènerai en souvenir de nos anciennes relations, je paierai le voyage et vous en ferez la description, ces choses-là m'amusent un peu en cours de route ! Je veux aller prendre les eaux, ma barbe ne pousse pas comme elle devrait, cela aussi, c'est une maladie, il faut avoir de la barbe ! Soyez donc raisonnable, acceptez cette invite, nous voyagerons en camarades ! »

Et ils firent le voyage. L'Ombre était le maître et le maître était l'Ombre. Ils voyagèrent en voiture l'un avec l'autre, ils chevauchèrent et marchèrent ensemble, côte à côte, l'un devant, l'autre derrière, selon la place du soleil. L'Ombre s'entendait toujours à se tenir à la place du maître. Et le savant ne s'en affectait pas tellement. Il avait très bon cœur, il était particulièrement doux et aimable et un jour, il dit à l'Ombre : « Puisque ainsi, nous voici devenus compagnons de voyage, et comme, pareillement, nous avons grandi ensemble depuis notre enfance, ne devrions-nous pas nous tutoyer, c'est quand même plus intime !

— C'est vous qui le dites ! » dit l'Ombre qui, maintenant, était en fait le maître. « C'est dit très franchement et dans une bonne intention, je serai tout aussi franc et bien intentionné. En tant que savant, vous savez assurément comme la nature est étrange. Certaines personnes ne peuvent supporter de toucher du papier gris, cela leur fait mal. D'autres frissonnent de tous leurs membres quand on frotte un clou contre une vitre. J'éprouve un sentiment de ce genre en vous entendant me tutoyer, je me sens ramené à terre, dans ma situation initiale vis-à-vis de vous. Vous voyez que c'est un sentiment, ce n'est pas de la fierté. Je ne peux vous laisser me tutoyer, mais je vous tutoierai volontiers, ainsi, la moitié du chemin sera faite ! »

Et donc, l'Ombre tutoya son ancien maître.

« C'est tout de même absurde, pensa celui-ci, que je doive le vouvoyer et que lui me tutoie ! » mais force lui fut de supporter cela.

Ils arrivèrent à une ville d'eaux où il y avait beaucoup d'étrangers, et, parmi ceux-ci, une charmante fille de roi qui souffrait d'avoir une trop bonne vue, chose fort angoissante.

Tout de suite, elle remarqua que celui qui était arrivé était une tout autre personne que tous les autres. « Il est ici pour faire pousser sa barbe, dit-on, mais je vois la vraie raison, il ne peut pas projeter d'ombre.

— Votre Altesse Royale doit aller sensiblement mieux, dit l'Ombre, je sais que vous souffrez de voir trop bien, mais votre mal a disparu, vous êtes guérie, et moi, j'ai une ombre tout à fait inhabituelle ! Vous ne voyez pas la personne qui m'accompagne toujours ? D'autres personnes ont une ombre ordinaire, mais je n'aime pas l'ordinaire. On donne fréquemment à son serviteur une livrée plus élégante que les habits que l'on porte soi-même, et, de la sorte, j'ai fait attifer mon ombre pour en faire un être humain ! Et même, vous voyez que je suis allé jusqu'à lui donner une ombre ! C'est fort coûteux, mais j'aime avoir quelque chose à part ! »

« Quoi ? pensa la princesse. Me serais-je vraiment rétablie ? Ces bains sont de premier ordre ! De notre temps, l'eau a des pouvoirs tout à fait merveilleux. Mais je ne m'en irai pas, car ça devient amusant, ici, maintenant. Cet étranger me plaît extrêmement. Pourvu que sa barbe ne pousse pas, car alors, il s'en ira ! »

Le soir, dans la grande salle de bal, la fille de roi et l'Ombre dansèrent. Elle était légère, mais il l'était plus encore, elle n'avait jamais eu un pareil cavalier. Elle lui dit de quel pays elle était, et il connaissait ce pays, il y avait été, mais elle n'était pas chez elle alors, il avait jeté un coup d'œil par les fenêtres, en haut comme en bas, il avait vu une chose ou une autre, et donc il put répondre à la fille de roi et faire des allusions qui l'étonnèrent beaucoup. Il fallait que ce fût l'homme le plus sage de la terre ! Elle éprouva un grand respect pour ce qu'il savait et quand ils dansèrent de nouveau, elle tomba amoureuse et l'Ombre s'en aperçut bien car la princesse était sur le point de le transpercer du regard. Puis ils dansèrent une fois encore, et elle fut tout près de le lui dire, mais elle se ravisa, elle pensa à son pays, à son royaume et aux nombreuses gens sur qui elle devait régner. « C'est un sage, se dit-elle, fort bien ! Il danse superbement, fort bien aussi ! Mais allez savoir s'il a des connaissances solides, c'est tout aussi important ! Il faut l'examiner ! » Et elle se mit peu à peu à le questionner sur une des choses les plus difficiles, à laquelle elle-même n'aurait pas été capable de répondre. Et l'Ombre fit une drôle de figure.

« Vous ne savez pas répondre à cela ! dit la fille de roi.

— Cela relève de ce que j'ai appris dans mon enfance, dit l'Ombre, j'irai jusqu'à croire que mon ombre, là-bas, près de la porte, peut y répondre !

— Votre ombre, dit la fille de roi, ce serait tout à fait extraordinaire !

— Bon, je n'ai pas absolument dit qu'il le peut, déclara l'Ombre, mais je le croirais bien, voilà tant d'années qu'il me suit et qu'il m'écoute... je le croirais bien ! Mais Votre Altesse Royale me permettra de lui faire observer qu'il tire une telle fierté de passer pour un être humain que, pour le mettre de bonne humeur, il faut qu'il le soit afin de bien répondre, il faut le traiter tout à fait comme un être humain.

— Voilà qui me plaît ! » dit la fille de roi.

Et elle alla au savant près de la porte, elle lui parla du soleil et de la lune, et des êtres humains en long et en large, et il répondit bien et sagement.

« Un homme qui a une ombre si savante, qu'est-ce que ce doit être ! pensa-t-elle. Ce serait une pure bénédiction pour mon peuple et mon royaume si je le choisissais pour époux... c'est ce que je vais faire ! »

Et ils se mirent bientôt d'accord, tant la fille de roi

que l'Ombre, mais personne ne devait le savoir avant qu'elle fût revenue dans son royaume.

« Personne, pas même mon ombre ! » dit l'Ombre, et il devait bien avoir son idée, ce disant.

Puis ils furent au pays où régnait la fille de roi quand elle était chez elle.

« Écoute, mon bon ami », dit l'Ombre au savant, « me voici devenu aussi heureux et puissant qu'on peut l'être, je veux aussi faire quelque chose de spécial pour toi ! Tu habiteras toujours chez moi au château, tu circuleras avec moi dans mon carrosse royal et tu auras cent mille rixdales par an. Mais il faut te faire appeler ombre par tout un chacun. Tu ne devras pas dire que tu aies jamais été homme, et une fois par an, quand je serai sur le balcon au soleil, pour me montrer, tu t'étendras à mes pieds comme doit le faire une ombre. Je te dirai que je vais épouser la fille du roi, la noce aura lieu ce soir.

— Non, c'est trop insensé, dit le savant, je ne veux pas, je ne le ferai pas ! C'est trahir tout le pays, et la fille du roi avec ! Je dirai tout : que je suis un être humain et que toi, tu es l'ombre, tu es seulement déguisé !

— Il n'y aura personne pour croire ça, dit l'Ombre, sois raisonnable ou j'appelle la garde...

— Je vais de ce pas trouver la fille du roi ! dit le savant.

— Mais j'irai le premier, dit l'Ombre, et toi, tu seras mis en prison... ! » Et c'est ce qu'il dut faire, car les gardes obéirent à celui que, ils le savaient, la fille du roi voulait épouser.

« Tu trembles ! » dit la fille du roi quand l'Ombre entra chez elle. « Il s'est passé quelque chose ? Il ne faut pas tomber malade ce soir, nous allons fêter nos noces.

— Je viens de vivre la chose la plus affreuse qu'on puisse vivre ! dit l'Ombre. Imagine... bien sûr, un pauvre cerveau d'ombre comme celui-là ne peut pas supporter grand-chose... Imagine, mon ombre est devenue folle, elle croit être l'homme et que moi... pense donc... que moi, je suis son ombre !

— C'est affreux ! dit la princesse. On l'a enfermé, au moins ?

— Oui ! J'ai peur qu'il ne se remette jamais !

— Pauvre ombre, dit la princesse, il est bien malheureux ! C'est un véritable bienfait que de le délivrer du peu de vie qu'il possède, à bien y réfléchir, je crois nécessaire d'en finir avec lui secrètement.

— C'est bien dur, dit l'Ombre, c'était un fidèle serviteur ! » et il poussa une sorte de soupir.

« Tu es un noble caractère ! » dit la fille du roi.

Le soir, toute la ville fut illuminée, et les canons tirèrent : boum ! et les soldats présentèrent les armes. Quelles noces ! La fille du roi et l'Ombre passèrent sur le balcon pour se montrer et entendre une bonne fois les hourras !

Le savant n'entendit rien de tout cela, on l'avait mis à mort...

LA PETITE FILLE AUX ALLUMETTES

Il faisait atrocement froid. Il neigeait, l'obscurité du soir venait. Il faut dire que c'était le dernier soir de l'année, la veille du Jour de l'An. Par ce froid, dans cette obscurité, une pauvre petite fille marchait dans la rue, tête nue, pieds nus. C'est-à-dire : elle avait bien mis des pantoufles en partant de chez elle, mais à quoi bon ! C'étaient des pantoufles très grandes, sa mère les portait dernièrement, tellement elles étaient grandes, et la petite les perdit quand elle se dépêcha de traverser la rue au moment où deux voitures passaient affreusement vite. Il n'y eut pas moyen de retrouver l'une des pantoufles, et l'autre, un gamin l'emporta : il disait qu'il pourrait en faire un berceau quand il aurait des enfants.

Et donc, la petite fille marchait, ses petits pieds nus tout rouges et bleus de froid. Dans un vieux tablier, elle tenait une quantité d'allumettes et elle en avait un paquet à la main. Personne, de toute la journée, ne lui en avait acheté. Personne ne lui avait donné le moindre skilling. Affamée, gelée, l'air lamentable, elle marchait, la pauvre petite ! Les flocons de neige tombaient sur ses longs cheveux blonds si joliment bouclés sur la nuque, mais assurément, elle ne pensait pas à cette parure. À toutes les fenêtres brillaient les lumières et cela sentait si bon l'oie rôtie dans la rue. C'était la veille du Jour de l'An, n'est-ce pas, et elle y pensait, oh oui !

Dans un coin, entre deux maisons dont l'une faisait un peu saillie, elle s'assit et se recroquevilla. Elle avait replié ses petites jambes sous elle, mais elle avait encore plus froid, et chez elle, elle n'osait pas aller, car elle n'avait pas vendu d'allumettes, pas reçu un seul skilling, son père la battrait et il faisait froid à la maison aussi, ils n'avaient que le toit au-dessus d'eux, le vent pénétrait en sifflant, bien qu'on eût bouché les plus grandes crevasses avec de la paille et des chiffons. Ses petites mains étaient presque mortes de froid. Oh ! qu'une petite allumette pourrait faire du bien ! Si seulement elle osait en tirer une du paquet, la frotter contre le mur, se réchauffer les doigts ! Elle en tira une : ritsch ! comme le feu jaillit, comme elle brûla ! Ce fut une flamme chaude et claire, comme une petite chandelle qu'elle entoura de sa main. C'était une étrange lumière ! La petite fille eut l'impression d'être assise devant un grand poêle de fer aux boules et au tuyau de laiton étincelants. Le feu brûlait délicieusement, chauffait si bien ! Mais qu'est-ce qui se passe... ! la petite étendait déjà les pieds pour les réchauffer aussi... la flamme s'éteignit, le poêle disparut... elle restait, tenant à la main un petit bout de l'allumette brûlée.

Elle en frotta une autre, qui brûla, qui éclaira, et là où la lueur tomba sur le mur, celui-ci devint transparent comme un voile. Elle voyait à l'intérieur d'une salle où la table était mise, couverte d'une nappe d'un blanc éclatant, de fine porcelaine, et l'oie rôtie, farcie de pruneaux et de pommes, exhalait un fumet délicieux ! Et, chose plus magnifique encore, l'oie sauta du plat, s'en vint, se dandinant, sur le plancher, une fourchette et un couteau dans le dos : elle alla jusqu'à la pauvre fille. Alors, l'allumette s'éteignit et il n'y eut plus que le gros mur glacé.

Elle en alluma encore une. Alors, elle se trouva sous le plus splendide arbre de Noël : il était encore plus grand et plus décoré que celui qu'elle avait vu, par la porte vitrée, ce Noël-là, chez le riche marchand. Mille bougies brûlaient sur les branches vertes et des images bariolées comme celles qui décorent les devantures des boutiques baissaient le regard sur elle. La petite tendit les deux mains... et l'allumette s'éteignit. Les nombreuses bougies de Noël montaient de plus en plus haut, elle vit que c'étaient maintenant les claires étoiles, l'une d'elles tomba en traçant une longue raie de feu dans le ciel.

« Voilà quelqu'un qui meurt ! » dit la petite, car sa vieille grand-mère, la seule personne qui eût été bonne pour elle mais qui était morte maintenant, avait dit : « Quand une étoile tombe, c'est qu'une âme monte vers Dieu. »

De nouveau, elle frotta une allumette contre le mur : elle éclaira à la ronde et dans cette lueur, il y avait la vieille grand-mère, bien claire, toute brillante, douce et bénie.

« Grand-mère, cria la petite, oh ! emmène-moi ! je sais que tu disparaîtras quand l'allumette s'éteindra. Disparaîtras, comme le poêle bien chaud, la délicieuse oie rôtie et le grand arbre de Noël béni... ! » et elle frotta très vite tout le reste des allumettes du paquet, elle tenait à garder sa grand-mère. Et les allumettes brillèrent d'un tel éclat qu'il faisait plus clair qu'en plein jour. Jamais la grand-mère n'avait été si belle, si grande. Elle prit la petite fille sur son bras et elles s'envolèrent dans cette splendeur et cette joie, bien haut, bien haut, là où il n'y avait pas de froid, pas de faim, pas d'angoisse... elles étaient auprès de Dieu.

Et dans le recoin de la maison, à l'heure du matin glacé, la petite fille était assise, les joues rouges, un sourire à la bouche..., morte, morte de froid le dernier soir de l'année. Le matin du Nouvel An se leva sur le petit cadavre, assis avec ses allumettes dont un paquet était presque entièrement brûlé. « Elle a voulu se réchauffer ! » dit quelqu'un. Personne ne sut les belles choses qu'elle avait vues, dans quelle splendeur elle et sa grand-mère étaient entrées dans la joie de la Nouvelle Année !

LE LIN

Le lin était en fleur ; il a de jolies fleurs bleues, douces comme les ailes d'une mite et bien plus délicates encore... Le soleil brillait sur le lin et les nuages de pluie l'arrosaient, c'était aussi bon pour lui que, pour les petits enfants, d'être baignés puis de recevoir un baiser de leur mère. Cela les rend beaucoup plus charmants. Il en allait de même pour le lin.

« Les gens disent que je me tiens vraiment bien droit, disait le lin, et que je vais devenir superbement long, on fera de moi un magnifique morceau de toile ! Oh ! comme je suis heureux ! Je suis certainement le plus heureux de tous ! Tout va bien pour moi et je vais devenir quelque chose ! Comme ce soleil vous réjouit et comme cette pluie a un bon goût rafraîchissant ! Mon bonheur est sans égal, je suis le plus heureux de tous !

— Doucement ! » dirent les pieux de la clôture, « vous ne connaissez pas le monde, mais nous, nous le connaissons, nous sommes pleins de nœuds. » Et ils craquèrent lamentablement :

« Ron et ron
Petit patapon
Et finie la chanson !

— Non, elle n'eſt pas finie ! dit le lin. Le soleil brille ce matin, la pluie fait du bien, j'entends comme je pousse, je sais que j'ai des fleurs ! C'eſt moi le plus heureux ! »

Mais un jour, des gens vinrent, qui prirent le lin par le haut et l'arrachèrent avec ses racines, cela fit mal. On le mit dans l'eau comme si on allait le noyer, puis on le posa sur le feu comme s'il allait être grillé, c'était affreux !

« Tout ne peut pas toujours aller bien, dit le lin, il faut subir des épreuves, ainsi, on sait quelque chose ! »

Mais ce fut vraiment dur. Le lin fut brisé et broyé, échanvré et cardé, il ne savait pas lui-même comment cela s'appelait. On le mit au rouet, tourne, tourrrrrne ! pas moyen de rassembler ses pensées.

« J'ai été extrêmement heureux ! » pensait-il dans sa souffrance. « Il faut se contenter du bien que l'on a connu ! Content, content, ô... ! » et c'eſt ce qu'il disait encore quand il fut sur le métier à tisser... et alors, il devint un morceau de toile d'une taille superbe. Tout le lin jusqu'au moindre pied devint cette unique pièce !

« Hé ! mais c'eſt formidable ! Jamais je n'aurais cru ça ! Oh ! la chance que j'ai ! Eh bien, les pieux de clôture étaient vraiment bien renseignés avec leur

« "Et ron et ron
Petit patapon."

« La chanson n'eſt pas finie, pas du tout ! Elle vient seulement de commencer ! C'eſt formidable ! Bon, j'ai un peu souffert, mais cela m'a valu de devenir quelque chose. Je suis le plus heureux de tous... ! Je suis si fort, si doux, si blanc, si long ! C'eſt autre chose que de n'être qu'une plante, même si l'on a des fleurs ! On ne vous soigne pas, et l'on n'a de l'eau que lorsqu'il pleut. À présent, on s'occupe de moi ! La bonne me retourne chaque matin et l'arrosoir me douche chaque soir. La femme du pasteur en personne a fait un discours sur mon compte en disant que j'étais la plus belle pièce de la paroisse. Je ne peux pas être plus heureux ! »

Et donc, la toile arriva dans une maison, et donc, elle passa sous les ciseaux. Comme on coupa, comme on tailla, comme on piqua de l'aiguille — car on fit tout cela ! Ça n'avait rien d'agréable. Mais la toile devint douze pièces de linge, de ce linge qu'on ne nomme pas mais que tout le monde doit porter. Il y en avait douze exemplaires.

« Eh bien, voyons ! Me voilà enfin devenu quelque chose ! C'était donc là ma destination ! Eh bien, mais c'est parfait ! Je me rends utile en ce monde et c'est ce qu'on doit faire, c'est ça, la vraie satisfaction. Nous voici devenus douze, mais nous ne faisons pourtant qu'un, tous autant que nous sommes, nous faisons la douzaine ! C'est un bonheur incomparable ! »

Et les années passèrent... et la toile ne put tenir davantage.

« Il fallait bien que ça finisse un jour, dit chaque pièce, j'aurais bien aimé tenir un peu plus longtemps, mais il ne faut pas réclamer l'impossible ! » Et ils furent mis en haillons et en loques, ils crurent que c'était vraiment la fin car ils furent hachés et broyés et bouillis, eux-mêmes ne savaient plus où ils en étaient... et les voilà devenus superbe papier blanc délicat !

« Vous parlez d'une surprise ! et quelle ravissante surprise ! dit le papier. Me voici plus chic qu'avant et on va m'écrire dessus ! Que ne va-t-on pas écrire ! C'est tout de même un bonheur incomparable ! » Et l'on écrivit dessus les histoires les plus ravissantes, et les gens entendirent ce qui était écrit, et c'était si juste, si bon qu'ils en devenaient plus sages et meilleurs. C'était une grande bénédiction qui avait été faite, sous forme de mots, à ces papiers.

« C'est plus que ce que je rêvais quand j'étais une petite fleur bleue dans le champ ! Comment aurais-je pu penser qu'il m'arriverait de porter aux hommes joie et connaissances ! Je ne parviens même pas à le comprendre encore ! Mais enfin, c'est vraiment bien ainsi ! Notre-Seigneur sait bien que, moi, je n'ai strictement rien fait que ce que j'avais à faire selon mes pauvres moyens, pour exister ! Et puis voilà qu'il me mène d'une joie et d'un honneur à un autre. Chaque fois que je pense : “Finie la chanson !”, elle passe précisément à quelque chose de bien plus élevé et de meilleur. Maintenant, je vais sûrement voyager, on va m'envoyer tout autour du monde pour que tous puissent me lire ! C'est le bon sens même ! Avant, j'avais des fleurs bleues, maintenant, à la place de chaque fleur, j'ai les pensées les plus délicieuses ! Je suis le plus heureux de tous ! »

Mais le papier ne partit pas en voyage, il arriva chez l'imprimeur et, là, tout ce qui était écrit dessus fut mis sous presse pour faire un livre et même des centaines et des centaines de livres, car ainsi, un nombre toujours plus grand de gens pourraient en tirer profit et joie, alors que l'unique feuille de papier manuscrit, si elle avait couru le monde, aurait été déchirée en cours de route.

« Fort bien, c'est sûrement ce qu'il y a de plus raisonnable ! pensa le papier rédigé. L'idée ne m'en était simplement pas venue ! Je vais rester ici et serai honoré comme un vieux grand-père ! C'est sur moi que l'on a écrit, les mots ont coulé de la plume directement sur moi. Je reste, et ce sont les livres qui vont circuler ! Ça s'appelle vraiment servir à quelque chose ! Oh ! que je suis content, que je suis heureux ! »

Puis on fit un paquet du papier et on le posa sur un rayonnage. « Il fait bon se reposer, une fois sa besogne faite ! dit le papier. C'est parfaitement juste que l'on se recueille et que l'on réfléchisse à ce qui réside en vous. C'est seulement maintenant que je sais ce qu'il y a en moi ! Et se connaître soi-même, c'est cela, le véritable progrès. Qu'est-ce qu'il va bien arriver maintenant, on va aller de l'avant, on va toujours de l'avant... ! »

Un jour, tout le papier fut mis dans la cheminée, il allait être brûlé, il ne fallait pas le vendre au charcutier pour emballer du beurre et du sucre en poudre. Et tous les enfants de la maison se tenaient autour, ils voulaient voir le papier flamber, ils voulaient voir dans les cendres toutes les étincelles rouges qui se sauvent pour ainsi dire si rapidement et s'éteignent l'une après l'autre... ainsi des enfants qui sortent de l'école et la toute dernière étincelle est le maître. Souvent, on croit qu'il est parti et puis il arrive, un peu après tous les autres.

Et tout le papier gisait en liasse sur le feu. « Hou ! comme il partit en flammes ! Hou ! » dit-il, et, à l'instant précis, il ne fut plus que flamme qui monta à des hauteurs où jamais le lin n'aurait pu élever sa petite fleur bleue, et qui brilla comme jamais la toile blanche n'aurait pu briller. En un instant, toutes les lettres écrites devinrent toutes rouges et tous les mots et les pensées montèrent en flammes.

« Voilà que je monte tout droit dans le soleil ! » dit-on dans la flamme, et ce fut comme si des milliers de voix se confondaient, et la flamme monta dans la cheminée jusque dehors... et plus déliés que la flamme, complètement invisibles aux yeux humains, de tout petits êtres voletaient, aussi nombreux qu'il y avait eu de fleurs de lin. Ils étaient encore plus légers que la flamme qui les portait et quand elle s'éteignit et qu'il ne resta du papier que la cendre noire, ils dansèrent au-dessus d'elle une fois encore : là où ils passaient, on voyait leurs empreintes, c'étaient les étincelles rouges — « les enfants sont sortis de l'école et le maître était le dernier ». C'était un plaisir de regarder cela, les enfants de la maison chantaient devant la cendre noire :

« Et ron et ron
Petit patapon !
Finie la chanson ! »

Mais chacun des petits êtres invisibles disait : « La chanson n'est jamais finie ! C'est ce qu'il y a de plus beau dans tout cela ! Je le sais, et c'est pour cela que je suis le plus heureux de tous ! »

Mais cela, les enfants ne pouvaient ni l'entendre ni le comprendre, et il ne le fallait pas non plus : les enfants ne doivent pas tout savoir.

SOUS LE SAULE

Près de Kjøge, la contrée est très nue. Certes, la ville est au bord du rivage et c'est toujours beau, mais tout de même, ça pourrait l'être davantage. Le terrain est plat tout autour et il y a loin jusqu'à la forêt. Mais quand on se sent vraiment chez soi quelque part, on y trouve tout de même quelque chose de beau, quelque chose dont on peut languir ensuite dans l'endroit le plus charmant du monde ! Et il faut dire aussi qu'aux abords de Kjøge, là où quelques pauvres jardinets descendent jusqu'à la petite rivière, qui se jette sur la côte, il y avait quelque chose de tout à fait charmant en été : c'était l'avis de deux petits enfants, des voisins, Knud et Johanne, qui jouaient là et rampaient à la rencontre l'un de l'autre sous les groseilliers. Dans l'un des jardins, il y avait un sureau, dans l'autre, un vieux saule, c'était surtout sous ce dernier que les enfants aimaient jouer, ils en avaient la permission, bien que l'arbre fût tout près de la rivière où ils auraient facilement pu tomber, mais Notre-Seigneur garde un œil sur les petits, sinon, tout irait mal. Il faut dire aussi qu'ils étaient très prudents, oh oui ! le garçon avait tellement peur de l'eau qu'en été il n'était pas possible de l'amener sur le rivage où, pourtant, les autres enfants allaient si volontiers patauger. On lui en faisait honte, il devait le supporter. Mais alors, la petite Johanne du voisin rêva qu'elle naviguait en barque dans la baie de Kjøge et que Knud marchait tout droit vers elle, l'eau lui arrivait d'abord au cou, puis jusque par-dessus la tête. Et à partir du moment où Knud eut entendu raconter ce rêve, il ne supporta plus que l'on dît qu'il avait peur de l'eau, il se contentait de renvoyer au rêve de Johanne. Il en était fier. Mais dans l'eau, il n'allait pas.

Les pauvres parents se fréquentaient régulièrement, et Knud et Johanne jouaient dans les jardins et sur la grand-route qui avait toute une rangée de saules le long des fossés, ce n'étaient pas de beaux arbres, ils avaient des cimes tout ébranchées, mais ils n'étaient pas là pour la montre non plus, seulement pour rendre service. Le plus superbe était le vieux saule du jardin, c'est sous lui que, maintes fois, ils se tenaient.

Dans Kjøge, il y a une grande place, les jours de marché, il y a des rues entières de tentes où l'on vend des rubans de soie, des bottes et toutes sortes de choses. Il y avait foule et, en général, il pleuvait : on sentait alors l'odeur des sarraus des paysans, mais aussi le parfum délicieux des pains d'épice, il y en avait toute une boutique pleine, et le plus magnifique, c'est que l'homme qui les vendait logeait toujours, les jours de marché, chez les parents du petit Knud ; et, bien entendu, on offrait un petit pain d'épice dont Johanne aussi recevait un morceau, mais, chose presque plus importante encore, le marchand de pains d'épice savait raconter des histoires et ce, presque sur n'importe quoi, même sur ses pains d'épice. Et même, un soir, il raconta sur leur compte une histoire qui fit une si profonde impression sur les deux enfants que jamais, ensuite, ils ne l'oublièrent ; le mieux est sans doute que nous l'entendions aussi, d'autant plus qu'elle est brève.

« Il y avait sur le comptoir deux pains d'épice, dit-il, l'un avait la forme d'un homme en chapeau, l'autre, d'une demoiselle sans chapeau, mais avec une feuille d'or sur la tête. Ils avaient le visage tourné vers le haut et c'est ainsi qu'il fallait les voir, pas à l'envers : il ne faut jamais voir personne à l'envers. Le bonhomme avait une amande amère sur la gauche, c'était son cœur, en revanche, la demoiselle était tout entière en pain d'épice. Ils gisaient sur le comptoir, à titre d'échantillons, ils y restèrent longtemps et ils s'aimaient, mais ils ne se le dirent pas, or, c'est ce qu'il faut faire quand cela doit donner quelque chose.

« "C'est un homme, c'est à lui de dire le premier mot", pensait-elle, elle aurait tout de même été contente de savoir que son amour était partagé.

« Lui, avait des pensées plus gloutonnes, c'est toujours ainsi chez les hommes. Il rêvait qu'il était gamin des rues en chair et en os, qu'il avait quatre skillings et qu'il achetait la demoiselle et la mangeait.

« Et ils restèrent des jours et des semaines sur le comptoir et se desséchèrent, elle eut des pensées plus délicates et plus féminines : "Il me suffit d'avoir couché sur le comptoir avec lui !" pensa-t-elle. Et elle craqua à la taille.

« "Si elle avait su mon amour, elle aurait sûrement tenu un peu plus longtemps !" pensa-t-il.

« Et voilà l'histoire, et les voilà tous les deux ! » dit le marchand de pains d'épice. « Ce qu'ils ont de remarquable, c'est leur vie et cet amour muet qui ne mène jamais à rien. Tenez, les voilà ! » et il donna à Johanne le bonhomme qui était entier, et Knud eut la demoiselle cassée. Mais ils étaient tellement captivés par l'histoire qu'ils ne purent se résoudre à manger les amoureux.

Le lendemain, ils les emportèrent au cimetière de Kjøge, où le mur de l'église est couvert du lierre le plus ravissant qui lui fait une somptueuse tapisserie hiver comme été. Ils posèrent les pains d'épice dans la verdure, au soleil, et racontèrent à un groupe d'autres enfants l'histoire de l'amour muet, qui ne servit à rien : comprenons l'amour qui ne servit à rien, car l'histoire était charmante, c'est ce qu'ils pensèrent tous, et quand ils regardèrent le couple de pain d'épice, eh bien, il y avait un grand garçon qui, par méchanceté, avait mangé la demoiselle cassée ! Cela fit pleurer les enfants, puis — et ce fut certainement pour que le pauvre bonhomme ne reste pas seul au monde — ils le mangèrent aussi, mais ils n'oublièrent jamais cette histoire.

Les enfants étaient toujours ensemble près du sureau et sous le saule et la petite fille chantait d'une voix argentine les plus ravissantes chansons. Knud n'était pas fait pour la musique, mais il savait les paroles, c'est toujours quelque chose... Les gens de Kjøge, la quincaillière en particulier, s'arrêtaient pour écouter Johanne. « Elle a une voix charmante, cette petite », disait-elle.

Ce furent des jours bénis, mais ils ne durent pas toujours. Les voisins se séparèrent. La mère de la petite fille était morte, son père devait se marier à Copenhague où il pourrait trouver un emploi. Il serait représentant quelque part, ce serait une fonction fort avantageuse. Et les voisins se quittèrent en larmes et les enfants surtout pleurèrent. Mais les parents promirent de s'écrire au moins une fois par an. Et Knud fut mis en apprentissage chez un cordonnier, on ne pouvait tout de même pas laisser ce grand garçon à ne rien faire. Puis il fut confirmé !

Oh ! en ce jour solennel, comme il aurait bien voulu être à Copenhague et voir la petite Johanne, mais il n'y alla pas, il n'y était jamais allé bien que ce ne fût qu'à cinq lieues de Kjøge ! Pourtant, Knud avait vu les clochers de l'autre côté de la baie, par temps clair, et le jour de sa confirmation, il vit nettement briller la croix dorée de Notre-Dame.

Ah ! comme il pensait à Johanne ! et elle, est-ce qu'elle se souvenait de lui ? Mais oui... ! Pour Noël, une lettre du père de Johanne arriva aux parents de Knud, tout allait très bien à Copenhague, et Johanne allait connaître un grand bonheur à cause de sa belle voix : elle était engagée à la Comédie, celle où l'on chante. Elle gagnait déjà un peu d'argent sur lequel elle envoyait aux chers voisins de Kjøge une belle et bonne rixdale pour qu'ils s'amusent le soir de Noël. Ils boiraient à sa santé, c'est ce qu'elle avait ajouté de sa propre main, en post-scriptum, et il y était dit : *Salutations amicales à Knud !*

Ils pleurèrent tous, et il faut dire que tout cela était bien agréable, mais c'était de joie qu'ils pleuraient. Tous les jours, il avait pensé à Johanne et il voyait maintenant qu'elle aussi elle pensait à lui, et au fur et à mesure qu'approchait le jour où il serait compagnon, il se rendait de plus en plus compte qu'il aimait tant Johanne qu'elle serait sa petite femme, et alors, un sourire jouait sur ses lèvres, il tirait encore plus fort le fil poissé tandis que sa jambe tendait le tire-pied. Il s'enfonça complètement l'alène dans un doigt, mais cela ne faisait rien. Sûrement qu'il n'allait pas rester muet comme les deux pains d'épice, cette histoire-là lui en avait appris beaucoup.

Et puis il fut compagnon et il boucla son sac. Il irait à Copenhague, enfin, pour la première fois de sa vie, il avait déjà là un maître. Hé ! comme Johanne serait surprise et contente. Elle avait dix-sept ans maintenant, et lui, dix-neuf !

Il voulait déjà lui acheter à Kjøge un anneau d'or, mais il réfléchit qu'on en trouvait sûrement de bien plus beaux à Copenhague. Puis ce furent les adieux aux vieux et d'un pas vif, il partit en automne, par la bruine et la pluie. Les feuilles tombaient des arbres. Trempé jusqu'aux os, il arriva à la grande Copenhague, chez son nouveau maître.

Le premier dimanche qui viendrait, il voulait rendre visite au père de Johanne. Ses nouveaux habits de compagnon et son chapeau neuf arrivèrent de Kjøge : le chapeau allait très bien à Knud, jusque-là, il avait toujours été en casquette... Et il trouva la maison qu'il cherchait, et il monta les nombreux étages. Il y avait tout à fait de quoi avoir le vertige, à voir comment les gens étaient empilés les uns sur les autres dans cette ville où l'on pouvait si facilement se perdre.

La pièce où il entra avait l'air tout à fait cossue et le père de Johanne l'accueillit aimablement. Pour sa femme, Knud était un étranger, bien sûr, mais elle lui tendit la main et lui offrit du café.

« Cela fera plaisir à Johanne de te voir ! dit le père. Te voilà devenu un très joli garçon... ! Eh bien, tu vas la voir ! Oh ! c'est une fille qui me donne de la joie et qui m'en donnera encore davantage, avec l'aide de Dieu ! elle a sa petite chambre à elle et elle nous paie le loyer ! » Et le père alla en personne frapper très courtoisement à sa porte, comme s'il était un étranger, puis ils entrèrent... Oh ! comme c'était joli ! Il n'y avait certainement pas une chambre pareille dans tout Kjøge, la reine n'aurait pu se trouver mieux ! Il y avait un tapis sur le sol, des rideaux qui descendaient jusque par terre, un vrai fauteuil de velours et, à la ronde, des fleurs, des tableaux et un miroir dans lequel, pour un peu, on serait entré : il était aussi grand qu'une porte ! Knud vit tout cela d'un seul coup, tout en ne voyant pourtant que Johanne : c'était une grande jeune fille, tout à fait différente de ce qu'il avait imaginé, mais bien plus ravissante ! il n'y avait pas une demoiselle comme elle dans Kjøge, et comme elle était délicate ! Mais comme elle eut un regard étranger pour Knud, encore qu'un instant seulement, puis elle courut vers lui comme si elle voulait l'embrasser ! Elle ne le fit pas, mais ce fut tout juste. Oh si ! elle était vraiment contente de voir son ami d'enfance ! N'avait-elle pas les larmes aux yeux, et puis elle avait tant de choses à demander et à dire, depuis les parents de Knud jusqu'au sureau et au saule : ceux-ci, elle les appelait mère sureau et père saule comme si eux aussi étaient des êtres humains ; après tout, ils pouvaient passer pour tels, aussi bien que les pains d'épice. De ces derniers aussi, elle parla, de leur amour muet, de la façon dont ils étaient restés sur le comptoir et s'étaient brisés, et elle rit de bon cœur... mais Knud avait les joues en feu et son cœur battit plus fort que d'habitude... non, elle n'était pas devenue orgueilleuse... ! C'était elle aussi, il le remarqua bien, qui fut cause que ses parents le prièrent de rester toute la soirée, et elle servit le thé, lui en offrit elle-même une tasse, puis elle prit un livre et leur fit la lecture à haute voix et Knud eut l'impression que ce qu'elle lisait précisément concernait son amour, cela concordait tellement avec toutes ses pensées. Puis elle chanta une simple chanson, mais elle en fit toute une romance, c'était comme si son cœur débordait, oh oui, certainement, elle aimait Knud. Il avait les joues pleines de larmes, il ne pouvait s'en empêcher, il n'était pas capable de dire un seul mot, il se trouvait tout bête et pourtant, elle lui pressa la main en disant : « Tu as un bon cœur, Knud ! Reste toujours tel que tu es ! »

Ce fut une soirée formidable, il n'était pas question de dormir et d'ailleurs, Knud ne dormit pas. Au moment du départ, le père de Johanne avait dit : « Eh bien, tu ne nous oublieras sans doute pas tout à fait maintenant ! Espérons que tu ne laisseras pas passer tout l'hiver avant de revenir nous voir... ! » et donc, il pouvait bien venir le dimanche suivant ! et c'est ce qu'il voulait. Mais chaque soir, quand le travail était terminé, et on travaillait à la lumière, Knud sortait en ville. Il passait par la rue où habitait Johanne, il levait les yeux sur sa fenêtre, il y avait presque toujours de la lumière, et un soir, il vit tout à fait nettement l'ombre de son visage sur le rideau. C'était une belle soirée ! La femme du maître n'aimait pas le voir toujours en route le soir, comme elle disait, et elle hochait la tête, mais le maître riait : « C'est un jeune homme ! » disait-il.

— Nous nous verrons dimanche et je lui dirai comme elle occupe mes pensées et qu'il faut qu'elle soit ma petite femme ! Assurément, je ne suis qu'un pauvre compagnon cordonnier mais je peux devenir maître, ou au moins, me mettre à mon compte[1], je travaillerai, je trimerai... ! Oui, je le lui dirai, l'amour muet, ça ne mène à rien, les pains d'épice m'ont appris ça ! »

Et le dimanche arriva, et Knud vint, mais quelle

malchance ! ils devaient sortir, tous, il fallait le lui dire. Johanne lui serra la main et demanda : « Es-tu allé à la Comédie ? Il faut que ty y ailles un jour ! je chante mercredi et si tu as le temps, je t'enverrai un billet. Mon père sait où habite ton maître ! »

Comme c'était gentil à elle ! et le mercredi à midi, il y eut en effet un pli cacheté, sans un mot, mais le billet y était et le soir, pour la première fois de sa vie, Knud alla au théâtre, et que vit-il ?... eh bien, il vit Johanne, charmante, délicieuse. Certes, elle était mariée à un inconnu, mais c'était la comédie, c'était une chose qu'ils jouaient, Knud le savait, sinon, elle n'aurait pas pensé à lui envoyer un billet pour voir cela. Et tout le monde applaudissait et criait, et Knud cria hourra !

Même le roi sourit à Johanne, comme si lui aussi était épris d'elle. Dieu ! comme Knud se sentait tout petit, mais il l'aimait tendrement et elle aussi l'aimait bien et c'est à l'homme de parler le premier, c'est sûrement ce qu'avait pensé la demoiselle en pain d'épice. Il y avait beaucoup de choses dans cette histoire.

Dès que ce fut dimanche, Knud alla chez elle. Il était dans les mêmes sentiments que s'il allait communier. Johanne était seule et l'accueillit, cela ne pouvait tomber mieux.

« Tu as bien fait de venir, dit-elle, j'étais sur le point de t'envoyer père, mais j'ai eu le pressentiment que tu viendrais ce soir. Car je dois te dire que je pars vendredi pour la France, il le faut pour que je devienne vraiment quelque chose de bien dans la vie. »

Et ce fut pour Knud comme si la pièce tournait, comme si son cœur allait se briser, mais il n'eut pas de larmes aux yeux, on voyait bien pourtant à quel point il était désolé. Johanne le vit, et elle fut sur le point de pleurer. « Âme loyale et fidèle ! » dit-elle... et alors, la langue de Knud se délia et il lui dit comme il l'aimait profondément et qu'il fallait qu'elle fût sa petite femme. Et alors qu'il disait cela, il vit que Johanne devenait livide, elle lâcha sa main et dit, grave et triste : « Ne nous rends pas malheureux, toi et moi, Knud ! Je serai toujours bonne comme une sœur pour toi, tu pourras compter sur moi... ! mais pas davantage... ! » Et elle lui caressa le front de sa douce main. « Dieu nous donne la force de supporter beaucoup de choses, pour peu qu'on le veuille ! »

À ce moment même, sa belle-mère entra.

« Knud est tout à fait désemparé parce que je m'en vais ! dit-elle. Sois un homme, allons ! » et elle lui tapota l'épaule, c'était comme s'ils n'avaient parlé que de ce voyage et de rien d'autre. « Enfant[1] ! dit-elle. Maintenant, tu vas être gentil et raisonnable, comme sous le saule quand nous étions petits tous les deux ! »

Pour Knud, ce fut comme si un morceau du monde s'était défait, sa pensée était un fil détaché, abandonné sans volonté au vent. Il resta, il ne savait pas si on l'en avait prié, mais elles furent aimables et bonnes, Johanne lui offrit du thé et elle chanta, ce n'étaient pas les accents d'autrefois mais c'était d'un charme incomparable tout de même, il y avait de quoi vous briser le cœur, puis ils se quittèrent. Knud ne lui tendit pas la main, mais elle, la prit en disant : « Tu tendras bien la main à ta sœur pour lui dire au revoir, mon frère de jeu d'autrefois ! » et elle riait à travers les larmes qui lui coulaient sur la joue, et elle reprit : « Frère ! » Le beau réconfort que c'était là... ! Tels furent leurs adieux.

Elle partit pour la France, Knud arpenta les rues

crottées de Copenhague... À l'atelier, les autres compagnons lui demandèrent ce qu'il ruminait ainsi. Qu'il vienne s'amuser avec eux, il était jeune, tout de même !

Et ils allèrent ensemble à une guinguette. Il y avait là beaucoup de belles filles, mais aucune comme Johanne, vraiment, et là précisément où il croyait l'oublier, elle vivait intensément dans ses pensées. « Dieu nous donne la force de supporter beaucoup de choses pour peu qu'on le veuille ! » avait-elle dit. Et il se recueillit, il joignit les mains... et les violons jouaient, les demoiselles, alentour, dansaient. Il fut épouvanté, il lui sembla être en un lieu où il ne pourrait amener Johanne, elle était avec lui dans son cœur... puis il sortit, il courut par les rues, passa devant la maison qu'elle habitait, il faisait noir, tout était noir partout, et vide, et solitaire. Le monde allait son cours, et Knud, le sien.

Et ce fut l'hiver et les eaux gelèrent, on eût dit que tout se disposait à un enterrement.

Mais lorsque vint le printemps et que partit le premier vapeur, il éprouva un grand désir de s'en aller, loin dans le vaste monde, mais pas trop près de la France.

Alors il fit son sac et s'en alla en Allemagne, de ville en ville, sans trêve ni repos. Ce ne fut que lorsqu'il arriva dans la vieille ville magnifique de Nuremberg que sa bougeotte le quitta, il parvint à tenir en place.

C'est une drôle de vieille ville, on la dirait découpée dans un livre d'images. Les rues sont disposées comme bon leur semble, les maisons n'aiment pas l'alignement. Des fenêtres en poivrière, des décorations fantaisistes, des statues qui empiètent sur le trottoir et du haut des toits curieusement disposés courent jusqu'au-dessus du milieu de la rue des gouttières en forme de dragons et de chiens au corps étiré[1].

Knud était sur la place, sac au dos. Il se tenait près d'une des vieilles fontaines où se dressent parmi le jaillissement des jets d'eau de splendides figures de cuivre, bibliques et historiques. Une belle servante venait précisément chercher de l'eau, elle donna à boire à Knud. Et comme elle avait toute une poignée de roses, elle lui en donna une aussi, cela lui parut de bon augure...

De l'église toute proche lui parvenait le grondement de l'orgue, le son lui était familier, on aurait dit l'église de Kjøge et il entra dans la grande cathédrale. Le soleil brillait par les vitraux, pénétrait entre les hautes colonnes élancées. Il était plein de recueillement, une paix se fit dans son esprit.

Et il chercha, et trouva, un bon maître à Nuremberg, et il resta chez lui et apprit la langue.

Les vieilles tombes autour de la ville sont transformées en petits jardins potagers mais les hautes murailles existent encore avec leurs grosses tours. Le cordier tord ses cordes entre les poutres de la galerie qui court le long de la muraille à l'entrée de la ville, et là, dans les crevasses et les trous, poussent des sureaux qui laissent pendre leurs branches au-dessus des petites maisons basses : dans l'une de celles-ci habitait le maître chez qui travaillait Knud. Au-dessus de la lucarne de la mansarde où il dormait, le sureau inclinait ses branches.

Il demeura là un été et un hiver, mais quand vint le printemps, cela devint intenable, le sureau était en fleur et embaumait comme chez lui, il se serait cru dans le jardin de Kjøge... et donc, Knud quitta son maître et s'en alla chez un autre, à l'intérieur de la ville, où il n'y avait pas de sureau.

C'était tout près d'un des vieux ponts de pierre, en face d'un moulin à eau perpétuellement grondant, qu'il entra à l'atelier. Au-dehors, il n'y avait qu'un fleuve rapide pris entre les maisons, pourvues toutes de vieux balcons décrépits : on eût dit qu'elles voulaient les précipiter dans l'eau... Là, pas de sureau, pas même un pot de fleurs avec un peu de verdure, mais juste en face, il y avait un grand vieux saule qui se cramponnait, pour ainsi dire, à la maison afin de ne pas être emporté par le courant. Il étendait ses branches au-dessus du fleuve, exactement comme le saule du jardin sur la rivière de Kjøge.

C'est cela : il était vraiment passé de mère sureau à père saule ; cet arbre-là, surtout les soirs de clair de lune, avait quelque chose qui le faisait se sentir

Danois dans l'âme
Au clair de lune[1] *!*

mais ce n'était pas le clair de lune qui en était cause, non, c'était le vieux saule.

Il ne put supporter cela, et pourquoi ? Demandez-le au saule, demandez au sureau en fleur... ! et il fit ses adieux au maître et à Nuremberg, et s'en alla.

À personne, il ne parlait de Johanne. Il gardait son chagrin pour lui, il attachait une importance particulière à l'histoire des pains d'épice. Il comprenait maintenant pourquoi l'homme du couple avait une amande amère du côté gauche, lui-même en gardait un goût amer et Johanne qui était toujours si douce et souriante, elle n'était que pain d'épice. C'était comme si la courroie de son sac le serrait et qu'il avait du mal à respirer, il la desserra, mais sans résultat. Il n'avait que la moitié du monde autour de lui, l'autre moitié, il la portait en lui, c'était ainsi.

Ce n'est que lorsqu'il vit les hautes montagnes que le monde lui parut plus grand, ses pensées se tournèrent vers l'extérieur, il eut les larmes aux yeux. Les Alpes lui semblèrent les ailes repliées de la terre. Et si elle les déployait, si elle étendait ses grandes plumes aux images diaprées de noires forêts, d'eaux grondantes, de nuages et de masses neigeuses ! « Au Jugement dernier, la terre déploiera ses grandes ailes, elle volera vers Dieu et éclatera comme une bulle sous ses clairs rayons ! Eh ! si c'était le Jugement dernier ! » soupira-t-il.

Il parcourut tranquillement le pays qui lui parut être un verger plein d'herbe. Des balcons de bois des maisons, les filles lui faisaient signe tout en faisant de la dentelle, les cimes des montagnes s'embrasaient au soleil du soir, et quand il vit les lacs verts parmi les arbres sombres, il pensa au rivage de la baie de Kjøge. Et il y avait dans son sein de la mélancolie, mais non de la douleur.

Là où le Rhin déferle comme une longue vague, se précipite, se brise et se transforme en masses nuageuses d'une blancheur neigeuse, comme si l'on était en train de créer les nuages... — l'arc-en-ciel volette au-dessus comme un ruban flottant —, il pensa au moulin de Kjøge où l'eau gronde et se brise.

Volontiers il serait resté dans la paisible cité rhénane, mais il y avait là trop de sureaux et trop de saules... Aussi poursuivit-il sa route. Il passa les hautes et puissantes montagnes, traversa des gorges rocheuses et prit des chemins collés à la paroi de pierre comme des nids d'hirondelles. L'eau grondait dans l'abîme, les nuages s'étendaient en dessous de lui. Il foula le chardon, le rhododendron et la neige dans la chaleur du soleil d'été — puis il dit au revoir aux pays du Nord et descendit sous les châtaigniers, parmi les vignobles et les champs de maïs. Les montagnes dressaient une muraille entre lui et tous ses souvenirs, c'était ce qu'il fallait...

S'étendit devant lui une grande ville magnifique que l'on appelait Milan ; là, il trouva un maître allemand qui lui donna du travail. Il était entré dans l'atelier d'un vieux couple de braves gens. Et ils prirent en affection ce compagnon paisible qui parlait peu, travaillait d'autant plus, était chrétien et pieux. On aurait dit aussi que Dieu avait ôté de son cœur ce pesant fardeau.

Son plus grand plaisir, c'était de se rendre en haut, de temps à autre, de l'imposante église de marbre, elle lui semblait faite de la neige de son pays et constituée de statues, de clochers pointus et de portails ornés de fleurs. Dans chaque recoin, sur chaque pointe et arceau, les statues blanches lui souriaient... Au-dessus de lui, il avait le ciel bleu, en dessous, la ville et la vaste plaine verte de Lombardie, vers le nord, les hautes montagnes avec leurs neiges éternelles... et il pensait à l'église de Kjøge avec son lierre sur ses murailles rouges, mais sans regret. Ici, au-delà des montagnes, il voulait être enterré.

Il avait vécu là une année, il y avait trois ans qu'il avait quitté le pays. Alors, son maître le mena en ville, non pas à l'Arena voir les écuyères[1], mais au grand Opéra[2] et il y avait là une salle qui méritait d'être vue... ! Il y avait sept étages tendus de rideaux de soie et, du parterre jusqu'au plafond situé à une hauteur vertigineuse, étaient assises des dames d'une extrême élégance, des bouquets de fleurs à la main, comme si elles devaient aller au bal, les messieurs étaient en grands atours, beaucoup portant de l'or ou de l'argent sur leur tenue. Il faisait clair comme en plein soleil, puis la musique retentit, puissante et splendide, c'était plus magnifique qu'à la Comédie de Copenhague, mais là, toutefois, il y avait Johanne, et ici... eh bien, ce fut comme un sortilège, le rideau s'ouvrit et ici aussi, Johanne parut, toute d'or et de soie, couronnée d'or! Elle chanta comme, seul, un ange de Dieu peut chanter. Elle s'avança autant qu'elle le put, elle sourit comme, seule, elle le savait. Elle regardait tout droit vers Knud.

Le pauvre Knud saisit la main de son maître et cria bien haut : «Johanne!» mais il n'était pas possible d'entendre, les musiciens jouaient trop fort. Et le maître approuva : «Mais oui, elle s'appelle Johanne!» et il prit une feuille imprimée pour montrer que son nom s'y trouvait.

Non, ce n'était pas un rêve! et tout le monde était transporté, lui lançant des fleurs et des guirlandes, et chaque fois qu'elle s'en allait, on la rappelait, elle partit, revint, revint encore.

Dans la rue, les gens s'attroupèrent autour de sa voiture, qu'ils tirèrent, et Knud fut au tout premier rang, plus heureux que tous, et quand ils arrivèrent à sa maison magnifiquement éclairée, Knud se tint à la portière de la voiture, qui s'ouvrit, et elle sortit, et la lumière éclaira en plein son visage bien-aimé et elle sourit et remercia gentiment, elle était si émue, et Knud la regarda droit en face et elle le regarda droit en face, mais elle ne le reconnut pas. Un monsieur, poitrine décorée, lui tendit le bras... Ils étaient fiancés, disait-on.

Et Knud alla chez lui et fit son sac. Il voulait rentrer au pays, il fallait qu'il revît le sureau et le saule... Hélas ! le saule ! En une heure, il arrive que l'on vive toute une vie humaine !

On le pria de rester. Aucune parole ne put le retenir. On lui dit que l'hiver venait, que la neige tombait déjà dans les montagnes. Mais dans les traces de la voiture lentement cheminant — il fallait bien frayer un passage — il était capable de marcher, sac au dos, appuyé sur son bâton...

Et il marcha vers les montagnes, les gravit, les redescendit. Épuisé, il ne voyait encore ni ville ni maison. Il allait vers le nord. Les étoiles s'allumèrent au-dessus de lui, ses pieds chancelèrent, la tête lui tourna. Tout en bas dans la vallée, des étoiles s'allumèrent aussi, on eût dit que le ciel s'étendait également en dessous de lui. Il se sentit malade. Les étoiles, en bas, devenaient de plus en plus nombreuses, toujours plus claires, elles bougeaient de çà de là, c'était une petite ville où les lumières scintillaient et lorsqu'il eut compris, il rassembla ses dernières forces et atteignit une modeste auberge.

Il y resta toute la journée, son corps avait besoin de repos et de soins. Il dégelait, la neige fondait dans la vallée. Au matin, un joueur d'orgue de Barbarie arriva, il jouait une mélodie du Danemark et Knud ne put plus y tenir... Il marcha des jours et des jours, en hâte, comme s'il s'agissait d'arriver avant que tout le monde fût mort, là-bas... Mais à personne il ne parla de son chagrin, personne n'eût pu croire qu'il avait des peines de cœur, les plus profondes qui soient, elles ne sont pas pour ce monde, elles n'ont rien d'amusant, elles ne sont même pas pour les amis et il n'avait pas d'amis ! Étranger, il allait en pays étranger, vers chez lui, vers le nord. Dans l'unique lettre qu'il eût reçue de chez lui, de ses parents, il y avait des années, il était dit : *Tu n'es pas un vrai Danois comme nous autres, ici ! Nous, nous le sommes tellement ! Tu n'aimes que l'étranger !* Ses parents pouvaient écrire cela... ils le connaissaient bien, oui[1] !

C'était le soir, il marchait sur la grand-route, il commençait à faire froid. Le pays devenait de plus en plus plat avec ses champs et ses prés. Il y avait au bord de la route un grand saule. Tout avait l'air si familier, si danois ! Il s'assit sous le saule, il se sentait si fatigué, sa tête s'inclina, ses yeux se fermèrent, il allait dormir, mais il eut le sentiment que le saule abaissait ses branches vers lui, l'arbre avait l'air d'un vieillard imposant, c'était père saule en personne qui le prenait dans ses bras et l'emportait, lui, le fils fatigué, jusqu'au pays danois au bord du rivage pâle, à la ville de Kjøge, qui était parti de par le monde le chercher et le trouver, et voilà qu'il l'avait trouvé, qu'il le ramenait chez lui dans le petit jardin au bord de la rivière, et Johanne était là dans toute sa splendeur, portant sa couronne d'or comme il l'avait vue la dernière fois, et qui criait : « Bienvenue ! »

Et juste devant eux, il y avait deux étranges figures, mais elles avaient l'air beaucoup plus humaines qu'au temps de son enfance, elles avaient changé aussi : c'étaient les deux pains d'épice, le bonhomme et la bonne femme. Ils se tenaient de face et avaient bonne allure.

« Merci ! » dirent-ils tous deux à Knud. « Tu nous as délié la langue ! Tu nous as appris qu'il faut hardiment exprimer sa pensée, sinon, on n'aboutit à rien ! et nous avons abouti à quelque chose... ! nous sommes fiancés ! »

Et ils s'en allèrent main dans la main par les rues de Kjøge, et ils avaient un air fort décent, vus de dos, il n'y avait rien à redire ! et ils se rendirent tout droit à l'église de Kjøge, et Knud et Johanne les suivaient. Eux aussi marchaient main dans la main. Et l'église était comme avant, murs rouges et joli lierre. Et le portail de l'église s'ouvrit à deux battants et l'orgue gronda et le bonhomme et la bonne femme montèrent tous deux vers l'autel. « À tout seigneur, tout honneur ! dirent-ils, aux mariés de pain d'épice ! » et ils s'avancèrent de part et d'autre de Knud et Johanne, et eux s'agenouillèrent, elle pencha la tête sur son visage, des larmes glacées coulèrent de ses yeux, c'était la glace qui fondait autour de son cœur à cause du grand amour qu'il lui portait et elles tombaient sur ses joues brûlantes, et... cela le réveilla, il était sous le vieux saule en pays étranger, dans le froid hivernal du soir. Une grêle glaciale tombait des nuages, elle lui fouettait le visage.

« C'est l'heure la plus délicieuse de ma vie, dit-il, et c'était un rêve... ! Dieu, redonne-moi ce rêve ! » et il ferma les yeux, il dormit, il rêva.

Au matin, la neige tombait, elle lui couvrait les pieds, il dormait. Les gens du village allaient à l'église : il y avait là un compagnon artisan, il était mort, mort de froid... sous le saule[1].

HANS LE BALOURD

Nouvelle version d'une vieille histoire

À la campagne, il y avait un vieux manoir dont le vieux maître avait deux fils qui avaient tant d'esprit que la moitié aurait largement suffi. Ils voulaient demander la main de la fille du roi et ils l'osèrent car elle avait fait savoir qu'elle prendrait pour mari celui qu'elle trouverait le plus habile à plaider sa cause.

Ils se préparèrent donc, huit jours durant : c'était le délai maximum qu'on leur avait laissé mais cela suffisait car ils avaient des connaissances préalables et elles sont bien utiles. L'un d'eux savait par cœur tout le dictionnaire latin et le journal de la ville sur trois ans, et ce, du début à la fin ou inversement. L'autre avait acquis la connaissance de tous les statuts des corporations et de ce que tout syndic devait savoir, ainsi, il était capable de parler des affaires de l'État, pensait-il. De plus, il s'entendait à broder des bretelles car il était délicat et adroit de ses mains.

« C'est moi qui épouserai la fille du roi ! » disaient-ils tous les deux et leur père leur donna un superbe cheval à chacun. Celui qui savait le dictionnaire et les journaux en eut un tout noir, et celui qui était savant comme un syndic et qui brodait en eut un tout blanc, puis ils s'oignirent d'huile de foie de morue les commissures des lèvres pour être plus adroits. Tous les domestiques étaient dans la cour pour les voir monter à cheval. À cet instant, arriva le troisième frère, car ils étaient trois, mais il n'y avait personne pour le compter avec les deux autres parce qu'il n'avait pas autant de savoir qu'eux; lui, on l'appelait Hans le Balourd.

« Où allez-vous puisque vous voici en si grande tenue ? demanda-t-il.

— À la cour, pour séduire la fille du roi par nos propos ! Tu n'as pas entendu ce qu'on proclame par tout le pays au son du tambour ! » Et ils le lui racontèrent.

« Sapristi ! alors, il faut que j'y aille aussi ! » dit Hans le Balourd. Et ses frères se moquèrent de lui, et s'en allèrent.

« Père, donne-moi un cheval ! cria Hans le Balourd. J'ai tant envie de me marier ! Si elle me choisit, très bien, et si elle ne me choisit pas, je la prendrai quand même !

— Tu dis des bêtises ! dit son père. Je ne te donnerai pas de cheval. Tu ne sais pas parler, voyons ! Tes frères, eux, voilà des types bien !

— Si je ne peux pas avoir de cheval, dit Hans le Balourd, je prendrai le bouc, il est à moi, il pourra bien me porter ! » et il enfourcha le bouc, l'éperonna de ses talons et partit bon train sur la grand-route. Hou ! comme il allait ! « J'arrive ! » dit Hans le Balourd et il chanta d'une voix retentissante.

Pour les frères, ils chevauchaient tranquillement. Ils ne disaient pas un mot, il leur fallait réfléchir à toutes les bonnes boutades qu'ils allaient lancer, tout cela devait être bien subtil !

« Hého ! cria Hans le Balourd, me voici ! regardez ce que j'ai trouvé sur la grand-route ! » et il leur montra une corneille morte qu'il avait trouvée.

« Balourd ! dirent-ils, qu'eſt-ce que tu veux en faire ?

— Je vais l'offrir à la fille du roi !

— C'eſt ça ! » dirent-ils en riant, et ils poursuivirent leur route.

« Hého ! me voici ! regardez ce que je viens de trouver, on ne trouve pas ça tous les jours sur la grand-route. »

Et de nouveau, les frères se retournèrent pour voir ce que c'était. « Balourd ! dirent-ils, mais c'eſt un vieux sabot de bois dont le dessus eſt parti ! La fille du roi va avoir ça aussi ?

— Mais oui ! » dit Hans le Balourd. Et les frères rirent et chevauchèrent, et prirent une bonne avance.

« Hého ! me voici ! cria Hans le Balourd. Eh bien, c'eſt de plus en plus fort ! Hého ! c'eſt formidable !

— Qu'eſt-ce que tu as trouvé maintenant ? dirent les frères.

— Oh ! dit Hans le Balourd, il n'y a pas à en parler ! Comme elle va être contente, la fille du roi !

— Hou ! dirent les frères, mais c'eſt de la boue qu'on vient de rejeter du fossé !

— C'eſt ça, dit Hans le Balourd, et elle eſt de la plus fine espèce, on ne peut la garder dans la main ! » et il en emplit sa poche.

Mais les frères chevauchèrent à bride abattue, ils arrivèrent avec une heure d'avance et reſtèrent aux portes de la ville : là, les prétendants recevaient un numéro au fur et à mesure de leur arrivée, on les mettait en rangs par six, si serrés qu'ils ne pouvaient remuer les bras et c'était fort bien ainsi, sinon, ils se seraient poignardés dans le dos uniquement parce qu'ils étaient l'un derrière l'autre.

Tous les autres habitants du pays se tenaient autour du château, jusque devant les fenêtres, pour voir la fille du roi accueillir les prétendants. Et aussitôt que l'un d'eux entrait dans la salle, il perdait le don de la parole.

« Bon à rien ! disait la fille du roi. Ouste ! »

Ce fut le tour de celui des frères qui savait le dictionnaire, mais il l'avait complètement oublié à force de rester en rang, et le parquet craquait et le plafond était fait de miroirs, en sorte qu'il se voyait tête en bas, et à chaque fenêtre se tenaient trois secrétaires et un syndic, chacun inscrivant tout ce qui était dit pour que cela parût tout de suite dans le journal et fût vendu deux skillings au coin de la rue. C'était terrible, et puis on avait fait un tel feu dans le poêle de faïence que le cylindre était tout rouge[1].

« Il fait rudement chaud ici ! dit le prétendant.

— C'est parce que mon père fait rôtir des poulets aujourd'hui ! dit la fille du roi.

— Bê ! » Il resta là, il ne s'était pas attendu à de tels propos. Il ne sut pas dire un mot, car il aurait fallu dire une chose amusante. « Bê !

— Bon à rien ! dit la fille du roi. Ouste ! » et il dut s'en aller. Ce fut le tour du second frère.

« Il fait une chaleur épouvantable, ici !... dit-il.

— Bien sûr, nous faisons rôtir des poulets aujourd'hui ! dit la fille du roi.

— Co... comment ? » dit-il, et tous les secrétaires écrivirent *co... comment !*

« Bon à rien ! dit la fille du roi. Ouste ! »

Alors arriva Hans le Balourd, il entra sur son bouc,

jusque dans la salle. « Il fait une chaleur écrasante... ! dit-il.

— C'est parce que je fais rôtir des poulets ! dit la fille du roi.

— Ça, c'est extraordinaire, dit Hans le Balourd, alors, je dois pouvoir faire rôtir ma corneille ?

— Certainement, dit la fille du roi, mais avez-vous quelque chose dans quoi la mettre, je n'ai ni marmite ni poêle !

— J'ai ce qu'il faut ! dit Hans le Balourd. Voici une lame d'étain[1] ! » et il sortit le vieux sabot et mit la corneille dedans.

« Il y a de quoi faire tout un repas, dit la fille du ròi, mais où prendrons-nous la sauce ?

— Je l'ai dans ma poche ! dit Hans le Balourd. J'en ai tellement que je peux en gaspiller ! » et il versa un peu de boue de sa poche.

« Voilà qui me plaît ! dit la fille du roi. Tu sais répondre toi ! et tu sais parler, c'est toi que je veux pour mari ! Mais sais-tu que chaque mot que nous disons et que nous avons dit est inscrit et paraîtra demain dans le journal ? Près de chaque fenêtre, tu vois trois secrétaires et un vieux syndic : le pire, c'est le syndic parce qu'il ne comprend rien ! » Elle disait cela pour lui faire peur. Et tous les secrétaires hennirent et firent des taches d'encre sur le parquet.

« En voilà du beau monde ! dit Hans le Balourd ; je vais donner ce que j'ai de mieux au syndic ! » et il retourna ses poches et lui jeta la boue en pleine figure.

« Bien fait ! dit la fille du roi, je n'aurais pas été capable de faire ça ! mais je vais sûrement apprendre... ! »

Et donc, Hans le Balourd devint roi, eut une femme et une couronne, et siégea sur un trône, nous le tenons du journal du syndic... auquel il ne faut pas se fier !

IB ET LA PETITE CHRISTINE

Près de la Gudenaa, dans la forêt de Silkeborg, s'élève une colline longue, une sorte de gros talus, on l'appelle la Crête. En bas, vers l'ouest, il y avait, que dis-je, il y a encore une petite ferme avec de maigres terres ; le sable brille à travers les champs de seigle et d'orge clairsemés. C'était il y a pas mal d'années. Les gens qui habitaient là faisaient leur petite culture, ils avaient en outre trois moutons, un porc et deux bœufs. Bref, ils avaient de quoi vivre quand on prend la vie comme elle vient, ils auraient même pu aller aussi jusqu'à entretenir deux ou trois chevaux, mais ils disaient, comme les autres paysans de là-bas : « Le cheval se mène tout seul à la ruine ! »... il vous consume pour le bien qu'il fait. Jeppe-Joens cultivait son petit lopin de terre en été, et l'hiver, c'était un habile sabotier. Il faut dire qu'il avait un aide, un type qui s'entendait à tailler des sabots à la fois solides, légers et élégants. Ils taillaient des cuillers et des louches. Cela rapportait, on ne pouvait dire de Jeppe-Joens qu'il était pauvre.

Le petit Ib, un gamin de sept ans, le seul enfant de la maison, regardait faire, taillant une baguette, se coupant aussi les doigts, mais un jour, il avait façonné deux bouts de bois de telle sorte qu'ils avaient l'air de petits sabots, ce serait, disait-il, pour offrir à la petite Christine. C'était la fillette du marinier, elle était délicate et ravissante comme une enfant de maîtres. Si elle avait été habillée comme une fille bien née, personne n'eût cru qu'elle était de Lyngtorv, dans Seishede. Habitait là son père qui était veuf et qui gagnait sa vie en conduisant des péniches de bois de la forêt jusqu'aux pêcheries d'anguilles de Silkeborg, et même, souvent plus loin, jusqu'à Randers. Il n'avait personne pour prendre soin de la petite Christine, plus jeune d'un an que Ib, aussi était-elle presque toujours avec lui, sur la péniche ou parmi la bruyère et les buissons d'airelles. S'il devait aller jusqu'à Randers, la petite Christine venait chez Jeppe-Joens.

Ib et la petite Christine s'entendaient bien, aux jeux comme à table. Ils fouillaient la terre, ils creusaient, ils grimpaient et marchaient, et un jour, ils se risquèrent, tout seuls, à monter presque tout en haut de la Crête et à pénétrer dans la forêt : ils y trouvèrent des œufs de bécasse, ce fut un grand événement.

Ib n'était jamais encore monté à Seishede, jamais il n'avait traversé en péniche les lacs que formait la Gudenaa, et voilà qu'il allait le faire : il était invité par le marinier, il l'accompagna chez lui la veille.

Sur les bûches de bois empilées dans la péniche, les deux enfants s'installèrent le matin, mangeant du pain et des framboises. Le marinier et son assistant progressaient à la gaffe en suivant le courant, on allait bon train vers l'aval, à travers les lacs qui semblaient enfermés dans la forêt et les joncs ; pourtant il y avait toujours un passage, même si les vieux arbres s'inclinaient complètement et que les chênes étiraient leurs branches dénudées comme s'ils avaient retroussé leurs manches et voulaient montrer leurs bras nus et noueux. De vieux aulnes que le courant avait détachés de la berge se maintenaient au sol par les racines, on aurait dit de petites îles boisées. Des nénuphars se berçaient sur l'eau. C'était un voyage ravissant... ! et puis on arriva aux pêcheries d'anguilles, où l'eau grondait à travers les écluses. Il y avait de quoi regarder pour Ib et Christine !

En ce temps-là, il n'y avait ni usine ni ville là-bas[1], seulement la vieille ferme et son cheptel, qui n'était pas grand ; la chute de l'eau dans l'écluse et le cri du canard sauvage, voilà ce qui, seul, donnait de l'animation... Quand la péniche fut déchargée, le père de Christine acheta un gros paquet d'anguilles et un petit cochon que l'on venait d'abattre, le tout fut placé à l'arrière de la péniche, dans un panier. Puis on rentra en remontant le courant mais le vent était favorable et en hissant une voile, c'était aussi bien que si l'on avait attelé deux chevaux.

Quand ils arrivèrent en péniche à l'endroit de la forêt où l'homme qui aidait à la manœuvre n'avait qu'un petit bout de chemin à faire pour rentrer chez lui, cet homme et le père de Christine débarquèrent et recommandèrent aux enfants de rester tranquilles et prudents, mais s'ils le firent, ce ne fut pas longtemps, il fallut qu'ils regardent dans le panier où se trouvaient les anguilles et le cochon : celui-ci, il fallut qu'ils l'enlèvent et le tiennent, et comme ils voulaient le tenir tous les deux, ils le laissèrent tomber, tout droit dans l'eau. Il dériva avec le courant, ce fut un événement épouvantable.

Ib sauta à terre et fit un petit parcours au pas de course, puis Christine arriva aussi. « Emmène-moi ! » cria-t-elle, et ils se trouvèrent bientôt dans les buissons, ils ne voyaient plus la péniche ou la rivière. Ils firent encore un petit bout de chemin en courant, puis Christine tomba et pleura. Ib la releva.

« Viens avec moi ! dit-il. La maison est là-haut ! » Seulement, elle n'était pas là-haut. Ils marchèrent, marchèrent, sur des feuilles fanées et des branches mortes tombées qui craquaient sous leurs petits pieds. Alors, ils entendirent un puissant appel... Ils restèrent immobiles et écoutèrent. À ce moment, un aigle cria, c'était un cri affreux, ils furent tout effrayés mais devant eux, dans la forêt, poussaient les plus délicieuses des myrtilles, une quantité incroyable. C'était bien trop tentant pour qu'ils ne restent pas, ils restèrent et mangèrent, ils eurent la bouche et les joues toutes bleues. Alors, de nouveau, on entendit un appel.

« On va être battus, à cause du cochon ! dit Christine.

— Allons-nous-en chez nous ! dit Ib. C'est ici, dans la forêt ! » Et ils marchèrent. Ils arrivèrent à un chemin carrossable, mais il ne menait pas à la maison, il fit noir, ils eurent peur. L'étrange silence, alentour, était rompu par le cri affreux du grand duc ou par les appels d'oiseaux qu'ils ne connaissaient pas. Finalement, ils s'engagèrent tous les deux dans un fourré, Christine pleurait et Ib pleurait, et quand ils eurent pleuré un moment, ils se couchèrent dans le feuillage et s'endormirent.

Le soleil était haut quand ils se réveillèrent, ils avaient froid mais sur la hauteur, tout près, le soleil brillait parmi les arbres. Là, ils pourraient se réchauffer et de là, pensait Ib, ils devraient apercevoir la maison de ses parents. En fait, ils en étaient loin, dans une tout autre partie de la forêt. Ils grimpèrent tout en haut et se trouvèrent sur une pente au bord d'un lac clair et limpide. Il y avait des myriades de poissons éclairés par les rayons du soleil. Ce qu'ils voyaient était tellement inattendu, et tout près, il y avait un grand fourré plein de noisettes, il y en avait jusqu'à sept grappes ! Et ils les cueillirent, et ils les cassèrent et prirent les délicieuses amandes qui s'étaient mises à prendre consistance... et puis il arriva encore une surprise, une épouvante. Du fourré sortit une grande vieille femme dont le visage était basané, les cheveux luisants et noirs. Elle avait le blanc des yeux brillant comme chez les négresses. Elle portait un fardeau sur le dos et tenait à la main un gourdin. C'était une bohémienne. Les enfants ne comprirent pas tout de suite ce qu'elle disait. Et elle sortit de sa poche trois grosses noisettes, chacune renfermait des merveilles, dit-elle, c'étaient des noisettes magiques.

Ib la regarda, elle avait l'air aimable, puis il prit son courage à deux mains et demanda s'il pourrait avoir ces noisettes, et la femme les lui donna et en cueillit dans le fourré de quoi remplir sa poche.

Et Ib et Christine regardèrent les trois noisettes magiques en faisant de grands yeux.

« Dans celle-ci, y a-t-il une voiture avec des chevaux attelés ? demanda Ib.

— Il y a un carrosse d'or avec des chevaux d'or ! dit la femme.

— Alors, donne-la-moi ! » dit la petite Christine, et Ib la lui donna et la femme lui noua la noisette dans son fichu.

« Et dans celle-ci, y a-t-il un joli petit fichu comme celui de Christine ? demanda Ib.

— Il y a dix fichus, dit la femme, il y a de belles robes, des chaussettes et des chapeaux.

— Alors, je la veux aussi ! » dit Christine, et le petit Ib lui donna également la deuxième noisette. La troisième était une petite noisette noire.

« Celle-là, tu vas la garder, dit Christine, elle est belle aussi.

— Et qu'est-ce qu'il y a dedans ? demanda Ib.

— Ce qu'il y a de meilleur pour toi ! » dit la bohémienne.

Et Ib tint ferme la noisette. La femme promit de les remettre sur le chemin de chez eux, et ils marchèrent, mais bien entendu, dans une direction radicalement opposée à celle qu'ils devaient prendre ; ce n'est pourtant pas pour cela qu'il faut accuser la femme d'avoir voulu voler des enfants.

Dans la forêt où il est si facile de se perdre, ils rencontrèrent Chraen, le garde forestier, il connaissait Ib et, grâce à lui, Ib et la petite Christine arrivèrent à la maison où l'on était très inquiet à cause d'eux ; on leur pardonna, bien qu'ils eussent mérité tous les deux une bonne volée, d'abord parce qu'ils avaient fait tomber le cochon dans l'eau, et ensuite parce qu'ils étaient partis à l'aventure.

Christine rentra chez elle sur la lande et Ib resta dans la petite maison de la forêt. Le soir, la première chose qu'il fit, ce fut de sortir la noisette qui renfermait « ce qu'il y a de mieux »... Il la posa entre la porte et le chambranle, poussa la porte, la noisette craqua, mais on n'y voyait pas la moindre amande, elle était comme remplie de tabac à priser ou de terreau. Elle était véreuse, comme on dit.

« Oui, j'aurais bien pu y penser, se dit Ib, où y aurait-il eu place, dans cette petite noisette, pour ce qu'il y a de mieux ! Christine ne tirera ni beaux habits ni carrosse d'or de ses deux noisettes ! »

Et l'hiver vint, et la Nouvelle Année arriva.

Et plusieurs années passèrent. Alors, Ib dut aller au catéchisme, et le pasteur habitait loin. Vers ce temps-là, un jour, le marinier s'en vint chez les parents d'Ib, dire que la petite Christine allait maintenant s'engager comme domestique pour gagner sa vie et que c'était une vraie chance pour elle de tomber dans d'aussi bonnes mains, de prendre du service chez d'aussi braves gens : pensez donc, elle irait chez les riches aubergistes de Herning, dans l'ouest. Elle aiderait la mère et ensuite, quand elle se serait adaptée et aurait fait sa confirmation, ils la garderaient.

Et Ib et Christine se quittèrent : on les appelait les fiancés. Et au départ, elle lui montra qu'elle avait encore les deux noisettes qu'il lui avait données quand ils s'étaient égarés dans la forêt, et elle dit que, dans son coffre à habits, elle conservait les petits sabots qu'il avait taillés pour elle et qu'il lui avait offerts quand il était petit garçon. Puis ils se quittèrent.

Ib fut confirmé, mais il resta à la maison de sa mère car c'était un habile sabotier et, en été, il s'occupait bien de son petit champ : sa mère n'avait que lui pour cela, le père de Ib était mort.

On n'entendait que rarement parler de Christine, et c'était alors par un facteur ou un paysan pêcheur d'anguilles : tout allait bien pour elle chez les riches aubergistes et quand elle eut été confirmée, elle écrivit à son père une lettre où elle faisait ses salutations à Ib et à sa mère. Il était question, dans cette lettre, de six chemises neuves et d'un joli costume que lui avaient donnés son patron et sa patronne. Assurément, c'étaient de bonnes nouvelles.

Au printemps suivant, par une belle journée, on frappa à la porte de Ib et de sa mère, c'était le marinier, avec Christine. Elle était venue en visite pour une journée : juste une occasion, aller et retour pour Them[1], et elle en profitait. Pour être belle, elle l'était, comme une élégante demoiselle, et elle portait de bons habits, bien taillés et qui lui allaient bien. Elle était dans tous ses atours, et Ib avait ses vieux vêtements de tous les jours. Il ne parvint simplement pas à parler. Sans doute lui prit-il la main, la serrant, profondément heureux, mais il ne pouvait ouvrir la bouche. La petite Christine, elle, le pouvait, elle parlait, elle savait raconter et elle embrassa Ib sur la bouche :

« Tu ne me reconnais donc pas ! » dit-elle. Mais même lorsqu'ils furent seuls tous les deux et qu'il lui tenait encore la main, tout ce qu'il fut capable de dire, ce fut : « Te voilà devenue une dame élégante, pour ainsi dire ! Et moi, j'ai l'air si négligé ! Comme j'ai pensé à toi, Christine ! et au bon vieux temps ! »

Et ils allèrent bras dessus, bras dessous sur la Crête et regardèrent la Gudenaa jusqu'à Seishede avec ses collines de bruyère, mais Ib ne disait rien ; pourtant, quand ils se quittèrent, il était évident pour lui qu'il fallait que Christine fût sa femme ; depuis qu'ils étaient petits, on les appelait fiancés, n'est-ce pas, ils étaient, lui semblait-il, promis l'un à l'autre, bien qu'aucun d'eux ne l'eût dit.

Ils ne pouvaient rester ensemble que quelques

heures encore, elle devait retourner à Them d'où, le lendemain, de bonne heure, la voiture repartait vers l'ouest. Le père de Christine et Ib l'accompagnèrent jusqu'à Them, il y avait un beau clair de lune et, quand ils arrivèrent, Ib tenant toujours la main de Christine, il ne put la lâcher, ses yeux étaient si clairs, mais il ne trouvait guère les mots ; pourtant, chacun lui venait du cœur : « Si tu n'as pas pris des habitudes trop élégantes, dit-il, et si tu peux te résoudre à vivre dans la maison de ma mère, avec moi pour mari, nous serons mari et femme un jour, toi et moi... ! mais, bien sûr, nous pouvons attendre un peu !

— C'est ça, nous avons le temps, Ib ! » dit-elle. Et elle lui serra la main, et il l'embrassa sur la bouche. « Je compte sur toi, Ib, dit Christine, et je crois que je t'aime, mais laisse-moi y penser cette nuit ! »

Et ils se quittèrent. Et Ib dit au marinier que lui et Christine étaient pour ainsi dire fiancés, et le marinier trouva que c'était bien ce qu'il avait toujours pensé. Et il accompagna Ib chez lui, dormit dans le même lit que lui où l'on ne parla plus de fiançailles.

Une année avait passé. Deux lettres furent échangées entre Ib et Christine. *Fidèle jusqu'à la mort*, était-il écrit près de la signature. Un jour, le marinier entra chez Ib, il lui apportait les salutations de Christine. Ce qu'il avait à dire encore fut lent à venir : c'était que tout allait bien pour Christine, plus que bien, c'était une belle fille, n'est-ce pas, estimée et aimée. Le fils de l'aubergiste était venu chez lui en visite. Il était employé dans quelque chose d'important à Copenhague, un bureau. Christine lui plaisait, elle aussi le trouvait à son goût, les parents du jeune homme n'avaient sûrement rien contre, mais Christine était désolée parce que Ib pensait sûrement beaucoup à elle, aussi avait-elle envisagé de refuser ce bonheur, dit le marinier.

D'abord, Ib ne dit pas un mot, mais il devint blanc comme un linge, secoua un peu la tête, puis dit : « Il ne faut pas que Christine repousse son bonheur !

— Écris-lui deux mots pour le lui dire ! » dit le marinier.

Et Ib écrivit, mais il avait du mal à assembler les mots comme il voulait, il raturait, il déchirait... mais au matin, une lettre à la petite Christine était achevée, et la voici :

J'ai lu la lettre que tu as écrite à ton père et je vois que tout va bien pour toi, à tous égards, et que les choses peuvent aller mieux encore ! Interroge ton cœur, Christine, et réfléchis à quoi tu t'engages si tu m'épouses ! Ce que j'ai, ce n'est pas grand-chose. Ne pense pas à moi et à ma situation, pense à ton propre bien ! A moi, tu n'es liée par aucune promesse et si tu m'en as fait une dans ton cœur, je t'en délie. Que toute la joie du monde soit avec toi, petite Christine ! Notre-Seigneur saura bien consoler mon cœur !

Ton tendre ami pour toujours,

Ib.

Et la lettre fut envoyée, et Christine la reçut.

Aux offices du matin, les bans furent publiés en chaire dans l'église de la lande ainsi que là-bas à Copenhague où habitait le fiancé, et c'est là-bas qu'elle se rendit avec sa patronne, le fiancé ne pouvant, en raison de ses nombreuses affaires, aller aussi loin qu'en Jylland. Christine était convenue de retrouver son père au bourg de Funder[1] par où passe la route et qui était pour lui le point de rencontre le plus proche. C'est là qu'ils se dirent adieu. Quelques mots furent échangés, mais Ib ne dit rien. Il était devenu tellement pensif, dit sa vieille mère. Oh oui ! pensif, il l'était, c'est pourquoi lui vinrent à l'esprit les trois noisettes qu'il avait reçues, enfant, de la bohémienne. Il en avait donné deux à Christine. C'étaient des noisettes magiques, dans l'une de celles qu'elle avait, il y avait un carrosse d'or avec ses chevaux, n'est-ce pas, et dans l'autre, les habits les plus magnifiques. C'était bien cela ! Toute cette splendeur, elle l'avait maintenant, là-bas, dans la ville royale ! Pour elle, tout s'accomplissait... ! Pour Ib, il n'y avait dans la noisette que le noir terreau. « Ce qu'il y a de mieux » pour lui, avait dit la bohémienne... eh bien, cela aussi s'était accompli ! Le terreau noir, c'était ce qu'il y avait de mieux pour lui. Il comprenait clairement maintenant ce que la femme avait voulu dire : ce qu'il y avait de mieux pour lui était dans la terre noire, dans le secret de la tombe !

Et des années passèrent... pas nombreuses, mais longues, trouvait Ib. Les vieux aubergistes moururent à peu d'intervalle. Toute leur fortune, des milliers et des milliers de rixdales, passa à leur fils. Eh oui ! et maintenant, Christine pouvait avoir carrosse d'or et beaux habits.

Dans les deux longues années qui suivirent, il n'arriva aucune lettre de Christine, et quand ensuite son père en reçut une, il n'y était pas du tout question de fortune et de satisfaction. Pauvre Christine ! ni elle ni son mari n'avaient su garder la mesure sur cette richesse, elle était partie comme elle était venue, elle ne leur avait apporté aucune bénédiction parce qu'eux-mêmes ne l'avaient pas voulu.

Et la bruyère fut en fleur, et la bruyère se dessécha.

Bien des hivers, la neige avait recouvert Seishede, la Crête à l'abri de laquelle habitait Ib. Le soleil de printemps brilla et Ib passa la charrue : elle trancha, à ce qu'il crut, un silex, il y eut comme un grand copeau noir qui sortit de terre, et comme Ib le prenait, il s'aperçut que c'était du métal : à l'endroit où s'était enfoncé le soc, il y avait un éclat brillant. C'était un gros bracelet pesant[1], en or, datant du paganisme. On avait nivelé là un tertre, on avait trouvé les précieux bijoux qu'il contenait. Ib le montra au pasteur qui lui dit à quel point c'était une chose splendide et Ib alla le porter au bailli qui fit un rapport à Copenhague et conseilla à Ib d'aller lui-même remettre cette précieuse trouvaille.

« Tu as trouvé dans le sol ce que tu pouvais trouver de mieux ! » dit le bailli.

— De mieux ! pensa Ib. Ce qu'il y a de mieux pour moi... et dans le sol ! ainsi, la bohémienne avait tout de même raison, pour moi aussi, puisque cela, c'est ce qu'il y a de mieux ! »

Et Ib prit le bateau d'Aarhus à Copenhague. C'était comme une traversée de l'Océan pour lui qui n'avait passé que la Gudenaa. Et Ib arriva à Copenhague.

On lui paya la valeur de cet or qu'il avait trouvé. C'était une grosse somme : six cents rixdales. Ib, de la forêt de Seishede, déambula dans la grande Copenhague où il est si facile de se perdre.

Ce fut précisément la veille du jour où il voulait se rembarquer pour Aarhus que, le soir, il s'égara dans les rues, prit une direction tout autre que celle qu'il voulait et se trouva, après avoir passé Knippelsbro, à Christianshavn au lieu d'être en bas du rempart de Vesterport ! Il se dirigeait bien vers l'ouest, mais pas là où il aurait dû. On ne voyait personne dans la rue. Alors, une toute petite fille sortit d'une maison. Ib lui demanda son chemin. Elle resta interdite, leva les yeux vers lui et éclata en sanglots. Il lui demanda alors ce qui n'allait pas, elle dit quelque chose qu'il ne comprit pas et comme ils étaient tous les deux juste sous un réverbère dont la lumière lui tombait en pleine figure, il fut tout ému, car c'était le portrait vivant de la petite Christine qu'il voyait, absolument telle qu'il se la rappelait du temps où ils étaient enfants tous les deux.

Et il entra avec la petite fille dans la pauvre maison, gravit l'escalier étroit et usé jusqu'à une petite chambre mansardée sous le toit. L'air y était lourd, étouffant, aucune lumière allumée. Dans le coin, quelqu'un soupirait et respirait péniblement. Ib frotta une allumette. C'était la mère de l'enfant, couchée dans le pauvre lit.

« Puis-je faire quelque chose pour vous aider ? dit Ib. La petite m'a amené ici mais je suis étranger dans cette ville. Y a-t-il un voisin ou quelqu'un que je puisse appeler ?... » Et il lui souleva la tête.

C'était Christine de Seishede.

Depuis des années, son nom n'avait pas été prononcé là-bas en Jylland, cela aurait troublé le cours paisible des pensées d'Ib et il n'y avait rien de bon non plus dans ce que disaient la rumeur... et la vérité : que tout l'argent que son mari avait hérité de ses parents l'avait rendu arrogant et désordonné. Il avait quitté son emploi, voyagé une demi-année en pays étrangers, était revenu, avait fait des dettes et davantage encore. À force de pencher, la voiture avait fini par verser. Les joyeux amis qu'il avait reçus nombreux à sa table disaient qu'il méritait ce qui lui arrivait, car il avait vécu comme un fou !... Un matin, on découvrit son cadavre dans le canal du Palais-Royal.

Christine allait portant la mort. Le plus jeune de ses enfants, âgé de quelques semaines seulement, conçu dans le bien-être, né dans la misère, était déjà dans la tombe et pour Christine, on en était arrivé au point qu'elle gisait, moribonde, abandonnée dans une chambrette misérable, misérable, qu'elle aurait pu supporter dans ses jeunes années à Seishede, mais dont, maintenant, habituée à une vie meilleure, elle ressentait toute la détresse. C'était l'aînée de ses enfants, une petite Christine également, souffrant de faim et de misère avec elle, qui avait amené Ib là-haut.

« J'ai peur de mourir en laissant cette pauvre enfant ! soupira-t-elle ; que va-t-elle devenir ?... » Elle ne put en dire davantage.

Et Ib frotta une nouvelle allumette et trouva un bout de chandelle qui brûla et éclaira la minable chambrette.

Et Ib regarda la petite fille en pensant à Christine dans sa jeunesse. Pour l'amour de Christine, il pouvait être bon envers cette enfant qu'il ne connaissait pas. La mourante le regardait, ses yeux s'agrandissaient... ! Le reconnut-elle ? il ne le sut pas, il ne l'entendit pas dire un mot.

★

Et c'était dans la forêt, au bord de la Gudenaa, près de Seishede. Le ciel était gris, la bruyère, sans fleurs, les orages de l'ouest chassaient les feuilles jaunes de la forêt dans la rivière et sur la lande où se trouvait la maison au toit de chaume, où habitaient des inconnus. Mais en bas de la Crête, bien à l'abri des grands arbres, il y avait la petite maison peinte en blanc. Dans la salle, la tourbe des marais brûlait dans le poêle de faïence, dans la salle brillait le soleil qui rayonnait de deux yeux d'enfant, le chant de l'alouette printanière résonnait dans les propos de sa bouche rouge et souriante. Il y avait de la vie et de la gaieté, c'était la petite Christine qui était là. Elle était sur les genoux d'Ib. Ib lui tenait lieu de père et de mère : eux, avaient disparu, c'était comme un rêve pour l'enfant et l'adulte. Ib était dans sa maison propre et coquette, un homme à son aise. La mère de la petite fille reposait au cimetière des pauvres, dans la ville royale.

Ib avait de l'argent au fond de son coffre, disait-on, de l'or venu de la terre, et il avait aussi la petite Christine, n'est-ce pas ?

« ELLE N'ÉTAIT BONNE À RIEN »

Le maire était à sa fenêtre, en chemise à manchettes, une épingle à cravate sur le jabot ; il s'était rasé avec un soin extrême. Toutefois, il s'était coupé, mais il avait mis un petit bout de papier journal sur la coupure.

« Écoute, petit ! » cria-t-il.

Le petit, c'était le fils de la lavandière, tout simplement, qui passait, justement, et qui ôta respectueusement sa casquette. Elle avait la visière cassée et l'on pouvait la mettre dans sa poche. Dans ses habits pauvres mais propres et particulièrement bien rapiécés, avec ses gros sabots, le garçon se tenait respectueusement comme s'il se fût trouvé devant le roi en personne.

« Tu es un bon garçon, dit le maire, tu es un garçon poli ! Ta mère doit être en train de laver du linge dans la rivière. Tu vas y descendre avec ce que tu as dans la poche, c'est mal ce qu'elle fait là, ta mère ! Tu en as combien ?

— Une demi-chopine ! » dit le garçon effrayé en baissant la voix.

« Et ce matin, elle en a pris autant ! poursuivit l'homme.

— Non, c'était hier ! répondit le garçon.

— Deux demies, ça fait une entière... ! Elle n'est bonne à rien ! C'est affligeant, cette classe populaire ! Dis à ta mère qu'elle devrait avoir honte ! et ne deviens jamais un ivrogne, toi, mais c'est ce que tu seras sans doute ! Pauvre enfant... ! Allez, va... ! »

Et le garçon s'en alla. Il garda sa casquette à la main, le vent soufflait dans ses cheveux blonds qui se hérissaient en longues touffes. Il passa le coin de la rue, entra dans la ruelle, descendit à la rivière où sa mère, debout devant le tréteau, frappait du battoir le gros linge. Il y avait du courant car les vannes du moulin étaient ouvertes, les draps dérivaient dans le courant et étaient sur le point d'entraîner le tréteau. La lavandière devait lutter contre.

« Pour un peu, je naviguerais, dit-elle, c'est bien que tu sois venu, j'ai besoin de reprendre un peu mes forces ! Il fait froid ici, dans l'eau. Voilà six heures que je suis là. As-tu quelque chose pour moi ? »

Le garçon sortit la bouteille, la mère la porta à ses lèvres et en but une gorgée.

« Oh ! comme ça fait du bien ! comme ça réchauffe ! c'est aussi bon qu'un plat chaud et ça ne coûte pas aussi cher ! Bois, mon garçon ! Tu as l'air tout pâle, tu as froid dans tes vêtements légers ! Il faut dire aussi que c'est l'automne. Hou ! l'eau est froide ! pourvu que je ne tombe pas malade ! mais non, je ne le serai pas. Donne-moi encore une goutte et bois, toi aussi, une petite larme seulement, il ne faut pas t'habituer à ça, mon pauvre enfant de pauvres ! »

Et elle passa sur le petit pont où se trouvait le gamin et monta sur le bord. L'eau ruisselait de la natte de jonc qu'elle portait autour de la taille, l'eau dégouttait de sa jupe.

« Je peine, je trime à m'en mettre les ongles en sang ! Mais ça n'a pas d'importance, si seulement j'arrive à te pousser dans la vie, mon bon gamin ! »

À cet instant, arriva une femme un peu plus âgée, pauvrement vêtue, boitant d'une jambe, portant une grosse boucle de cheveux postiches sur l'un de ses yeux : la boucle était censée cacher cet œil, mais cela ne faisait que faire remarquer davantage son infirmité. C'était une amie de la lavandière, les voisins l'appelaient « Maren, la boiteuse à la boucle ».

« Ma pauvre, comme tu peines et trimes à rester dans l'eau froide ! Tu peux bien avoir besoin d'un petit quelque chose pour te réchauffer, et on te reproche la goutte que tu prends... ! » et tous les propos que le maire avait tenus au garçon furent rapportés car Maren avait tout entendu, elle avait été fâchée qu'il parle ainsi à l'enfant de sa propre mère et de la goutte qu'elle prenait, au moment même où le maire offrait un grand dîner avec du vin en abondance ! « Des vins fins et des vins forts ! au-delà de leur soif, pour beaucoup ! Mais ça, on n'appelle pas ça boire ! eux, ils sont bons mais toi, tu n'es bonne à rien !

— C'est comme ça qu'il t'a parlé, mon enfant ! » dit la lavandière, dont les lèvres tremblaient. « Tu as une mère qui n'est bonne à rien ! peut-être qu'il a raison ! mais il n'aurait pas dû le dire à cet enfant ! Pourtant, j'en passe, des choses qui me viennent de cette maison !

— Vous y avez servi, n'est-ce pas, du vivant des parents du maire ? Il y a bien des années de ça ! Il y a eu pas mal de boisseaux de sel à consommer depuis ce temps-là, on peut avoir soif ! » Et Maren rit. « Il y a un grand dîner aujourd'hui, chez le maire, on aurait dû le décommander, mais c'est trop tard, tout était prêt. Je tiens ça du domestique. Il y a une heure, une lettre est arrivée disant que le frère cadet est mort à Copenhague.

— Mort ! » s'écria la lavandière, qui devint livide.

« Eh oui ! dit la femme. Cela vous touche-t-il tellement ? C'est vrai, vous l'avez connu quand vous serviez dans cette maison.

— Il est mort ! C'était le meilleur, le plus parfait des hommes ! Notre-Seigneur n'en a pas beaucoup comme lui ! » et les larmes lui coulaient sur les joues. « Oh ! mon Dieu ! j'en ai la tête qui tourne ! C'est parce que j'ai bu toute la bouteille ! Je n'ai pu supporter ça ! Je me sens mal !... » et elle se retint au tréteau.

« Seigneur Dieu, mais ça ne va pas, la mère ! dit la femme. Allons, ça va passer... ! Non, vous êtes vraiment malade ? Il vaut mieux que je vous ramène chez vous !

— Mais ce linge !

— Je vais m'en occuper ! Prenez mon bras ! Le garçon peut rester ici surveiller le linge en attendant, je vais venir laver le reste. Il n'y en a plus qu'un petit tas ! »

Et la lavandière avait les jambes qui flageolaient.

« Je suis restée trop longtemps dans l'eau froide ! Je n'ai absolument rien pris depuis ce matin ! J'ai de la fièvre ! Oh ! Seigneur Jésus ! aidez-moi à rentrer ! mon pauvre enfant... ! » Et elle pleurait.

Le gamin pleurait et se retrouva bientôt tout seul au bord de la rivière, près du linge mouillé. Les deux femmes remontèrent lentement la ruelle, la lavandière chancelait, elles passèrent le coin de la rue, puis devant la maison du maire et juste devant celle-ci, la lavandière s'affaisa sur le pavé. Les gens s'attroupèrent.

Maren la Boiteuse courut dans la maison chercher du secours. Le maire et ses invités regardèrent par les fenêtres.

« C'est la lavandière, dit-il, elle a bu un peu plus qu'elle n'avait soif. Elle n'est bonne à rien ! C'est dommage pour le gentil gamin qu'elle a. En vérité, j'ai de l'affection pour cet enfant. La mère n'est bonne à rien ! »

On la remit sur pied et on la mena à son pauvre foyer où elle fut mise au lit. La brave Maren alla préparer un bol de bière chaude avec du beurre et du sucre, c'était, selon elle, le meilleur médicament, puis elle se rendit au lavoir, lava fort mal mais ses intentions étaient bonnes. En fait, elle se contenta de tirer à terre le linge mouillé et de le mettre dans une caisse.

Le soir, elle resta dans la pauvre chambre de la lavandière. La cuisinière du maire lui avait donné quelques pommes de terre rissolées et un délicieux morceau de jambon gras pour la malade, le gamin et Maren en profitèrent. La malade se réjouit de l'odeur, elle était si nourrissante, disait-elle.

Et le gamin se coucha, dans le même lit que sa mère, mais il avait sa place en travers, au pied, couvert d'une vieille carpette faite de bandes bleues et rouges cousues.

La lavandière allait un peu mieux. La bière chaude lui avait rendu des forces et l'odeur de la bonne nourriture lui avait fait du bien.

« Merci, ma bonne âme ! dit-elle à Maren. Je te dirai tout quand le gamin dormira ! je crois qu'il est déjà en train ! comme il a l'air gentil et béni ! avec ses yeux fermés ! il ne sait pas dans quel état est sa mère. Que

Notre-Seigneur le garde d'en passer jamais par là...! Je servais chez le conseiller, le père du maire, et il se trouva que le plus jeune des fils, l'étudiant, vint à la maison. J'étais jeune en ce temps-là, sauvage et folle, mais honnête, j'ose le dire à la face de Dieu ! dit la lavandière... L'étudiant était tellement gai et joyeux, tellement gentil ! Il avait la justice et la bonté dans le sang ! Il n'y a pas eu de meilleur homme sur terre. C'était un fils de la maison et moi, je n'étais qu'une bonne, mais nous fûmes fiancés, en tout bien tout honneur ! Un baiser, ce n'est tout de même pas un péché quand on s'aime vraiment. Et il le dit à sa mère. Pour lui, elle était comme Notre-Seigneur ici-bas ! et elle était si sage, si affectueuse, si aimable... ! Il partit et il passa sa bague d'or à mon doigt. Quand il fut parti pour de bon, ma maîtresse me fit venir. Grave et douce pourtant, elle parla comme Notre-Seigneur pourrait le faire. Elle m'expliqua la distance, en esprit et en vérité, qui nous séparait, lui et moi. "Pour le moment, il voit comme tu as bonne allure, mais cette apparence disparaîtra ! Tu n'es pas instruite comme lui, vous n'êtes pas à la même hauteur au royaume de l'esprit, et tout le malheur est là. Je respecte le pauvre, dit-elle ; auprès de Dieu, il aura peut-être une place plus élevée que bien des riches, mais ici-bas, il ne faut pas s'engager sur une mauvaise voie quand on veut rouler droit, sinon, la voiture chavire et vous serez renversés tous les deux ! Je sais qu'un brave homme, un artisan, a demandé ta main, c'est Erik le Gantier, il est veuf, sans enfants, il est à son aise, penses-y[1] !" Chacun des mots qu'elle disait était comme un couteau qui me transperçait le cœur, mais cette femme avait raison ! et cela m'oppressait, m'accablait... ! Je lui baisai la main en pleurant à chaudes larmes et davantage encore quand j'entrai dans ma chambrette et me couchai en travers de mon lit. La nuit qui suivit fut pénible, Notre-Seigneur sait mes souffrances et mes luttes. Puis, le dimanche, je m'approchai de la sainte table, pour avoir la lumière. Alors, ce fut comme un hasard providentiel : au moment où je sortais de l'église, je rencontrai Erik le Gantier. Du coup, il n'y eut plus aucun doute dans mon âme, nous convenions l'un à l'autre par la situation comme par les moyens, et même, c'était un homme à son aise ! J'allai droit vers lui, je lui pris la main et dis : "Est-ce que tu penses encore à moi ? — Oui, sans cesse ! dit-il. — Veux-tu épouser une fille qui t'estime et te respecte mais qui ne t'aime pas ? Il est vrai que ça pourra venir ! — Ça viendra !" dit-il, et nous nous sommes tendu la main. Je suis rentrée chez ma maîtresse. La bague d'or que le fils m'avait donnée, je la portais sur la poitrine, je ne pouvais me la mettre au doigt pendant le jour, mais seulement le soir quand je me mettais au lit. J'embrassai cette bague à tel point que ma bouche saigna, puis je la donnai à ma maîtresse en disant que, la semaine suivante, on publierait en chaire les bans pour le gantier et pour moi. Alors, ma maîtresse me prit dans ses bras et m'embrassa... elle ne dit pas que *je n'étais bonne à rien*, j'étais peut-être meilleure aussi en ce temps-là, bien que je n'eusse pas encore tellement éprouvé l'adversité du monde. Et puis ce furent nos noces, à la Chandeleur[1]. Et la première année se passa bien, nous avions un ouvrier et un apprenti, et toi, Maren, tu étais bonne chez nous.

— Oh ! vous étiez une maîtresse bénie, dit Maren, jamais je n'oublierai comme vous étiez gentils, vous et votre mari !

— C'était dans les bonnes années, tu étais chez nous... ! Nous n'avions pas d'enfants, alors... L'étudiant, je ne le voyais jamais... ! Si, je l'ai vu, mais lui, il ne m'a pas vue. Il est venu ici pour l'enterrement de sa mère, je l'ai vu au bord de la tombe, il était blanc comme un linge et affligé, mais c'était à cause de sa mère. Quand, ensuite, son père mourut, il était en pays étrangers et ne vint pas, et il n'est pas revenu depuis non plus. Il ne s'est jamais marié, je le sais... il était sûrement avocat... ! de moi, il ne se souvenait pas et s'il m'avait vue, il ne m'aurait sûrement pas reconnue, tellement je suis laide. Et c'est très bien comme ça ! »

Et elle parla des jours accablants de ses épreuves, elle dit comment le malheur avait pour ainsi dire déferlé sur eux. Ils possédaient cinq cents rixdales et comme il y avait, dans la rue, une maison à vendre pour deux cents, qu'il serait avantageux de la démolir et d'en construire une neuve, la maison fut achetée. Les maçons et les charpentiers firent des devis : cela coûterait mille deux cents rixdales de plus. Erik le Gantier avait du crédit, il emprunta de l'argent à Copenhague, mais le bateau qui devait l'apporter fit naufrage, et l'argent avec.

« C'est alors que je donnai naissance à mon gamin béni qui dort là... Son père a eu une grave maladie, très longue. Pendant trois trimestres, il a fallu que je l'habille et le déshabille. Tout allait à rebours pour nous, nous empruntions, empruntions : tout ce que nous avions y passa, et le père nous quitta... ! J'ai peiné et trimé, peiné et trimé à cause de cet enfant, j'ai lavé des escaliers, lavé du linge, du gros et du fin, mais cela n'ira pas mieux, c'est Notre-Seigneur qui le veut ! Pourtant, il finira bien par me délivrer et prendra soin du garçon. »

Puis elle s'endormit.

Dans la matinée, elle reprit des forces et se sentit assez vaillante, crut-elle, pour retourner à son travail. Elle venait d'entrer dans l'eau froide quand elle fut saisie d'un tremblement, d'une faiblesse ; elle essaya convulsivement de se raccrocher de la main, fit un pas pour remonter et tomba à la renverse. Sa tête gisait sur la terre sèche, mais elle avait les pieds dans la rivière, ses sabots qu'elle avait gardés pour entrer dans l'eau — chacun contenant un bouchon de paille — furent emportés par le courant. C'est là que Maren, qui apportait du café, la trouva.

Le maire lui avait envoyé un message chez elle, disant qu'elle devait venir le trouver sur-le-champ, il avait quelque chose à lui dire. C'était trop tard. On envoya chercher un barbier pour lui faire une saignée. La lavandière était morte.

« Elle s'est rendue ivre morte ! » dit le maire.

La lettre qui annonçait la nouvelle de la mort du frère donnait le contenu de son testament, il y était dit qu'il léguait six cents rixdales à la veuve du gantier qui, un jour, avait servi chez ses parents. Cet argent lui serait donné, à elle et son enfant, en parts plus ou moins importantes, au mieux de leurs intérêts.

« Il y a eu je ne sais quel micmac entre mon frère et elle ! dit le maire. Une bonne chose qu'elle ne soit plus là. Le gamin recevra tout, je le placerai chez de braves gens, il peut devenir un bon artisan... ! » Et dans ces paroles, Notre-Seigneur mettait sa bénédiction.

Et le maire fit venir le garçon, promit de s'occuper

de lui et lui dit comme c'était une bonne chose que sa mère fût morte, elle n'était bonne à rien !

Elle fut portée au cimetière, au cimetière des pauvres. Maren planta un petit rosier sur la tombe, le gamin était à ses côtés.

« Ma gentille mère ! » dit-il, et ses larmes ruisselaient. « Est-ce que c'est vrai qu'elle n'était bonne à rien ?

— Mais si, elle était bonne à quelque chose ! » dit la vieille fille en levant les yeux au ciel. « Je le sais depuis bien des années et depuis la dernière nuit où elle m'a parlé. Je te le dis : elle était bonne ! et Notre-Seigneur au royaume des cieux le dit aussi, il n'y a que les gens d'ici-bas pour dire : *elle n'était bonne à rien.* »

DEUX DEMOISELLES

As-tu jamais vu une demoiselle ? C'est-à-dire, ce que les paveurs appellent une demoiselle, celle qui sert à tasser les pavés. Elle est complètement en bois, large et cerclée de fer dans le bas, et mince dans le haut, avec un bâton ; ce bâton, ce sont ses bras.

Dans le dépôt du matériel, il y avait deux de ces demoiselles, elles étaient parmi les pelles, les toises et les brouettes et le bruit courait que l'on n'appellerait plus « demoiselle » la demoiselle, mais « pilon » : c'est la dénomination la plus récente et la seule correcte, dans le langage des paveurs, pour ce que nous appelions, autrefois, une demoiselle.

Or il existe, parmi nous autres humains, une chose que l'on appelle « femme émancipée[1] » où l'on compte les directrices d'écoles, les sages-femmes, les danseuses qui, dans l'exercice de leurs fonctions, sont capables de se tenir sur une seule jambe, les modistes et les gardes-malades, et à cette catégorie d'« émancipées » se rallièrent aussi les deux demoiselles du dépôt de matériel. C'étaient des demoiselles des Ponts et Chaussées et, pour rien au monde, elles ne voulaient abandonner leur bon vieux nom pour se faire appeler « pilon » !

« *Demoiselle*, c'est un nom de personne, disaient-elles, mais *pilon*, c'est une chose, et nous ne nous laisserons pas appeler "chose", ce serait se faire injurier !

— Mon fiancé est bien capable de rompre avec moi », dit la plus jeune qui était fiancée à un mouton[1] : c'est une de ces grosses machines qui enfoncent des pieux et qui, donc, font dans le massif ce que la demoiselle fait dans le fin. « Il veut m'épouser en tant que demoiselle, mais peut-être pas comme pilon et donc, je ne peux pas me laisser rebaptiser !

— Absolument ! Je me ferais plutôt casser les deux bras ! » dit l'aînée.

Toutefois, la brouette était d'un autre avis, et la brouette, c'était quelque chose, elle se tenait pour un quart de charrette, étant donné qu'elle marchait sur une roue.

« Force m'est de vous dire, tout de même, que le fait d'être appelée "demoiselle" est passablement ordinaire et pas aussi chic, tant s'en faut, que d'être appelée "pilon", car en portant ce nom-là, on passe au rang des tampons, et pensez au tampon de la loi, c'est cela qui donne son sceau à la loi. À votre place, je renoncerais à la "demoiselle" !

— Jamais ! je suis trop vieille pour cela ! dit l'aînée.

— C'est que vous ne devez pas connaître une chose que l'on appelle la nécessité européenne[2], dit l'honnête vieille toise. Il faut se limiter, se soumettre, se plier à l'époque et à la nécessité, et si la loi veut que l'on appelle "pilon" la demoiselle, il *faut* qu'on l'appelle "pilon". Il y a une toise pour chaque chose !

— Alors, je préférerais, dit la plus jeune, me faire appeler, au pire, "donzelle", *donzelle* conserve tout de même un petit goût de *demoiselle*, toujours !

— Mais moi, je préfère me faire hacher menu ! » dit la vieille demoiselle.

Puis l'on se rendit au travail. Les demoiselles étaient en voiture, on les avait posées dans la brouette : c'était toujours un traitement délicat, mais « pilons » on les appela.

« Dem... ! » dirent-elles en tassant les pavés. « Dem... ! » Et elles furent sur le point de dire le mot *demoiselle* tout entier, mais elles l'écourtèrent, elles le ravalèrent, car elles considéraient qu'elles n'avaient même pas à répondre. Pourtant, entre elles, elles s'interpellaient toujours du nom de « demoiselle », en faisant l'éloge du bon vieux temps où l'on appelait chaque chose par son vrai nom et où l'on était appelée « demoiselle » quand on était une demoiselle. Et elles le restèrent toutes les deux car le mouton, la grosse machine, rompit réellement avec la plus jeune, il ne voulait pas se lier à un pilon.

LE DERNIER RÊVE DU VIEUX CHÊNE

(Un conte de Noël)

En haut de la pente, dans la forêt, au bord du rivage, il y avait un très vieux chêne qui avait exactement trois cent soixante-cinq ans, mais pour cet arbre, cette longue durée n'était pas plus importante que le même nombre de jours pour nous autres hommes ; nous veillons le jour, nous dormons la nuit et c'est alors que nous rêvons. Pour l'arbre, il en va autrement, l'arbre est réveillé pendant trois saisons, ce n'est qu'en hiver qu'il dort, l'hiver est son époque de sommeil, c'est sa nuit après la longue journée qui s'appelle printemps, été et automne.

Pendant maint jour d'été, l'éphémère avait dansé autour de sa cime, il avait vécu, plané et s'était senti heureux : que la petite créature se repose un instant dans une calme béatitude sur l'une des grandes feuilles fraîches du chêne, l'arbre disait toujours : « Pauvre petit ! Toute ta vie ne dure qu'un seul jour ! Comme c'est court tout de même ! c'est bien triste !

— Triste ! répondait toujours l'éphémère, que veux-tu dire par là ? Tout est d'une clarté si incomparable, si chaud, si délicieux, et je suis si content !

— Mais un jour seulement, et puis tout est fini !

— Fini ! disait l'éphémère. Qu'est-ce qui est fini ? Es-tu fini, toi aussi ?

— Non, je vivrai peut-être des milliers de tes jours, et mon jour, ce sont des saisons entières ! c'est une chose si longue, tu ne peux simplement pas calculer ça !

— Non, parce que je ne te comprends pas ! Tu as des milliers de mes jours, mais j'ai des milliers d'instants où être si content et heureux ! Est-ce que toute cette splendeur du monde cesse quand tu meurs ?

— Non, dit l'arbre, elle continue certainement, infiniment plus longtemps que je ne peux l'imaginer !

— Alors, nous sommes aussi bien partagés, c'est seulement que nous ne calculons pas de la même façon ! »

Et l'éphémère dansait et prenait son essor, tout joyeux dans l'air chaud tout épicé du parfum du champ de trèfle et des églantines de la palissade, du sureau et des chèvrefeuilles, sans parler des muguets, des primevères et des menthes sauvages. C'était un parfum si fort que l'éphémère avait l'impression d'en être un peu enivré. La journée était longue et délicieuse, pleine de joie et de sensations exquises, et quand le soleil descendait, le petit insecte se sentait toujours agréablement fatigué de tout ce plaisir. Son aile ne voulait plus le porter et, tout doucement, il se laissait glisser sur le brin d'herbe tendre et vacillant, hochait la tête à sa façon et s'endormait heureux, c'était la mort.

« Pauvre petit éphémère, disait le chêne, c'est tout de même une vie trop brève ! »

Et chaque jour d'été reprenait la même danse, les mêmes propos et réponses, le même engourdissement. Cela se répétait sur des générations entières d'éphémères, et tous, ils étaient aussi heureux, aussi contents.

Le chêne restait éveillé son matin de printemps, son midi d'été, son soir d'automne, ce serait bientôt son temps de sommeil, sa nuit, l'hiver allait venir.

Déjà, les orages chantaient : « Bonne nuit, bonne nuit ! une feuille est tombée, une feuille est tombée ! Nous cueillons, nous cueillons ! prépare-toi à dormir ! nous allons chanter, nous allons te secouer pour t'endormir, mais cela fait du bien à tes vieilles branches, pas vrai ? elles craquent de pur plaisir ! dors bien, dors bien ! c'est ta trois cent soixante-cinquième nuit, en fait, tu n'es qu'un tout petit d'un an ! dors bien ! Le nuage te couvre de neige, cela va faire un drap, une couverture tiède sur tes pieds ! dors bien et fais de beaux rêves ! »

Et le chêne se trouva dégarni de son feuillage pour se reposer tout ce long hiver et y faire force rêves, toujours sur quelque chose de vécu comme dans les rêves des hommes.

Lui aussi, il avait été petit, un jour, eh oui ! un gland avait été son berceau. Selon la façon de compter des hommes, il vivait son quatrième siècle maintenant. C'était le plus grand, le plus important arbre de la forêt, sa cime dominait de haut tous les autres arbres ; en mer, on la voyait de loin, elle servait de repère aux bateaux. Il n'imaginait simplement pas combien de regards le cherchaient. Tout en haut de sa cime verte, les ramiers bâtissaient leur nid, le coucou y chantait et en automne, quand les feuilles avaient l'air de plaques de cuivre martelé, les oiseaux migrateurs venaient s'y reposer avant de s'envoler au-dessus de la mer. Maintenant, c'était l'hiver, l'arbre restait sans feuilles, on voyait parfaitement comme ses branches s'étiraient, courbées et tordues. Corneilles et choucas venaient s'y poser tour à tour et parlaient des temps difficiles qui commençaient, disant comme il était dur de trouver sa pitance en hiver.

C'était précisément l'époque sainte de Noël. Alors, l'arbre fit son rêve le plus merveilleux. Nous allons l'entendre.

L'arbre avait nettement la sensation que c'était un temps de fête, il avait l'impression d'entendre sonner toutes les cloches des églises à la ronde et, de plus, c'était comme une délicieuse journée d'été, douce et chaude. Il déployait, frais et vert, sa puissante frondaison, les rayons du soleil jouaient parmi les feuilles et les branches, l'air était empli du parfum des herbes et des buissons. Des papillons bigarrés jouaient à « chat » et les éphémères dansaient, comme si tout n'existait que pour qu'ils dansent et s'amusent. Tout ce qu'au cours des années l'arbre avait vécu et vu autour de lui passait comme en un cortège de fête. Il voyait, venus des temps anciens, des chevaliers et des dames, plume au chapeau et faucon sur le poing, chevauchant à travers la forêt. Le cor de chasse résonnait et les chiens donnaient de la voix. Il voyait des soldats ennemis aux armes luisantes et en habits bariolés, avec leurs lances et leurs hallebardes, planter leurs tentes puis les replier. Les feux de bivouac flambaient et l'on chantait, on dormait sous les branches déployées de l'arbre. Il voyait des amoureux se rencontrer là, dans un bonheur paisible, au clair de lune, et graver leurs noms, l'initiale, dans son écorce gris-vert. Un jour, oh ! bien des années avant, des cithares et des harpes éoliennes avaient été accrochées aux branches du chêne par de joyeux compagnons en voyage, elles se retrouvaient là, elles résonnaient de nouveau, délicieusement. Les ramiers roucoulaient comme s'ils voulaient raconter ce que ressentait l'arbre, et le coucou chantait combien de jours d'été il allait vivre.

Alors ce fut comme si un nouveau courant de vie ruisselait jusqu'en bas dans ses moindres racines et remontait à ses branches les plus élevées, jusque dans ses feuilles. L'arbre sentit qu'il s'étirait, il percevait même par ses racines comme, dans la terre aussi, il y avait vie et chaleur. Il sentit sa force s'accroître, il poussait de plus en plus. Son tronc grandissait, il n'y avait plus de pause, il croissait toujours davantage, sa frondaison se faisait de plus en plus touffue, s'élargissait, s'élevait... et à mesure qu'il grandissait, grandissait aussi son bien-être, son ineffable désir d'atteindre toujours plus haut, jusqu'au soleil brillant et chaud.

Il était déjà au-dessus des nuages qui, comme de sombres bandes d'oiseaux migrateurs ou de grands vols de cygnes blancs, passaient au-dessous de lui.

Et chacune des feuilles de l'arbre voyait comme si elle avait des yeux. Les étoiles devenaient visibles en plein jour, grandes et éblouissantes. Chacune scintillait comme des yeux doux et clairs. Elles rappelaient des yeux connus et chers, des yeux d'enfants, des yeux d'amoureux lorsqu'ils se rencontraient sous l'arbre.

Ce fut un moment exquis, rempli de joie ! Et pourtant, dans toute cette liesse, il éprouvait un regret, une envie de voir tous les autres arbres de la forêt, en dessous, tous les buissons, les plantes et les fleurs s'élever aussi, sentir et concevoir cet éclat et cette joie. Le chêne puissant dans tout son rêve de splendeur n'était pas pleinement heureux s'il ne les avait pas tous avec lui, petits et grands, et ce sentiment tremblait parmi ses branches et ses feuilles, aussi profondément, aussi fort que dans une poitrine humaine.

La cime de l'arbre s'agita comme si elle cherchait ce qui lui manquait, elle regarda en arrière. Alors, elle sentit le parfum des petits muguets et bientôt, encore plus fort, celui des chèvrefeuilles et des violettes, elle crut entendre le coucou lui répondre.

Mais oui ! à travers les nuages percèrent les cimes vertes de la forêt, le chêne vit, en dessous de lui, les autres arbres grandir et s'élever comme lui. Buissons et plantes jaillissaient. Certains s'arrachaient avec leurs racines pour voler plus vite. Le bouleau fut le plus rapide. Comme un éclair blanc, son svelte tronc monta dans un crépitement, ses branches ondoyaient comme voiles et drapeaux verts. Toute la nature de la forêt, et même le roseau aux plumeaux bruns, grandissait aussi, et les oiseaux suivaient en chantant, et sur son brin d'herbe qui ondulait librement et volait comme un long ruban de soie verte, la sauterelle faisait de la musique, l'aile sur la patte. Les hannetons vrombissaient et les abeilles bourdonnaient, tous les oiseaux avaient au bec une chanson, tout n'était que chant et joie jusqu'au plus profond du ciel.

« Mais la petite fleur bleue au bord du lac, il faudrait qu'elle soit là aussi ! dit le chêne. Et la campanule rouge ! et la petite pâquerette !... » Eh oui ! le chêne les voulait toutes avec lui !

« Nous t'accompagnons ! nous t'accompagnons ! » entendait-on chanter et résonner.

« Mais les beaux petits muguets de l'été dernier... et l'année précédente, il y avait ici toute une floraison de muguets !... et le pommier sauvage, comme il était superbe... ! et toute la parure de la forêt pendant des années, pendant tant d'années... ! si seulement elle avait vécu jusqu'à maintenant, elle aussi aurait pu nous accompagner !

— Nous t'accompagnons ! nous t'accompagnons ! » entendit-on chanter et résonner encore plus haut, on aurait dit qu'elles avaient pris les devants dans leur vol.

« Non, c'est incroyable, c'est trop beau ! exulta le vieux chêne. Je les ai tous ! Petits et grands ! Pas un n'est oublié ! Tout de même, comment est-ce possible, comment est-ce pensable, toute cette félicité !

— Au ciel de Dieu, c'est possible, c'est pensable ! » entendit-on chanter.

Et l'arbre, qui grandissait toujours, sentit que ses racines se détachaient du sol.

« Voilà qui est parfait, dit l'arbre, maintenant, aucun lien ne me retient ! Je peux voler vers les hauteurs suprêmes dans la lumière et la gloire ! et j'ai tous mes êtres chers avec moi ! Petits et grands ! Tous !

— Tous ! »

Tel fut le rêve du vieux chêne, et tandis qu'il rêvait, une violente tempête déferla sur la mer et la terre en cette sainte nuit de Noël. La mer roula de lourdes vagues sur le rivage, l'arbre craqua, cassa et fut arraché avec ses racines au moment précis où il rêvait que ses racines se détachaient. Il tomba. Ses trois cent soixante-cinq années étaient maintenant comme un jour pour l'éphémère.

Le matin de Noël, quand le soleil parut, la tempête s'était calmée. Toutes les cloches d'églises sonnaient pour la fête, et de chaque cheminée, de la plus petite même sur le toit du métayer, montait une fumée bleuâtre comme, de l'autel où le druide officie, la fumée de sacrifice et d'action de grâces. La mer s'apaisa de plus en plus et sur un gros navire qui avait dû, cette nuit-là, essuyer la tempête, tous les drapeaux furent hissés pour fêter joliment Noël.

« L'arbre a disparu ! Le vieux chêne, notre repère sur la côte ! dirent les marins. Il est tombé dans cette nuit de tempête ! Qui va pouvoir le remplacer ? Personne ! »

Voilà l'oraison funèbre, brève mais bienveillante, que reçut l'arbre gisant sur le tapis de neige du bord du rivage. Retentit jusqu'à lui le cantique que l'on chantait sur le bateau, disant la joie de Noël, le salut des hommes par le Christ et la vie éternelle :

Chante haut dans les nues, peuple de l'église de Dieu !
Alléluia ! Nous voici comblés,
Cette joie est sans pareille !
Alléluia, alléluia[1] *!*

Voilà ce que disait le vieux cantique et chacun à sa façon, là-bas sur le bateau, fut exalté par ce chant et cette prière, tout comme le vieil arbre s'était élevé dans son dernier, son plus merveilleux rêve, la nuit de Noël.

UNE HISTOIRE DES DUNES

C'est une histoire des dunes du Jutland, mais ce n'est pas là qu'elle commence, non, c'est bien loin dans le Midi, en Espagne. Une route pour aller d'un de ces pays à l'autre, c'est la mer. Imagine que tu es là-bas, en Espagne ! Il y fait chaud, c'est ravissant. Les fleurs flamboyantes des grenadiers y poussent parmi les lauriers sombres. Des montagnes souffle un vent rafraîchissant sur les orangeraies et les magnifiques salles mauresques aux coupoles dorées, aux murs de couleurs. Des enfants passent en procession par les rues, portant des lumières et des drapeaux flottants et au-dessus d'eux s'élève, haut et clair, le ciel avec ses étoiles scintillantes, chansons et castagnettes résonnent, garçons et filles dansent en rond sous les acacias en fleur tandis que le mendiant, assis sur le marbre sculpté, se rafraîchit du savoureux melon d'eau et passe sa vie à somnoler. Le tout est comme un rêve délicieux, et s'y laisser aller... eh bien ! c'est tout à fait ce que faisaient deux jeunes nouveaux mariés, il faut dire que tous les biens de la terre leur étaient donnés : santé, bonne humeur, richesse et honneur.

« Nous sommes aussi heureux que l'on peut l'être ! »

disaient-ils d'un cœur pleinement convaincu. Toutefois, ils pouvaient s'élever d'un degré encore dans le bonheur et cela se produirait quand Dieu leur accorderait un enfant, un fils qui leur ressemblerait de corps et d'âme.

Cet heureux enfant serait accueilli dans l'exultation, il trouverait une sollicitude et un amour extrêmes, tout le bien-être que peuvent créer la richesse et une famille influente.

Les jours s'écoulaient pour eux comme une fête.

« La vie est une grâce de l'amour, d'une grandeur presque inconcevable ! disait la femme, et l'on dit que la plénitude de cette félicité peut croître dans l'autre vie et pour une éternité... ! je ne parviens pas à concevoir cette pensée !

— Et c'est sûrement de la présomption humaine ! dit l'homme. Au fond, c'est un orgueil épouvantable de croire que l'on vivra éternellement... que l'on deviendra comme Dieu ! C'est bien aussi ce que disait le serpent qui était maître du mensonge.

— Tu ne doutes tout de même pas qu'il y ait une vie après celle-ci ? » demanda la jeune épouse, et ce fut comme si, pour la première fois, une ombre passait dans le royaume ensoleillé de leurs pensées.

« La foi le promet, les prêtres le disent ! dit le jeune mari, mais précisément, dans tout mon bonheur, je sens et je reconnais qu'il y a de l'orgueil, de la présomption à réclamer une autre vie après celle-ci, une félicité prolongée... ne nous est-il pas donné tellement ici, dans cette existence, que nous puissions et devions être satisfaits !

— Certes, à nous, cela a été donné ! dit la jeune femme, mais pour combien de milliers de gens cette vie n'a-t-elle pas été une lourde épreuve : combien ne sont-ils pas pour ainsi dire jetés en ce monde pour la misère, la honte, la maladie et le malheur ? Non, s'il n'y avait pas une vie après celle-ci, tout sur cette terre serait trop inégalement réparti. Alors, Dieu ne serait pas justice.

— Le mendiant ici-bas a des joies aussi grandes pour lui que le roi dans son riche château ! dit le jeune mari, et tu ne crois pas que la bête de somme que l'on rosse, qui a faim et se tue à la tâche ne ressent pas le poids de son existence ? Elle aussi pourrait exiger une autre vie, déclarer injuste qu'on ne l'ait pas placée au rang le plus élevé de la création !

— Au royaume des Cieux, il y a de nombreuses demeures, a dit le Christ[1] ! répondit la jeune femme, le royaume des Cieux, c'est l'infini, comme l'est l'amour de Dieu... ! L'animal aussi est une créature et aucune vie, je crois, ne périra, elle gagnera toute la félicité qu'elle peut accueillir et qui lui suffira.

— À moi, ce monde suffit ! » dit le mari en prenant dans ses bras sa charmante, sa ravissante femme. Il fumait sa cigarette sur la terrasse où l'air frais était tout plein du parfum des oranges et des œillets. De la rue venaient les accents de la musique et des castagnettes, les étoiles scintillaient au ciel et deux yeux pleins d'amour, les yeux de sa femme, le regardaient dans l'ardeur éternelle de l'amour.

« Pour avoir une telle minute, dit-il, il vaut bien la peine d'être né, d'avoir des sentiments et... de disparaître ! » Il sourit, sa femme fit, de la main, un geste de doux reproche... et le nuage fut reparti, ils étaient trop heureux.

Et tout paraissait se disposer pour qu'ils progressent

en honneur, en joie et en bien-être. Un changement survint, mais de lieu seulement, non dans le fait de jouir et de gagner les joies et les plaisirs de la vie. Le jeune homme fut envoyé par son roi comme ambassadeur à la cour impériale de Russie, c'était un poste honorifique auquel sa naissance et ses capacités lui donnaient droit. Il avait une grosse fortune, sa jeune femme lui en avait apporté une qui n'était pas moindre, elle était fille du marchand le plus riche et le plus considéré. Cette année-là précisément, un des plus gros et des meilleurs bateaux de ce marchand devait aller à Stockholm, il emmènerait les chers enfants, la fille et le gendre, à Pétersbourg, et l'on fit des aménagements royaux à bord : tapis moelleux, soie et splendeur partout.

Il y a une vieille ballade héroïque[1] que tous les Danois connaissent sûrement : elle s'appelle « Le Fils du roi d'Angleterre ». Lui aussi navigue sur un superbe bateau, ses ancres sont incrustées d'or rouge, chaque cordage est tressé de soie. On pouvait penser à ce bateau-là en voyant celui d'Espagne, c'était la même splendeur, la même pensée d'adieu :

Dieu ! fais que nous nous retrouvions tous avec joie !

Et un vent vif souffla de la côte espagnole, les adieux furent brefs. En quelques semaines, ils devaient pouvoir atteindre le but de leur voyage. Mais lorsqu'ils furent au large, le vent tomba, la mer fut d'huile, l'eau brillait, les étoiles du ciel scintillaient, c'étaient comme des soirées de fête dans la somptueuse cabine.

On finit pourtant par espérer un souffle d'air, un bon vent favorable, mais il ne venait pas. S'il se levait, il était toujours contraire. Ainsi passèrent des semaines, deux mois entiers, en fait, ce ne fut qu'alors que le vent devint favorable, il soufflait vers le sud-ouest, ils étaient alors à mi-chemin de l'Écosse et du Jutland, et le vent fraîchit, exactement comme dans la vieille ballade du « Fils du roi d'Angleterre » :

Et l'orage souffla, les nues s'assombrirent,
Ils ne savaient où trouver terre ni abri,
Alors s'en furent jeter l'ancre propice
Mais vers l'ouest au Danemark les poussa le vent.

Il y a bien longtemps de cela. Le roi Christian VII était sur le trône de Danemark et était jeune, alors. Il s'est passé bien des choses depuis ce temps-là, beaucoup de revers de fortune et de changements. Mer et marécages sont devenus des prairies fertiles, la lande a été cultivée et à l'abri de la maison du Jutlandais de l'Ouest poussent pommiers et rosiers, mais il faut les chercher car ils se coulent à l'abri des âpres vents d'ouest. Là-haut, on peut très bien se croire revenu à des temps plus reculés que le règne de Christian VII. Comme alors, en Jutland, la lande brune s'étend encore sur des lieues, avec ses tertres, ses mirages, ses chemins accidentés, entrecroisés et sablonneux. À l'ouest, où de grands cours d'eau se jettent dans les fjords, s'étalent des prairies et des marécages délimités par de hautes falaises qui, comme une chaîne alpine aux cimes en dents de scie, s'enlèvent au-dessus de la mer, interrompues seulement par de hautes pentes argileuses dont la mer, année par année, enlève des bouchées géantes si bien que collines et hauteurs s'effondrent comme secouées par un tremblement de terre. Telle cette côte aujourd'hui, telle elle était il y a bien des années, quand les heureux jeunes gens voguaient sur le superbe bateau.

C'était à la fin de septembre, un dimanche ensoleillé, les accents des cloches des églises se rejoignaient le long du Nissumfjord, les églises s'y dressent comme des pierres géantes sculptées, chacune d'elles est un fragment de montagne. La mer du Nord pourrait déferler sur elles, elles résisteraient. La plupart n'ont pas de clocher, les cloches pendent à l'air libre entre deux poutres. L'office était terminé, les paroissiens allèrent de la maison de Dieu au cimetière où, en ce temps-là comme aujourd'hui encore, il n'y avait ni arbre ni buisson, pas de fleur plantée ou de couronne posée sur la tombe. De petits monticules indiquent l'endroit où sont enterrés les morts, une herbe dure, fouettée par le vent, pousse dans tout le cimetière. Peut-être, çà et là, une tombe porte-t-elle un monument, c'est-à-dire un tronc d'arbre décomposé, taillé en forme de cercueil. Ce morceau de bois vient de la forêt du domaine de l'Ouest : la mer sauvage. C'est là, pour le riverain, que poussent les poutres, les planches et les bois à tailler que le ressac apporte sur la côte. Le vent et la brume de mer désagrègent bientôt ce bout de bois posé là. Il y en avait un de ce genre sur une tombe d'enfant, et c'est là que se rendit une des femmes qui venaient de l'église. Elle resta immobile, regardant le bout de bois à demi décomposé ; peu après survint son mari. Ils ne dirent pas un mot, il la prit par la main, ils quittèrent la tombe pour la lande brune, traversèrent le marécage et se dirigèrent vers les dunes. Longtemps, ils marchèrent en silence.

« Le sermon était bon, aujourd'hui, dit l'homme. Si l'on n'avait pas Notre-Seigneur, on n'aurait rien !

— Oui, répondit la femme, il donne joie et chagrin ! Il en a le droit... ! Demain, notre petit garçon aurait eu cinq ans si nous avions pu le garder.

— Il ne sert à rien de t'affliger ! dit l'homme. Il s'en est bien tiré ! Car il est maintenant là où il nous faut prier d'arriver nous-mêmes. »

Et ils ne parlèrent pas davantage, ils allèrent vers leur maison parmi les dunes. Soudain, d'une de ces dunes où les oyats ne retenaient pas le sable, une sorte de fumée épaisse s'éleva, c'était un coup de vent qui s'enfonçait dans la dune et faisait tourbillonner en l'air le sable fin. Il y eut encore une saute de vent qui fit claquer contre le mur de la maison tous les poissons pendus à des cordes pour sécher, et tout redevint calme. Le soleil était très chaud.

Mari et femme entrèrent dans la maison, ils eurent bientôt enlevé leurs habits du dimanche, puis se dépêchèrent de traverser les dunes qui formaient comme d'énormes vagues de sable arrêtées brusquement dans leur mouvement. Les tiges raides, bleu-vert, de l'avoine des sables et de l'oyat faisaient quelque variation de couleur sur le sable blanc. Quelques voisins arrivèrent, ils s'entraidèrent à remonter les barques sur le sable, le vent se fit plus fort, il était d'un froid mordant et quand ils retraversèrent les dunes, le sable et les petits cailloux aigus leur fouettèrent le visage. Les vagues s'enlevaient en arêtes blanches que découpait la bise, faisant rejaillir l'écume.

Ce fut le soir, l'air vibrait d'un bruissement croissant qui hurlait, geignait comme une légion d'esprits désespérés, il couvrait le roulement de la mer, bien que la maison du pêcheur en fût si près. Le sable fouaillait les vitres et, par moments, arrivait une rafale qui semblait ébranler la maison sur ses fondations. Il faisait noir, mais la lune devait se lever vers minuit.

L'atmosphère s'éclaircit, mais la tempête sévissait de toute sa puissance sur la mer profonde et noirâtre. Les pêcheurs s'étaient couchés depuis longtemps déjà, mais il ne pouvait être question de fermer l'œil par un temps pareil ; alors, on frappa à la fenêtre, la porte s'ouvrit et l'on dit :

« Il y a un gros navire qui s'est pris dans le banc de sable le plus éloigné ! » D'un bond, les pêcheurs furent hors du lit et habillés.

La lune avait paru, il faisait assez clair pour voir, si l'on avait pu garder les yeux ouverts dans la tempête de sable, il faisait un tel vent qu'on ne pouvait marcher contre lui qu'à grand-peine. On traversa les dunes en rampant entre les rafales. Comme duvet de cygne, volait l'écume salée de la mer qui déferlait sur la côte dans un roulement de chute bouillonnante. Il fallait vraiment un œil exercé pour découvrir tout de suite le vaisseau là-bas. C'était un magnifique deux-mâts, il s'élevait, en ce moment précis, sur le banc de sable, à trois ou quatre encablures de la grève, il dériva vers la côte, heurta un second banc de sable et s'y fixa. Impossible de porter secours, la mer était trop violente, elle cinglait le navire et passait par-dessus. On crut entendre des cris de détresse, des appels d'une angoisse mortelle, on devinait une agitation fébrile, vaine. Une lame survint alors qui, comme un roc écrasant, tomba sur le beaupré, lequel disparut, la poupe s'éleva au-dessus de l'eau, bien haut. Deux personnes sautèrent, ensemble, dans la mer, elles disparurent... en un instant... et l'une des plus grosses vagues qui déferlait sur les dunes rejeta un corps sur le rivage... c'était une femme, un cadavre, pouvait-on croire. Quelques femmes la prirent en titubant et crurent déceler un signe de vie, on la transporta au-delà des dunes à la maison du pêcheur. Comme elle était belle et délicate, sûrement une grande dame !

Ils la posèrent sur le pauvre lit. Il n'y avait pas de draps de lin, il y avait un drap de laine dont s'envelopper, cela donnait une bonne chaleur.

Elle reprit vie, mais fiévreuse, elle ne savait absolument pas ce qui s'était passé, où elle était et c'était une bonne chose aussi, car tout ce qui lui était cher gisait au fond de la mer, il en allait d'eux, là-bas, comme le chante la ballade héroïque sur « Le Fils du roi d'Angleterre » :

Ce fut grand deuil de voir ensuite
Le bateau brisé en menus morceaux.

Des épaves, des bouts de bois échouèrent sur la côte, la femme était la seule survivante. Le vent passait encore en hurlant sur la côte, elle eut quelques instants de calme, mais douleurs et cris vinrent bientôt, elle ouvrit ses yeux ravissants, dit quelques mots mais personne ne put comprendre.

Et alors, en échange de toutes ses souffrances et de ses peines, elle tint dans ses bras un enfant nouveau-né, il aurait dû reposer sur un lit d'apparat avec des rideaux de soie, dans la luxueuse maison ! il aurait dû être accueilli dans l'exultation pour une vie riche de tous les biens de la terre, et Notre-Seigneur l'avait fait naître dans ce pauvre réduit ! Il n'eut pas même un baiser de sa mère.

La femme du pêcheur posa l'enfant sur le sein de sa mère : il resta là près d'un cœur qui ne battait plus, elle était morte. L'enfant qui aurait dû être élevé dans la richesse et le bonheur fut jeté en ce monde, rejeté par la mer sur les dunes pour subir le lot et les jours pénibles du pauvre.

Et là, nous revient toujours à l'esprit la vieille chanson :

Le fils du roi, les larmes lui coulèrent sur la joue,
Par le Christ, me voici à Bovbjerg !
J'ai pris un si mauvais cours !
Mais si j'étais venu au fief de messire Bugge[1],
Chevalier ni valet ne m'eussent enlevé !

Le bateau s'était échoué un peu au sud du Nissumfjord, sur le rivage qu'un jour messire Bugge avait décrété sien. Les dures époques inhumaines où les habitants de la côte ouest agissaient mal, comme on dit, envers les naufragés, étaient révolues depuis longtemps, amour et bon cœur, dévouement pour les naufragés s'y trouvaient alors, comme maintenant ils brillent sous leurs plus nobles habits. La mère mourante et le pauvre enfant auraient trouvé tendresse et soins, où que « la bise eût soufflé », mais nulle part avec plus d'intensité que chez la pauvre femme de pêcheur qui, la veille encore, était, le cœur lourd, auprès de la tombe où gisait son enfant : ce jour-là, il aurait atteint sa cinquième année si Dieu lui avait accordé de vivre.

Nul ne savait qui était cette étrangère morte, ni d'où

elle venait. Les débris et les morceaux de bois du bateau n'en disaient rien.

En Espagne, dans la riche maison, n'arrivèrent jamais lettres ou messages de la fille ou du gendre. Ils n'étaient pas arrivés à destination, de violentes tempêtes avaient fait rage les dernières semaines. On attendit des mois... « Naufrage total. Perdu corps et biens ! » on le savait.

Mais près de la dune de Husby, dans la maison du pêcheur, on avait maintenant un petit bonhomme.

Là où Dieu en donne pour deux, il doit bien y avoir aussi de quoi manger un peu pour un troisième. Et tout près de la mer, il y a sûrement un plat de poisson pour une bouche affamée. Le petit fut appelé Jørgen.

« C'est sûrement un enfant juif ! disait-on, il a le teint si sombre ! — C'est peut-être aussi un Italien ou un Espagnol ! » disait le pasteur. La femme du pêcheur trouvait que les trois revenaient au même, et elle se consolait en se disant que l'enfant avait été baptisé. Le gamin prospéra, son sang noble gardait sa chaleur et prenait des forces dans ce pauvre régime ; il grandit dans l'humble maison. Le danois, tel que le parle le Jutlandais de l'Ouest, fut sa langue. La graine de grenadier du sol d'Espagne devint la plante d'oyat sur la côte occidentale du Jutland, voilà jusqu'où un homme peut aller ! D'année en année, il s'enracina dans ce foyer. Il allait éprouver faim et froid, besoin et détresse du pauvre, mais aussi les joies du pauvre.

L'enfance a, pour tout le monde, ses sommets lumineux qui irradient ensuite toute la vie. Que de plaisirs et de jeux il eut ! Le rivage tout entier, sur des lieues, lui proposait des jouets : une mosaïque de galets, rouges comme des coraux, jaunes comme l'ambre, blancs et ronds comme des œufs d'oiseaux, de toutes les couleurs et tous, lissés et polis par la mer. Même l'arête desséchée des poissons, les plantes marines séchées au vent, les algues d'une blancheur éclatante, longues et minces comme des rubans voltigeant parmi les pierres, tout était jeu et plaisir pour l'œil et la pensée, et le garçon était un enfant éveillé, il possédait de grands talents, et nombreux. Comme il était habile à se rappeler les histoires et les chansons qu'il entendait, et il était adroit de ses mains ! Il composait, de cailloux et de coquilles, des navires entiers et des tableaux pour décorer la salle ; il savait merveilleusement exprimer ses pensées dans un bout de bois qu'il taillait, disait sa mère adoptive, et pourtant, il était petit encore ! Sa voix avait des accents délicieux, il avait spontanément des mélodies aux lèvres. Bien des cordes étaient tendues dans sa poitrine, elles auraient pu résonner de par le monde s'il s'était trouvé ailleurs que dans cette maison de pêcheurs au bord de la mer du Nord.

Un jour, un bateau s'échoua : une caisse de fleurs à bulbes, d'espèces rares, dériva jusqu'à terre. On prit certains pour les fourrer dans la marmite en croyant qu'on pourrait les manger, d'autres pourrirent dans le sable, ils ne parvinrent pas à leur destination qui est de déployer la magnificence de leurs couleurs, la splendeur qu'ils recèlent... les choses iraient-elles mieux pour Jørgen ? C'en fut bientôt fini des bulbes de fleurs. L'attendaient, lui, encore des années d'épreuves.

Il ne lui vint jamais à l'idée, non plus qu'aux autres là-bas, que la journée s'écoulait, solitaire et monotone : il y avait tant à faire, à entendre et à voir. La mer elle-même était un grand manuel, chaque jour elle offrait une page nouvelle, calme plat, houle, bise et tempête. Les naufrages étaient les points culminants. Le service religieux était comme une visite de fête, toutefois, parmi les visites, il y en avait une qui était particulièrement agréable, dans la maison du pêcheur. Elle avait lieu deux fois par an, c'était la visite de l'oncle maternel, le marchand d'anguilles[1] de Fjaltring, près de Bovbjerg. Il arrivait en voiture peinte en rouge, remplie d'anguilles, la voiture était fermée comme un coffre et peinte de tulipes bleues et blanches. Elle était tirée par deux bœufs d'un jaune pâle et Jørgen avait la permission de les conduire.

Le marchand d'anguilles avait l'esprit vif, c'était un invité jovial, il apportait un tonnelet plein d'eau-de-vie, tout le monde y prenait la goutte, ou une pleine tasse à café si l'on manquait de verres, même Jørgen, tout petit qu'il fût, en avait un bon dé à coudre, c'était pour faire passer l'anguille grasse, disait le marchand qui, ensuite, racontait toujours la même histoire et, si l'on en riait, la reprenait aussitôt pour les mêmes gens. C'est ce que font tous les bavards, et comme Jørgen, pendant toute sa croissance et jusqu'à l'âge d'homme, prit cette histoire pour un modèle d'expression, il est bon que nous l'entendions :

« Les anguilles circulaient dans la rivière, et la mère anguille dit à ses filles quand elles demandèrent de remonter toutes seules un petit bout de la rivière : "N'allez pas trop loin ! l'affreux harpon arrive facilement et il vous prendra toutes !" Mais elles allèrent trop loin et, des huit filles, il n'en revint que trois chez la mère anguille. Et elles se lamentaient : "Nous avions à peine passé la porte, l'affreux harpon est arrivé et il a tué nos cinq sœurs ! — Elles reviendront sûrement ! dit la mère anguille. — Non ! dirent les filles, car il les a dépouillées, il les a coupées en morceaux et il les a fait frire! — Elles reviendront sûrement! dit la mère anguille. — Oui, mais il les a mangées! — Elles reviendront sûrement! dit la mère anguille. — Mais il a bu de l'eau-de-vie par-dessus! dirent les filles. — Aïe! aïe! Alors, elles ne reviendront jamais! gémit la mère anguille. L'eau-de-vie enterre l'anguille!"

« Et c'est pour ça qu'il faut toujours prendre un schnaps après ce plat-là! » dit le marchand d'anguilles.

Et cette histoire devint le fil d'or, le fil conducteur de la vie de Jørgen. Lui aussi avait envie de passer la porte, « de remonter un peu la rivière », c'est-à-dire en bateau, de par le monde, et sa mère disait, comme la mère anguille, « il y a beaucoup de méchantes gens, des harponneurs! » mais il fallut tout de même qu'il sorte un peu des dunes, rien qu'un peu sur la lande. Et il y alla, en effet. Cela ferait quatre jours délectables de sa vie, les plus lumineux de toute son enfance. Ils contiendraient le charme du Jutland, la joie de ce pays, l'éclat du soleil. Il devait aller à un banquet — à un banquet de funérailles, il est vrai.

Un parent fortuné de la famille de pêcheurs était mort. Son manoir se trouvait à l'intérieur du pays, « dans l'est, en tirant vers le nord », comme on disait. Le père et la mère devaient y aller, ainsi que Jørgen. Depuis les dunes, en traversant landes et marécages, ils arrivèrent à la verte prairie où la rivière de Skjaerum se fraie un passage, la rivière aux nombreuses anguilles où habitait la mère anguille avec ses filles, celles que les méchants hommes harponnaient et coupaient en morceaux. Les hommes, toutefois, n'avaient pas souvent mieux traité leurs semblables. Messire le chevalier Bugge, que l'on mentionne dans la vieille ballade, avait également été assassiné par de méchantes gens, et si bon qu'il se disait lui-même, il avait voulu malgré tout tuer le maître bâtisseur qui lui érigeait un château avec sa tour et ses épaisses murailles, précisément à l'endroit où se trouvait Jørgen avec ses parents adoptifs, là où la rivière de Skjaerum se jette dans le Nissumfjord. On voyait encore le talus, les pans de murailles alentour. C'est là que le chevalier Bugge avait dit à son valet, quand le maître bâtisseur était parti : « Cours-lui après et dis : "Maître ! la tour penche !" S'il se retourne, tu le tues et tu prends l'argent qu'il a reçu de moi, mais s'il ne se retourne pas, laisse-le aller en paix ! » Et le valet obéit, et le maître bâtisseur répondit : « La tour ne penche pas, mais un jour, viendra de l'ouest un homme en manteau bleu qui la fera pencher ! » et c'est ce qui arriva cent ans après : alors, la mer du Nord déferla et la tour tomba, mais le propriétaire du domaine, Prebjörn Gyldenstjerne, construisit plus haut, à l'endroit où cessent les prés, un nouveau domaine qui existe encore, c'est Nørre-Vosborg.

Jørgen devait passer devant avec ses parents adoptifs. De chacun de ces endroits, on lui avait parlé dans les longues soirées d'hiver, maintenant, il voyait le domaine avec son double fossé, ses arbres et ses buissons, le talus tout couvert de fougères, mais le plus charmant, c'étaient les grands tilleuls, ils atteignaient le faîte du toit et emplissaient l'air du parfum le plus suave. Vers le nord-ouest, au coin du jardin, il y avait un gros buisson de fleurs qui faisait comme de la neige d'hiver dans cette verdure d'été. C'était un sureau, le premier que Jørgen voyait fleurir de la sorte. Lui et les tilleuls resteraient toute sa vie, dans son souvenir, le parfum et le charme du Danemark que son âme d'enfant « garda pour ses vieux jours » !

Le voyage se poursuivit, plus confortable, car juste en sortant de Nørre-Vosborg où le sureau était en fleur, ils rencontrèrent d'autres invités qui se rendaient à l'enterrement, et ils prirent leur voiture, ils durent s'asseoir, certes, tous les trois à l'arrière sur une petite caisse de bois à garniture de fer, mais ça valait quand même mieux que d'aller à pied, pensèrent-ils. Le voyage continua par la lande cahoteuse, les bœufs de trait s'arrêtaient par moments là où se présentait une plaque d'herbe fraîche parmi la bruyère, le soleil était chaud, et c'était étrange de voir, au loin, une fumée qui déferlait, plus claire que l'air. Pourtant, on voyait au travers, on eût dit des rayons lumineux qui roulaient et dansaient sur la lande.

« C'est Loki qui mène son troupeau de moutons[1] », dirent-ils, et c'était sûrement dit pour Jørgen, il avait l'impression de pénétrer au pays des contes tout en étant dans la réalité. Quel silence il y avait !

La grande lande s'étirait, mais comme un tapis précieux. La bruyère était en fleur, les genévriers d'un vert de cyprès et les jeunes pousses de chênes surgissaient comme des bouquets dans la bruyère de la lande. C'eût été si tentant de s'y rouler s'il n'y avait eu tant de vipères ! C'est d'elles que l'on parlait et aussi des nombreux loups qu'il y avait eus là, ce pourquoi, d'ailleurs, le canton s'appelait Ulvborg[2]. Le vieil homme qui conduisait raconta que, du temps de son père, les chevaux avaient souvent eu de rudes démêlés avec ces bêtes sauvages maintenant exterminées et qu'un matin qu'il était arrivé là un des chevaux était en train de piétiner un loup qu'il avait tué, mais il n'y avait plus de chair à la patte du cheval.

Le chemin traversa trop vite la lande cahoteuse et le sable épais. Ils s'arrêtèrent à la maison du mort, toute pleine d'étrangers, dedans comme dehors. Il y avait voiture après voiture, chevaux et bœufs paissaient le maigre pâturage. De grosses dunes de sable, tout comme là-bas au bord de la mer du Nord, s'élevaient derrière le manoir, s'étendant en tous sens ! Comment étaient-elles venues ici, à trois lieues à l'intérieur des terres, aussi hautes et imposantes que celles du rivage ? Le vent avait soulevé le sable et les avait transportées, elles aussi avaient leur histoire.

On chanta des cantiques, quelques vieillards pleurèrent aussi, sinon, tout était si agréable, trouvait Jørgen, il y avait nourriture et boisson en abondance. Les délicieuses anguilles grasses, et par-dessus il faut prendre un schnaps. « Ça fait passer l'anguille ! » avait dit le marchand, et, certes, on mit ses propos en action.

Jørgen allait et venait. Le troisième jour, il se sentit là comme chez lui, dans la maison du pêcheur et sur les dunes où il avait passé toute sa vie jusque-là. Ici, sur la lande, c'était bien autrement opulent, il y avait des fleurs de bruyère à foison, du raisin de corneille et de la myrtille grosse et sucrée, on en écrasait en marchant et la bruyère dégouttait de leur jus rouge.

Il y avait un tertre là, un autre plus loin, des colonnes de fumées montaient dans l'air tranquille, c'était un incendie sur la lande, disait-on, ça éclaira magnifiquement la soirée.

Puis ce fut le quatrième jour et le banquet de funérailles fut terminé... Il fallait aller des landes de l'intérieur aux landes de la côte.

« Les nôtres sont quand même les vraies, dit le père, celles-ci n'ont aucune autorité ! »

Et l'on parla de la façon dont elles étaient venues là, tout cela était fort compréhensible. Sur la côte, on avait trouvé un cadavre, les paysans l'avaient mis au cimetière, c'est alors qu'avaient commencé les tourbillons de sable, la mer déferlait violemment, un sage de la paroisse conseilla d'ouvrir la tombe et de voir si l'enterré n'était pas en train de sucer son pouce car alors, c'était un ondin qu'ils avaient enterré et la mer déferlait pour venir le reprendre. On ouvrit la tombe, il était en train de sucer son pouce, on le mit aussitôt sur une charrette attelée de deux bœufs et, comme piqués par des taons, ils l'emportèrent à travers lande et marécage jusque dans la mer. Alors, les tourbillons de sable cessèrent, mais les dunes sont encore là. Jørgen entendit et conserva tout cela, ces souvenirs des jours les plus heureux de son enfance : les jours du festin de funérailles.

C'était merveilleux de sortir, de voir de nouvelles contrées et des gens nouveaux, et il allait sortir davantage. Il n'avait pas quatorze ans, c'était encore un enfant. Il prit le bateau, alla connaître ce qu'offre le monde ; fit l'épreuve du mauvais temps, de la mer démontée, de la méchanceté, des gens brutaux ; il fut garçon de cabine ! Maigre chère, nuits froides, raclées et coups de poing, il y avait alors dans son sang espagnol de haute noblesse quelque chose qui bouillonnait, les propos coléreux écumaient sur sa bouche, mais il était plus sage de les ravaler, c'était la même sensation que, pour l'anguille, d'être dépouillée, coupée en tranches et mise à la poêle.

« Je reviendrai ! » disait une voix en lui-même. Il se

trouva voir la côte espagnole, la patrie de ses parents, la ville même où ils avaient vécu dans le bien-être et le bonheur, mais il ne savait rien de son pays ni de ses origines, sa famille en savait encore moins que lui.

Le pauvre mousse n'eut pas non plus la permission d'aller à terre... pourtant, le dernier jour où le bateau mouillait là, il débarqua : il y avait des achats à faire, qu'il traînerait à bord.

Jørgen était là, dans ses habits minables, on les aurait dits lavés dans un fossé et séchés dans la cheminée. Pour la première fois, il voyait, lui, l'habitant des dunes, une grande ville. Comme les maisons étaient hautes, les rues, étroites, fourmillant de monde, certains se pressant ici, d'autres là, c'était un vrai maelström de citadins et de paysans, de moines et de soldats, ce n'étaient que vacarme, cris, sonnailles des clochettes des ânes et des mulets, les cloches des églises sonnaient aussi ! On entendait chants et accords, marteaux et coups, car chaque profession avait son atelier dans le portail ou sur le trottoir, et le soleil était brûlant, l'air, lourd, on se serait cru dans un four de boulanger plein de scarabées, de hannetons, d'abeilles et de mouches qui bourdonnaient et vrombissaient. Jørgen ne savait où il en était. Alors, il vit, juste devant lui, l'imposant portail de la cathédrale, les lumières brillaient dans la pénombre des voûtes, et il arrivait un parfum d'encens. Même le plus pauvre mendiant déguenillé se risquait à monter l'escalier pour entrer. Le matelot qu'accompagnait Jørgen passa par l'église et Jørgen se trouva dans le lieu saint. Des images bigarrées rayonnaient sur fond doré. La mère de Dieu avec l'Enfant Jésus se tenait sur l'autel parmi les fleurs et les lumières. Des prêtres en ornements sacerdotaux chantaient et de beaux enfants de chœur bien habillés balançaient des encensoirs d'argent. C'était splendide, magnifique, l'âme de Jørgen en était transpercée, accablée. L'église et la foi de ses parents l'entouraient et suscitaient un accord dans son âme : les larmes lui vinrent aux yeux.

De l'église, on alla au marché, il eut des victuailles à transporter. Le chemin n'était pas court, il fut fatigué et se reposa devant une grande maison magnifique à colonnes de marbre, avec des statues et un vaste escalier. Il appuya son fardeau contre le mur. Alors, un portier galonné survint qui leva sur lui sa canne à pommeau d'argent et le chassa, lui... le petit-fils de la maison, mais nul ne le savait, lui moins que personne.

Puis il arriva à bord, fut rudoyé et injurié, pas de sommeil et beaucoup de travail... Ainsi, il avait éprouvé cela ! Et il est censé être bon de souffrir dans sa jeunesse, dit-on... oui, à condition que la vieillesse soit bonne.

Son temps de louage était terminé, le bateau mouillait de nouveau dans le fjord de Ringkjøbing, il débarqua et revint à la maison de la dune de Husby. Mais la mère était morte pendant qu'il avait été en voyage.

L'hiver qui suivit fut rude. Des tempêtes de neige firent rage sur terre et sur mer, on ne pouvait avancer. Comme les choses sont différemment réparties en ce monde, tout de même ! Ici, un froid glacial et des tourbillons de neige, alors qu'au pays d'Espagne le soleil était brûlant, trop fort même. Et pourtant quand, un jour, ici, dans la clarté d'une vraie journée de gel, Jørgen vit les cygnes s'envoler de la mer en grandes bandes, par-dessus le Nissumfjord vers Nørre-Vosborg, il trouva qu'ici on respirait un air meilleur et qu'il y avait aussi un été délicieux ! Il vit alors, en pensée, la lande fleurir et fourmiller de baies mûres et juteuses, les tilleuls et le sureau de Nørre-Vosborg étaient en fleur — il fallait qu'il y retourne un jour !

On allait vers le printemps, la pêche commença, Jørgen y aida, il avait grandi cette dernière année. Avec cela, plein d'ardeur. Il avait de la vie, savait nager, même sans l'aide des bras, se retourner et pirouetter dans l'eau, souvent, on l'avertit de prendre garde aux bancs de maquereaux : ils s'en prennent au meilleur nageur, l'attirent sous l'eau, le dévorent et il n'en reste rien, mais ce ne fut pas le lot de Jørgen.

Chez les voisins, dans les dunes, il y avait un garçon, Morten, Jørgen s'entendait bien avec lui et ils s'engagèrent tous les deux sur un bateau pour la Norvège, allèrent aussi en Hollande. Il n'y avait jamais de brouille entre eux, mais cela peut facilement venir et si l'on est de nature vive, on fait facilement des gestes un peu trop violents et c'est ce qui arriva à Jørgen un jour, à bord, lorsqu'ils se disputèrent pour un rien. Ils étaient juste derrière la cabine et mangeaient dans un plat de terre posé entre eux, Jørgen tenait son couteau pliant à la main, il le leva contre Morten mais il devint aussitôt livide et ses yeux prirent un air affreux. Morten se contenta de dire :

« Ah bon ! tu es de ceux qui jouent du couteau... ! »

Cela était à peine dit que la main de Jørgen retomba, il ne dit pas un mot, mangea et alla à sa besogne. Quand ils revinrent du travail, il alla à Morten et dit : « Frappe-moi en pleine figure ! Je l'ai mérité ! J'ai en moi comme une marmite qui bout !

— Ne parlons plus de ça ! » dit Morten, et ensuite, ils furent presque deux fois plus amis. Et quand, après cela, ils rentrèrent en Jutland dans les dunes et racontèrent ce qui s'était passé, on ne l'oublia pas. Jørgen était capable de débordements, mais c'était une honnête marmite tout de même! « Ce n'est pas un Jutlandais ! On ne peut pas le dire jutlandais ! » Il faisait de l'esprit, Morten[1].

Ils étaient jeunes et bien portants tous les deux, bien découplés et vigoureux, mais Jørgen était le plus souple.

En Norvège, les paysans vont au buron et mènent le bétail paître dans les hauteurs ; sur la côte ouest du Jutland, on a bâti dans les dunes des cabanes de bois d'épaves, couvertes de tourbe de la lande et de couches de bruyère, il y a des couchettes sur tout le pourtour de la pièce, et c'est là que dorment et habitent les pêcheurs au début du printemps. Chacun a son « amorceuse » comme on l'appelle, une jeune fille dont la fonction est d'accrocher l'appât à l'hameçon, d'apporter de la bière chaude aux pêcheurs lorsqu'ils débarquent et de leur donner à manger quand ils rentrent, fatigués. Les « amorceuses » sortent le poisson de la barque, le vident et ont beaucoup à faire.

Jørgen, son père, deux ou trois autres pêcheurs et leurs amorceuses logeaient ensemble. Morten habitait la cabane voisine.

Or il y avait une des filles, Else, que Jørgen connaissait depuis qu'elle était petite, ils s'entendaient très bien tous les deux, ils étaient d'accord sur maintes choses mais étaient d'aspects carrément opposés, il était brun de peau et elle, blanche, avec des cheveux d'un blond de lin. Ses yeux étaient aussi bleus que l'eau de la mer au soleil.

Un jour qu'ils se promenaient ensemble, et que Jørgen la tenait par la main, ferme et tendre, elle lui dit :

« Jørgen, j'ai quelque chose sur le cœur ! Fais-moi être amorceuse chez toi, car tu es comme un frère pour moi, mais pour Morten qui m'a engagée, lui et moi, nous sommes fiancés... mais ce n'est pas la peine d'en parler aux autres ! »

Pour Jørgen, ce fut comme si le sable de la dune bougeait sous ses pieds, il ne dit pas un mot mais fit un signe de tête, ce qui veut dire la même chose que oui. Il n'y eut pas besoin de davantage. Mais il sentit soudain en son cœur qu'il ne pourrait supporter Morten... et plus il y réfléchissait, jamais encore il n'avait pensé ainsi à Else, plus il était clair que Morten lui avait volé le seul être qu'il aimât et c'était Else, bien sûr, il s'en rendait compte maintenant.

Si la mer est tant soit peu houleuse quand les pêcheurs rentrent en bateau, voyez-les passer les bancs de sable : l'un des hommes se tient bien droit à l'avant, les autres l'observent, assis aux rames qu'ils manœuvrent, avant le banc de sable, vers le large, jusqu'à ce qu'il leur fasse signe que la grosse vague qui va soulever le bateau arrive, et il est si bien soulevé que, de la terre, on voit sa quille ; l'instant suivant, le bateau tout entier est caché par les vagues de devant, on n'aperçoit ni bateau, ni équipage, ni mât, on croirait que la mer les a engloutis ; un instant après, ils surgissent comme si c'était un énorme monstre marin qui escaladerait la vague, les manches des rames se meuvent comme si c'étaient ses pattes ; au deuxième et au troisième banc de sable, il en va comme au premier, puis les pêcheurs sautent dans l'eau, tirent la barque à terre, chaque vague les aide et leur donne une bonne poussée jusqu'à ce que la barque ne soit plus sur la grève.

Un ordre de travers au large du banc de sable, une hésitation et c'est le naufrage.

« Et c'en serait fait de moi et également de Morten ! » Cette pensée vint à l'esprit de Jørgen, au large, au moment précis où son père adoptif venait de tomber gravement malade. La fièvre le harassait. C'était un peu au large du banc de sable le plus éloigné. Jørgen bondit à l'avant :

« Père, laisse-moi faire ! » dit-il, et son regard glissa sur Morten et sur les vagues, mais au moment où les rames se levaient pour souquer ferme et où la première vague arrivait, il vit le visage blême de son père et... ne put obéir à sa mauvaise inspiration. La barque passa bien les bancs de sable et accosta, mais il gardait dans le sang cette mauvaise pensée, elle faisait bouillir et déborder chaque petit fil d'amertume usé dans son souvenir depuis le temps de leur camaraderie, il ne parvenait pas, toutefois, à les entortiller et il y renonça. Morten l'avait spolié, il le sentait et cela suffisait à le rendre haineux. Quelques-uns des pêcheurs s'en aperçurent, mais pas Morten, il restait comme toujours, serviable et bavard, un peu trop bavard.

Le père de Jørgen dut s'aliter, ce fut son lit de mort, il mourut la semaine suivante... et Jørgen hérita de la maison derrière les dunes, seulement une humble maison, mais c'était toujours quelque chose, Morten n'en avait pas tant.

« Maintenant, sans doute, tu ne vas plus prendre d'engagement, Jørgen ! Tu resteras toujours avec nous ! » dit un des vieux pêcheurs.

Ce n'était pas l'intention de Jørgen, il pensait justement repartir voir le monde. Le marchand d'anguilles de Fjaltring avait un oncle à Vieux-Skagen qui était pêcheur mais qui, en outre, était un marchand aisé ayant un bateau. On disait que c'était un vieil homme charmant, il vaudrait sûrement la peine de s'engager chez lui. Vieux-Skagen se trouve tout au nord du Jutland, aussi loin des dunes de Husby qu'il est possible d'aller dans ce pays, et ce devait être cela surtout qui plaisait à Jørgen, il ne voulait même pas rester jusqu'aux noces d'Else et de Morten qui devaient avoir lieu dans quelques semaines.

Ce n'était pas raisonnable de partir, pensait le vieux pêcheur, Jørgen avait une maison maintenant. Else serait sans doute disposée à le préférer.

Jørgen fit une réponse laconique. Il n'était pas facile de comprendre ses propos, mais le vieux lui amena Else : elle ne dit pas grand-chose, voici ce qu'elle dit :

« Tu as une maison ! Ça donne à réfléchir ! »

Et Jørgen réfléchit beaucoup.

La mer fait de fortes vagues, le cœur de l'homme en fait de plus fortes encore, bien des pensées, fortes et faibles tour à tour, traversèrent la tête et le cœur de Jørgen, et il demanda à Else :

« Si Morten avait une maison aussi bonne que la mienne, lequel de nous préférerais-tu ?

— Mais Morten n'en a pas et n'en aura pas !

— Mais supposons qu'il en ait une !

— Eh bien ! alors, je prendrais sans doute Morten, j'en suis là pour le moment ! mais on ne peut pas vivre de ça ! »

Et Jørgen y réfléchit toute la nuit. Il y avait quelque chose en lui dont il ne parvenait pas à se rendre compte, mais il avait une idée qui était plus forte que son amour pour Else... Et il alla trouver Morten. À ce qu'il dit et fit, il avait bien réfléchi, il lui céda la maison aux conditions les plus avantageuses ; pour lui, il s'engagerait sur un bateau, c'était ce qui lui plaisait. Et Else l'embrassa sur la bouche en entendant cela, car c'était Morten qu'elle aimait le plus.

Jørgen voulait partir au petit matin. La veille au soir, il était déjà tard, il avait eu envie d'aller voir Morten encore une fois, il y était allé et, parmi les dunes, il avait rencontré le vieux pêcheur auquel son départ ne plaisait pas. Morten devait avoir « un bec de canard cousu dans son pantalon » disait-il, puisque les filles s'amourachaient tellement de lui. Jørgen avait écarté ces propos, dit au revoir et était allé à la maison qu'habitait Morten. Il y entendit parler à haute voix, Morten n'était pas seul. Jørgen changea d'idée, il ne voulait surtout pas rencontrer Else et, en y réfléchissant bien, il ne voulait pas non plus que Morten le remercie encore une fois. Aussi fit-il demi-tour.

Le lendemain matin, avant le jour, il fit son baluchon, prit sa boîte à provisions et descendit les dunes vers la grève. Là, il était plus facile d'avancer que sur le pénible chemin sableux, de plus, c'était plus court car il voulait aller d'abord à Fjaltring, près de Bovbjerg, où habitait le marchand d'anguilles auquel il avait promis de rendre visite.

La mer était lisse et bleue, il y avait des coquillages sur le sol, il foulait aux pieds ses jouets d'enfant... Tout en marchant, il se mit à saigner du nez, ce n'était pas grand-chose mais cela peut aussi avoir son importance ; quelques grosses gouttes de sang tombèrent sur sa manche. Il les lava, arrêta le sang et il lui sembla que cette perte lui avait rendu la tête et l'esprit plus légers. Un peu de chou marin fleurissait sur le sable, il en cassa un rameau qu'il piqua à son chapeau. Il voulait être crâne et joyeux. Son chemin partait pour le vaste monde. « Passer la porte pour remonter un peu la rivière ! » comme le voulaient les enfants anguilles ! « Prenez garde aux méchantes gens, ils vous harponnent, vous découpent, vous taillent en morceaux et vous mettent à la poêle ! » se redit-il, et il en rit, il s'en tirerait bien par le monde. Bon courage et bonne épée.

Le soleil était déjà haut quand il s'approcha du chenal étroit qui va de la mer du Nord au Nissumfjord. Il regarda derrière lui et aperçut à bonne distance deux hommes à cheval, d'autres suivaient, ils se dépêchaient, cela ne le regardait pas.

Le bac était de l'autre côté du chenal. Jørgen le héla, monta à bord mais le passeur n'était pas encore à mi-chemin qu'arrivèrent les hommes qui s'étaient tellement dépêchés, ils appelèrent, ils menacèrent au nom des autorités. Jørgen ne comprenait pas ce que cela signifiait, mais il pensa qu'il valait mieux rebrousser chemin. Prit lui-même l'une des rames et fit demi-tour : au même instant, ces gens sautèrent dans la barque et avant qu'il eût eu le temps de réagir, ils lui ligotèrent les mains.

« Ta mauvaise action te coûtera la vie ! dirent-ils. Une bonne chose que nous nous soyons emparés de toi. »

Il s'agissait de rien de moins que d'un meurtre qu'il était accusé d'avoir commis. On avait trouvé Morten percé d'un coup de couteau à la gorge. La veille au soir, un des pêcheurs avait rencontré, tard, Jørgen qui allait chez Morten. Ce n'était pas la première fois que Jørgen avait levé son couteau sur lui, à ce que l'on savait. L'assassin, ce devait être lui, il s'agissait maintenant de le mettre en lieu sûr. Ringkjøbing était le bon endroit, mais la route était longue, le vent d'ouest cinglait, il ne leur fallut pas une demi-heure pour traverser le fjord et atteindre la rivière de Skjaerum, puis, de là, ils n'avaient qu'une demi-lieue à faire pour arriver à Nørre-Vosborg qui était un solide manoir avec remparts et fossés. Dans la barque, il y avait un frère de l'intendant du domaine, il pensait qu'on leur permettrait sûrement, en attendant, d'y mettre Jørgen au cachot où la grande Margrethe, la bohémienne, était restée avant son exécution[1].

Jørgen se défendit, mais on ne l'écouta pas, quelques gouttes de sang sur sa chemise parlaient contre lui. Il était conscient de son innocence, et comme il n'était pas question de se justifier là, il s'abandonna à son sort.

Ils débarquèrent à l'emplacement exact où s'était trouvé l'ancien château du chevalier Bugge, là où Jørgen, avec ses parents adoptifs, était passé pour aller au banquet, au repas de funérailles, ces quatre jours bienheureux, les plus lumineux de son enfance. Il fut mené par le même chemin, en traversant la prairie, jusqu'à Nørre-Vosborg : le sureau y était tout en fleur, les grands tilleuls embaumaient, il lui semblait s'être trouvé là la veille.

Dans l'aile ouest du château, il y a, sous le grand escalier, un passage : on y descend dans un caveau bas, voûté. C'est de là que la grande Margrethe avait été menée au lieu du supplice. Elle avait mangé cinq cœurs d'enfants et croyait que, si elle en avait eu deux de plus, elle aurait pu voler et se rendre invisible. Il y avait, dans le mur, un petit trou d'aération étroit et sans vitre ; les tilleuls odorants, dehors, ne parvenaient pas à apporter le moindre réconfort, tout était humide, froid et moisi à l'intérieur. Il n'y avait qu'un grabat, mais bonne conscience est bon oreiller, Jørgen pouvait donc reposer doucement.

La porte aux planches épaisses était fermée par une barre de fer, mais le cauchemar de la superstition se coule par un trou de serrure, dans le manoir comme dans la maison du pêcheur, et certainement là où Jørgen se trouvait maintenant, pensant à la grande Margrethe et à ses crimes. Elle avait empli cette pièce de ses dernières pensées, la nuit d'avant son supplice, il se rappelait toute la sorcellerie qui s'était exercée là, dans l'ancien temps, quand le seigneur Svanwede[1] y habitait, et l'on se rappelait encore comment le chien de garde qui était sur le pont était retrouvé, pendu à sa chaîne, chaque matin par-dessus le parapet[2]. Jørgen était obsédé et glacé de tout cela, pourtant, il y avait un rayon de soleil qui venait de cet endroit et le pénétrait, c'était le souvenir du sureau en fleur et des tilleuls.

Il ne resta pas là longtemps, on le mena à Ringkjøbing où la prison était tout aussi rigoureuse.

Ces temps-là n'étaient pas les nôtres, ils étaient rudes pour le pauvre. L'usage sévissait encore de soumettre paysans et fermes à la tyrannie des nouveaux châteaux. Sous ce régime, cocher et domestique devenaient juges de bailliage[3] et ils pouvaient, pour une offense mineure, condamner le pauvre à perdre ses biens, à être mis au pilori et fouetté. On trouvait encore, çà et là, un de ces piloris et au pays de Jutland, loin de la Copenhague royale et des gouvernants éclairés, bien intentionnés, la loi allait souvent comme elle pouvait, c'était la moindre des choses que, pour Jørgen, le temps tirât en longueur.

Il faisait affreusement froid, là où il était ; quand cela prendrait-il fin ? Il avait été jeté dans le malheur et la misère sans l'avoir mérité, c'était son lot ! Comment cela lui avait-il été échu en ce bas monde, il eut le temps d'y réfléchir. Pourquoi avait-il été mis dans une pareille condition ? Bon, cela s'éclairerait « dans l'autre vie », celle qui nous attend à coup sûr. Il s'était enraciné dans cette foi, chez lui, dans la pauvre maison. Ce qui, dans la plénitude et le soleil de l'Espagne, n'avait pas irradié la pensée de son père était pour lui, dans les ténèbres et le froid, une lumière de consolation, un don de la grâce de Dieu, et ce n'est jamais une déception.

Puis les tempêtes de printemps se manifestèrent. On entend le déferlement de la mer du Nord à des lieues à l'intérieur du pays, mais seulement quand la tempête s'est calmée, on dirait de gros chariots qui roulent par centaines sur un chemin rude et miné. Jørgen l'entendit dans sa prison, ce fut une distraction. Aucune mélodie ancienne ne pouvait lui aller plus profondément au cœur que ces accents, cette mer qui roulait, la mer libre qui vous porte de par le monde, vous fait voler avec les vents : où que l'on arrive, on emporte avec soi sa maison comme l'escargot la sienne, on foule toujours son propre sol, dans son propre foyer, même en pays étranger.

Comme il écoutait ce roulement profond, comme sa pensée déroulait les souvenirs. « Libre, libre ! être bienheureusement libre, même sans semelles à ses souliers, en chemise de fil d'étoupe rapiécée ! » Parfois, il en était enflammé, et il cognait du poing sur le mur.

Des semaines, des mois, une année entière étaient passés, on arrêta alors un malandrin, Niels le Voleur, surnommé aussi le Maquignon, et du coup... vinrent des temps meilleurs, le tort qu'avait souffert Jørgen devint notoire.

Au nord du fjord de Ringkjøbing, chez un petit paysan qui tenait une taverne, la veille du départ de Jørgen et du meurtre, Niels le Voleur et Morten s'étaient rencontrés dans l'après-midi, ils avaient bu quelques verres qui n'étaient censés monter à la tête de personne mais qui avaient tout de même un peu trop délié la langue de Morten, il avait fait de grands discours, raconté qu'il avait trouvé une maison et qu'il allait se marier, et comme Niels l'avait interrogé sur l'argent pour tout cela, Morten avait orgueilleusement tapé sur sa poche :

« Il est là où il doit être ! » avait-il répondu.

Cette vantardise lui avait coûté la vie. Quand il était parti, Niels l'avait suivi et lui avait planté son couteau dans la gorge pour prendre l'argent qui n'existait pas.

L'affaire fut soigneusement débrouillée, il suffira de dire que Jørgen se retrouva libre, mais que reçut-il en dédommagement de ce qu'il avait souffert en prison, dans le froid, coupé du reste du monde pendant une année ? Eh bien ! on lui dit que c'était une chance qu'il fût innocent, il pouvait s'en aller. Le bourgmestre lui donna dix marcs pour ses frais de voyage, plusieurs des bourgeois de la ville lui donnèrent de la bière et des vivres : c'étaient quand même de braves gens ! Tout le monde ne harponne pas, ni ne dépouille et ne met à la poêle ! Mais ce qui fut le mieux, ce fut que le marchand Brønne de Skagen, celui chez lequel Jørgen avait voulu s'engager un an plus tôt, était justement ces jours-là venu faire des courses à Ringkjøbing. Il apprit toute l'affaire, il avait du cœur, il comprit et sentit ce que Jørgen avait souffert, il voulut lui faire un peu de bien, lui faire voir qu'il y a aussi de braves gens ici-bas.

C'était passer de la prison à la liberté, au royaume des

Cieux, à l'amour et au bon cœur, eh oui ! De cela aussi, il fallait faire l'expérience. Il n'y a pas que de l'absinthe dans la coupe de la vie, un brave homme ne peut offrir cela à un de ses semblables. Alors Dieu, qui est tout amour, le pourrait-il ?

« Que tout cela soit enterré et oublié ! dit le marchand Brønne, tirons un gros trait sur cette dernière année ! Brûlons l'almanach ! Dans deux jours, nous partons pour le paisible Skagen, béni et agréable ! On dit que c'est un coin perdu de ce pays : c'est un coin de poêle béni, avec des fenêtres ouvertes sur le vaste monde ! »

Quel voyage ! c'était respirer à nouveau ! Passer de l'air glacé de la prison au chaud soleil ! La lande était couverte de bruyère en fleur, une flore profuse, le pâtre, assis sur le tertre, jouait du pipeau qu'il avait taillé dans un os de mouton. La fée Morgane, ravissant mirage du désert avec ses jardins suspendus et ses forêts flottantes, se montra ainsi que cet étrange ondoiement de l'air que l'on appelle Loki menant son troupeau.

Le voyage montait vers le Limfjord, à travers le pays de Vendel, vers Skagen d'où avaient émigré les hommes à longue barbe, les Lombards[1]. C'était pendant la famine, sous le règne du roi Snio, on devait tuer tous les enfants et les vieillards, mais la noble femme Gambaruk, qui possédait des terres là-haut, proposa que ce soient plutôt les jeunes qui quittent le pays : Jørgen en savait assez pour être au courant de cela, et s'il ne connaissait pas le pays des Lombards au-delà des hautes Alpes, il savait tout de même l'air qu'il devait avoir. Jeune, il était tout de même allé dans le Sud, au pays d'Espagne, il se rappelait les amoncellements de fruits, les fleurs rouges des grenadiers, le bourdonnement, le grondement et le son des cloches dans la grande ruche de la ville. Pourtant, c'est dans sa patrie que c'est le mieux, et la patrie de Jørgen, c'était le Danemark.

Enfin, ils atteignirent Vendilskaga, comme on appelle Skagen dans les anciens textes norvégiens et islandais. Sur des lieues, avec des intervalles de dunes et de champs cultivés, s'étend et s'étendait déjà alors le Vieux-Skagen, Vesterby et Østerby jusqu'au phare près de « la Pointe ». Maisons et fermes étaient, comme elles le sont encore, disséminées parmi des hauteurs de sable chassées par le vent, mouvantes, un pays désertique où le vent se vautre dans le sable et où mouettes, sternes et cygnes sauvages crient à vous déchirer le tympan. À une lieue au sud-ouest de la Pointe se trouve Høien ou Vieux-Skagen : c'est là qu'habitait le marchand Brønne, là que Jørgen allait vivre. La ferme était goudronnée, chacune des dépendances avait pour toit une barque renversée, on avait assemblé des morceaux d'épaves pour en faire une soue, il n'y avait pas de palissade, car il n'y avait rien à enclore, mais à des cordes, en longues rangées superposées, des poissons vidés étaient pendus pour sécher au vent. Sur tout le rivage s'entassaient des harengs pourris, à peine le filet était-il jeté que le hareng était tiré à terre par charretées, il y en avait trop, on les rejetait à la mer ou bien on les laissait pourrir.

La femme et la fille du marchand, les gens de la maison arrivèrent tout joyeux quand le père rentra, ce furent des poignées de mains, des cris, des discours, et comme la fille avait un joli visage et de bons yeux !

La maison était grande et agréable. On servit des plats de poisson, des carrelets qu'un roi aurait pu appeler un plat de luxe ; du vin des vignobles de Skagen, les raisins sont débarqués de la grande mer, tout pressés, en tonneaux comme en bouteilles.

Quand, ensuite, la mère et la fille apprirent qui était Jørgen, comme il avait souffert, bien qu'innocent, on lui fit des yeux encore plus doux et ceux qui brillaient le plus doucement étaient ceux de la fille, la jolie demoiselle Clara. Il trouva un foyer béni à Vieux-Skagen, cela faisait du bien au cœur, et le cœur de Jørgen avait souffert bien des choses, y compris la grosse vague cruelle de l'amour qui endurcit ou attendrit, le cœur de Jørgen était encore si tendre, il était si jeune, il y avait une place à y prendre. Aussi était-ce certainement fort heureux que, dans trois semaines, demoiselle Clara dût justement prendre le bateau pour Christiansand, en Norvège, rendre visite à une tante et y rester tout l'hiver.

Le dimanche d'avant le départ, ils allèrent tous à l'église, communier. C'était une grande église superbe, des Écossais et des Hollandais l'avaient construite plusieurs siècles auparavant, à quelque distance de l'endroit où était maintenant la ville. Elle était un peu délabrée, et le chemin qui montait et descendait dans le sable profond était fort pénible, mais on supportait cela volontiers pour aller à la maison de Dieu, chanter des cantiques et écouter un sermon. Il y avait du sable jusque par-dessus le mur d'enceinte du cimetière, mais à l'intérieur, on préservait encore les tombes du vent de sable.

C'était la plus grande église au nord du Limfjord. La Vierge Marie, couronne d'or sur la tête et l'Enfant Jésus sur le bras, avait l'air vivante sur le retable. Les statues des saints apôtres entouraient le chœur et au mur, tout en haut, on voyait des portraits d'anciens bourgmestres et échevins de Skagen, avec leurs sceaux. La chaire était sculptée. L'éclat du soleil animait le lustre de laiton poli et le petit navire suspendu à la voûte.

Jørgen était pour ainsi dire submergé par un sentiment sacré, enfantin, comme quand, tout jeune, il s'était trouvé dans les riches églises d'Espagne, mais ici, il était conscient de faire partie de la paroisse.

Après le sermon, ce fut la communion, il reçut avec les autres le pain et le vin, et il se trouva qu'il s'agenouilla précisément à côté de demoiselle Clara. Pourtant, sa pensée s'adressait si bien à Dieu et à l'acte sacré que ce ne fut qu'en se relevant qu'il remarqua qu'elle avait été sa voisine. Il vit des larmes couler sur ses joues.

Deux jours après, elle partit pour la Norvège et Jørgen se rendit utile à la ferme, il fut à la pêche, et il y avait du poisson à prendre, plus en ce temps-là qu'aujourd'hui. Les bancs de maquereaux luisaient dans les nuits sombres, trahissant leur passage, le grondin grondait et la seiche poussait des hurlements lamentables quand on la pourchassait. Les poissons ne sont pas aussi muets qu'on le dit, Jørgen l'était bien plus sur ce qu'il cachait, mais cela sortirait bien un jour.

Chaque dimanche, quand il était à l'église et que ses yeux se fixaient sur l'image de Marie mère de Dieu dans le retable, ils se posaient aussi, un moment, à l'endroit où demoiselle Clara s'était agenouillée à ses côtés, et il pensait à elle, à quel point elle avait été bonne envers lui.

L'automne arriva avec sa pluie mêlée de neige, l'eau stagnait sur le sol de Skagen, le sable ne parvenait pas à l'absorber toute, il fallait patauger si l'on ne prenait pas la barque. Les tempêtes jetaient bateau après bateau sur les mortels bancs de sable, il y avait des tempêtes de neige et des tempêtes de sable, le sable tourbillonnait autour des maisons à tel point que des gens devaient sortir par la cheminée, mais cela n'avait rien d'extraordinaire en ce lieu. Il faisait tiède et bon dans la salle, la tourbe de bruyère et les débris d'épaves crépitaient et craquaient et le marchand Brønne lisait à haute voix une ancienne chronique[1] sur le prince Hamlet de Danemark, qui était arrivé d'Angleterre pour débarquer près de Bovbjerg et livra une bataille. Sa tombe était à Ramme, à quelques lieues seulement de l'endroit où habitait le marchand d'anguilles. Des tertres par centaines s'élevaient sur la lande, un grand cimetière où le marchand Brønne était allé lui-même à la tombe de Hamlet. On parla des anciens temps, des voisins, des Anglais et des Écossais, et Jørgen chanta alors la ballade sur « Le Fils du roi d'Angleterre », sur le magnifique bateau, sur son équipement :

Il était doré d'un bordage à l'autre,
S'y trouvait écrite la parole de Notre-Seigneur.
Et la proue, à l'avant, portait une peinture.
Le fils du roi prenait la pucelle dans ses bras.

Ce vers surtout, Jørgen le chantait si tendrement que ses yeux brillaient, le fait est aussi qu'ils étaient noirs et brillants de naissance.

Il y avait du chant et il y avait de la lecture, il y avait du bien-être à la maison, une vie de famille jusque pour les animaux domestiques, tout était bien tenu. Le vaisselier brillait avec ses assiettes récurées, saucisses et jambons pendaient au plafond, provisions pour l'hiver à foison. Mais oui, on peut encore voir cela là-haut dans les nombreuses et riches fermes de la côte ouest : abondance de vivres, salles bien décorées, sagesse et bonne humeur, et, de notre temps, elles ont prospéré. On y est hospitalier, comme dans la tente de l'Arabe.

Jamais encore, Jørgen n'avait vécu aussi agréablement depuis qu'enfant il était allé, ces quatre jours-là, au banquet de funérailles, et pourtant, demoiselle Clara était absente, bien que non des pensées et des propos.

En avril, un bateau devait aller en Norvège, Jørgen serait du voyage. Bien entendu, il avait retrouvé belle humeur, et il s'était remplumé, disait la mère Brønne, il faisait plaisir à regarder.

« Et toi aussi ! dit le vieux marchand. Jørgen a mis de la vie dans les soirées d'hiver et en toi, la mère, aussi ! Tu as rajeuni cette année, tu as l'air bonne et charmante ! Il faut dire que tu étais la plus belle fille de Viborg et ce n'est pas peu dire car c'est là que j'ai toujours trouvé que les filles étaient les plus belles ! »

Jørgen n'ajoutait rien, il valait mieux se taire, mais il pensait à une fille de Skagen, c'est vers elle qu'il allait naviguer. Le bateau jeta l'ancre à Christiansand, un bon vent l'y mena en une demi-journée.

Un matin, le marchand Brønne se rendit au phare qui se trouve loin de Vieux-Skagen, près de la Pointe. Le phare était éteint depuis longtemps, le soleil, déjà haut quand il arriva à la tour. À une bonne lieue de la pointe extrême de la côte, des bancs de sable s'étiraient sous l'eau. Plus au large, on voyait, ce jour-là, de nombreux bateaux : il crut reconnaître, à la longue-vue, parmi eux, le *Karen-Brønne* — ainsi s'appelait le sien

— et en effet, c'était lui qui naviguait. Clara et Jørgen étaient à bord. Le phare et le clocher de Skagen étaient comme un héron et un cygne sur l'eau bleue. Clara était au bastingage, voyant surgir peu à peu les dunes. Eh oui ! si le vent se maintenait, ils seraient chez eux dans une heure. Tant ils étaient près du foyer et de la joie... tant ils étaient près de la mort et de ses affres.

Une planche du bateau sauta, l'eau s'engouffra, on calfata, on pompa, on hissa toutes les voiles, on arbora le pavillon de détresse. Ils étaient encore à une lieue au large, on apercevait des barques de pêcheurs, mais loin, le vent soufflait vers la côte, la mer les aidait aussi, mais pas assez, le bateau coula. Jørgen entoura Clara de son bras droit.

Quel regard elle lui jeta quand, au nom de Notre-Seigneur, il se précipita avec elle dans la mer. Elle poussa un cri, mais elle pouvait être tranquille, il ne la lâcherait pas.

Ce que dit la ballade :

Et la proue, à l'avant, portait une peinture.
Le fils du roi prenait la pucelle dans ses bras.

Jørgen l'accomplit au moment du danger et de l'angoisse. Cela lui servit alors d'être un bon nageur, il s'évertua, des pieds et d'un bras. De l'autre, il tenait fermement la jeune fille, il s'allongea sur l'eau, nageant avec les jambes, faisant tous les gestes qu'il connaissait afin d'avoir assez de forces pour gagner la côte. Il sentit qu'elle poussait un soupir, il comprit qu'elle était prise d'un frisson convulsif et la tint plus solidement. Une vague les submergea, un courant les souleva, l'eau était profonde et claire, un instant, il crut voir le banc de maquereaux scintillant en bas, ou bien était-ce le Léviathan en personne qui voulait les engloutir. Les nuages jetèrent une ombre sur l'eau, de nouveau brillèrent des rayons de soleil. Des oiseaux en grandes bandes passaient en criant au-dessus d'eux et les canards sauvages qui se laissaient dériver, lourds et somnolents, s'enfuirent effrayés devant le nageur. Mais ses forces déclinaient, il le sentait... la côte était encore à quelques encablures, pourtant, du secours arrivait, une barque s'approchait... mais il y avait sous l'eau, il le vit nettement, une figure blanche au regard fixe... une lame le souleva, la figure s'approcha... il sentit un coup, ce fut la nuit, tout disparut.

Il y avait sur le banc de sable une épave de navire, la mer la recouvrait, la figure de proue du galion s'appuyait sur une ancre dont la pointe de fer affleurait juste au niveau de l'eau. C'est sur elle que se cogna Jørgen, le courant l'avait poussé avec une force accrue. Il s'évanouit et sombra avec son fardeau, mais la lame suivante les souleva de nouveau, lui et la jeune fille.

Les pêcheurs s'emparèrent d'eux et les tirèrent dans la barque, le sang ruisselait sur la figure de Jørgen, il était comme mort mais il tenait si ferme la jeune fille qu'il fallut la lui arracher du bras et de la main ; il resta, livide, inanimé et étendu dans la barque qui se dirigea vers la pointe de Skagen.

Tous les moyens furent employés pour ramener Clara à la vie, elle était morte. Longtemps, il avait nagé avec un cadavre, il s'était évertué et épuisé pour une morte.

Jørgen respirait encore, on le porta à la maison la plus proche, dans les dunes. Une espèce de chirurgien de campagne qui se trouvait en ce lieu, d'ailleurs également forgeron et petit commerçant, pansa Jørgen en attendant qu'on aille chercher du médecin de Hjørring le lendemain.

Le cerveau du malade était atteint, il délirait, poussait des cris furieux, mais le troisième jour, il sombra dans une sorte de torpeur, sa vie semblait ne tenir qu'à un fil, le mieux que l'on pourrait souhaiter à Jørgen était que ce fil casse, dit le médecin.

« Prions Notre-Seigneur qu'il n'en réchappe pas ! ce ne sera jamais plus un homme ! »

Mais la vie ne le lâcha pas, le fil ne voulut pas se rompre, seule, la mémoire se perdit, tous les liens de ses facultés mentales étaient tranchés, c'était effroyable, il restait un corps vivant, un corps qui recouvrerait la santé, remarcherait.

Jørgen resta dans la maison du marchand Brønne.

« C'est pour sauver notre enfant qu'il a attrapé cette maladie infernale, dit le vieil homme, c'est notre fils, maintenant ! »

On appelait Jørgen « l'Idiot », mais ce n'était pas le terme correct. C'était comme un instrument dont les cordes sont relâchées et ne peuvent plus vibrer... un moment seulement, quelques minutes, elles retrouvèrent leur tension et vibrèrent, de vieilles mélodies résonnèrent, quelques mesures. Des images se déroulèrent pour se rembrumer... il se retrouva le regard fixe, sans penser. Nous osons croire qu'il ne souffrait pas. Ses yeux sombres perdirent tout leur éclat, on aurait dit du verre noir, soufflé.

« Pauvre idiot de Jørgen », disait-on.

C'est lui qui avait été porté dans le sein de sa mère pour une vie terrestre si riche et si heureuse que c'eût été « de l'orgueil, une épouvantable fierté » de désirer, et plus encore, de croire à une vie après celle-ci ! Ainsi, toutes les grandes facultés de l'âme étaient gaspillées ? Seuls, des jours pénibles, souffrances et déceptions lui avaient été impartis. C'était un bulbe de fleur magnifique, arraché à son sol luxuriant et jeté dans le sable pour y pourrir ! L'être créé à l'image de Dieu ne valait pas mieux que cela ? Tout ne serait que jeu de hasard ? Non ! Le Dieu d'amour universel devait et voulait lui offrir compensation, dans une autre vie, pour ce qu'il avait souffert, ce qui lui avait manqué ici-bas. « Le Seigneur est bon pour tous et sa miséricorde marque tous ses actes[1]. » Voilà les paroles du psaume de David que, dans sa foi et son espérance, prononçait la femme du vieux marchand pieux, et elle priait en son cœur Notre-Seigneur de délivrer bientôt Jørgen, qu'il pût entrer dans la grâce de Dieu, *la vie éternelle.*

Au cimetière où le sable s'amoncelait jusqu'au-dessus du mur, Clara était enterrée. Il semblait que Jørgen n'y pensât point, cela n'appartenait pas à ses réflexions, elles ne remontaient de son passé que par fragments d'épaves. Tous les dimanches, il accompagnait la famille à l'église et restait immobile, le regard vide : un jour, pendant le chant du cantique, il poussa un soupir, ses yeux brillèrent, ils étaient tournés vers l'autel, vers l'endroit où, plus d'un an auparavant, il s'était agenouillé avec son amie maintenant morte, il prononça son nom, devint blanc comme un linge, des larmes roulèrent sur ses joues.

On l'aida à sortir de l'église, il leur dit qu'il se sentait bien, il ne lui semblait pas qu'il lui fût arrivé quoi que ce fût, il ne se souvenait de rien, cet homme éprouvé, rejeté par Dieu... Et Dieu, notre créateur, est sage et aimant, qui peut en douter ? notre cœur, notre intelligence le reconnaissent, la Bible le certifie : « Sa miséricorde marque tous ses actes. »

En Espagne où, parmi les orangers et les lauriers, des vagues d'air chaud baignent les coupoles mauresques dorées, où résonnent le chant et les castagnettes, un vieillard sans enfants vivait dans la magnifique demeure : c'était le marchand le plus riche. Des enfants en procession passaient par les rues avec lumières et drapeaux flottants. Que n'aurait-il donné de sa richesse pour avoir ses enfants, sa fille ou l'enfant de sa fille qui, peut-être, n'avait jamais vu la lumière de ce monde et donc, celle de l'éternité, du paradis ! « Pauvre enfant ! »

Oui, pauvre enfant ! Enfant, précisément, et pourtant dans la trentaine... car Jørgen avait atteint cet âge-là, à Vieux-Skagen.

Le sable volant s'était posé sur les tombes du cimetière, jusqu'autour du mur de l'église, mais c'était ici, auprès des trépassés, auprès des parents et êtres chers que les morts voulaient et devaient être enterrés. Le marchand Brønne et sa femme reposaient là, auprès de leur enfant, sous le sable blanc.

C'était au début de l'année, à l'époque des tempêtes. Les dunes fumaient, la mer rejetait de hautes vagues, les oiseaux, en grandes bandes comme nuages dans la tempête, passaient en criant au-dessus des dunes. Les naufrages se succédaient sur les bancs de sable, de la pointe de Skagen aux dunes de Husby.

Un après-midi, Jørgen était tout seul dans la salle, une lueur se fit dans son esprit, un soupçon de cette inquiétude qui, souvent, dans ses jeunes années, le poussait dans les dunes et sur la lande :

« À la maison ! À la maison ! » dit-il. Personne ne l'entendit. Il sortit de la maison, pénétra parmi les dunes, le sable et les petits cailloux lui fouaillaient le visage, s'élevaient en tourbillons autour de lui. Il alla vers l'église, le sable montait contre le mur et jusqu'à mi-hauteur des fenêtres, mais l'allée, devant, avait été déblayée, la porte de l'église n'était pas fermée et s'ouvrait facilement. Jørgen entra.

Le vent passait en hurlant sur la ville de Skagen. C'était un ouragan comme on n'en avait jamais vu de mémoire d'homme, un temps épouvantable, mais Jørgen était dans la maison de Dieu, et alors qu'il faisait nuit noire au-dehors, une lumière se fit en lui, la lumière de l'âme qui jamais ne s'éteindra. La lourde pierre qu'il avait dans la tête, il la sentit sauter dans un éclatement. Il lui sembla que l'orgue jouait, mais c'étaient la tempête et la mer déferlante, il s'assit sur une chaise, les lumières s'allumèrent, l'une après l'autre, dans une profusion qu'il n'avait vue qu'au pays d'Espagne, et tous les portraits des vieux échevins et bourgmestres s'animèrent, ils sortirent du mur où ils étaient depuis des années, s'assirent dans le chœur. Le grand portail et les portes de l'église s'ouvrirent, et tous les morts entrèrent, dans les habits de fête de leur temps, aux accents d'une belle musique et ils s'assirent sur les sièges. Alors le chant des cantiques résonna comme une mer déchaînée, ses vieux parents adoptifs des dunes de Husby étaient là ainsi que le vieux marchand Brønne et sa femme, et à côté d'eux, tout près de Jørgen, il y avait leur douce, charmante fille, elle tendit la main à Jørgen et ils montèrent à l'autel où ils s'étaient agenouillés naguère, et le pasteur joignit leurs mains, les consacra pour une vie d'amour... Alors retentit le son des trompettes, étrange comme une voix d'enfant pleine d'attente et de désir, elle s'enfla pour devenir un grondement d'orgue, un ouragan d'accents sublimes, ravissants à entendre et pourtant d'une puissance à faire sauter la pierre des tombes.

Et le bateau suspendu dans le chœur descendit devant le couple, il devint grand, magnifique, voiles de soie et vergues dorées, les ancres étaient d'or rouge et chaque cordage de soie tressée comme il est dit dans la vieille chanson. Et les mariés montèrent à bord, suivis de toute la paroisse, il y avait place et splendeur pour tout le monde. Et les murs et les voûtes de l'église fleurirent comme le sureau et les tilleuls odorants, agitant doucement branches et feuilles ; ils se penchèrent, s'écartèrent et le bateau s'enleva, emportant le couple par la mer, à travers les airs, chaque lumière de l'église était une petite étoile, et les vents entonnèrent un cantique et tout le monde chanta avec eux :

« Par l'amour ! à la splendeur ! *Aucune vie ne sera perdue !* Joie bienheureuse ! Alléluia ! »

Et ces mots furent aussi ses derniers en ce monde. Le lien se rompit qui retenait l'âme immortelle... il y avait seulement un corps mort gisant dans l'église obscure sur laquelle la tempête grondait en l'entourant d'un tourbillon de sable.

★

Le lendemain, c'était dimanche, les paroissiens et le pasteur vinrent à l'office. Le chemin avait été difficile, le sable, presque infranchissable, et maintenant qu'ils étaient là, un gros tas de sable s'était amoncelé devant la porte. Et le pasteur fit une brève prière, disant que, Dieu ayant fermé la porte de cette maison qui était la sienne, il fallait s'en aller et lui en ériger une nouvelle ailleurs.

Puis ils chantèrent un cantique et rentrèrent chez eux.

On ne trouva Jørgen ni dans la ville de Skagen ni parmi les dunes où l'on chercha ; les vagues déferlantes du sable l'avaient emporté, dit-on.

Son corps resta enterré dans le plus grand des sarcophages, dans l'église elle-même. Dieu, dans la tempête, avait jeté du sable sur ce cercueil, la lourde couche de sable gisait là et y gît encore[1].

Le vent de sable a recouvert les imposantes voûtes. Argousiers et roses sauvages poussent sur l'église où le voyageur, à présent, marche vers le clocher qui émerge du sable, imposante pierre tombale que l'on voit à des lieues. Nul roi n'a de tombeau plus magnifique ! Nul ne trouble le repos du mort, nul n'a su ou ne le sait jusqu'ici... c'est la tempête qui me l'a chanté, parmi les dunes !

LE BOUSIER

Le cheval de l'empereur eut des fers en or : un fer en or à chaque jambe.

Pourquoi eut-il des fers en or ?

C'était un animal superbe, jambes fines, yeux intelligents et une crinière qui lui pendait sur le col comme un voile de soie. Il avait porté son maître dans les vapeurs de poudre et la pluie des balles, il avait entendu les balles chanter et siffler, il avait mordu, lutté, combattu quand les ennemis s'avançaient ; fait un bond avec son empereur par-dessus le cheval de l'ennemi renversé, sauvé la couronne d'or rouge de son empereur, sauvé la vie de son empereur, qui valait plus que de l'or rouge et voilà pourquoi le cheval de l'empereur avait eu des fers en or, un fer en or à chaque jambe.

Et le bousier s'avança.

« Les grands d'abord, les petits ensuite, dit-il, toutefois, ce n'est pas la taille qui compte », et il tendit ses minces pattes.

« Qu'est-ce que tu veux ? demanda le forgeron.

— Des fers en or ! répondit le bousier.

— Tu ne dois pas avoir tous tes esprits, dit le forgeron, tu veux, toi aussi, des fers en or ?

— Des fers en or ! dit le bousier. Est-ce que je ne vaux pas ce gros imbécile pour qui l'on est aux petits soins, qu'on étrille, que l'on soigne, à qui on donne à manger et à boire ? Est-ce que je n'appartiens pas, moi aussi, à l'écurie de l'empereur ?

— Mais pourquoi ce cheval a-t-il des fers en or, dit le forgeron, tu ne comprends pas ça ?

— Comprendre ? Je comprends que c'est méprisant pour moi, dit le bousier, c'est une offense... et c'est pourquoi, maintenant, je m'en vais par le vaste monde.

— Fiche le camp ! dit le forgeron.

— Grossier personnage ! » dit le bousier. Et il sortit, vola un petit moment et se trouva dans un joli petit jardin plein de fleurs qui embaumait la rose et la lavande.

« Ce n'est pas charmant, ici ? » dit une des petites coccinelles qui voletaient, leurs ailes rouges fortes comme des boucliers, pleines de points noirs. « Comme ça sent bon et comme c'est beau !

— Je suis habitué à mieux que ça, dit le bousier, vous trouvez cela beau ? Il n'y a même pas de tas de fumier ici ! »

Et il poursuivit son chemin, se mit à l'ombre d'une grande giroflée. Une chenille rampait dessus.

« Comme le monde est merveilleux ! disait la chenille. Le soleil est si chaud ! Tout est si amusant ! et quand, un jour, je m'endormirai pour mourir, comme on dit, je me réveillerai papillon !

— C'est des idées, dit le bousier, nous, nous volons comme des papillons ! Je viens de l'écurie de l'empereur, mais là, personne, pas même le cheval favori de l'empereur qui marche pourtant dans de vieux souliers en or, ne se fait de pareilles idées. Avoir des ailes !

Voler ! eh bien ! nous volons ! » Et le bousier s'envola. « Je ne veux pas me fâcher, mais je suis fâché tout de même ! »

Puis il s'abattit lourdement sur une grande pelouse. Il y resta un peu puis s'endormit.

Dieu nous garde, quelle averse ! Le bousier fut réveillé par le clapotis et voulut aussitôt s'enfoncer en terre, mais il n'y parvint pas. Il fut renversé, il nagea sur le ventre et le dos, il n'était pas question de voler, il ne sortirait sûrement jamais vivant de cette pelouse. Il était là, par terre, et il y resta.

Quand la pluie diminua un peu et que le bousier eut cligné des yeux pour en chasser l'eau, il entrevit quelque chose de blanc, c'était du linge qu'on avait mis à blanchir. Il se rendit jusque-là, se glissa dans un pli de linge mouillé ; assurément, ce n'était pas comme d'être allongé dans le chaud fumier de l'écurie, mais il n'y avait rien de mieux et il resta là toute une journée, toute une nuit — et la pluie persista aussi. Au matin, le bousier sortit, il était bien fâché contre ce climat.

Il y avait, sur le linge, deux grenouilles. Leurs yeux clairs brillaient de pur plaisir. « C'est un temps béni ! disait l'une. Comme ça vous rafraîchit ! et ce linge garde si merveilleusement l'eau ! Ça me chatouille les pattes de derrière comme si j'allais nager !

— J'aimerais bien savoir, dit l'autre, si l'hirondelle qui vole un peu partout a trouvé un climat meilleur que le nôtre dans ses nombreux voyages à l'étranger. Une bruine pareille, une humidité pareille ! c'est comme si on était dans un fossé mouillé ! Si on n'est pas content de ça, on n'aime vraiment pas sa patrie !

— Vous n'avez donc jamais été dans l'écurie de l'empereur ? demanda le bousier. Là, l'humidité est à la fois chaude et épicée ! J'y suis habitué, c'est mon climat, mais on ne peut pas l'emporter en voyage. Il n'y a pas de serre dans le jardin où des personnes de qualité comme moi pourraient entrer et se sentir chez elles ? »

Mais les grenouilles ne le comprirent pas ou ne voulurent pas le comprendre.

« Je ne répète jamais une question ! » dit le bousier quand il eut demandé trois fois sans obtenir de réponse.

Puis il fit un petit bout de chemin à pied : il y eut un tesson de pot de fleurs, il n'aurait pas dû se trouver là, mais tel qu'il était, il fournissait un abri. Habitaient là plusieurs familles de perce-oreilles : elles ne demandaient pas beaucoup d'espace, seulement de la sociabilité ; les femelles, surtout, ont un fort instinct maternel, aussi les petits de chacune sont-ils les plus beaux et les plus intelligents.

« Notre fils s'est fiancé, dit une mère, le doux innocent ! Son but suprême est de parvenir à se glisser dans l'oreille d'un pasteur. Il est tellement enfantin et adorable, ses fiançailles le garderont de la débauche ! C'est une telle joie pour une mère !

— Notre fils, dit une autre mère, vient tout juste de sortir de l'œuf et il a déjà fait des siennes, il pétille de vie et il jette sa gourme. C'est une joie formidable pour une mère ! N'est-ce pas, monsieur le bousier ? » Elles reconnaissaient l'étranger à sa taille.

« Vous avez raison toutes les deux ! » dit le bousier, et on l'invita à passer au salon, dans la mesure où il pouvait passer sous le tesson.

« Vous allez voir aussi mon petit perce-oreille », dirent une troisième et une quatrième mère, « ce sont des enfants adorables et tellement amusants ! Ils ne sont jamais malpolis sauf quand ils ont mal au ventre, et on attrape si facilement mal au ventre à leur âge ! »

Puis chaque mère parla de ses petits, et les petits se mêlèrent à la conversation, se servant de la petite fourchette qu'ils avaient au bout de la queue pour tirer sur la moustache du bousier.

« Ils inventent n'importe quoi, ces petits gredins ! » disaient les mères débordantes d'amour maternel, mais cela ennuyait le bousier et il demanda s'il y avait loin jusqu'à la serre.

« C'est loin dans le vaste monde, de l'autre côté du fossé, dit le perce-oreille, j'espère qu'aucun de mes enfants n'ira jamais si loin, sinon, j'en mourrais !

— Je vais tout de même essayer d'arriver si loin ! » dit le bousier qui s'en fut sans dire au revoir, c'est tout ce qu'il y a de plus courtois !

Au bord du fossé, il rencontra d'autres individus de son espèce, tous bousiers.

« C'est ici que nous habitons ! dirent-ils. Nous y sommes très bien ! Pouvons-nous vous inviter à descendre dans le gras ? Le voyage vous a sûrement fatigué !

— Oh oui ! dit le bousier. J'ai couché sur du linge, par la pluie, la propreté m'épuise tout particulièrement ! J'ai aussi attrapé un rhumatisme à la jointure de l'aile, à rester dans un courant d'air sous un tesson de pot. C'est vraiment un réconfort que de se retrouver parmi les siens !

— Vous venez peut-être de la serre ? demanda le plus vieux.

— De plus haut que ça ! dit le bousier. Je viens de l'écurie de l'empereur où je suis né avec des fers en or.

Je suis en mission secrète, il ne faut pas m'interroger là-dessus, je ne le dirai pas ! »

Et le bousier descendit dans la vase grasse. Il y avait là trois jeunes bousières, elles pouffèrent de rire car elles ne savaient que dire.

« Elles ne sont pas fiancées ! » dit la mère, et de nouveau, elles pouffèrent de rire, mais c'était de confusion.

« Je n'en ai pas vu de plus belles dans l'écurie de l'empereur ! dit le bousier voyageur.

— N'allez pas pervertir mes filles ! et ne leur parlez pas si vous n'avez pas d'intentions sérieuses... mais vous en avez et je vous donne ma bénédiction.

— Hourra ! » dirent tous les autres, et donc le bousier fut fiancé. D'abord les fiançailles, puis le mariage, il n'y avait rien d'autre à attendre.

Le lendemain se passa fort bien, le surlendemain traîna en longueur, mais le troisième jour, il fallut tout de même penser à nourrir la femme et peut-être aussi la marmaille.

« Je me suis laissé surprendre, dit-il, il faut bien que je les surprenne à mon tour... ! »

Et c'est ce qu'il fit. Il disparut. Disparut toute la journée, disparut toute la nuit... et sa femme resta veuve. Les autres bousiers dirent que c'était un vrai vagabond qu'ils avaient pris dans la famille : maintenant, la femme était à leur charge.

« Elle peut reprendre sa vie de jeune fille, dit la mère, rester mon enfant ! Pouah ! Le sale type qui l'a abandonnée ! »

Lui, cependant, était en route, il avait navigué sur une feuille de chou pour traverser le fossé. Vers le matin, deux hommes arrivèrent, ils virent le bousier, le ramassèrent, le tournèrent et retournèrent, ils étaient très savants tous les deux, le plus jeune surtout. « Allah voit le bousier noir dans la pierre noire de la montagne noire ! Est-ce que ce n'est pas écrit dans le Coran[1] ? » demanda-t-il et il traduisit le nom du bousier en latin, détermina son espèce et sa nature.

Le savant plus âgé fut d'avis de ne pas l'emporter chez eux où ils avaient des exemplaires aussi bons, dit-il, et le bousier trouva que ce n'était pas poli, aussi s'envola-t-il de sa main, vola un bon moment, ses ailes étaient devenues toutes sèches, et il atteignit la serre où, avec la plus grande commodité, une fenêtre étant ouverte, il put se faufiler et s'enterrer dans le fumier frais.

« C'est exquis ! » dit-il.

Bientôt, il s'endormit et rêva que le cheval de l'empereur avait été abattu et que M. Bousier avait eu ses fers en or, avec la promesse de deux encore. C'était fort agréable et quand le bousier se réveilla, il sortit de son trou et leva les yeux. Quelle splendeur dans cette serre ! De grands palmiers en éventail s'étalaient, le soleil les rendait transparents, en dessous, il y avait profusion de verdure, de fleurs qui brillaient, rouges comme feu, jaunes comme ambre et blanches comme neige fraîchement tombée.

« C'est une incomparable splendeur, ces fleurs ! quel bon goût elles auront quand elles seront en putréfaction ! dit le bousier. C'est un excellent garde-manger. J'ai sûrement de la famille qui habite ici. Je vais me mettre en quête, tâcher de trouver quelqu'un que je puisse fréquenter. Pour être fier, je suis fier ! » et il s'en fut, pensant à son rêve de cheval mort et de fers en or.

Soudain, une main s'empara du bousier, qui fut pincé, tourné et retourné.

Le jeune fils du jardinier et un camarade étaient dans la serre, ils avaient vu le bousier, ils allaient s'amuser avec lui. Posé dans une feuille de vigne, il descendit dans la chaleur d'une poche de pantalon, il rampa, s'agita, serré dans la main du garçon qui s'en alla rapidement au vaste étang, au bout du jardin. Là, le bousier fut déposé dans un vieux sabot cassé qui avait perdu son cou-de-pied. Une baguette fut fixée en guise de mât : à ce mât, le bousier fut attaché par un fil de laine. Maintenant, il était capitaine et allait naviguer.

C'était un très grand étang, le bousier avait l'impression que c'était un océan et fut si étonné qu'il se renversa sur le dos en frétillant des pattes.

Le sabot naviguait, il y avait du courant dans l'eau, mais dès que le navire arrivait un peu trop loin, l'un des garçons retroussait aussitôt son pantalon et allait le chercher. Mais comme de nouveau le sabot dérivait, on appela les garçons, impérieusement, ils s'en allèrent en hâte, abandonnant le sabot à lui-même. Il dériva, de plus en plus loin de la terre, c'était affreux pour le bousier. Voler, il ne le pouvait pas : il était attaché au mât.

Il eut la visite d'une mouche.

« Quel temps superbe nous avons ! dit la mouche. Je peux me reposer ici ! je peux me chauffer au soleil. Vous êtes très bien ici !

— Parlez pour vous ! Vous ne voyez pas que je suis attaché ?

— Moi, je ne suis pas attachée ! » dit la mouche, et elle s'envola.

« Maintenant, je connais le monde, dit le bousier,

c'est un monde abject ! Je suis la seule personne honnête au monde ! D'abord, on me refuse des fers en or, puis il faut que je couche sur du linge mouillé, que je sois dans le courant d'air et enfin, on me colle une femme. Qu'alors, je me lance hardiment dans le monde, pour voir comment ça peut aller, comment ça irait pour moi, et voilà un moutard qui m'entrave et me lance sur la mer sauvage. Et pendant ce temps, le cheval de l'empereur marche sur des fers en or ! C'est ça qui m'exaspère le plus. Mais il n'y a pas à s'attendre à de la compassion en ce monde ! L'histoire de ma vie est fort intéressante, mais à quoi ça sert si personne ne la connaît ! D'ailleurs, le monde ne mérite pas de la connaître, sinon, il m'aurait donné des fers en or dans l'écurie de l'empereur quand le cheval favori a été ferré et que j'ai tendu les pattes. Si j'avais eu des fers en or, je serais devenu un honneur pour l'écurie, maintenant, elle m'a perdu et le monde m'a perdu, tout est fini ! »

Mais tout n'était pas fini encore, une barque arriva, portant des jeunes filles.

« Voilà un sabot qui flotte ! dit l'une.

— Il y a une petite bête attachée dedans ! » dit l'autre.

Elles étaient tout près du sabot, elles le remontèrent, l'une des jeunes filles sortit de petits ciseaux, coupa le fil de laine sans faire de mal au bousier et, quand elles accostèrent, elle le posa dans l'herbe.

« Rampe, rampe ! Vole, vole si tu peux ! dit-elle. La liberté est une chose merveilleuse ! »

Et le bousier vola tout droit à la fenêtre ouverte d'un grand bâtiment. Là, il se laissa tomber, fatigué, sur la délicate, douce, longue crinière du cheval favori de l'empereur qui était à l'écurie où lui et le bousier avaient domicile. Il se cramponna à la crinière, rassemblant ses esprits. « Me voici sur le cheval favori de l'empereur ! Assis comme un cavalier ! Qu'est-ce que je dis là ? C'est ça, maintenant, c'est clair ! C'est une bonne idée, et juste. Pourquoi ce cheval a-t-il eu des fers en or ? C'est bien ce que le forgeron m'a demandé aussi. Maintenant, je comprends ! C'est à cause de moi que ce cheval a eu des fers en or ! »

Et le bousier se trouva alors de bonne humeur.

« On devient perspicace en voyage ! » dit-il.

Le soleil brillait sur lui, brillait d'un très bel éclat. « Tout de même, le monde n'est pas si mal fait, dit le bousier, il suffit de savoir le prendre ! » Le monde était magnifique parce que le cheval favori de l'empereur avait eu des fers en or pour que le bousier fût son cavalier.

« Je vais descendre voir les autres bousiers, leur raconter tout ce qu'on a fait pour moi. Je raconterai tous les agréments dont j'ai joui dans ce voyage à l'étranger, et je dirai que, maintenant, je vais rester chez moi en attendant que le cheval ait usé ses fers en or ! »

LA VIERGE DES GLACES

I

LE PETIT RUDY

Visitons la Suisse, regardons un peu ce splendide pays de montagnes où les forêts poussent jusqu'en haut des versants abrupts. Grimpons sur les champs de neige éblouissante et redescendons dans les vertes prairies où coulent en grondant fleuves et ruisseaux comme s'ils avaient peur de ne pas atteindre à temps la mer pour y disparaître. Dans la vallée profonde, le soleil brûle, il brûle aussi là-haut, sur les pesantes masses de neige, si bien qu'au long des années, elles fondent pour former des blocs de glace brillante et deviennent avalanches déferlantes, glaciers amoncelés. Il y en a deux de ce genre dans les vastes gorges au pied du Schreckhorn et du Wetterhorn, près de la petite ville de Grindelwald. Ils font un spectacle extraordinaire, aussi, en été, beaucoup d'étrangers y viennent de tous les pays du monde. Ils traversent les hautes montagnes couvertes de neige, ils montent des profondes vallées et alors, ils doivent grimper pendant des heures. Plus ils montent, plus la vallée s'enfonce, ils y plongent le regard comme s'ils la voyaient d'un ballon. Au-dessus, les nuages pendent souvent aux cimes des montagnes comme de lourds rideaux de fumée épaisse alors qu'en bas dans la vallée, où les nombreuses maisons de bois brunes s'éparpillent, un rayon de soleil brille encore, faisant ressortir une tache de verdure lumineuse comme si elle était transparente. L'eau gronde, bruit et murmure en bas, l'eau ruisselle et chante au-dessus, on dirait un ruban d'argent qui volette sur le roc.

De part et d'autre du chemin montant, il y a des maisons de rondins, chacune a son petit jardin de pommes de terre : il est bien nécessaire car il y a beaucoup de bouches à nourrir à la maison, tout plein d'enfants qui ne se font pas prier pour manger. Il en sort un essaim de toutes les maisons, ils se pressent autour des voyageurs, que ceux-ci soient à pied ou en voiture. Toute cette bande d'enfants fait du commerce. Les petits proposent, pour les vendre, des chalets joliment découpés comme on en voit ici par les montagnes. Qu'il pleuve ou que le soleil brille, les enfants surgissent en foule avec leurs marchandises.

Il y a un peu plus de vingt ans, il y avait là, de temps à autre, toujours à quelque distance des autres enfants, un petit garçon qui voulait faire du commerce aussi. Il avait le visage grave et les deux mains serrées sur sa boîte de bois comme s'il avait eu peur de la lâcher. Et c'était justement ce sérieux, joint à sa petite taille, qui le faisait remarquer, on l'appelait, même. Souvent, c'était lui qui faisait les meilleures affaires, sans savoir lui-même pourquoi. Plus haut dans la montagne habitait son grand-père maternel qui découpait les jolies maisons délicates, et dans la chaumière, il y avait une vieille armoire pleine de bibelots de même genre, c'étaient des casse-noix, des couteaux, des fourchettes et des boîtes décorées de jolis feuillages et de chamois bondissants. Il y avait là tout ce qui pût réjouir un regard d'enfant, mais le petit — on l'avait appelé Rudy — regardait avec plus de désir et d'envie le vieux fusil accroché sous la poutre. Un jour, ce serait à lui, avait dit Grand-Père, mais il fallait d'abord qu'il devienne assez grand et fort pour s'en servir.

Tout petit qu'il fût, on lui avait fait garder les chèvres et si, pour être un bon gardien, il fallait savoir escalader avec elles, Rudy était un bon gardien. Il grimpait même un peu plus haut aussi, il aimait prendre des nids d'oiseaux en haut des arbres ; pour être intrépide et hardi, il l'était, mais on ne le voyait sourire que lorsqu'il était au bord de la cascade grondante ou quand il entendait rouler une avalanche. Jamais il ne jouait avec les autres enfants. Il n'était avec eux que lorsque son grand-père l'envoyait faire du commerce, et cela ne plaisait guère à Rudy, il préférait déambuler tout seul par les montagnes ou rester chez Grand-Père, l'écouter parler de l'ancien temps et des gens de Meiringen, tout près de là, d'où il était. Ces gens-là n'avaient pas habité en ces lieux depuis le commencement du monde, disait Grand-Père, c'étaient des immigrants. Ils venaient de tout en haut dans le Nord, c'est là qu'habitait leur espèce, on les appelait « Suédois ». C'était toute une science que de savoir cela et Rudy le savait bien, mais il acquit encore plus de science par la fréquentation d'autres créatures : c'étaient tous les animaux qui habitaient la maison. Il y avait un gros chien, Ajola, un héritage du père de Rudy, et il y avait un matou. Celui-ci surtout avait eu beaucoup d'importance pour Rudy, c'est lui qui lui avait appris à grimper.

« Viens avec moi sur le toit ! » avait dit le chat, et ce, de façon fort claire et intelligible, car lorsqu'on est un enfant et que l'on ne sait pas parler encore, on comprend parfaitement les poules et les canards, les chats et les chiens, ils nous parlent de façon aussi compréhensible que père et mère, il suffit d'être vraiment petit. Même la canne de Grand-Père peut hennir alors, devenir cheval avec tête, pattes et queue. Chez certains enfants, cette intelligence disparaît plus tard que chez d'autres, on dit d'eux qu'ils sont très en retard, qu'ils restent enfants bien longtemps. On dit tant de choses !

« Viens avec moi sur le toit, petit Rudy ! » Ce fut une des premières choses que dit le chat, et Rudy comprit. « Cette histoire de tomber, ce sont des idées qu'on se fait, on ne tombe pas quand on n'a pas peur. Viens, pose une de tes pattes comme ça, l'autre, comme ça. Accroche-toi avec tes pattes de devant ! Fais bien attention et garde les membres souples ! s'il y a une faille, saute, et tiens-toi bien, c'est ce que je fais ! »

Et c'est aussi ce que fit Rudy. Aussi fut-il souvent sur le faîte du toit avec le chat, il fut avec lui à la cime de l'arbre, et même au bord du rocher, tout en haut, où le chat ne venait pas.

« Plus haut ! plus haut ! » disaient les arbres et les buissons. « Tu vois comme nous grimpons ! comme nous arrivons haut, comme nous nous cramponnons, même sur la pointe extrême du rocher ! »

Et Rudy atteignait le sommet de la montagne, avant que le soleil y arrive, souvent, c'est là qu'il prenait son petit déjeuner, de l'air de montagne fortifiant et frais, cette boisson que seul Notre-Seigneur sait préparer, les hommes peuvent en lire la recette, il eſt écrit : parfum frais d'herbes de montagnes, menthe frisée de la vallée, et thym. Tout ce qui eſt lourd, les nuages pendants l'aspirent et les vents le cardent sur les forêts de sapins, l'essence du parfum devient air léger et frais, toujours plus frais ; voilà quel était le petit déjeuner de Rudy.

Les rayons du soleil — les filles qui apportent la bénédiction du soleil — embrassaient ses joues, le Vertige était aux aguets mais n'osait pas s'approcher et les hirondelles de la maison de Grand-Père — il n'y avait pas moins de sept nids — volaient jusqu'à lui et ses chèvres, chantant : « Nous et vous ! nous et vous[1] ! » Elles transmettaient les salutations de la maison, y compris des deux poules, les seuls volatiles de la chaumière que ne fréquentait pas Rudy.

Tout petit qu'il fût, il avait voyagé, et ce n'avait pas été un voyage si court pour un si petit bonhomme. Il était né plus loin dans le canton du Valais, on lui avait fait passer les montagnes jusqu'ici. Récemment, il était allé voir, à pied, le Staubbach voisin[2], qui ondule comme un voile d'argent en l'air devant la blanche montagne couverte de neige éblouissante, la Vierge[3]. À Grindelwald, il était allé au bord du grand glacier, mais c'était une hiſtoire bien triſte, c'eſt là que sa mère avait trouvé la mort. « C'eſt là, disait Grand-Père, que le petit Rudy avait perdu sa joie enfantine. Quand le gamin n'avait pas encore un an, il riait plus qu'il ne pleurait, avait écrit sa mère, mais à partir du moment où il avait été dans la crevasse de glace, il avait complètement changé d'humeur. » D'ailleurs, Grand-Père ne parlait guère de cela, mais on était au courant dans toute la montagne.

Le père de Rudy avait, comme nous le savons[1], été postier. Le gros chien de la maison l'avait toujours accompagné pour passer le Simplon et descendre sur le lac de Genève. Dans la vallée du Rhône, canton du Valais, la famille paternelle de Rudy habitait encore, son oncle était un chasseur de chamois capable et un guide bien connu. Rudy n'avait qu'un an quand il perdit son père, sa mère eut envie de retourner avec son petit enfant dans sa famille, dans l'Oberland bernois. À quelques heures de chemin de Grindelwald habitait son père. Il était sculpteur sur bois, cela lui rapportait assez pour qu'il pût en vivre. En juin, elle prit le chemin de son foyer, portant son petit enfant, en compagnie de deux chasseurs de chamois, et passa le Gemmi[2] pour atteindre Grindelwald. Ils avaient déjà fait la plus grande partie du chemin, ils avaient traversé le faîte des champs de neige, ils voyaient déjà sa vallée natale avec tous ses chalets bien connus et disséminés, il ne leur restait plus qu'une difficulté, franchir le plus haut sommet et l'un des grands glaciers. Il venait de tomber de la neige qui dissimulait une crevasse qui ne descendait pas exactement jusque tout au fond où grondait la rivière, mais qui était tout de même plus profonde que la taille d'un homme. La jeune femme qui portait son enfant glissa, sombra et disparut. On n'entendit pas un cri, pas un soupir, mais on entendit pleurer un petit enfant. Il s'écoula plus d'une heure avant que ses deux guides puissent rapporter de la maison la plus proche, en bas, des cordes et des perches qui pourraient leur être de quelque secours. Après de grandes difficultés, ils rapportèrent de la crevasse deux cadavres, à ce qu'il semblait. Tous les moyens furent employés et l'on réussit à rappeler l'enfant à la vie, mais pas la mère. Et ainsi, le vieux grand-père eut chez lui un petit-fils à la place de sa fille, ce petit qui riait plus qu'il ne pleurait, mais il semblait maintenant avoir perdu l'habitude de rire, ce changement avait dû se produire dans la faille du glacier, dans l'étrange monde froid de la glace où les âmes des damnés sont enfermées jusqu'au Jugement dernier, à ce que croit le paysan suisse.

Un peu à la manière du torrent grondant qui gèle et charrie des blocs de verre vert, le glacier roule les gros blocs de glace les uns sur les autres. Tout au fond mugit le courant qui emporte neige et glace fondues. Des trous profonds, d'énormes crevasses s'y creusent, cela fait un merveilleux palais de glace et c'est là qu'habite la Vierge des glaces, la reine du glacier. Elle, qui tue, qui broie, elle est à demi l'enfant des airs, à demi la puissance souveraine du fleuve, voilà pourquoi elle parvient à s'élever avec la rapidité du chamois sur le pic le plus élevé de la montagne de neige, où les alpinistes les plus audacieux doivent tailler dans la glace des marches pour leur pied. Elle vogue sur la mince branche de sapin jusqu'en bas, au fleuve impétueux, là, elle saute de rocher en rocher, dans le volettement de ses longs cheveux blancs de neige et de sa robe bleu-vert qui brille comme l'eau des profonds lacs suisses.

« Broyer, étreindre ! À moi la puissance ! dit-elle. On m'a volé un charmant garçon, un garçon que j'avais embrassé mais pas d'un baiser mortel. Il est revenu parmi les hommes, il garde les chèvres dans la montagne, escalade, toujours plus haut, loin des autres, pas loin de moi ! Il est à moi, j'irai le prendre ! »

Et elle demanda au Vertige de lui rendre ce service. C'était en été, il fait trop chaud pour la Vierge des glaces dans la verdure où prospère la menthe frisée. Et le Vertige se leva et s'inclina. Il en vint un, il en vint trois. Le Vertige a beaucoup de frères, toute une bande. Et la Vierge des glaces choisit parmi les nombreux frères qui règnent au-dedans comme au-dehors de la maison, le plus fort. Ils sont sur la rampe de l'escalier et sur le garde-fou de la tour, ils courent comme l'écureuil au bord de la montagne, ils sautent en foulant l'air comme le nageur bat des pieds dans l'eau, ils attirent leurs victimes dans le gouffre. Le Vertige et la Vierge des glaces s'emparent tous deux des hommes, comme la pieuvre se saisit de tout ce qui bouge autour d'elle. Le Vertige devait s'emparer de Rudy.

« C'est ça, attrapez-le-moi donc, dit le Vertige, moi, je ne peux pas ! Le chat, ce misérable, lui a enseigné ses tours ! Cet enfant d'homme détient un pouvoir qui me repousse. Je ne peux atteindre ce mioche quand il est suspendu à la branche au-dessus de l'abîme, je voudrais le chatouiller sous la plante des pieds ou le faire plonger en l'air ! je ne peux pas !

— Nous le pouvons ! dit la Vierge des glaces. Toi ou moi ! moi ! moi !

— Non ! non ! » entendit-on résonner jusqu'à eux, comme un écho de cloches d'églises, dans la montagne, mais c'était un chant, c'était un discours, c'était un chœur à l'unisson d'autres esprits de la nature, les douces, affectueuses et bonnes filles des rayons de soleil. Chaque soir, elles campent en cercle sur les pics de montagnes, déploient leurs ailes aux teintes roses qui, au fur et à mesure que le soleil descend, se font de plus en plus rouges, les hautes Alpes brûlent, on appelle cela « le feu des Alpes ». Et quand le soleil est couché, elles pénètrent dans les cimes, dans la neige blanche, y dorment jusqu'à ce que le soleil se lève. Alors, elles reparaissent. Elles aiment surtout les fleurs, les papillons et les hommes, et parmi ceux-ci, elles avaient particulièrement élu le petit Rudy.

« Vous ne le capturerez pas ! vous ne le capturerez pas ! dirent-elles.

— J'en ai pris et capturé de plus grands et de plus forts ! » dit la Vierge des glaces.

Alors les filles du soleil chantèrent une chanson sur le voyageur dont le vent tourbillonnant arracha le manteau pour l'emporter dans un vol impétueux : le vent emporta le pardessus, mais pas l'homme. « Oui, vous pouvez le saisir, enfants de la force, mais pas le garder. Il est plus fort, plus subtil que nous ! Il monte plus haut que le soleil, notre père ! Il détient le mot magique qui enchaîne vent et eau, si bien qu'il leur faut le servir et lui obéir. Vous défaites le poids pesant qui l'opprime, et il monte plus haut[1] ! »

Ainsi, délicieusement, résonnait le chœur carillonnant.

Et chaque matin, les rayons du soleil brillaient par l'unique petite fenêtre de la maison de Grand-Père, jusqu'à l'enfant endormi. Les filles des rayons du soleil l'embrassaient, elles voulaient dégeler, réchauffer, faire disparaître un jour les baisers de glace que la Vierge royale des glaciers lui avait donnés quand il gisait dans les bras de sa mère, dans la profonde crevasse de glace d'où il avait été sauvé comme par miracle.

II

LE VOYAGE AU NOUVEAU FOYER

Et maintenant, Rudy avait huit ans. Son oncle paternel, dans la vallée du Rhône, de l'autre côté des montagnes, voulait prendre l'enfant chez lui, il pourrait s'y instruire mieux et progresser. C'est ce que pensait aussi son grand-père qui le laissa donc partir.

Rudy allait partir. Il fallait dire au revoir à d'autres que son grand-père, il y avait d'abord Ajola, le vieux chien.

« Ton père était postier, et j'étais chien de poste, dit Ajola, nous en avons fait, des allées et venues, je connais les chiens et les hommes aussi de l'autre côté des montagnes. Je n'avais pas coutume de parler beaucoup, mais maintenant que nous n'avons certainement pas longtemps à parler ensemble, je serai un peu plus loquace que d'ordinaire. Je vais te raconter une histoire que je remâche depuis toujours. Je n'arrive pas à la comprendre, et tu ne le pourras pas non plus, mais ça n'a pas d'importance, parce que j'en ai conclu que tout n'est pas tellement bien partagé en ce monde pour les chiens ou pour les hommes ! tout le monde n'est pas créé pour être pris sur les genoux ou boire le lait à la cuiller. On ne m'a pas habitué à ça, mais j'ai vu un chiot voyager en voiture de poste, il y avait sa place comme un homme, la dame qui était sa maîtresse, ou plutôt dont lui était le maître, avait emporté une bouteille de lait dont elle lui donna à boire. Il avait des biscuits qu'il ne daignait même pas manger, il se contentait de les flairer si bien que ce fut elle qui les mangea. Moi, je courais à côté de la voiture, affamé comme peut l'être un chien, remâchant mes pensées, ce n'était pas juste, ça... mais il doit y avoir bien des choses qui ne le sont pas ! Puisses-tu être pris sur les genoux et rouler en carrosse, mais c'est une chose qu'on ne peut arranger soi-même, moi, je ne l'ai pas pu, ni en aboyant ni en ouvrant largement la gueule ! »

Tel fut le discours d'Ajola, et Rudy le prit par le cou et l'embrassa sur son museau humide, puis il prit le chat dans ses bras, mais le chat se débattit.

« Tu deviens trop fort pour moi, et je ne me servirai pas de mes griffes contre toi ! Escalade donc les montagnes, je t'ai appris à le faire ! Ne crois jamais que tu vas tomber, comme ça, tu te maintiendras ! » Puis le chat s'en fut en courant, il ne voulait pas faire voir à Rudy qu'il avait les yeux brillants de chagrin.

Les poules couraient dans la pièce, l'une avait perdu sa queue. Un voyageur qui se prenait pour un chasseur lui avait coupé la queue d'un coup de fusil, il l'avait prise pour un oiseau de proie.

« Rudy va traverser les montagnes ! dit l'une des poules.

— Il est toujours pressé, dit l'autre, et je n'aime pas dire au revoir ! » et elles s'en furent toutes deux en trottinant.

Il dit au revoir aux chèvres aussi, et elles crièrent : « Emmèèène-nous ! Emmèèène-nous ! Mêêe ! » C'était bien triste.

Il y avait parmi les gens du coin deux guides expérimentés qui devaient justement traverser les montagnes, ils voulaient descendre de l'autre côté du Gemmi, Rudy les accompagna, et à pied. C'était une rude marche pour un si petit bonhomme, mais il avait des forces et un courage infatigables.

Les hirondelles les accompagnèrent un moment. « Nous et vous ! et vous et nous ! » chantaient-elles. Le chemin traversait l'impétueuse Lütschine qui déferle en de nombreux petits torrents de la crevasse noire du glacier de Grindelwald. Des troncs d'arbres et des blocs de pierre tiennent lieu de pont. Ils étaient maintenant au bout du bosquet d'aulnes et commencèrent l'ascension de la montagne, tout près de l'endroit où le glacier s'était détaché du versant, puis ils s'engagèrent sur le glacier, en montant sur les blocs de glace ou en les contournant. Rudy dut progresser tantôt à quatre pattes, tantôt en marchant. Ses yeux rayonnaient de pur plaisir, il marchait d'un si bon pied dans ses souliers ferrés qu'on eût dit qu'il voulait laisser des traces de son passage. La couche de terre noire que le torrent avait déversée sur le glacier donnait à celui-ci un air calciné, mais tout de même, la glace bleu-vert, vitreuse, brillait au travers. Il fallut contourner les petits étangs enserrés entre des blocs de glace amoncelés et en cours de route, on approcha d'une grosse pierre branlante, au bord d'une crevasse dans la glace, la pierre perdit son équilibre, tomba, déroula, et l'écho résonna dans les creux profonds du glacier.

On montait, on montait toujours. Le glacier lui-même s'étirait en hauteur comme un fleuve de masses de glace accumulées au hasard, coincées entre des rochers abrupts. Un instant, Rudy pensa à ce qu'on lui avait raconté : que sa mère et lui étaient restés dans une de ces crevasses exhalant le froid, mais de telles pensées disparurent bientôt, ce n'était pour lui qu'une des nombreuses histoires qu'il avait entendues. De temps en temps, quand les hommes pensaient que la montée était un peu trop difficile pour le petit bonhomme, ils lui tendaient la main, mais il n'était pas fatigué et sur la glace lisse, il restait ferme comme un chamois. Ils pénétrèrent alors sur un sol rocheux, tantôt parmi des pierres nues, tantôt parmi des sapins nains, et de nouveau sur l'herbe verte, dans un changement toujours renouvelé. Tout autour s'élevaient des montagnes enneigées dont il savait les noms, comme tous les enfants de ces lieux : la Vierge, le Moine et l'Eiger. Jamais encore Rudy n'était allé si haut, n'avait foulé la vaste mer de neige. Elle s'étendait avec ses vagues immobiles dont le vent faisait s'envoler quelques flocons comme il fait s'envoler l'écume de l'eau de la mer. Les glaciers se tiennent par la main, si l'on peut dire, chacun est un palais de verre pour la Vierge des glaces dont la puissance et la volonté sont de capturer et d'enterrer. Le soleil était chaud, la neige éblouissante et comme parsemée d'éclats de diamant bleuâtres et scintillants. D'innombrables insectes, des papillons et des abeilles surtout, gisaient, morts, sur la neige, ils s'étaient risqués trop haut, ou bien le vent les avait emportés jusqu'à ce qu'ils expirent dans ce froid. Autour du Wetterhorn s'accrochait, comme un écheveau de laine finement cardée, un nuage menaçant. Il s'affaissa, vidé de son contenu, foehn d'une terrible violence quand il se déchaîne. Les impressions de toute cette marche, de leurs quartiers de nuit là-haut, du chemin ensuite, des profondes gorges où l'eau, pendant des temps vertigineusement longs, avait scié les blocs de pierre, demeurèrent gravées, inoubliables, dans la mémoire de Rudy.

Un bâtiment de pierre abandonné, de l'autre côté de la mer de neige, fournit un refuge pour passer la nuit. Ils y trouvèrent du charbon de bois et des branches de sapins. Le feu fut bientôt allumé, leurs couches, préparées du mieux possible, les hommes s'assirent autour du feu, fumèrent et burent la chaude boisson épicée qu'ils avaient préparée. Rudy en eut sa part, et l'on parla des êtres mystérieux du pays des Alpes, des étranges serpents géants dans les lacs profonds, des êtres nocturnes, de l'armée des fantômes qui portaient dans les airs l'homme endormi jusqu'à la merveilleuse ville flottante, Venise. Du berger sauvage qui poussait ses moutons noirs dans le pâturage. Si on ne les avait pas vus, on avait au moins entendu le son de leurs clochettes, l'affreux bêlement du troupeau. Rudy écoutait avec curiosité mais sans la moindre crainte : il ne connaissait pas la crainte et tout en écoutant, il lui semblait entendre le bêlement fantomatique et creux. Mais oui ! c'était de plus en plus net, les hommes l'entendaient aussi, ils cessèrent de parler, écoutèrent et dirent à Rudy qu'il ne fallait pas dormir.

C'était un foehn qui soufflait, le violent vent de tempête qui se jette des montagnes dans la vallée et, dans son emportement, brise les arbres comme si c'étaient des roseaux, transporte les maisons de rondins d'une berge à l'autre du fleuve comme nous déplaçons des pièces d'échecs.

Une heure avait passé quand ils dirent à Rudy que, maintenant, c'était fini, il pouvait dormir, et, fatigué par sa marche, il s'endormit comme sur commande !

De bonne heure, le matin, ils se mirent en route. Le soleil éclaira ce jour-là, pour Rudy, de nouvelles montagnes, de nouveaux glaciers et champs de neige. Ils avaient pénétré dans le canton du Valais et se trouvaient de l'autre côté de la chaîne que l'on voyait de Grindelwald, mais loin encore de son nouveau foyer.

D'autres gorges de montagnes, d'autres pâturages, des forêts, des sentiers de montagnes se présentèrent, d'autres maisons, d'autres gens apparurent, mais quelles gens il voyait là : des avortons, des visages affreux, gras, jaunâtres, cous massifs, effroyables, pendants comme des poches. C'étaient des crétins, ils se traînaient, maladifs, regardant stupidement les étrangers qui arrivaient. Les femmes, surtout, avaient un air épouvantable. Étaient-ce là les gens de ce nouveau foyer ?

III

L'ONCLE PATERNEL

Chez l'oncle où arriva Rudy, les gens, Dieu soit loué, étaient tels que Rudy avait l'habitude de les voir. Il n'y avait là qu'un seul crétin, un pauvre gamin idiot, une de ces misérables créatures qui, dans leur pauvreté et leur abandon, circulent toujours, dans le Valais, parmi les familles, restant quelques mois dans chaque maison. C'était le pauvre Saperli qui était là quand Rudy arriva.

L'oncle était un chasseur solide encore, sachant, de plus, fabriquer des tonneaux. Sa femme était une petite personne vive, avec une tête d'oiseau, presque, des yeux d'aigle et un long cou tout duveteux.

Tout était nouveau pour Rudy, les costumes, les coutumes, la langue même, mais une oreille d'enfant la comprendrait bientôt. En comparaison du foyer de Grand-Père, on paraissait à l'aise ici. La maison qu'ils habitaient était plus grande, les murs, ornés de cornes de chamois et de fusils bien fourbis, une image de la mère de Dieu était accrochée au-dessus de la porte : il y avait devant de la rose des Alpes fraîche et une lampe allumée.

L'oncle était, comme on l'a dit, un des meilleurs chasseurs de chamois de la région et, de plus, le guide le plus exercé. Dans cette maison, Rudy allait être l'enfant gâté : certes, il y en avait déjà un, c'était un vieux chien de chasse, aveugle et sourd, qui n'était plus bon à rien, mais qui avait bien servi. On se rappelait ses capacités passées, aussi faisait-il partie de la famille et devait-il avoir du bon temps. Rudy caressa le chien, mais celui-ci ne se liait plus à des étrangers, et Rudy était encore étranger, mais pas pour longtemps. Il s'enracina bientôt dans la maison et dans les cœurs.

« On n'est pas si mal, ici, dans le canton du Valais ! dit l'oncle. Nous avons des chamois, ils ne s'éteindront pas aussi vite que les bouquetins ! On est beaucoup mieux ici qu'autrefois. On a beau parler en l'honneur des anciens temps, les nôtres sont tout de même meilleurs, on a fait un trou dans le sac, un courant d'air a pénétré dans notre vallée fermée. Il se produit toujours un mieux quand les vieilles choses décrépites tombent ! » disait-il et si l'oncle devenait vraiment loquace, il parlait de son enfance et remontait aux plus belles années de son père, quand le Valais était, comme il disait, un sac fermé avec bien trop de malades dedans, de pitoyables crétins. « Mais les soldats français sont venus, c'étaient de vrais docteurs, ils ont tout de suite tué la maladie et les gens avec. Pour se battre, ils savaient se battre, les Français, et de bien des façons, et les filles aussi savaient se battre ! » et, ce disant, l'oncle faisait en riant un signe de tête à sa femme, française de naissance. « Les Français savaient taper sur les pierres jusqu'à ce qu'elles se rendent ! Ils ont tapé sur les rochers pour en faire une route, si bien que, maintenant, je peux dire à un enfant de trois ans : descends donc en Italie ! tu n'as qu'à suivre la grand-route ! » Puis l'oncle chanta une chanson française et poussa un hourra pour Napoléon Bonaparte.

Ce fut la première fois que Rudy entendait parler de la France, de Lyon, la grande ville au bord du Rhône : l'oncle y avait été.

Dans assez peu d'années, Rudy deviendrait certainement un habile chasseur de chamois, il avait des dispositions pour cela, disait l'oncle qui lui apprit à tenir un fusil, à viser et à tirer. À la saison de la chasse, il l'emmena dans les montagnes, lui fit boire du sang chaud de chamois pour préserver le chasseur du vertige. Il lui enseigna à connaître le moment où, sur les diverses pentes de montagnes, les avalanches déroulaient, vers midi ou vers le soir, selon les effets des rayons du soleil. Il lui apprit à bien observer les chamois, à apprendre d'eux comment retomber sur ses jambes en gardant l'équilibre et, au cas où, dans une faille, on ne peut s'appuyer sur le pied, comment il faut veiller à se soutenir sur les coudes, en se cramponnant à l'aide des muscles de la cuisse et de la jambe. On peut même s'agripper de la nuque, si nécessaire. Les chamois étaient malins, ils avaient leurs avant-postes, mais il faut que le chasseur soit plus malin encore, qu'il ne se laisse pas éventer. Il savait comment les tromper, il accrochait sa vareuse et son chapeau à un alpenstock, le chamois prenait la vareuse pour l'homme. L'oncle exécuta ce tour un jour qu'il était à la chasse avec Rudy.

Le sentier de montagne était étroit, il n'y en avait même presque pas, c'était une mince corniche, tout près de l'abîme vertigineux. La neige y était à demi fondue, la pierre s'effritait sous le pied, aussi l'oncle s'étendait-il par terre de tout son long et avançait en rampant. Toute pierre qui se détachait tombait, rebondissait, sautait et roulait en faisant toutes sortes de bonds de paroi en paroi avant de rester immobile dans le gouffre noir. À une centaine de pas derrière l'oncle, Rudy se trouvait sur l'avancée extrême du rocher, et il vit arriver dans le ciel, planant au-dessus de l'oncle, un énorme gypaète qui, d'un coup d'aile, allait jeter dans l'abîme ce ver rampant pour en faire une charogne. L'oncle n'avait d'yeux que pour le chamois qui avait son petit, et qui était en vue de l'autre côté de la faille. Rudy gardait le regard sur l'oiseau, il comprit ce qu'il allait faire, et donc, mit la main sur son fusil pour tirer. Alors, le chamois fit un bond, l'oncle tira, la balle meurtrière atteignit l'animal, mais le petit s'enfuit comme s'il eût été averti et exercé par toute une vie de fuite et de dangers. L'énorme oiseau changea d'allure, effrayé par la détonation. L'oncle ignorait avoir été en danger, ce fut seulement Rudy qui le lui apprit.

Comme, alors, ils rentraient chez eux d'excellente humeur et que l'oncle sifflait une chanson de ses années de jeunesse, il y eut soudain, non loin d'eux, un bruit bizarre. Ils regardèrent autour d'eux, levèrent les yeux et là, dans les hauteurs, sur le promontoire en pente, la couche de neige se soulevait, ondoyait comme lorsque le vent s'en prend à un drap étendu. Les crêtes des vagues se cassaient comme des plaques de marbre qui se brisent et se résolvaient en eaux écumantes et impétueuses, grondantes comme un roulement de tonnerre étouffé. C'était une avalanche qui se précipitait, non sur Rudy et son oncle, mais près, trop près d'eux.

« Cramponne-toi, Rudy, cria-t-il, de toutes tes forces ! »

Et Rudy agrippa le tronc d'un arbre, tout près. L'oncle grimpa au-dessus de lui dans les branches de l'arbre et se cramponna tandis que l'avalanche roulait à des toises et des toises d'eux, mais le vent qu'elle avait provoqué, les souffles de tempête brisaient et fracassaient à la ronde arbres et buissons comme s'ils n'avaient été que des roseaux secs, et les jetaient alentour. Rudy restait plaqué au sol. Le tronc d'arbre qu'il tenait fut comme scié, sa cime, jetée à bonne distance. Là, parmi les branches brisées, gisait l'oncle, la tête écrasée, sa main était encore chaude, mais son visage, méconnaissable. Rudy resta là, livide et tremblant. Ce fut la première terreur de sa vie, le premier moment d'effroi qu'il connut.

Portant la nouvelle de cette mort, il arriva, tard le soir, à la maison qui devint alors la maison du chagrin. La femme resta sans un mot, sans une larme, ce ne fut que lorsque l'on apporta le cadavre que sa douleur éclata. Le pauvre crétin se coula dans son lit, on ne le vit pas de toute la journée, vers le soir, il vint trouver Rudy :

« Écris une lettre pour moi ! Saperli ne sait pas écrire ! Saperli sait porter une lettre à la poste !

— Une lettre de toi ? demanda Rudy. Et pour qui ?

— Pour le Seigneur Christ !

— Que veux-tu dire par là ? »

Et le demi-idiot qu'on appelait le crétin fit un regard émouvant à Rudy, joignit les mains et dit d'un ton solennel et pieux :

« Jésus-Christ ! Saperli veut lui envoyer une lettre, demander que Saperli soit mort et pas le maître de cette maison-ci ! »

Et Rudy lui serra la main : « Cette lettre n'arrivera pas ! cette lettre ne nous le rendra pas ! »

Il était difficile à Rudy de lui expliquer cette impossibilité.

« Maintenant, c'est toi qui es le soutien de la maison ! » dit sa mère adoptive, et c'est ce que devint Rudy, en effet.

IV

BABETTE

Quel est le meilleur chasseur du Valais ? Oh ! les chamois le savaient. « Prends garde à Rudy ! » leur arrivait-il de dire. « Qui est le plus beau chasseur ? — Oh ! c'est Rudy », disaient les filles, mais elles ne disaient pas : « Prends garde à Rudy ! », même les sérieuses mères ne le disaient pas. Car il leur faisait un signe de tête aussi aimable qu'aux jeunes filles, il était tellement crâne et joyeux, il avait les joues hâlées, de saines dents blanches et des yeux qui brillaient d'un noir de charbon, un beau gars, c'était, et vingt ans seulement. Il n'avait pas froid quand il nageait dans l'eau glacée, il savait s'y retourner comme un poisson, grimper comme personne, se coller contre une paroi rocheuse comme un escargot, ses muscles et ses tendons étaient bons. Il le manifestait aussi en sautant, c'est le chat qui le lui avait appris d'abord, puis les chamois. Le meilleur guide à qui se fier, c'était Rudy, il aurait pu en tirer toute une fortune. Le métier de tonnelier que l'oncle lui avait enseigné aussi ne lui disait rien. Son plaisir, son envie, c'était de tirer le chamois. Cela aussi rapportait. Rudy était un beau parti, comme on disait, pour peu qu'il ne vise pas au-dessus de sa condition. Pour danser, c'était un danseur dont rêvaient les filles, et certaines pensaient à lui même en plein jour.

« Il m'a embrassée en dansant ! » dit Anette, la fille du maître d'école, à sa meilleure amie, mais elle n'aurait pas dû le dire, même à sa meilleure amie. Des choses pareilles, ce n'est pas facile à garder, c'est comme du sable dans un sac troué, ça se répand. Bientôt, tout honnête et convenable qu'il fût, on sut que Rudy embrassait en dansant. Pourtant, il n'avait pas du tout embrassé celle qu'il aurait préférée.

« Guette-le, dit un vieux chasseur, il a embrassé Anette, il a commencé par *A*, il embrassera sûrement tout l'alphabet. »

Un baiser en dansant, c'était, jusque-là, tout ce que l'on pouvait cancaner sur le compte de Rudy, mais il avait bel et bien embrassé Anette et elle n'était pas du tout la fleur de son cœur.

En bas, à Bex, parmi les grands noyers, tout près d'un petit torrent fougueux, habitait le riche meunier. La maison d'habitation était un grand bâtiment à trois étages, avec des tourelles couvertes de bardeau et garnies de plaques de tôle qui brillaient au soleil et au clair de lune. La plus grande avait pour girouette une flèche brillante enfoncée dans une pomme, c'était pour rappeler le trait de flèche de Tell. Le moulin avait belle allure, aisée et gracieuse, il valait la peine de le dessiner et de le décrire, mais la fille du meunier ne se laissait pas dessiner et décrire, c'est, du moins, ce qu'aurait dit Rudy. Or, elle était dessinée dans son cœur. Ses yeux y rayonnaient, c'était un véritable incendie. Cela était arrivé tout soudain, comme arrive un incendie, et le plus extraordinaire, c'est que la fille du meunier, la mignonne Babette, n'en avait pas la moindre idée, elle et Rudy n'avaient jamais échangé ne serait-ce que deux mots.

Le meunier était riche, cela faisait que Babette était bien haut pour être atteinte. Mais rien n'est assez haut, se disait Rudy, qu'on ne puisse l'atteindre. Il faut grimper, et l'on ne tombe pas si l'on croit que l'on ne tombera pas. Il tenait ce savoir de chez lui.

Or il se trouva que Rudy eut une course à faire à Bex. Cela faisait tout un voyage, le chemin de fer n'était pas encore installé. À partir du glacier du Rhône, au pied du Simplon, parmi de nombreuses montagnes de toutes sortes s'étend la large vallée du Valais avec son fleuve puissant, le Rhône, qui s'enfle et déborde souvent sur les champs et les routes, dévastant tout. Entre les villes de Sion et de Saint-Maurice, la vallée décrit une boucle, se plie comme un coude pour s'étrangler en aval de Saint-Maurice au point de ne laisser place qu'au lit du fleuve et à l'étroite route carrossable. Une vieille tour, sorte de sentinelle du canton du Valais qui s'achève là, se dresse sur le flanc de la montagne et donne sur le pont de pierre, vers la douane, de l'autre côté, où commence le canton de Vaud, et la ville la plus proche, non loin de là, c'est Bex. Là, à chaque pas, tout n'est qu'abondance et prospérité, on est comme dans un jardin de châtaigniers et de noyers. Çà et là percent des cyprès et des grenadiers. Il y règne une chaleur méridionale, comme si l'on était entré en Italie...

Rudy atteignit Bex, fit sa commission, regarda alentour, mais il n'aperçut pas un seul garçon du moulin, sans parler de Babette. Ce n'était pas ce qu'il aurait fallu.

Ce fut le soir, l'air était empli du parfum du thym sauvage et des tilleuls en fleur. Il y avait comme un voile d'un bleu aérien, brillant, sur les montagnes aux vertes forêts, un calme était répandu, pas celui du sommeil, pas celui de la mort, oh non ! on eût dit que toute la nature retenait son souffle, comme si elle posait pour que son image fût photographiée sur le fond bleu du ciel. À intervalles parmi les arbres, audessus des champs verts, se dressaient des poteaux télégraphiques d'un bout à l'autre de la paisible vallée. En haut de l'un d'eux se penchait un objet tellement immobile que l'on eût cru un tronc d'arbre qui s'était détaché : c'était Rudy qui se tenait là tout aussi immobile que l'environnement à ce moment-là. Il ne dormait pas, encore moins était-il mort, mais tout comme, souvent, par le fil télégraphique, volent les grands événements mondiaux, les faits essentiels de la vie de chacun sans que le fil le dénote par un tremblement ou une vibration, Rudy était traversé par de puissantes, accablantes pensées, le bonheur de sa vie, sa « constante pensée » désormais. Ses yeux étaient fixés sur un point dans le feuillage, une lumière au rez-de-chaussée du moulin qu'habitait Babette. Immobile comme il était, on aurait cru qu'il visait un chamois alors qu'en cet instant c'était lui qui était comme le chamois qui peut pendant des minutes rester comme taillé dans le roc et qui, soudain, pour peu qu'un caillou roule, bondit et s'enfuit. Et c'eſt précisément ce que fit Rudy : une pensée roula.

« Ne jamais désespérer ! dit-il. Une visite au moulin. Bonsoir au meunier, bonjour à Babette. On ne tombe pas quand on n'y croit pas ! Il faut tout de même que Babette me voie si je dois être son mari ! »

Et Rudy rit, il fut de bonne humeur et alla au moulin. Il savait ce qu'il voulait, il voulait Babette.

Le fleuve avec son eau jaunâtre coulait en grondant, les saules et les tilleuls pendaient au-dessus de l'eau rapide. Rudy prit le sentier et comme il eſt dit dans l'ancienne chanson enfantine :

... à la maison du meunier
mais personne il n'y avait
hormis un petit minet[1] !

Le chat du salon était sur le perron, il fit le gros dos et dit : « Miaou » mais Rudy n'avait cure de ces propos. Il frappa, personne n'entendit, personne n'ouvrit. « Miaou ! » dit le chat. Si Rudy avait été petit, il aurait compris le langage des animaux, et entendu que le chat disait : « Il n'y a personne à la maison ! » Il dut aller au moulin se renseigner. Il apprit alors que le patron était en voyage, bien loin, à la ville d'Interlaken, « *inter lacus*, entre les lacs » ainsi que l'avait enseigné le maître d'école, le père d'Anette. C'était là, bien loin, qu'était le meunier, et Babette aussi. Il y avait un grand concours de tir qui devait commencer le lendemain et durer huit jours. Les Suisses de tous les cantons allemands y venaient.

« Babette eſt à Interlaken, à beaucoup de journées de voyage d'ici ! se dit-il. Le chemin eſt long jusque là-bas si l'on prend la grand-route, mais il n'est pas si long si l'on coupe par les montagnes, et voilà justement le chemin pour un chasseur de chamois ! J'ai déjà pris ce chemin, c'est là-haut qu'est mon foyer où j'étais chez Grand-Père, tout petit, et ils font un concours de tir à Interlaken ! J'y serai le premier et je serai aussi près de Babette, une fois que j'aurais fait connaissance ! »

Avec son léger sac contenant ses habits du dimanche, son fusil et sa gibecière, Rudy grimpa dans la montagne par ce raccourci qui était passablement long tout de même, mais le concours de tir n'avait commencé que ce jour-là et durerait plus que la semaine. Tout ce temps-là, avait-on dit, le meunier et Babette seraient chez des parents à eux, à Interlaken. Rudy passa par le Gemmi, il voulait descendre près de Grindelwald...

En forme et joyeux, il cheminait, montant dans l'air frais, léger, fortifiant de la montagne. La vallée s'enfonça, l'horizon s'élargit. Ici, une cime neigeuse, là, une cime neigeuse, et bientôt, la blanche chaîne des Alpes, lumineuse. Rudy connaissait chaque sommet enneigé. Il se dirigea sur le Schreckhorn qui levait haut dans l'air bleu son doigt de pierre poudré de blanc.

Il fut enfin sur la crête, les herbages descendaient vers les vallées de son village. L'air était léger, son humeur était légère. Monts et vallées regorgeaient de fleurs et de verdure, il avait le cœur empli de pensées juvéniles : on ne vieillit jamais, on ne mourra jamais. Vivre, agir, profiter ! Il était libre comme un oiseau, léger comme un oiseau. Et les hirondelles passaient, chantant dans leur vol comme au temps de son enfance : « Nous et vous ! et vous et nous ! » Tout était envol, joie.

En bas, c'était la prairie d'un vert velouté, parsemée de chalets bruns, la Lütschine grondait et bruissait. Il vit le glacier aux rebords d'un vert de verre dans la neige sale, les crevasses profondes, il vit le glacier du haut et celui du bas. Les cloches de l'église sonnaient jusqu'à lui comme pour lui souhaiter la bienvenue. Son cœur battit plus fort, s'épanouit tellement qu'un instant Babette en disparut, tant son cœur était grand, tant il était plein de souvenirs.

Il refit le chemin où, bambin, il était resté au bord du fossé, avec les autres enfants, vendant des maisons de bois. Là-haut derrière les sapins, il y avait encore la maison de bois. Là-haut derrière les sapins, il y avait encore la maison du grand-père, des inconnus l'habitaient. Des enfants accoururent sur le chemin, ils voulaient faire des affaires, l'un d'eux tendit une rose des Alpes, Rudy la prit pour un bon présage en pensant à Babette. Bientôt, il fut sur le pont, en bas, à l'endroit où les deux Lütschines se réunissent, les arbres feuillus se faisaient plus nombreux. Les noyers jetaient de l'ombre. Il voyait maintenant un drapeau flottant, la toile rouge à croix blanche, comme chez le Suisse et le Danois. Et devant lui s'étendait Interlaken.

Assurément, c'était une ville plus magnifique qu'aucune autre, trouva Rudy. Une ville suisse en habits du dimanche. Ce n'était pas, comme les autres villes marchandes, une masse de grosses maisons de pierre, lourdes, étrangères et distinguées, oh non ! on aurait dit que les maisons de bois du haut des montagnes étaient descendues dans la verte vallée au bord du fleuve clair et rapide et s'étaient disposées en rangées, celle-ci en avant, celle-là en retrait, pour former une rue. Et la plus magnifique des rues, eh bien ! elle avait vraiment grandi depuis la dernière fois que Rudy, tout petit, y était venu. Elle semblait avoir existé par le fait que toutes les jolies maisons de bois que Grand-Père avait découpées et dont l'armoire était pleine s'étaient rangées ici et avaient pris force et taille, comme les vieux, les plus vieux châtaigniers. Chaque maison était un hôtel, comme on appelait cela, avec des boiseries sculptées autour des fenêtres et des balcons, des toits en saillie, gracieux et élégants, et, devant chaque maison, tout un jardin fleuri jusqu'à la large route macadamisée. Les maisons la longeaient d'un seul côté seulement, sinon, elles auraient caché la prairie verte et fraîche, en face, où les vaches portaient des clochettes qui sonnaient comme dans les alpages. La prairie était entourée de hautes montagnes qui, juste au milieu, s'écartaient pour ainsi dire, afin que l'on pût bien voir la brillante montagne couverte de neige, la Vierge, celle des montagnes de Suisse qui a les formes les plus ravissantes.

Quelle foule de messieurs et de dames de pays étrangers, en beaux atours, quelle cohue de paysans des divers cantons ! Les tireurs portaient leur numéro sur une couronne autour de leur chapeau. Il y avait de la musique et des chants, des orgues de Barbarie et des instruments à vent, des cris et du vacarme. Maisons et ponts étaient décorés de strophes et d'emblèmes. Drapeaux et étendards volaient, les détonations des fusils se succédaient, pour les oreilles de Rudy, c'était la meilleure musique, il oublia tout à fait Babette pour laquelle, pourtant, il était venu.

Les tireurs se pressaient pour le tir sur cible, Rudy fut bientôt parmi eux, et le plus capable, le plus heureux. Il touchait toujours le noir du centre.

« Quel est donc cet inconnu, ce tout jeune chasseur ? demandait-on. Il parle le français du Valais ! il se fait comprendre très clairement dans notre allemand aussi ! disaient certains. — Il paraît qu'il a vécu, enfant, ici, dans la région de Grindelwald ! » dit l'un, qui était au courant.

Il était plein de vie, le gaillard. Ses yeux brillaient, son regard et son bras étaient sûrs, aussi touchait-il juste. Le succès encourage, et du courage, Rudy en avait toujours. Bientôt, il avait déjà tout un cercle d'amis autour de lui, il était à la fois honoré et acclamé, Babette était presque complètement sortie de ses pensées. Alors une pesante main lui frappa l'épaule et une grosse voix l'interpella en français :

« Vous êtes du Valais ? »

Rudy se retourna et vit un visage rouge et réjoui, un personnage corpulent, c'était le riche meunier de Bex. De son large corps, il cachait la délicate et mignonne Babette qui, cependant, le regarda bientôt de ses radieux yeux sombres. Le riche meunier lui sut gré que ce fût un chasseur de son canton qui tirait le mieux et que l'on honorait. Rudy était vraiment un enfant de la chance. Ce qu'il était parti chercher, et qu'une fois sur place il avait presque oublié, venait à lui.

Lorsque, loin de chez soi, on rencontre des gens de son pays, on se connaît, on se parle. Rudy était le plus habile à la fête de tir, tout comme à Bex le meunier était le premier par son argent et son bon moulin. Et les deux hommes se serrèrent la main, chose qu'ils n'avaient encore jamais faite. Babette aussi serra cordialement la main de Rudy et lui, à son tour, il la regarda à l'en faire devenir toute rouge.

Le meunier parla du long chemin qu'ils avaient fait

pour venir jusque-là, de toutes les grandes villes qu'ils avaient vues. C'était un fameux voyage : ils avaient pris le bateau à vapeur, le chemin de fer, la voiture de poste.

« J'ai pris un chemin plus court ! dit Rudy. J'ai passé les montagnes à pied. Il n'y a pas de chemin si haut qu'on ne puisse le prendre !

— Mais aussi qu'on s'y casse le cou ! dit le meunier. Et vous avez précisément l'air d'être homme à vous casser le cou un jour, intrépide comme vous êtes !

— On ne tombe pas quand on n'y croit pas ! » dit Rudy.

Et la famille du meunier à Interlaken, chez qui le meunier et Babette étaient en visite, pria Rudy de venir un peu les voir, il était du même canton que leur parent, n'est-ce pas ! C'était une bonne proposition pour Rudy, la chance était avec lui comme elle est toujours avec celui qui se fie en soi-même et se rappelle que « Notre-Seigneur nous donne les noix mais il ne les casse pas pour nous[1] ! »

Et Rudy se trouva comme en famille chez les parents du meunier, on porta un *skål* en l'honneur du meilleur tireur, et Babette trinqua aussi, et Rudy remercia.

Vers le soir, ils prirent tous la jolie route le long des hôtels décorés, sous les vieux noyers, et il y avait une telle foule, une telle presse que Rudy dut offrir le bras à Babette. Il était si content d'avoir rencontré des gens du Vaud, disait-il. Vaud et Valais étaient d'excellents cantons voisins. Il dit sa joie avec tant d'ardeur que Babette trouva qu'il fallait lui serrer la main pour cela. Ils marchaient là, presque comme de vieilles connaissances, et elle était amusante, cette charmante petite personne. Cela lui allait si bien, trouvait Rudy, de montrer ce qu'il y avait de ridicule et d'exagéré dans la tenue des dames étrangères et dans leur façon de marcher, et ce n'était pas du tout pour se moquer, car c'étaient peut-être des personnes très honnêtes, et même gentilles et aimables, Babette le savait, elle avait une marraine de ce genre, très distinguée, une dame anglaise. Elle était à Bex dix-huit ans plus tôt quand Babette avait été baptisée. C'est elle qui avait donné à Babette la coûteuse broche qu'elle portait sur la poitrine. Deux fois, la marraine avait écrit et cette année, ils auraient dû la rencontrer, ici, à Interlaken, avec ses filles qui étaient de vieilles filles dans les trente ans, disait Babette... c'est qu'elle, n'en avait que dix-huit !

La gentille petite bouche ne restait pas tranquille un instant, et tout ce que disait Babette prenait, pour Rudy, une importance extrême. À son tour, il dit ce qu'il avait à dire, raconta comme il avait souvent été à Bex, comme il connaissait bien le moulin, comme il avait fréquemment vu Babette qui, bien entendu, n'avait pas fait attention à lui et comme, dernièrement, quand il était venu au moulin avec, en tête, bien des pensées qu'il ne pouvait pas dire, elle et son père étaient partis bien loin, mais pas assez loin tout de même pour que l'on ne pût franchir le mur qui rendait la route si longue.

Oui, voilà ce qu'il dit, et davantage encore. Il dit combien elle lui plaisait... et que c'était à cause d'elle, non pour le concours de tir, qu'il était venu.

Babette resta complètement silencieuse. C'était presque trop, ce qu'il lui confiait là.

Tandis qu'ils marchaient, le soleil disparut derrière la haute muraille montagneuse. La Vierge était dans toute sa splendeur et tout son éclat, entourée de la couronne boisée des montagnes proches. La foule regardait en silence. Rudy et Babette aussi contemplaient toute cette grandeur.

« Nulle part, ce n'eſt plus beau qu'ici ! dit Babette.

— Nulle part ! » dit Rudy en regardant Babette.

« Demain, il faut que je m'en aille ! dit-il peu après.

— Viens nous voir à Bex, murmura Babette, cela fera plaisir à mon père ! »

V

SUR LE CHEMIN DU RETOUR

Oh ! tout ce qu'il avait à porter, Rudy, quand, le lendemain, il traversa les hautes montagnes pour rentrer chez lui. Eh oui ! il avait trois coupes d'argent, deux magnifiques fusils et une cafetière d'argent qui pourrait servir quand on se mettait en ménage. Ce n'était pas le plus important, toutefois, il portait quelque chose de plus important, de plus essentiel, ou plutôt, c'était cela qui le portait en traversant les hautes montagnes. Mais le temps était froid, gris, pluvieux et lourd. Les nuages s'abaissaient comme un voile de deuil sur les montagnes et enveloppaient les cimes brillantes. Du fond des forêts résonnèrent les derniers coups de hache, sur le flanc des montagnes roulèrent des troncs d'arbres ; vus de haut, c'étaient de simples baguettes, mais, de tout près, des arbres lourds comme des mâts. La Lütschine faisait son grondement monotone, le vent bruissait, les nuages voguaient. Soudain, il y eut une jeune fille qui marchait près de Rudy, il ne l'avait pas remarquée avant qu'elle ne fût tout à côté de lui.

Elle aussi voulait passer la montagne. Ses yeux avaient un étrange pouvoir, on était forcé d'y plonger le regard, ils avaient une singulière limpidité de verre, une profondeur infinie.

« Tu as un fiancé ? » demanda Rudy, tant l'idée d'avoir une fiancée absorbait ses pensées.

« Je n'en ai pas ! » dit-elle en riant, mais on n'avait pas l'impression qu'elle disait vrai. « Ne faisons pas de détour, poursuivit-elle, il faut prendre plus à gauche, c'est plus court !

— C'est ça, pour tomber dans une crevasse ! dit Rudy. Tu ne connais pas mieux le chemin et tu veux être guide !

— Mais si, je connais le chemin, dit-elle, et je sais quoi penser. Les tiens passent sans doute par la vallée. Là-haut, il faut penser à la Vierge des glaces, elle n'aime pas les hommes à ce qu'on dit.

— Je ne la crains pas, dit Rudy, elle a été forcée de me laisser échapper quand j'étais enfant. Je lui échapperai bien, maintenant que je suis plus grand ! »

Et l'obscurité s'accrut, la pluie tomba, la neige arriva, elle brilla, elle éblouit.

« Donne-moi la main, je vais t'aider à monter ! » dit la jeune fille, et elle le toucha de ses doigts glacés.

« Toi, m'aider ! dit Rudy. Il ne m'est pas encore arrivé d'avoir besoin d'une femme pour m'aider à escalader ! » et il pressa le pas pour s'éloigner d'elle. La bourrasque de neige l'entourait comme un rideau, le vent sifflait, et derrière lui, il entendait la fille rire et chanter. Cela faisait un son si étrange ! C'était sûrement un monstre au service de la Vierge des glaces. Rudy en avait entendu parler quand, tout petit, il passait la nuit là-haut dans ses traversées de montagnes.

La neige se fit moins dense, le nuage était en dessous de lui. Il regarda derrière lui, on ne voyait plus personne, mais il entendait rire et jodler, cela n'avait pas des accents humains.

Quand, enfin, Rudy atteignit la crête de la montagne, où le sentier descendait vers la vallée du Rhône, il vit, dans la couche limpide d'air bleu, en direction de Chamonix, deux claires étoiles scintillantes, et il pensa à Babette, à lui-même et à son bonheur, et il en eut chaud au cœur.

VI

LA VISITE AU MOULIN

« C'est des affaires de maître que tu apportes là ! » dit la vieille mère adoptive et ses étranges yeux d'aigle étincelèrent, elle tourna encore plus vite et bizarrement son maigre cou. « La chance est avec toi, Rudy, il faut que je t'embrasse, mon gentil garçon ! »

Et Rudy se laissa embrasser, mais on voyait, à sa figure, qu'il devait bien s'accommoder de ces circonstances, de ces petites difficultés domestiques. « Comme tu es beau, Rudy ! dit la vieille femme.

— N'exagère pas », dit Rudy en riant, mais ça lui faisait plaisir tout de même.

« Je le répète, dit la vieille femme, la chance est avec toi !

— Oui, là, je te crois ! » dit-il en pensant à Babette.

Jamais encore, il n'avait tellement langui de la profonde vallée.

« Ils doivent être rentrés chez eux ! se dit-il. Ils doivent y être arrivés depuis deux jours déjà. Il faut que j'aille à Bex ! »

Et Rudy alla à Bex, et le meunier et sa fille étaient chez eux. Il fut bien accueilli, on lui transmit les salutations de la famille d'Interlaken. Babette ne parla pas beaucoup, elle était devenue bien silencieuse, mais ses yeux parlaient et cela était tout à fait suffisant pour Rudy. Le meunier, qui, d'habitude, prenait volontiers la parole, habitué qu'il était à faire rire de ses plaisanteries et de ses jeux de mots, car c'était le riche meunier, n'est-ce pas, eut l'air de préférer entendre Rudy raconter des histoires de chasse, les difficultés et les dangers que rencontraient les chasseurs de chamois sur les pics élevés, et comment il fallait ramper sur les perfides corniches couvertes d'une neige que le vent et la tempête collent au bord de la montagne, ramper sur les ponts précaires jetés par les rafales au-dessus du gouffre profond. Rudy avait l'air si hardi, ses yeux brillaient tandis qu'il parlait de la vie du chasseur, de la sagacité et des bonds audacieux du chamois, du foehn violent et des avalanches déferlantes. Il remarquait bien qu'à chaque description nouvelle, il faisait de plus en plus la conquête du meunier, et que ce qui plaisait surtout à celui-ci, c'étaient ces histoires d'audacieux gypaètes et d'aigles royaux.

Non loin de là, dans le canton du Valais, il y avait un nid d'aigles, très adroitement bâti sous un promontoire : là-haut, il y avait un petit que l'on n'attraperait pas ! Quelques jours plus tôt, un Anglais avait offert à Rudy une pleine poignée d'or pour qu'il lui rapporte le petit vivant, « mais il y a des limites à tout, dit-il, cet aiglon-là, il n'y a pas moyen de l'attraper, ce serait une folie de s'engager à ça ! ».

Et le vin coula, et les discours coulèrent, mais la soirée fut trop courte, trouva Rudy, et pourtant, il était plus de minuit quand il termina cette première visite au moulin.

Les lumières brillèrent encore un court moment à la fenêtre, entre les branches vertes. Sortit de la lucarne du toit le chat du salon et le chat de la cuisine s'en vint par la gouttière.

« Tu sais la nouvelle au moulin ? dit le chat du salon. Il y a des fiançailles secrètes à la maison ! Le patron n'en sait rien encore. Rudy et Babette se sont fait de la patte sous la table toute la soirée. Ils m'ont marché sur la patte deux fois, mais je n'ai pas miaulé, ça aurait attiré l'attention !

— Moi, je l'aurais quand même fait ! » dit le chat de la cuisine.

« Ce qui peut se faire à la cuisine ne se fait pas au salon ! dit le chat du salon. Je voudrais bien savoir ce que le meunier dira quand il entendra parler de fiançailles ! »

Oui, que dirait le meunier, Rudy aussi aurait bien voulu le savoir, et attendre longtemps pour le savoir, il ne pouvait pas. Aussi, peu de jours après, quand l'omnibus passa avec fracas sur le pont du Rhône entre le Valais et le Vaud, il amenait Rudy, plein de courage comme toujours, plein de la merveilleuse pensée qu'il obtiendrait un accord le soir même.

Et le soir venu, quand l'omnibus refit le même chemin en sens inverse, eh bien, Rudy y était aussi. Mais au moulin, le chat du salon courut dire la nouvelle.

« Sais-tu ça, toi, le chat de la cuisine ! Maintenant, le meunier sait tout. Ça s'est terminé curieusement ! Rudy est arrivé ici vers le soir, lui et Babette avaient beaucoup de choses à se chuchoter et à se murmurer, ils étaient dans le couloir, juste devant la chambre du meunier, j'étais couché à leurs pieds, mais ils n'avaient pas un regard, pas une pensée pour moi. "Je vais tout droit chez ton père ! dit Rudy. Il n'y a pas à avoir honte. — Faut-il que je t'accompagne ? dit Babette. Ça te donnera du courage ! — Du courage, j'en ai, dit Rudy, mais si tu es avec moi, ça l'adoucira, qu'il accepte ou non !" Et ils entrèrent. Rudy m'a marché violemment sur la queue ! Rudy est d'une maladresse infinie ! J'ai miaulé, mais ni lui ni Babette n'avaient d'oreilles pour entendre. Ils ont ouvert la porte, sont entrés tous les deux, moi devant. Mais j'ai sauté sur le dossier d'une chaise, je ne pouvais pas savoir quel coup de pied Rudy allait donner. Mais ce fut le meunier qui donna un coup de pied ! un fameux coup de pied ! Dehors ! À la porte ! dans la montagne, chez les chamois ! C'est eux que Rudy peut viser, pas notre petite Babette !

— Mais qu'est-ce qui a été dit ? » demanda le chat de la cuisine.

« Dit... ? On a dit comme ça tout ce qu'on dit quand on fait une demande en mariage : "Je l'aime et elle m'aime ! et quand il y a du lait dans le pot pour un, il y en a pour deux ! — Mais elle est trop haut placée pour toi, dit le meunier, elle a un siège en or, tu le sais bien ! tu ne l'atteindras pas ! — Rien n'est trop haut, on peut l'atteindre quand on veut !" dit Rudy. Parce qu'il a du cran. "Oui, mais l'aiglon, tu ne peux tout de même pas l'atteindre, tu nous l'as dit récemment ! Et Babette eſt encore plus haut ! — Je les prendrai tous les deux ! dit Rudy. — Bon ! Je te la donnerai quand tu me donneras l'aiglon vivant ! dit le meunier en riant aux larmes. Mais merci de ta visite, Rudy ! si tu reviens demain, il n'y aura personne à la maison ! au revoir, Rudy !" et Babette aussi a dit au revoir, piteuse comme un chaton qui ne voit pas sa mère. "Une parole, c'eſt une parole, un homme, c'eſt un homme ! dit Rudy. Ne pleure pas, Babette, je rapporterai l'aiglon ! — Tu te casseras le cou, j'espère, dit le meunier, et nous n'aurons plus à te voir courir !" J'appelle ça donner un coup de pied ! Maintenant, Rudy eſt parti, et Babette pleure, mais le meunier chante en allemand, il a appris ça en voyage ! Je ne vais pas pleurer là-dessus, ça ne sert à rien !

— Ça vous donne tout de même une contenance, toujours ! » dit le chat de la cuisine.

VII

LE NID D'AIGLES

Sur le sentier de montagne, on entendait jodler joyeusement et fort. Cela signifiait bonne humeur et franc courage. C'était Rudy. Il allait voir son ami Vesinand.

« Il faut que tu m'aides ! Nous emmenons Ragli, il faut que j'attrape l'aiglon, là-haut, au bord de la montagne.

— Tu ne veux pas attraper d'abord les taches noires

de la lune, ça doit être aussi facile ! dit Vesinand. Te voilà de bien bonne humeur !

— Oui, parce que je pense me marier ! Bon, parlons sérieusement, il faut que tu saches où en sont mes affaires ! »

Et bientôt, Vesinand et Ragli surent ce que Rudy voulait.

« Tu es un risque-tout ! dirent-ils. Ça n'ira pas ! Tu te casseras le cou !

— On ne tombe pas quand on n'y croit pas ! » dit Rudy.

Vers minuit, ils partirent avec perches, échelles et cordes. Le chemin traversait des fourrés et des buissons, passait sur des cailloux qui déroulaient, montant, toujours montant dans la nuit noire. L'eau grondait en bas, l'eau bruissait en haut, des nuages de pluie dérivaient. Les chasseurs atteignirent le rebord escarpé de la montagne, là, il faisait plus noir, les parois montagneuses se touchaient presque, tout en haut seulement, dans l'étroite fissure, le ciel éclairait. Tout près, en dessous d'eux, c'était le gouffre profond avec son torrent grondant. Ils restèrent immobiles tous les trois, ils voulaient attendre l'aube, alors, l'aigle s'envolerait, il fallait le tuer d'abord avant qu'il fût question d'attraper le petit. Rudy était accroupi, aussi immobile que s'il avait été un morceau de la pierre sur laquelle il se trouvait, il avait son fusil devant lui, prêt à tirer, ne quittait pas des yeux la faille du haut où, sous le rocher en surplomb, le nid d'aigles était caché. Les trois chasseurs attendirent longtemps.

Puis, haut au-dessus d'eux, résonna un bruit de craquement, de sifflement. Un gros objet planant assombrit tout. Deux canons de fusils visèrent au moment où la silhouette noire d'un aigle s'envola du nid. Un coup partit. Un instant, les ailes déployées s'agitèrent, puis l'oiseau descendit lentement comme s'il allait remplir toute la faille de sa taille et de son envergure, et emporter les chasseurs dans sa chute. L'aigle sombra dans le gouffre : il y eut des craquements dans les branches des arbres et les buissons, ils craquaient sous la chute de l'oiseau.

Et maintenant, il y avait fort à faire. Trois des plus longues échelles furent attachées, il fallait qu'elles atteignent jusqu'en haut. On les posa au point d'appui extrême sur le bord du précipice, mais elles n'allaient pas jusqu'en haut. Et lisse comme un mur, la paroi rocheuse s'élevait encore sur une bonne hauteur jusqu'à l'endroit où le nid était caché, à l'abri de la dernière saillie en surplomb. Après délibération, on fut d'accord pour penser qu'il n'y avait rien de mieux à faire que de descendre dans la faille, par le haut, deux échelles attachées l'une à l'autre et de les raccorder ensuite aux trois qui étaient déjà en place à partir du bas. À grand-peine, on parvint à traîner les deux échelles tout en haut et on les amarra solidement. Ces échelles furent poussées par-dessus le rocher en saillie et restèrent suspendues au-dessus de l'abîme. Rudy était déjà sur le premier échelon. C'était un matin glacial, des nuées de brume s'élevaient du fond de la noire crevasse. Rudy était là comme une mouche posée sur le brin de paille oscillant qu'un oiseau en train de bâtir son nid a perdu sur le rebord d'une grande cheminée d'usine, mais la mouche peut s'envoler si le brin de paille se détache, Rudy ne pouvait que se casser le cou. Le vent sifflait autour de lui, et dans l'abîme, l'eau grondait, impétueuse, sortant du glacier en fusion, le palais de la Vierge des glaces.

Il imprima à l'échelle un mouvement de balancier, comme l'araignée qui veut saisir sa proie au bout de son long fil flottant, et quand, pour la quatrième fois, Rudy toucha l'extrémité des échelles attachées l'une à l'autre depuis le bas, il parvint à s'en saisir, elles furent assemblées d'une main sûre et vigoureuse, quoique toujours ballottantes comme si elles avaient eu des charnières usées.

Elles avaient l'air d'un roseau flottant au vent, les cinq longues échelles qui atteignaient le nid, dressées à la verticale contre la paroi rocheuse. Le plus dangereux, pourtant, restait à faire, il s'agissait d'escalader comme un chat, mais Rudy savait faire cela aussi, le chat le lui avait appris. Il ne ressentait pas le Vertige qui montait en l'air derrière lui et tendait vers lui ses bras de poulpe. Il était maintenant sur le dernier échelon et se rendit compte que, là encore, il ne parvenait pas assez haut pour voir à l'intérieur du nid, il ne pouvait l'atteindre que de la main. Il testa la solidité des grosses branches entrelacées qui formaient la base du nid et quand il se fut assuré de la solidité d'une grosse branche, il se lança de l'échelle vers cette branche et eut alors la poitrine et la tête au-dessus du nid, mais alors, une puanteur suffocante de charogne déferla vers lui. Il y avait là, déchiquetés, des agneaux, des chamois et des oiseaux en putréfaction. Le Vertige, qui ne parvenait pas à l'émouvoir, lui soufflait au visage des miasmes empoisonnés pour qu'il fût étourdi et en bas, dans le gouffre noir et béant, dans l'eau torrentueuse, la Vierge des glaces en personne, avec ses longs cheveux verdâtres, attendait, regardant fixement de ses yeux de morte comme deux canons de fusil.

« Maintenant, je t'attrape ! »

Dans un coin du nid, il voyait l'aiglon, gros et fort, qui ne savait pas encore voler. Rudy le fixa du regard, se tint, de toutes ses forces, d'une seule main et, de l'autre, jeta le lacet autour de l'aiglon : il était pris, tout vivant. Il avait les pattes dans le nœud coulant, et Rudy jeta le lacet tenant l'oiseau par-dessus son épaule, en sorte que la bête pendit à une bonne distance en dessous de lui, en même temps qu'il se cramponnait à une corde de secours pendant du haut, jusqu'à ce que la pointe de son pied atteigne de nouveau le sommet de l'échelle.

« Tiens bon ! si tu crois que tu ne tomberas pas, tu ne tomberas pas ! » C'était la vieille doctrine, et il la suivit, tint bon, grimpa, sûr de ne pas tomber, et il ne tomba pas.

Alors un jodl retentit, puissant et joyeux. Rudy était sur le roc ferme, avec son aiglon.

VIII

CE QUE LE CHAT DU SALON EUT DE NEUF À RACONTER

« Voici ce que vous exigiez ! » dit Rudy en entrant chez le meunier de Bex et en posant par terre un gros panier. Il enleva le linge qui le couvrait et deux yeux jaunes, bordés de noir, étincelèrent, furieux, faits pour brûler et pénétrer ce qu'ils voyaient. Le bec puissant et court s'ouvrait pour mordre, le cou était rouge et duveteux.

« L'aiglon ! » s'écria le meunier. Babette poussa un cri et fit un bond de côté mais elle ne pouvait détacher le regard ni de Rudy ni de l'aiglon.

« Tu n'as pas peur, toi ! dit le meunier.

— Et vous, vous tenez toujours parole ! dit Rudy. Chacun ses caractéristiques !

— Mais pourquoi ne t'es-tu pas cassé le cou ? demanda le meunier.

— Parce que j'ai tenu ferme, répondit Rudy, et je continue ! Je tiens ferme à Babette !

— Tâche d'abord de l'avoir ! » dit le meunier en riant. Et c'était bon signe, Babette le savait.

« Sortons l'aiglon de ce panier, c'est effrayant comme il vous regarde ! Où l'as-tu attrapé ? »

Et il fallut que Rudy raconte, et le meunier écarquillait de plus en plus les yeux.

« Avec ton courage et ta chance, tu as de quoi entretenir trois femmes ! dit le meunier.

— Merci ! merci ! s'écria Rudy.

— Bon ! Babette, tu ne l'as pas encore ! » dit le meunier en donnant, par plaisanterie, une tape sur l'épaule du jeune chasseur des Alpes.

« Tu sais ce qu'il y a de neuf au moulin ! » dit le chat du salon au chat de la cuisine. « Rudy nous a apporté l'aiglon et il prend Babette en échange. Ils se sont embrassés et ont fait voir ça au père ! autant dire que ce sont des fiançailles. Le vieux n'a pas donné de coups de pied, il a rentré ses griffes, il a fait sa sieste en laissant ronronner les deux autres. Ils ont tant de choses à se dire, ils n'auront pas fini pour Noël ! »

Et en effet, ils n'eurent pas fini pour Noël. Le vent fit

tourbillonner les feuilles brunes, la neige voltigea par la vallée comme sur les hautes montagnes. La Vierge des glaces était dans son fier château, qu'agrandissait l'hiver. Les parois rocheuses étaient couvertes de couches de glace et d'énormes glaçons épais d'une toise, lourds comme des éléphants, là où, en été, le torrent faisait flotter au vent son voile d'eau. Des guirlandes de glace aux cristaux fantastiques brillaient sur les sapins saupoudrés de neige. La Vierge des glaces chevauchait le vent mugissant au-dessus des vallées les plus profondes. Le tapis de neige descendait jusqu'à Bex, elle pouvait y venir et voir Rudy, plus souvent au coin du feu qu'il n'en avait coutume, il était auprès de Babette. Leurs noces devaient avoir lieu en été. Leurs amis en parlaient si souvent qu'ils en avaient les oreilles qui tintaient. Le soleil brillait, la plus exquise rose des Alpes rougissait, la joyeuse, rieuse Babette, ravissante comme le printemps qui venait, le printemps qui ferait chanter tous les oiseaux l'été, le jour des noces.

« Comment peuvent-ils rester pendus l'un à l'autre, ces deux-là ! dit le chat du salon. J'en ai assez de ce miaou ! »

IX

LA VIERGE DES GLACES

Le printemps avait déployé sa délectable guirlande verte de noyers et de châtaigniers, elle s'épanouissait particulièrement du pont de Saint-Maurice aux rives du lac de Genève, le long du Rhône qui coule impétueusement de sa source au pied du glacier vert, du palais de glace où habite la Vierge des glaces, d'où elle se fait porter par le vent aigre sur le plus haut champ de neige pour s'étendre en plein soleil sur des édredons de flocons. Elle siégeait là, contemplant de son regard perçant les vallées profondes où les hommes affairés s'agitaient comme fourmis sur la pierre ensoleillée.

« Forces de l'esprit, comme vous appellent les enfants du soleil, dit la Vierge des glaces, vous êtes de la vermine ! une boule de neige qui roule, et vous et vos maisons, vos villes êtes écrasés et effacés ! » Et elle leva plus haut sa tête fière, regardant en tous lieux, de ses yeux aux éclairs mortels. Mais de la vallée montaient un roulement, des explosions de rochers, l'ouvrage des hommes. On ouvrait des voies et des tunnels pour le chemin de fer.

« Ils jouent aux taupes ! dit-elle. Ils creusent des galeries, c'est pour ça qu'on entend comme des coups de fusil. Je n'ai qu'à déplacer mes châteaux, cela fera un grondement plus fort que le fracas du tonnerre. »

De la vallée montait une fumée qui progressait comme un voile voletant, crinière flottante de la locomotive qui, sur la voie récemment ouverte, tirait le train, ce serpent sinueux dont chaque articulation est un wagon. Il avançait comme une flèche.

« Elles jouent aux maîtres, en bas, les forces de l'esprit ! dit la Vierge des glaces. Ce sont pourtant les forces de la nature qui règnent ! » et elle rit, elle chanta, cela retentit par la vallée.

« Tiens ! voilà une avalanche ! » dirent les gens, en bas.

Mais les enfants du soleil chantèrent encore plus

haut la pensée humaine qui règne, qui jugule la mer, déplace les montagnes, comble les vallées. La pensée humaine qui est maîtresse des forces de la nature. En cet instant précis arriva sur le champ de neige où était la Vierge des glaces un groupe de voyageurs. Ils s'étaient solidement encordés pour ne faire qu'un grand corps sur la surface lisse de la glace, au bord des précipices profonds.

« Vermine ! dit-elle. Vous prétendez être les maîtres de la puissance de la nature ! » et elle se détourna pour regarder moqueusement dans la vallée profonde où le chemin de fer passait en grondant.

« Les voilà, ces pensées ! elles sont à la merci des forces ! Je les vois toutes autant qu'elles sont... ! Il y en a une toute seule, fière comme un roi ! et là, elles sont en bloc ! La moitié dorment ! et quand le dragon à vapeur s'arrêtera, elles descendront, iront leur train ! Les pensées qui sortent dans le monde ! » Et elle rit.

« Tiens ! encore une avalanche ! » dit-on, en bas, dans la vallée.

« Nous, elle ne nous atteindra pas ! » dirent deux personnes sur le dos du dragon à vapeur, deux âmes et une seule pensée, comme on dit. C'étaient Rudy et Babette. Le meunier aussi était avec eux.

« Comme bagage ! disait-il. Je vous accompagne comme un objet nécessaire ! »

« Les voilà, ces deux-là ! dit la Vierge des glaces. J'ai écrasé bien des chamois, j'ai brisé et cassé des millions de roses des Alpes sans même laisser les racines ! Je vais les exterminer ! Les pensées ! Les forces de l'esprit ! » Et elle rit.

« Tiens ! encore une avalanche ! » dit-on, dans la vallée.

X

LA MARRAINE

À Montreux, l'une des villes les plus proches qui, avec Clarens, Vernex et Crin, forment une guirlande autour de la partie nord-est du lac de Genève, habitait la marraine de Babette, la dame anglaise distinguée, avec ses filles et un jeune cousin. Ils venaient de s'installer, mais le meunier leur avait déjà rendu visite, il avait annoncé les fiançailles de Babette, parlé de Rudy et de l'aiglon, du voyage à Interlaken, bref, de toute l'histoire qui avait extrêmement plu et conquis la dame pour Rudy et Babette, et aussi pour le meunier. Il fallait absolument qu'ils viennent tous les trois, et ils vinrent... Babette verrait sa marraine, la marraine verrait Babette.

À Villeneuve, la petite ville au bout du lac de Genève, mouillait le bateau à vapeur qui, en une demi-heure, va de là à Vernex, juste en bas de Montreux. C'est un rivage chanté par les poètes. C'est là, au pied des noyers, près du profond lac bleu-vert, que Byron écrivit ses vers mélodieux sur le prisonnier du lugubre château de roc de Chillon. Là où Clarens se mire dans l'eau avec ses saules pleureurs, Rousseau se promena, rêvant d'Héloïse. Le Rhône glisse au pied des hautes montagnes de Savoie couvertes de neige; non loin de l'endroit où il entre dans le lac, il y a une petite île, elle est même si petite que, de la côte, on dirait un bateau au large. C'est un rocher qu'il y a cent ans une dame a fait entourer d'une digue de pierre, couvrir de terre et planter de trois acacias qui ombragent toute l'île. Babette était absolument ravie de ce petit coin-là, c'était le plus charmant, à son avis, de tout le trajet, on devrait y aller, il fallait y aller, ce devait être incomparablement merveilleux d'y être, trouvait-elle. Mais le vapeur passa et accosta, comme il le devait, à Vernex.

Le petit groupe monta de là entre les murs blancs ensoleillés qui entourent les vignobles devant la petite ville de montagne de Montreux, où les figuiers ombragent la maison du paysan, les lauriers et les cyprès poussent dans les jardins. À mi-pente, se trouvait la pension où habitait la marraine.

L'accueil fut très cordial. La marraine était une grande femme aimable au visage rond et souriant. Enfant, elle avait dû avoir une vraie tête d'ange de Raphaël, maintenant, elle avait une tête de vieil ange entourée d'une opulente chevelure argentée. Ses filles étaient jolies, élégantes, grandes et sveltes. Le jeune cousin qui était avec elles et tout de blanc vêtu de la tête aux pieds, cheveux et favoris dorés, si grands que trois gentlemen auraient pu se les partager, montra tout de suite le plus grand empressement envers la petite Babette.

Des livres richement reliés, des partitions et des dessins étaient épars sur la grande table, la porte du balcon s'ouvrait sur l'étendue splendide du lac qui était si unie, si immobile que les montagnes de Savoie avec leurs petites cités, leurs forêts et leurs cimes neigeuses s'y reflétaient à l'envers.

Rudy qui, d'ordinaire, était toujours hardi, plein de vie et intrépide, ne se sentait pas du tout à son aise, comme on dit. Il se déplaçait comme s'il marchait sur un parquet ciré couvert de petits pois. Comme le temps tirait en longueur ! Il n'avançait pas ! Et maintenant, on allait se promener ! c'était tout aussi lent. Rudy devait faire deux pas en avant et un en arrière pour rester à la hauteur des autres. Ils descendirent à Chillon, le vieux château lugubre sur son îlot rocheux, regarder le poteau de torture, les cachots, les chaînes rouillées à la muraille rocheuse, le grabat de pierre pour les condamnés à mort, les trappes d'où les malheureux étaient précipités et embrochés sur des piquets de fer au milieu des vagues. On trouvait divertissant de regarder cela. C'était un lieu de supplices, élevé par le chant de Byron au monde de la poésie. Rudy le sentit tout autrement. Il s'accouda au grand encadrement de pierre de la fenêtre, plongea le regard dans l'eau bleu-vert profonde et sur la petite île solitaire aux trois acacias, c'est là qu'il aurait aimé être, délivré du caquetage de toute cette compagnie. Mais Babette se sentait particulièrement contente. Elle s'était extrêmement amusée, dit-elle ensuite. Elle trouvait le cousin parfait.

« Oui, un parfait crâneur ! » dit Rudy. Et ce fut la première fois qu'il dit une chose qui ne plaisait pas à Babette. L'Anglais lui avait offert un petit livre en souvenir de Chillon, c'était le poème de Byron : « Le Prisonnier de Chillon », traduit en français, si bien que Babette pouvait le lire.

« C'est peut-être un bon livre, dit Rudy, mais le garçon si élégamment peigné qui te l'a donné, il ne me plaît pas du tout !

— Il avait l'air d'un sac de farine sans farine ! » dit le meunier en riant de sa facétie. Rudy rit aussi et trouva que c'était fort bien dit.

XI

LE COUSIN

Quand Rudy, quelques jours après, vint en visite au moulin, il y trouva le jeune Anglais. Babette était en train de lui servir des truites qu'elle avait tenu à garnir elle-même de persil pour leur donner belle allure. Ce n'était absolument pas nécessaire. Qu'est-ce que l'Anglais venait faire ici ? Pourquoi était-il là ? Pour se faire régaler et servir par Babette ? Rudy était jaloux, et cela amusait Babette. Elle prenait plaisir à le voir sous tous les côtés de son cœur, les forts et les faibles. L'amour était encore un jeu, et elle jouait avec le cœur de Rudy tout entier, pourtant, il faut le dire, il était son bonheur, la pensée de sa vie, le meilleur et le plus splendide en ce monde, mais plus il avait l'air sombre, plus elle avait les yeux rieurs, elle aurait volontiers embrassé le blond Anglais aux favoris dorés, rien que pour voir Rudy, furieux, décamper, cela lui aurait montré précisément à quel point il l'aimait. Ce n'était pas juste, pas avisé de la part de Babette, mais elle n'avait que dix-neuf ans. Elle n'y réfléchit pas, elle pensa encore moins à la façon dont sa conduite pourrait être interprétée par le jeune Anglais, plus folâtre et légère qu'il ne convenait à l'honnête fille, récemment fiancée, du meunier.

À l'endroit où la grand-route qui part de Bex passe au pied du mont rocheux couvert de neige que l'on appelle les Diablerets dans la langue du pays, se trouvait le moulin, non loin d'un torrent impétueux, grisâtre comme de l'eau savonneuse fouettée. Ce n'était pas lui qui faisait marcher le moulin, c'était un cours d'eau plus petit qui, de l'autre côté du fleuve, se précipitait du rocher et se trouvait surélevé en cours de route par un soubassement de pierre qu'il franchissait sur sa lancée pour aboutir dans un bassin fermé, constitué de poutres, d'où une large rigole partant du fleuve tumultueux faisait tourner la grande roue du moulin. Cette rigole était si pleine d'eau qu'elle débordait et formait un chemin détrempé, tout glissant pour qui aurait eu l'idée de passer par là afin de parvenir plus vite au moulin, et cette idée-là, un jeune homme l'eut, l'Anglais. Vêtu de blanc comme un garçon meunier, il grimpa, dans la soirée, guidé par la lumière qui brillait dans la chambre de Babette. Il n'avait pas appris à grimper, et il fut sur le point de piquer une tête dans le torrent, il en réchappa les manches mouillées et le pantalon tout éclaboussé. Trempé et couvert de boue, il parvint en bas des fenêtres de Babette où il escalada le vieux tilleul et là, contrefit le cri du hibou, il ne savait pas imiter un autre oiseau. Babette entendit et regarda par les minces rideaux, mais quand elle vit l'homme en blanc et comprit de qui il s'agissait, son petit cœur battit de peur mais aussi de colère. Elle éteignit rapidement la lumière, s'assura que tous les crampons des fenêtres étaient bien mis, puis le laissa corner et hululer.

Ç'aurait été affreux si Rudy avait été au moulin, mais Rudy n'était pas au moulin, non, c'était bien pire, il était précisément là, en bas. On se mit à parler fort, des paroles de colère. Il allait y avoir une bagarre, un meurtre peut-être.

Épouvantée, Babette ouvrit la fenêtre, cria le nom de Rudy, lui demanda de s'en aller, elle ne supportait pas qu'il reste, dit-elle.

« Tu ne supportes pas que je reste ! s'écria-t-il. C'était un rendez-vous, alors ! Tu attends de bons amis, meilleurs que moi ! Honte à toi, Babette !

— Tu es odieux ! dit Babette. Je te hais ! » et maintenant, elle pleurait. « Va-t'en ! va-t'en !

— Je n'ai pas mérité ça ! » dit-il, et il s'en alla, ses joues étaient en feu, son cœur était en feu.

Babette se jeta sur le lit et pleura.

« Et moi qui t'aime tant, Rudy ! et tu peux penser du mal de moi ? »

Et elle était fâchée, très fâchée, et c'était fort bon pour elle, sinon, elle aurait été bien désolée. Elle put tomber de fatigue et s'endormir du sommeil revigorant de la jeunesse.

XII

PUISSANCES MAUVAISES

Rudy quitta Bex, prit le chemin de chez lui, passant par les montagnes, dans l'air pur, rafraîchissant où s'étendait la neige, où régnait la Vierge des glaces. Les arbres feuillus étaient tout en bas, on aurait dit de simples plants de pommes de terre, sapins et buissons se faisaient plus petits, les roses des Alpes poussaient près de la neige qui faisait des plaques isolées comme du linge que l'on met à blanchir sur le pré. Il y avait une gentiane bleue, il l'écrasa de la crosse de son fusil.

Plus haut, deux chamois apparurent, les yeux de Rudy s'éclairèrent, ses pensées prirent un cours nouveau. Mais il n'était pas assez près pour être sûr de son coup. Il grimpa plus haut, une herbe rêche poussait, seule, entre les blocs de pierre. Les chamois marchaient tranquillement sur le champ de neige. Il se dépêcha, plein d'ardeur, les nuages de brouillard descendaient autour de lui, et soudain, il se trouva devant la paroi abrupte, la pluie se mit à déferler.

Il ressentit une soif brûlante, la tête en feu, le reste du corps glacé. Il saisit sa gourde de chasse, elle était vide, il n'y avait pas pensé quand il était parti en trombe pour les montagnes. Jamais il n'avait été malade, mais maintenant, il avait le sentiment de l'être. Il était fatigué, il avait envie de se jeter par terre et de dormir, mais tout était ruisselant d'eau. Il chercha à se reprendre. Les objets tremblaient bizarrement sous son regard, mais alors, il vit soudain, chose qu'il n'avait jamais vue là encore, une maison basse récemment construite, qui s'appuyait au rocher ; à la porte, il y avait une jeune fille, il crut que c'était l'Anette du maître d'école, qu'il avait un jour embrassée en dansant, mais ce n'était pas Anette et pourtant, il l'avait déjà vue, peut-être près de Grindelwald, le soir où il était rentré du concours de tir à Interlaken.

« Qu'est-ce que tu fais ici ? demanda-t-il.

— Je suis chez moi ! dit-elle. Je garde mon troupeau !

— Ton troupeau ! Où est-ce qu'il paît ? Il n'y a que de la neige et des rochers ici !

— Tu es bien au courant ! dit-elle en riant. Ici, derrière, un peu plus bas, il y a un superbe passage ! c'est là que vont mes chèvres ! J'en prends bien soin ! Je n'en perds pas une, ce qui est à moi est à moi !

— Tu es vaillante ! dit Rudy.

— Toi aussi ! répondit-elle.

— Si tu as du lait, donne-m'en ! J'ai une soif insupportable !

— J'ai mieux que du lait ! dit-elle, tu vas en avoir ! Hier, des voyageurs sont venus ici avec leur guide, ils ont oublié une demi-bouteille de vin comme tu n'en as sûrement jamais goûté. Ils ne viendront pas la chercher, moi, je ne la boirai pas, bois, toi ! »

Et elle apporta le vin, le versa dans un bol de bois et le donna à Rudy.

« Il est bon ! dit-il. Jamais je n'ai goûté un vin aussi réchauffant, aussi brûlant ! » Et ses yeux rayonnaient, il fut pris d'une vie, d'une ardeur, comme si tous ses chagrins et son abattement s'étaient évaporés. Sa nature bouillonnante et franche s'émut.

« Mais voyons, c'est l'Anette du maître d'école ! s'écria-t-il. Donne-moi un baiser !

— Eh bien, donne-moi la belle bague que tu portes au doigt !

— Ma bague de fiançailles !

— Exactement », dit la fille en lui versant du vin dans le bol et en le lui portant aux lèvres, et il but. La joie de vivre déferla dans son sang, le monde entier était à lui, pensa-t-il, pourquoi se tourmenter ! Tout ce qui existe est fait pour nous faire plaisir et nous rendre heureux ! Le fleuve de la vie, c'est le fleuve de la joie, nous laisser emporter, nous laisser entraîner par lui, voilà le bonheur. Il regarda la jeune fille, c'était Anette et ce n'était pas elle, encore moins le fantôme d'un troll comme il avait appelé celle qu'il avait rencontrée près de Grindelwald. Cette fille, là, sur la montagne, était fraîche comme neige récemment tombée, épanouie comme la rose des Alpes et légère comme un chevreau. Quoique créée de la côte d'Adam, être humain comme Rudy. Et il la prit dans ses bras, plongea le regard dans ses merveilleux yeux clairs, une seconde seulement et en cette seconde... eh bien, expliquez, racontez, dites-le avec des mots... était-ce la vie de l'esprit ou celle de la mort qui l'emplit, fut-il soulevé ou sombra-t-il dans le gouffre glacé, d'une profondeur meurtrière, plus profond, toujours plus profond ? Il vit les murailles de glace comme du verre bleu-vert. Des crevasses sans fin béaient alentour et l'eau dégouttait en tintant comme un carillon, avec, de plus, une clarté de perle, brillante de flammes bleuâtres, la Vierge des glaces lui donna un baiser, un courant glacial traversa ses vertèbres pour pénétrer dans son cerveau, il poussa un cri de douleur, s'arracha, tituba et tomba, ses yeux furent pris d'un éblouissement, mais il les ouvrit. Les puissances mauvaises avaient fait leur œuvre.

Disparue, la fille des Alpes, disparu, le refuge, l'eau coulait sur la paroi nue, la neige s'étendait alentour. Rudy tremblait de froid, trempé jusqu'aus os, et sa bague avait disparu, sa bague de fiançailles que Babette lui avait donnée. Son fusil était dans la neige auprès de lui, il le prit, voulut tirer, le coup rata, des nuages mouillés faisaient comme des masses de neige dans la crevasse, le Vertige était là, guettant sa proie sans forces, et en dessous de lui résonnait dans la crevasse profonde comme un bloc de rocher qui tombe, s'écrase et emporte tout ce qui voudrait l'arrêter dans sa chute.

Et au moulin, Babette pleurait. Depuis six jours, Rudy n'était pas venu. Lui qui avait tort, lui qui aurait dû lui demander pardon, car elle l'aimait de tout son cœur.

XIII

À LA MAISON DU MEUNIER

« Ils sont d'une bêtise effrayante, ces hommes », dit le chat du salon au chat de la cuisine. « De nouveau, rien ne va plus entre Babette et Rudy. Elle pleure et il ne pense sûrement plus à elle.

— Je n'aime pas ça ! » dit le chat de la cuisine.

« Moi non plus, dit le chat du salon, mais je ne vais pas m'affliger là-dessus ! Babette peut bien se fiancer aux favoris roux ! On ne l'a pas vu ici, d'ailleurs, depuis qu'il voulait monter sur le toit ! »

Les puissances mauvaises mènent leur jeu, hors de nous et en nous. Rudy en avait fait l'expérience et y avait réfléchi. Que s'était-il passé, autour de lui et en lui, là-haut sur la montagne ? Étaient-ce des visions ou un rêve fébrile ? Jamais encore, il n'avait connu fièvre ou maladie. Il avait jeté un regard en lui-même tout en condamnant Babette. Il pensait à la chasse sauvage en son cœur, ce foehn brûlant qui venait de se déchaîner. Pourrait-il tout confesser à Babette, chacune des pensées qui, au moment de la tentation, pouvait se transformer en acte ? Il avait perdu sa bague et, par cette perte même, elle l'avait reconquis. Pouvait-elle se confesser à lui ? Quand il pensait à elle, c'était comme si son cœur allait se briser. Tant de souvenirs se levaient. Il la voyait telle qu'elle était, rieuse, enfant abandonnée. Mainte parole amoureuse qu'elle avait dite dans la plénitude de son cœur lui pénétrait la poitrine comme un éclat de soleil, et bientôt, elle en était tout ensoleillée par Babette.

Il fallait qu'elle se confesse à lui, elle le ferait.

Il vint au moulin. On passa aux aveux, cela commença par un baiser et finit par le fait que le pécheur était Rudy, sa grande faute était d'avoir pu douter de la fidélité de Babette, c'était presque odieux de sa part ! Une pareille méfiance, une pareille violence pourraient faire leur malheur à tous deux. Oui, absolument ! aussi Babette lui fit-elle un petit sermon, elle s'en amusait elle-même et cela lui donnait un tel charme. Toutefois, sur un point, Rudy avait raison, le parent de la marraine était un crâneur ! Elle brûlerait le livre qu'il lui avait offert, elle ne garderait pas la moindre chose qui pût lui rappeler son souvenir.

« C'est fini, maintenant ! dit le chat du salon. Rudy est revenu, ils s'entendent bien, et c'est le plus grand bonheur, disent-ils.

— Cette nuit, dit le chat de la cuisine, j'ai entendu les rats dire que le plus grand bonheur est de manger de la chandelle de suif et de se remplir la panse de lard rance. Qui donc faut-il croire, les rats ou les fiancés ?

— Ni les uns ni les autres, dit le chat du salon. C'est toujours le plus sûr ! »

Le plus grand bonheur pour Rudy et Babette était précisément en vue : le plus beau jour, comme on dit, était en perspective, le jour de leurs noces.

Mais celles-ci n'auraient pas lieu à Bex, ni à la maison du meunier. La marraine voulait que les noces fussent fêtées chez elle et que la bénédiction se fît dans la belle petite église de Montreux. Le meunier insista pour que ce désir fût satisfait. Lui seul savait ce que la marraine avait décidé pour les nouveaux mariés. Ils devaient recevoir d'elle un cadeau de noces qui valait bien cette petite complaisance. Le jour fut fixé. La veille déjà, ils voulaient aller à Villeneuve pour se rendre en bateau à Montreux le matin, assez tôt pour que les filles de la marraine puissent habiller la mariée.

« J'imagine qu'il y aura un deuxième jour de noces ici, dans la maison ! dit le chat du salon. Sinon, je ne fais pas un seul miaou pour le tout.

— Il y aura un banquet ici ! » dit le chat de la cuisine. « Les canards ont été abattus, les pigeons, étouffés, et il y a un chevreuil entier pendu au mur. Rien qu'à voir ça, j'en ai l'eau à la bouche... Le voyage commence demain, n'est-ce pas ! »

Demain, eh oui... ! Rudy et Babette passèrent ce soir-là au moulin, comme fiancés, pour la dernière fois.

Dehors, les Alpes flamboyaient, la cloche du soir sonnait, les filles des rayons du soleil chantaient : « Que tout aille pour le mieux ! »

XIV

VISIONS DANS LA NUIT

Le soleil était couché, les nuages descendaient dans la vallée du Rhône entre les hautes montagnes, le vent soufflait du sud, un vent d'Afrique au pied des hautes Alpes, un foehn qui déchirait les nuages, et quand le vent fut passé, il y eut un instant de silence complet. Les nuages déchiquetés pendaient en figures fantastiques entre les montagnes boisées au-dessus du Rhône rapide. Ils prenaient des silhouettes de monstres marins primitifs, d'aigles planant et de grenouilles bondissant du marécage. Ils descendaient sur le fleuve impétueux, voguaient au-dessus bien que dans les airs. Le cours d'eau emportait un sapin arraché avec ses racines, l'eau tourbillonnait au-devant. C'était le Vertige sous diverses formes, qui tournait en cercles sur le fleuve grondant. La lune éclairait la neige des cimes, les sombres forêts et les blancs nuages bizarres, visions de la nuit, esprits des forces de la nature. Le montagnard les voyait par sa vitre, ils voguaient en cohortes devant la Vierge des glaces. Elle venait de son château, dans le glacier, elle siégeait sur son frêle navire, un sapin arraché, l'eau venue du glacier lui faisait descendre le courant jusqu'au lac.

« Les invités de la noce arrivent ! » entendait-on murmurer et chanter dans les airs et sur l'eau.

Visions dehors, visions dedans. Babette fit un rêve étrange.

Il lui semblait qu'elle était mariée à Rudy, et ce, depuis bien des années. Il était à la chasse au chamois, mais elle était chez elle, et le jeune Anglais aux favoris dorés était auprès d'elle. Il avait les yeux si chauds, ses paroles avaient un pouvoir magique, il lui tendait la main et elle fut forcée de le suivre. Ils sortirent de la maison. Ils descendaient constamment... ! et pour Babette, c'était comme si elle avait un fardeau sur le cœur, qui se faisait toujours plus lourd, c'était un péché contre Rudy, un péché contre Dieu. Et soudain, elle se trouvait abandonnée, les épines avaient lacéré ses habits, ses cheveux étaient gris, elle regardait vers le haut dans sa douleur, et, au bord de la montagne, elle apercevait Rudy... elle tendait les bras vers lui, mais elle n'osait pas appeler ou prier, et cela n'aurait servi à rien car elle vit bientôt que ce n'était pas lui, mais sa vareuse de chasseur et son chapeau accrochés sur son alpenstock, comme font les chasseurs pour tromper le chamois ! Et dans une douleur sans bornes, Babette gémissait : « Oh ! que ne suis-je morte le jour de mes noces, le jour de mon plus grand bonheur ! Seigneur, mon Dieu, ç'aurait été une grâce, une joie pour la vie ! Ce qu'il pouvait arriver de mieux pour moi et pour Rudy serait arrivé ! Personne ne connaît son avenir ! » et dans une douleur impie, elle se précipitait dans la crevasse profonde. Une corde se brisait, un air de deuil résonnait... !

Babette se réveilla, le rêve était fini... et effacé, mais elle savait qu'elle avait fait un rêve affreux, qu'elle avait rêvé du jeune Anglais qu'elle n'avait pas vu, auquel elle n'avait pas pensé depuis des mois. Était-il à Montreux ? Le verrait-elle à ses noces ? Une petite ombre glissa sur sa bouche délicate. Ses sourcils se froncèrent mais bientôt, elle sourit, son œil étincela, il faisait un si beau soleil dehors et demain, c'étaient les noces.

Rudy était déjà au salon quand elle descendit, ce fut bientôt le départ pour Villeneuve. Ils étaient si heureux, tous les deux, et le meunier aussi, il riait, il rayonnait de bonne humeur. C'était un bon père, une âme droite.

« Maintenant, c'est nous les maîtres à la maison », dit le chat du salon.

XV

DÉNOUEMENT

Ce n'était pas encore le soir quand les trois joyeux compagnons atteignirent Villeneuve et prirent leur repas. Le meunier s'assit dans le fauteuil et fuma sa pipe, puis fit un petit somme. Les jeunes fiancés s'en allèrent en ville bras dessus, bras dessous, prirent la route carrossable au pied des rochers couverts de buissons, le long du profond lac bleu-vert. Le lugubre Chillon mirait ses murailles grises et ses grosses tours dans l'eau claire. La petite île aux trois acacias était encore plus proche, on aurait dit un bouquet sur le lac.

« Ce doit être ravissant là-bas ! » dit Babette, elle avait de nouveau la plus grande envie d'y aller, et ce vœu pouvait être exaucé tout de suite. Une barque mouillait sur la rive, la corde qui la retenait était facile à détacher. On ne voyait personne à qui demander la permission, et donc, on prit la barque sans autre façon, Rudy savait ramer.

Les rames agirent sur l'eau, dociles comme nageoires de poisson, l'eau est complaisante quoique si forte, elle a bon dos pour porter, bonne bouche pour engloutir, doucement souriante, la douceur même et pourtant terrifiante et forte pour fracasser. Il y avait un sillage d'écume derrière la barque qui, en quelques minutes, atteignit l'île où Rudy et Babette débarquèrent. Il n'y avait guère plus de place que pour danser tous les deux.

Rudy fit tournoyer Babette deux ou trois fois puis ils s'assirent sur le petit banc, au pied des acacias aux branches pendantes, se regardant dans les yeux, se tenant les mains, et autour d'eux, tout rayonnait dans l'éclat du soleil couchant. Sur les montagnes, les forêts de sapins prirent une teinte rouge lilas, tout à fait comme de la bruyère en fleur, et là où les arbres cessaient, où le roc apparaissait, il flamboyait comme si la montagne était transparente. Les nuages dans le ciel s'éclairaient d'un rouge ardent, le lac tout entier était comme un frais pétale de rose enflammé. À mesure que les ombres gravissaient les montagnes enneigées de Savoie, celles-ci devenaient bleu-noir, mais le pic le plus élevé brillait comme lave rouge, les montagnes retrouvaient le moment de leur formation, quand ces masses incandescentes s'étaient élevées du sein de la terre sans s'être éteintes encore. C'était un flamboiement des Alpes comme Rudy et Babette ne croyaient pas en avoir jamais vu de pareil. La dent du Midi enneigée avait l'éclat de la pleine lune lorsqu'elle monte à l'horizon.

« Tant de splendeur ! Tant de bonheur ! » dirent-ils tous les deux.

« La terre n'a rien de plus à me donner ! dit Rudy. Un soir comme celui-ci, c'est une vie entière ! Combien de fois j'ai senti mon bonheur comme je le sens à présent, en pensant que si tout s'achevait maintenant, comme j'aurais vécu heureux tout de même ! Comme ce monde est béni ! Et le jour s'achevait, mais un autre recommençait et je trouvais que *celui-là* était encore plus beau ! Notre-Seigneur est d'une bonté tellement infinie, Babette !

— Je suis si heureuse, dit-elle.

— La terre n'a rien de plus à me donner ! » s'écria Rudy.

Et les cloches du soir sonnaient par les montagnes

de Savoie, par les montagnes suisses. Dans un éclat d'or, vers l'ouest, s'enlevait le Jura, bleu-noir.

« Que Dieu te donne tout ce qu'il y a de meilleur ! s'écria Babette.

— Il va le faire, dit Rudy, demain, je l'aurai ! Demain, tu seras complètement à moi ! ma petite, ma ravissante femme à moi !

— La barque ! » cria Babette au même instant.

La barque qui devait les ramener s'était détachée et s'éloignait de l'île.

« Je vais la ramener ! » dit Rudy en enlevant sa veste et ses bottes, et il sauta dans le lac et se dirigea vers la barque en brasses vigoureuses.

L'eau du glacier, claire et bleu-vert, était froide et profonde. Rudy ne jeta qu'un seul coup d'œil dans le fond et il crut voir rouler, scintiller et jouer une bague d'or... il pensa à sa bague de fiançailles, et elle se fit plus grande, s'élargit en cercles scintillants où luisait le glacier clair. Des crevasses d'une profondeur infinie béaient alentour, l'eau dégouttait avec des accents de carillon, luisante de flammes bleuâtres. Il vit en un éclair ce qu'il nous faut dire en beaucoup de mots. Il y avait là de jeunes chasseurs et des jeunes filles, des hommes et des femmes tombés un jour dans les crevasses du glacier, ils étaient là, bien vivants, yeux ouverts et souriants, et profondément en dessous d'eux résonnaient les cloches des églises de villes englouties. Les paroissiens s'agenouillaient sous la voûte, des glaciers constituaient les tuyaux d'orgues, le torrent jouait de l'orgue. La Vierge des glaces siégeait sur le fond clair et transparent, elle monta vers Rudy, baisa ses pieds, un frisson mortel parcourut ses membres, un choc électrique... Glace et feu ! On ne les distingue pas dans ce bref contact.

« À moi ! à moi ! » entendit-on résonner autour de lui et en lui. « Je t'ai embrassé quand tu étais petit ! embrassé sur la bouche ! Maintenant, je t'embrasse l'orteil et le talon, tu es *à moi* tout entier ! »

Et il disparut dans l'eau claire et bleue.

Tout était tranquille. Les cloches des églises cessèrent de sonner, les derniers accents disparurent avec l'éclat des nuages rouges.

« Tu es à moi ! » entendit-on dans les profondeurs. « Tu es à moi ! » entendit-on dans les hauteurs, venant de l'infini.

Merveilleux de voler d'amour en amour, de la terre au ciel.

Une corde se brisa, un chant de deuil résonna, le baiser de glace de la mort triompha de l'éphémère. Le prélude s'acheva pour que le drame de la vie pût commencer, que la dissonance se résolve en harmonie.

Appelles-tu cela une histoire triste ?

Pauvre Babette ! pour elle, ce fut l'heure de l'angoisse ! La barque s'éloignait de plus en plus. À terre, personne ne savait que le couple des fiancés était sur l'îlot. Le soir s'assombrit. Les nuages descendirent. L'obscurité vint. Elle restait seule, désespérée, gémissante. Un temps affreux la menaçait. Des éclairs brillaient sur les monts du Jura, la Suisse et la Savoie. De tous côtés, éclair sur éclair, grondement sur grondement, roulant coup sur coup, plusieurs minutes durant. Les éclairs prirent bientôt l'éclat du soleil, on apercevait chaque cep de vigne comme en plein midi et aussitôt après, la nuit noire régna de nouveau. Les éclairs formaient des rubans, des entrelacs, des zigzags, s'abattant partout dans le lac, luisant de tous côtés, tandis que le bruit de l'écho accentuait le grondement. À terre, on tirait les barques sur le rivage. Tout ce qui vivait cherchait un abri!... et puis la pluie se mit à déferler.

« Où donc sont Rudy et Babette par ce temps effroyable ? » dit le meunier.

Babette avait les mains jointes, la tête sur les genoux, muette de douleur, muette d'avoir tant crié et gémi.

« Au fond de l'eau, se disait-elle, il est tout au fond, comme sous le glacier ! »

Elle repensa à ce que Rudy lui avait raconté de la mort de sa mère, de la façon dont lui, avait été sauvé quand on avait remonté son cadavre des crevasses du glacier. « La Vierge des glaces l'a repris ! »

Et il y eut un éclair aussi éblouissant que l'éclat du soleil sur la neige blanche. Babette sursauta. Le lac se souleva en cet instant, comme un glacier brillant, la Vierge des glaces était là, majestueuse, livide, brillante, à ses pieds gisait le cadavre de Rudy. « À moi ! » dit-elle et, de nouveau, ce furent alentour ténèbres et obscurité, pluie torrentielle.

« Atroce ! gémit Babette. Pourquoi fallait-il qu'il meure au moment où arrivait le jour de notre bonheur ! Dieu ! éclaire ma raison ! Elle mine mon cœur ! Je ne comprends pas tes voies ! J'avance à tâtons dans Ta toute-puissance et Ta sagesse ! »

Et Dieu illumina son cœur. Une pensée en un éclair, un rayon de la grâce, son rêve de la dernière nuit, incarné, la transperça de sa lumière, elle se rappela les paroles qu'elle avait dites : son vœu d'avoir le meilleur, pour elle et pour Rudy.

« Malheur à moi ! était-ce la semence du péché en

mon cœur ! mon rêve était-il une vie à venir dont il fallait arracher le fil pour mon salut ! Malheureuse que je suis ! »

Elle resta gémissante dans la nuit noire. Dans ce silence profond, elle crut entendre résonner encore les paroles de Rudy, les dernières qu'il eût dites : « La terre n'a pas de plus grand bonheur à me donner ! » Elles avaient la plénitude de la joie, elles se répétaient dans l'accablement de la douleur.

☆

Quelques années ont passé depuis. Le lac sourit, les rives sourient. Les sarments portent des raisins florissants. Les bateaux à vapeur, drapeaux flottants, passent, rapides, des bateaux de plaisance, leurs deux voiles déployées, volent comme papillons blancs à la surface du miroir de l'eau. La voie du chemin de fer au-delà de Chillon est ouverte, elle s'enfonce dans la vallée du Rhône. À chaque station descendent des étrangers, ils arrivent avec leur guide relié de rouge[1], ils y lisent ce qu'ils ont de curieux à voir. Ils visitent Chillon, ils voient là-bas, sur le lac, l'îlot aux trois acacias, ils lisent dans le guide l'histoire du couple de fiancés qui, en 1856, un soir, naviguèrent jusque-là, la mort du fiancé : « Ce n'est que le lendemain matin que l'on entendit du rivage les cris désespérés de la fiancée. »

Mais le guide ne dit rien de la vie silencieuse de Babette chez son père, non plus au moulin, des étrangers l'habitent à présent, mais dans la belle maison près de la gare où, de la fenêtre, bien des soirs, elle regarde encore, au-delà des châtaigniers, les montagnes enneigées où, naguère, circulait Rudy. Elle voit à l'heure du soir l'embrasement des Alpes, les enfants du soleil qui campent là-haut, reprenant le chant du voyageur dont le vent tourbillonnant arracha et emporta le manteau : il prit l'enveloppe, mais pas l'homme.

Il y a un éclat de rose sur la neige de la montagne, il y a un éclat de rose dans tous les cœurs qui pensent : « Que Dieu fasse pour nous ce qu'il y a de meilleur ! » mais cela ne nous est pas toujours manifesté, comme ce le fut à Babette dans son rêve.

L'ESCARGOT ET LE ROSIER

Autour du jardin, il y avait une clôture de noisetiers ; à l'extérieur, c'étaient des champs et des prés avec des vaches et des moutons, mais au milieu du jardin se dressait un rosier en fleur. À son pied se trouvait un escargot. Il avait quelque chose d'important en lui : c'était lui-même.

« Attendez que mon temps vienne, disait-il, je ferai plus que de sortir des roses ou de porter des noisettes, ou de donner du lait comme les vaches et les brebis !

— J'attends beaucoup de ce moment-là, dit le rosier. Puis-je demander quand cela viendra ?

— Je prends mon temps ! dit l'escargot. Comme vous êtes pressé ! Il n'y a pas péril en la demeure ! »

L'année suivante, l'escargot était à peu près au même endroit, au soleil, au pied du rosier, qui sortait des boutons et épanouissait des roses toujours fraîches, toujours nouvelles. Et l'escargot sortit à demi de sa coquille, allongea ses cornes et les rentra.

« Tout a le même aspect que l'an dernier ! Il n'y a eu aucun progrès. Le rosier continue de porter ses roses, ça ne va pas plus loin ! »

L'été passa, l'automne passa, le rosier sortait

constamment des fleurs et des boutons, jusqu'à ce que la neige tombe, le temps devint humide et froid, le rosier se courba jusqu'au sol, l'escargot rampa sous terre.

Une nouvelle année commença, les roses sortirent, l'escargot sortit.

« Vous voilà un vieux rosier maintenant ! dit-il. Il va falloir penser à disparaître. Vous avez donné au monde tout ce que vous aviez en vous. Savoir si ça avait quelque importance, c'est une question à laquelle je n'ai pas eu le temps de réfléchir. Mais il est clair que vous n'avez pas fait la moindre chose pour votre développement intérieur, sinon, il serait sorti autre chose de vous. Pouvez-vous justifier cela ? Vous ne serez bientôt plus que branchettes nues ! Vous arrivez à comprendre ce que je dis ?

— Vous me faites peur ! dit le rosier. Je n'ai jamais réfléchi à ça !

— Oui, vous devez ne jamais vous être donné beaucoup de peine pour réfléchir ! Vous êtes-vous jamais rendu compte de la raison pour laquelle vous fleurissiez et comment il se fait que l'on fleurit. Comment ainsi et pas autrement ?

— Non, dit le rosier. J'ai fleuri dans la joie parce que je ne savais pas faire autre chose. Le soleil était si chaud, l'air, si revigorant, j'ai bu la claire rosée et la forte pluie. J'ai respiré, j'ai vécu ! De la terre, une force montait en moi, une force venait d'en haut, je sentais un bonheur toujours nouveau, toujours grand, voilà pourquoi il fallait toujours que je fleurisse. C'était ma vie, je ne savais rien faire d'autre !

— La belle vie que vous avez menée là ! dit l'escargot.

— Certainement ! Tout m'a été donné, dit le rosier, mais à vous, il a été donné davantage encore ! Vous êtes de ces natures pensantes, profondes, un de ces êtres très doués qui étonneront le monde !

— Je ne pense absolument pas à ça ! dit l'escargot. Le monde ne me concerne pas ! qu'ai-je à faire du monde ! J'ai suffisamment à faire avec moi-même et en moi-même !

— Mais ne devons-nous pas, tous ici-bas, donner le meilleur de nous-mêmes aux autres ? apporter ce que nous pouvons... ! Certes, je n'ai donné que des roses... ! mais vous ? Vous qui avez tant reçu, qu'avez-vous donné au monde ? Que lui donnez-vous ?

— Ce que j'ai donné ? ce que je donne ? Je crache dessus ! Il n'est bon à rien ! Il ne me concerne pas. Sortez des roses, c'est tout ce que vous savez faire ! Que le noisetier porte des noisettes ! que les vaches et les brebis donnent du lait. Chacun son public, moi, j'ai le mien en moi-même ! Je rentre en moi-même et j'y reste. Ce monde ne me concerne pas ! »

Et l'escargot rentra dans sa maison et la ferma au mastic.

« C'est triste ! dit le rosier. J'ai beau faire, je ne peux pas me recroqueviller, il faut que j'éclose toujours, que je fasse éclore des roses. Les pétales tombent, ils volent au vent ! Tout de même, j'ai vu mettre une des roses dans le livre de cantiques de la maîtresse de maison, une de mes roses a trouvé place sur le sein d'une jeune fille charmante et une a été embrassée par une bouche d'enfant ravie de joie. Cela m'a fait tant de bien, une vraie bénédiction. Voilà mes souvenirs, ma vie ! »

Et le rosier fleurit dans son innocence, et l'escargot

somnola dans sa maison, le monde ne le concernait pas.

Et des années passèrent.

L'escargot était terre dans la terre, le rosier était terre dans la terre. La rose du souvenir, dans le livre de cantiques, avait disparu aussi... mais au jardin fleurissaient de nouveaux rosiers, au jardin grandissaient de nouveaux escargots : ils se recroquevillaient dans leurs maisons, bavaient... le monde ne les concernait pas.

Faut-il reprendre cette histoire au début... ? Elle ne sera pas différente.

LE FILS DU CONCIERGE

Le général et sa famille habitaient au premier, le concierge et les siens, au sous-sol. Il y avait une grande distance entre les deux familles, tant par l'étage que par le rang. Mais elles habitaient sous le même toit, avec vue sur la rue et sur la cour. Il y avait dans celle-ci une pelouse avec un acacia en fleur — quand il fleurissait — au pied duquel s'asseyaient parfois la nourrice en beaux atours avec l'enfant du général, encore mieux parée, « la petite Émilie ». Devant eux dansait, pieds nus, le petit garçon du concierge aux grands yeux bruns et aux cheveux noirs, et l'enfant riait, tendait ses petites mains vers lui. Quand le général voyait cela de sa fenêtre, il faisait un signe de tête en disant : « Charmant ! » Pour la générale, qui était si jeune qu'elle aurait presque pu être la fille de son mari, d'un mariage précoce, elle ne regardait jamais par la fenêtre sur la cour, mais elle avait donné l'ordre de laisser le gamin des gens du sous-sol jouer avec l'enfant quoique sans la toucher. La nourrice obéissait scrupuleusement aux ordres de Madame.

Et le soleil entrait chez les gens du premier étage et

chez ceux du sous-sol, l'acacia donnait des fleurs, qui tombaient, il en revenait de nouvelles l'année suivante. L'arbre fleurissait et le petit garçon du concierge fleurissait, il avait l'air d'une tulipe fraîche éclose.

La fillette du général devint délicate et pâle comme le pétale rose de la fleur d'acacia. Maintenant, elle venait rarement au pied de l'arbre. Elle prenait le frais en carrosse. Elle sortait avec sa maman, elle faisait toujours un signe de tête à Georg, le fils du concierge, elle lui envoyait même un baiser du bout des doigts, jusqu'à ce que sa mère lui dise que, maintenant, elle était trop grande pour cela.

Un matin, il dut porter au général les lettres et les journaux qui avaient été déposés chez le concierge. En montant l'escalier et en passant devant le trou au sable, il entendit piailler à l'intérieur. Il crut que c'était un poussin, or, c'était la fillette du général, en dentelle et en mousseline.

« Ne le dis pas à papa et maman ! sinon, ils seraient fâchés !

— Qu'est-ce qu'il y a, petite demoiselle ? demanda Georg.

— Tout brûle, dit-elle, tout est en flammes ! »

Georg ouvrit la porte de la chambrette d'enfant. Le rideau de la fenêtre était presque consumé, la tringle était de charbons ardents. Georg bondit, arracha le rideau, appela des gens. Sans lui, la maison aurait pris feu.

Le général et sa femme interrogèrent la petite Émilie.

« Je n'ai pris qu'une allumette, dit-elle, elle a brûlé tout de suite et le rideau a brûlé aussitôt. J'ai craché pour éteindre, j'ai craché tant que j'ai pu, mais je n'avais pas assez de crachat, alors, j'ai couru me cacher parce que papa et maman seraient fâchés.

— Craché ! dit le général ; qu'est-ce que c'est que ce mot-là ! Quand as-tu entendu papa et maman dire craché ? Tu as pris ça en bas ! »

Mais le petit Georg eut une pièce de quatre skillings. Celle-ci n'alla pas chez le boulanger, elle alla dans la tirelire où il y eut bientôt tant de skillings qu'il put s'acheter une boîte de couleurs et colorier ses dessins : il en avait beaucoup. Ils lui sortaient des doigts et du crayon, pour ainsi dire. Les premiers dessins en couleurs furent offerts à la petite Émilie.

« Charmant ! » dit le général. Sa femme dut admettre que l'on voyait bien ce que le petit avait imaginé. « Il a du génie ! » Ce furent les mots que la femme du concierge rapporta au sous-sol.

Le général et sa femme étaient des gens distingués. Ils avaient deux blasons sur leur voiture, un pour chacun d'eux. Madame avait cela sur chacun de ses vêtements, à l'endroit et à l'envers, sur son bonnet de nuit et sur son sac de voyage. Son blason était précieux, son père l'avait acheté argent comptant car il ne le tenait pas de naissance, et elle non plus, elle était arrivée trop tôt, sept ans avant le blason. La plupart des gens s'en souvenaient, mais pas la famille. Le blason du général était ancien et grandiose. Porter cela, il y avait de quoi se rengorger, sans parler d'en porter deux, et la générale se rengorgeait fort quand, raide et imposante, elle se faisait voiturer au bal de la cour.

Le général était vieux et gris, mais il se tenait bien à cheval, il le savait et sortait chaque jour avec un écuyer chevauchant derrière lui à distance convenable. S'il allait à une soirée, c'était comme s'il entrait sur son cheval altier, il portait ses décorations, si nombreuses que c'en était incroyable, mais il n'y était pour rien. Tout jeune, il avait été dans l'armée, il avait pris part aux grandes manœuvres d'automne auxquelles on soumettait les troupes en temps de paix. Sur cette époque-là, il connaissait une anecdote, la seule qu'il eût à raconter : son sous-officier avait isolé et fait prisonnier un des princes qui avait dû, avec sa petite troupe de prisonniers et prisonnier lui-même, faire son entrée dans la ville derrière le général. C'était un événement inoubliable que le général redisait toujours, d'année en année, avec les mêmes propos mémorables qu'il avait tenus en rendant au prince son sabre : « Seul, mon sous-officier pouvait faire prisonnière Votre Altesse ! Moi, jamais ! » et le prince avait répondu : « Vous êtes incomparable ! » À la vraie guerre, le général n'était jamais allé. Lorsqu'elle avait sévi dans le pays, lui, avait été en mission diplomatique, dans trois cours étrangères. Il parlait le français au point d'avoir presque oublié sa propre langue. Il dansait bien, montait bien à cheval, les décorations poussaient sur sa tunique à un point incroyable, les factionnaires lui présentaient les armes. Une des plus belles jeunes filles lui fut présentée et devint générale, et ils eurent une ravissante petite enfant, elle était comme tombée du ciel tant elle était charmante, et le fils du concierge dansa dans la cour devant elle dès qu'elle put comprendre, et lui offrit tous les dessins qu'il avait coloriés, et elle les regardait et elle s'en réjouissait puis les déchirait en morceaux. Elle était si délicate et si mignonne.

« Mon pétale de rose ! disait la générale. Tu es faite pour un prince ! »

Ce prince était déjà devant la porte. Mais on ne le

savait pas. Les gens ne voient pas loin devant leur porte.

« L'autre jour, notre garçon a partagé sa tartine avec elle, ma parole ! dit la concierge. Il n'y avait ni fromage ni viande dessus, mais elle lui a plu comme si ç'avait été du rôti. Si le général et sa femme avaient vu ce repas, quelle histoire ça aurait fait, mais ils ne l'ont pas vu. »

Georg avait partagé sa tartine avec la petite Émilie, il aurait volontiers partagé son cœur avec elle pour peu qu'elle y eût pris plaisir. C'était un bon garçon, il était éveillé et intelligent, il allait maintenant aux cours du soir de l'Académie des beaux-arts pour apprendre à dessiner comme il faut. La petite Émilie aussi faisait des progrès en instruction. Elle parlait français avec sa « bonne » et avait un maître à danser.

★

« Georg va être confirmé à Pâques ! » dit la concierge. Car Georg en était là.

« Il serait raisonnable de le mettre en apprentissage ! dit son père. Il lui faudrait un beau métier ! et il ne serait plus chez nous !

— Il restera bien passer la nuit chez nous ! dit la mère. Ce n'est pas facile de trouver un maître qui ait de la place ! Il faut que nous l'habillions aussi ! Pour le peu qu'il mange, on trouvera bien le moyen ! Il se contente de quelques pommes de terre bouillies ! Les leçons qu'il prend sont gratuites. Qu'il aille son chemin, nous serons contents de lui, tu verras, d'ailleurs, c'est ce qu'a dit le professeur ! »

Le costume pour la confirmation était prêt, c'est la mère qui l'avait fait elle-même, les pièces avaient été taillées par un ravaudeur qui savait bien couper. S'il avait eu une meilleure situation et qu'il ait pu tenir un atelier avec des ouvriers, disait la concierge, cet homme aurait fort bien pu devenir tailleur de la cour.

Les habits étaient prêts et le confirmand aussi. Le jour de sa confirmation, Georg reçut de son parrain, l'ancien commis du brocanteur, le plus riche des parents de Georg, une grosse montre de cuivre. Cette montre était vieille et usée, elle avançait toujours, mais c'est mieux que de retarder. C'était un cadeau précieux. De chez le général, il arriva un psautier relié en maroquin, envoyé par la petite demoiselle à qui Georg avait offert des dessins. Sur la première page du livre, il y avait son nom et celui de la demoiselle, avec *De la part de sa bienveillante protectrice.* Ç'avait été écrit sous la dictée de la générale, le général l'avait lu en disant : « Charmant ! »

« C'est vraiment une grande marque d'attention de la part de gens si distingués ! » dit la concierge. Et Georg dut mettre son costume de confirmand et monter se présenter avec le psautier pour remercier.

La générale était tout emmitouflée, elle avait sa grosse migraine comme toujours quand elle s'ennuyait. Elle regarda très gentiment Georg et lui souhaita tout le bien possible, mais pas sa migraine. Le général était en robe de chambre, il portait une casquette à gland et des bottes russes à tiges rouges. Il fit trois allers et retours dans la pièce, perdu dans ses pensées et ses souvenirs, s'arrêta et dit :

« Ainsi, le petit Georg est chrétien maintenant ! Sois un brave homme aussi et respecte tes supérieurs ! Cette phrase-là, quand tu seras vieux, tu pourras dire un jour que c'est le général qui te l'a enseignée ! »

C'était un discours plus long que ceux que faisait, d'ordinaire, le général. Et il retourna à ses pensées, l'air distingué. Pourtant, de tout ce que Georg entendit et vit là-haut, ce fut la petite demoiselle Émilie qu'il garda le plus clairement dans ses pensées. Comme elle était mignonne, comme elle était douce, comme elle était aérienne, comme elle était délicate ! S'il avait fallu la dessiner, ç'aurait dû être dans une bulle de savon. Il y avait un parfum dans ses habits, dans ses blonds cheveux bouclés, on eût dit un rosier qui venait d'éclore. Et c'est avec elle qu'un jour il avait partagé une tartine. Elle l'avait mangée d'un violent appétit en lui faisant un signe de tête à chaque bouchée. Est-ce que, par hasard, elle s'en souvenait encore ? Oh oui, certainement ! C'était « en souvenir » de cela qu'elle lui avait donné le beau psautier. Et quand, pour la première fois ensuite, la nouvelle lune brilla le Jour de l'An, il sortit, tenant du pain et un skilling, ouvrit le livre pour voir sur quel psaume il tomberait. C'était un psaume de louanges et d'action de grâces. Et il l'ouvrit encore pour voir ce qui arriverait à la petite Émilie. Il prit bien garde d'éviter l'endroit du livre où se trouvaient les psaumes funèbres, mais il tomba tout de même à l'endroit entre mort et tombe ! C'était à ne pas y croire ! Il fut quand même inquiet quand, peu après, la mignonne petite fille garda le lit. Et chaque jour, à midi, la voiture du médecin s'arrêtait devant le portail.

« Ils ne la garderont pas ! dit la concierge. Notre-Seigneur sait bien ce qu'il veut ! »

Mais ils la gardèrent. Et Georg fit des dessins et les lui envoya. Il dessina le château du tsar, le vieux Kremlin de Moscou. Exactement tel qu'il était, avec ses tours et ses coupoles, elles avaient l'air d'énormes concombres verts et dorés, du moins sur le dessin de Georg. Cela amusa beaucoup la petite Émilie ; aussi, au cours de la semaine, Georg envoya encore quelques dessins, toujours des bâtiments, car elle pouvait, en les regardant, imaginer toutes sortes de choses derrière le portail et les fenêtres.

Il dessina une maison chinoise avec un carillon à chacun des seize étages. Il dessina deux temples grecs avec des colonnes de marbre, élancées, et des escaliers tout autour. Il dessina une église de Norvège. On voyait bien qu'elle était tout entière de bois sculpté et curieusement disposé, on aurait dit que chaque étage était monté sur des patins de berceau. Le plus ravissant, c'était tout de même, sur une feuille, le château qu'il appela « château de la petite Émilie ». C'est de cette façon-là qu'elle habiterait. Georg y avait beaucoup réfléchi et il avait pris pour ce château tout ce qu'il avait trouvé de plus extraordinaire dans chacun des autres bâtiments. Il avait des poutres sculptées comme l'église norvégienne, des colonnes de marbre comme le temple grec, un carillon à chaque étage et, tout en haut, des coupoles vertes et dorées comme le Kremlin du tsar. C'était un vrai château pour enfant ! et sous chaque fenêtre, il était écrit à quoi était destinée la salle ou la chambre correspondante : *Ici, Émilie dort ; ici, Émilie danse, et ici, elle joue à recevoir des visites.* C'était divertissant à regarder, et on ne manqua pas de le regarder.

« Charmant ! » dit le général.

Mais le vieux comte, car il y avait un vieux comte qui était encore plus distingué que le général et qui avait lui-même un château et un manoir, ne dit rien. Il apprit que le dessin avait été conçu et exécuté par le petit garçon du concierge. En fait, il n'était pas si petit, il était confirmé. Le vieux comte regarda les dessins et eut son idée là-dessus, mais n'en dit rien.

Un jour que le temps était bien gris, humide, épouvantable, ce jour-là fut un des plus lumineux et des meilleurs pour le petit Georg. Le professeur de l'Académie des beaux-arts le fit appeler.

« Écoute, mon ami, dit-il, parlons un peu ! Notre-Seigneur a eu la grande bonté de te donner des talents, il a eu aussi celle de te donner de braves gens. Le vieux comte qui habite au coin de la rue m'a parlé de toi. J'ai vu tes dessins aussi, nous allons tirer un trait dessus, il y a beaucoup de choses à corriger. Mais tu peux, deux fois par semaine, venir à mon école de dessin, tu feras certainement des progrès. Je crois que tu es fait pour être architecte plus que pour être peintre. Tu as le temps d'y réfléchir ! Mais va aujourd'hui même trouver le vieux comte qui habite au coin de la rue et remercie Notre-Seigneur pour cet homme-là ! »

C'était une grande maison qu'il y avait là, au coin de la rue. Il y avait des éléphants et des dromadaires sculptés autour des fenêtres, le tout très ancien. Mais le vieux comte préférait l'époque nouvelle avec ce qu'elle apportait de bon, que cela vînt du premier étage, du sous-sol ou de la mansarde.

« Je crois, dit la concierge, que plus les gens sont réellement distingués, moins ils font les fiers. Comme ce vieux comte est charmant et simple ! Et, par ma foi, il parle comme toi et moi. Le général et sa femme n'en sont pas capables ! Est-ce qu'hier Georg n'était pas absolument ravi de la charmante façon dont il a été traité chez le comte ? Et aujourd'hui, c'est moi qui le suis, après avoir parlé avec ce puissant homme. Est-ce que nous n'avons pas bien fait de ne pas mettre Georg en apprentissage ! Il a du talent.

— Oui, mais il faut de l'aide ! dit le père.

— Il en a reçu, dit la mère. Le comte a parlé en termes clairs et nets !

— C'est quand même de chez le général que c'est parti ! dit le père. Eux aussi, il faut que nous les remerciions.

— Volontiers ! dit la mère. Mais je ne crois pas qu'il y ait à remercier de beaucoup de choses. C'est Notre-Seigneur que je remercierai, et je le remercierai aussi de ce que la petite Émilie se rétablit ! »

La condition d'Émilie progressa, la condition de Georg progressa. Au terme de l'année, il eut la petite médaille d'argent, et, plus tard, la grande.

★

« Ç'aurait tout de même été mieux s'il avait été mis en apprentissage », dit la concierge en pleurant. « Ainsi, nous l'aurions gardé. Qu'est-ce qu'il va faire à Rome ? Je ne le verrai jamais plus, même s'il revient au pays, mais il ne reviendra pas, le cher enfant !

— Mais il s'agit de son bonheur et de son honneur ! dit le père.

— C'est ça, merci bien, mon ami ! dit la mère. Tu dis des choses que tu ne penses pas. Tu es tout aussi triste que moi. »

Et elle avait raison, tant pour la tristesse que pour le départ. C'était une grande chance pour ce jeune homme, disait tout le monde.

Et ce furent les adieux, chez le général également. Mais Madame ne se montra pas, elle avait sa grosse migraine. Au départ, le général raconta son unique anecdote, ce qu'il avait dit au prince et ce que le prince lui avait dit : « Vous êtes incomparable ! » et il tendit la main à Georg, une main molle.

Émilie aussi tendit la main à Georg, elle avait l'air presque triste, mais le plus affligé, c'était quand même Georg.

★

Le temps passe quand on a quelque chose à faire, il passe aussi quand on n'a rien à faire. Le temps est tout aussi long, mais pas tout aussi utile. Pour Georg, il était utile et pas long du tout, sauf quand il pensait à ceux de chez lui. Comment cela allait-il, au premier et au sous-sol ? Bien sûr, on en parlait dans des lettres. Et l'on peut mettre bien des choses dans une lettre, le clair soleil et les sombres jours pénibles. Ceux-ci figuraient dans la lettre qui annonça que le père était mort, la mère restait seule. Émilie avait été comme un ange de consolation, elle était descendue la voir, eh oui ! c'est ce qu'écrivait la mère qui ajoutait qu'elle avait eu la permission de garder l'emploi de concierge.

★

La générale tenait un journal. Elle y notait les soirées, les bals où elle était allée et toutes les visites qu'elle avait reçues. Ce journal était illustré de cartes de visite de diplomates et de personnes de la plus haute noblesse. Elle était très fière de son journal. Il s'était enrichi pendant longtemps, pendant bien du temps, au cours de nombreuses grosses migraines mais aussi pendant mainte nuit claire, c'est-à-dire à des bals de la cour. Émilie était allée au bal de la cour pour la première fois. Sa mère était en rose avec de la dentelle noire : espagnole ! La fille, en blanc, clair, élégant. Un ruban de soie verte voletait comme un roseau parmi les blonds cheveux bouclés couronnés de nénuphars blancs. Ses yeux étaient si bleus, si limpides, sa bouche, si délicate et rouge, elle ressemblait à une petite sirène aussi charmante que l'on peut l'imaginer. Trois princes dansèrent avec elle, entendons : d'abord l'un, puis l'autre. La générale n'eut pas de migraine pendant huit jours.

Mais le premier bal ne fut pas le dernier, Émilie en eut assez. Ce fut donc une bonne chose que l'été arrive avec son repos, son ciel au grand air. La famille fut invitée au château du vieux comte.

C'était un château avec un parc qui valait la peine d'être vu. Il y en avait une partie tout à fait comme dans l'ancien temps, avec des haies vertes et raides, comme si l'on passait entre des paravents verts percés de judas. Buis et ifs étaient taillés en étoiles et en pyramides, l'eau jaillissait de grandes grottes garnies de coquillages. Tout autour, il y avait des statues de pierre massive, cela se voyait à leurs habits autant qu'à leurs visages. Chaque corbeille de fleurs avait sa forme, poisson, armoiries, monogramme, c'était la partie du jardin à la française. De là, on entrait pour ainsi dire dans la forêt libre et fraîche, où les arbres pouvaient pousser comme ils voulaient, c'est pour cela qu'ils étaient si grands et magnifiques. L'herbe était verte, on pouvait marcher dessus, elle était roulée, tondue, soignée : c'était la partie du jardin à l'anglaise.

« Temps anciens et temps nouveaux ! dit le comte.

Ici, on passe fort bien de l'un à l'autre ! Dans deux ans, le manoir lui-même prendra sa véritable apparence, cela va faire toute une transformation en quelque chose de beau et de mieux. Je vais montrer les dessins et je vais montrer l'architecte, il vient dîner ici aujourd'hui !

— Charmant ! dit le général.

— C'est le paradis, ici ! dit le comte. Les pigeons logent dans la tour, les dindons au rez-de-chaussée, mais au salon, c'est la vieille Else qui règne. Elle a des chambres d'invités de tous côtés : les poules couveuses ici, les poules avec poussins là, et les canards ont un accès personnel sur la mare !

— Charmant ! » reprit le général.

Et ils allèrent tous voir cette splendeur.

La vieille Else était au milieu du salon, avec, à ses côtés, l'architecte Georg. Lui et la petite Émilie se retrouvaient après plusieurs années, se retrouvaient au poulailler.

Eh oui ! il était là, et il faisait bon le regarder : visage ouvert et résolu, brillante chevelure noire, sur les lèvres, un sourire qui disait : voici un filou qui vous connaît dans tous les détails. La vieille Else avait enlevé ses sabots et marchait en chaussettes, pour honorer ses très distingués visiteurs. Et les poules gloussaient et le coq chantait, les canards se dandinaient : « Coin ! coin ! » Mais la délicate jeune fille pâle, l'amie d'enfance, la fille du général avait un éclat de roses sur ses joues d'ordinaire si blanches, ses yeux s'agrandirent, ses lèvres parlaient sans qu'elle dît un seul mot, et le salut qu'elle lui fit fut le plus ravissant salut qu'un jeune homme pût souhaiter recevoir d'une jeune dame qui ne serait pas de sa famille ou avec laquelle il n'aurait pas souvent dansé. Elle et l'architecte n'avaient jamais dansé ensemble.

M. le comte lui serra la main et le présenta : « Il n'est pas tout à fait inconnu, notre jeune ami, M. Georg ! »

La générale fit la révérence, sa fille fut sur le point de lui tendre la main, mais elle ne la lui tendit pas.

« Notre petit M. Georg ! dit le général. Nous sommes d'anciens voisins ! Charmant !

— Vous êtes devenu tout à fait italien ! dit la générale ; et vous devez parler la langue comme un natif de ce pays ? »

La générale chantait en italien, mais elle ne le parlait pas, dit le général.

À table, Georg était assis à la droite d'Émilie, le général l'y avait conduite, le comte avait conduit la générale.

M. Georg parla et raconta, et il racontait bien, ce fut lui l'âme de la conversation, bien que le vieux comte eût pu l'être aussi. Émilie restait silencieuse, ses oreilles écoutaient, ses yeux brillaient.

Mais elle ne disait rien.

Sous la véranda, parmi les fleurs, elle se trouva avec Georg, les rosiers les cachaient. De nouveau, Georg eut la parole, pour commencer.

« Merci de votre bon cœur pour ma vieille mère, dit-il. Je le sais, la nuit de la mort de mon père, vous êtes descendue la voir, vous êtes restée auprès d'elle jusqu'à ce qu'il ait fermé les yeux, merci ! » Il prit la main d'Émilie et l'embrassa, il le pouvait bien en cette occasion. Elle devint écarlate, mais elle lui serra la main à son tour en le regardant de ses yeux bleus bénis.

« Votre mère était une chère âme ! Comme elle vous aimait ! Et toutes vos lettres, elle me les faisait lire, je crois vous connaître ! Comme vous étiez gentil pour moi quand j'étais petite, vous me donniez des dessins... !

— Que vous déchiriez ! dit Georg.

— Non ! j'ai encore mon château, le dessin.

— Maintenant, il faut que je le construise réellement ! » dit Georg qui fut rempli d'ardeur par ses propres paroles.

Le général et sa femme parlèrent, dans leur chambre, du fils du concierge : il savait se comporter et s'exprimer avec un savoir, une science ! « Il pourrait être précepteur ! dit le général.

— Un génie ! » dit la générale, qui n'ajouta rien.

★

Plusieurs fois, par ce bel été, M. Georg vint au château du comte. On regrettait son absence quand il ne venait pas.

« Comme Notre-Seigneur vous a donné beaucoup plus qu'à nous autres, pauvres gens ! lui dit Émilie. Vous en rendez-vous bien compte ? »

Georg était flatté de voir la belle jeune fille l'admirer, il la trouvait alors exceptionnellement douée.

Et le général se sentait de plus en plus convaincu qu'il n'était pas possible que M. Georg pût être un enfant du sous-sol. « D'ailleurs, sa mère était une fort brave femme, dit-il, je dois le dire en mémoire d'elle ! »

★

L'été passa, l'hiver vint, on reparla de M. Georg. Il était bien vu et bien accueilli même en très haut lieu, le général l'avait rencontré à un bal à la cour.

Et maintenant, on allait donner, là, à la maison, un bal pour la petite Émilie, pouvait-on inviter M. Georg ?

« Celui qu'invite le roi, le général peut l'inviter aussi ! » dit le général en se redressant d'un bon pouce.

M. Georg fut invité, et il vint. Princes et comtes vinrent, ils dansaient mieux les uns que les autres. Mais Émilie ne put faire que la première danse : elle fit un faux pas, sans danger mais un peu douloureux, il fallait donc être prudent, cesser de danser, regarder les autres, et elle resta à regarder, et l'architecte se tint à ses côtés.

« Vous lui donnez sûrement toute l'église Saint-Pierre », dit le général, en passant, et en souriant avec une bienveillance extrême.

Avec un sourire tout aussi bienveillant, il reçut M. Georg quelques jours après. Le jeune homme venait certainement remercier du bal, quoi d'autre, sinon ? Eh bien, la chose la plus surprenante, la plus étonnante : il venait dire des paroles insensées, le général n'en croyait pas ses oreilles ! « Une déclaration pyramidale ! », une demande impensable : M. Georg demandait qu'on lui donne pour femme la petite Émilie.

« Hé ! l'homme ! » dit le général à qui le sang montait à la tête. « Je ne vous comprends absolument pas ! Qu'est-ce que vous dites ? Qu'est-ce que vous voulez ? Je ne vous connais pas ! Monsieur ! Bonhomme ! Vous pouvez vous mettre dans la tête de vous introduire dans ma maison ! Qu'est-ce qu'il faut que je fasse, rester ici ou ne pas rester ici ? » et il entra à reculons dans sa chambre à coucher, tourna la clef et laissa M. Georg tout seul : celui-ci resta quelques minutes, puis fit demi-tour. Émilie était dans le corridor.

« Mon père a répondu... ? » demanda-t-elle, et sa voix tremblait.

Georg lui prit la main : « Il a battu en retraite... il viendra des temps meilleurs ! »

Il y avait des larmes dans les yeux d'Émilie. Il y avait de l'assurance et du courage dans les yeux du jeune homme et le soleil brillait sur eux et leur donnait sa bénédiction.

Le général était en ébullition dans sa chambre. Oui, il bouillait encore, il débordait de propos et d'exclamations : « Folie ! Insanités de concierge !... »

Une heure ne s'était pas écoulée que la générale tenait la nouvelle de la propre bouche de son mari, elle fit venir Émilie et resta seule avec elle.

« Pauvre enfant ! T'offenser de la sorte ! Nous offenser ! Et tu as les larmes aux yeux aussi, mais elles te vont bien ! Tu es charmante dans tes larmes ! Tu me ressembles au jour de mes noces. Pleure donc, petite Émilie !

— Oui, il le faut bien, dit Émilie, puisque ni toi ni père ne dites oui !

— Enfant ! cria la générale. Tu es malade ! Tu parles comme une égarée, ça y est, j'ai mon épouvantable migraine ! Tout ce malheur qui s'abat sur notre maison ! Ne fais pas mourir ta mère, Émilie, tu n'auras plus de mère ! »

Et la générale eut les yeux humides, elle ne pouvait supporter de penser à sa propre mort.

★

Dans le journal, on pouvait lire, parmi les nominations : M. Georg, nommé professeur, cinquième classe, numéro huit.

« C'est dommage que ses parents soient dans la

tombe et ne puissent lire cela ! » dirent les nouveaux concierges qui habitaient maintenant au sous-sol, en dessous de chez le général. Ils savaient que le professeur était né et avait grandi entre leurs quatre murs.

« Maintenant, il va avoir un revenu imposable conforme à son rang ! dit l'homme.

— Eh oui ! est-ce que ce n'est pas énorme pour un enfant pauvre ! dit la femme.

— Dix-huit rixdales par an ! dit l'homme. Oui, ça fait beaucoup.

— Non, c'est à son élévation que je pense ! dit la femme. Crois-tu qu'il se préoccupe de cet argent-là, il peut le gagner des quantités de fois ! et il trouvera sûrement une femme riche, en plus. Si nous avions des enfants, mon homme, notre fils aussi serait architecte et professeur ! »

On disait du bien de Georg au sous-sol, on en dit du bien au premier étage aussi : le vieux comte se le permit.

Ce furent les dessins de son enfance qui en fournirent l'occasion. Mais pourquoi en parla-t-on ? On parlait de la Russie, de Moscou, et donc, on en vint au Kremlin qu'un jour le petit Georg avait dessiné pour Mlle Émilie. Il avait fait tant de dessins. Le comte se rappelait l'un d'eux en particulier : *Le château de la petite Émilie*, où elle dormait, où elle dansait, où elle jouait à « recevoir des visites ». Le professeur avait de grandes capacités, il mourrait sûrement vieux conseiller, ce n'était pas impossible, et auparavant, il aurait vraiment bâti un château pour la dame actuellement si jeune. Pourquoi pas ?

« Curieuse plaisanterie », remarqua la générale quand le comte fut parti. Le général secoua pensivement la tête, sortit faire du cheval, avec son écuyer à distance convenable, plus fier que jamais sur son noble coursier.

Ce fut l'anniversaire de la petite Émilie, on apporta des fleurs et des livres, des lettres et des cartes de visite. La générale l'embrassa sur la bouche, le général, sur le front. C'étaient des parents affectueux et tant Émilie qu'eux reçurent de nobles visites, dont deux princes. On parla de bals et de théâtre, de missions diplomatiques, d'États et de gouvernement. On parla de capacités, de celles du pays même, et, par là, il fut question du jeune professeur, monsieur l'architecte.

« Ce qu'il bâtit le rendra immortel, était-il dit, ce qu'il bâtit le fera certainement aussi entrer dans une des plus grandes familles !

— Une des plus grandes familles ! » répéta ensuite le général à sa femme. « De laquelle s'agit-il ?

— Je sais à quoi l'on fait allusion, dit la générale, mais je ne le dirai pas ! Je ne le pense pas ! Dieu décidera ! Mais pour être étonnée, je le serai !

— L'étonnement sera pour moi aussi, dit le général, je n'en ai pas la moindre idée ! » et il s'abîma dans l'attente d'une idée.

Il y a une puissance, une puissance indicible dans la profusion de grâce qui vient d'en haut, de la faveur de la cour, de la faveur de Dieu... et cette faveur de la grâce, le petit Georg l'avait. Mais nous oublions l'anniversaire.

La chambre d'Émilie embaumait du parfum des fleurs envoyées par les amis, hommes et femmes, il y avait sur la table de beaux cadeaux en hommage et en souvenir, mais pas un seul de Georg, c'était impossible et, d'ailleurs, ce n'était pas nécessaire, toute la maison était un souvenir de lui. Même du trou à sable sous l'escalier, la fleur du souvenir perçait. Émilie avait poussé un cri lorsque le rideau avait brûlé et Georg était venu lui porter les premiers secours. Un regard par la fenêtre, et l'acacia rappelait l'époque de leur enfance. Fleurs et feuilles étaient tombées mais l'arbre couvert de givre faisait comme un écumeux rameau de corail. Et la lune toute ronde et claire brillait parmi les branches, inchangée dans toute son inconstance, comme lorsque Georg partageait sa tartine avec Émilie.

Elle sortit du tiroir les dessins du château du tsar, de son château à elle. Les souvenirs de Georg : elle les regarda en songeant, toutes sortes de pensées surgirent. Elle se rappela le jour où, à l'insu de son père et de sa mère, elle était descendue chez la concierge qui était à sa dernière heure. Elle était restée auprès d'elle, lui avait tenu la main, avait entendu ses dernières paroles : « Bénédiction... ! Georg ! » La mère avait pensé à son fils... Et Émilie y attachait de l'importance. Si, Georg était à cet anniversaire, il y était vraiment !

Il se trouva que, le lendemain, il y avait un nouvel anniversaire à la maison : celui du général. Le jour de sa naissance suivait immédiatement celui de sa fille, des années plus tôt, bien entendu, bien des années plus tôt. Il y eut de nouveaux présents et, parmi eux, une selle, d'aspect formidable, commode et précieuse, il n'y avait qu'un des princes pour en posséder une semblable. De qui venait-elle ? Le général était ravi. Elle était accompagnée d'un petit mot. S'il y avait été dit : *Merci pour hier !* nous aurions pu deviner, nous autres, de qui cela venait, mais il y était écrit : *De la part de quelqu'un que Monsieur le Général ne connaît pas !*

« Qui est-ce donc que je ne connais pas ? dit le général. Je connais tout le monde ! » Et il parcourut en pensée toute la haute société : il connaissait tout le monde. « C'est de ma femme ! dit-il finalement. Elle veut me taquiner ! Charmant ! »

Mais elle ne taquinait pas, ce temps-là était passé.

★

Et alors, ce fut fête, encore fête, mais pas chez le général, bal costumé chez un des princes. Les masques aussi étaient permis.

Le général s'y rendit en Rubens, costume espagnol avec petite fraise, épée et grande tenue, la générale était Mme Rubens, velours noir, col montant, terriblement chaud, une meule de moulin autour du cou, ce qui signifie, bien entendu, une grande collerette à tuyaux, exactement comme dans un tableau hollandais que possédait le général et où, en particulier, on admirait les mains : elles ressemblaient tout à fait à celles de la générale.

Émilie était Psyché, en mousseline et dentelles. Elle était comme duvet de cygne aérien, elle n'avait absolument pas besoin d'ailes, elle n'en portait que pour signifier qu'elle était Psyché.

C'était un éclat, une magnificence, lumières et fleurs, somptuosité et goût. Il y avait tant à voir que l'on ne remarquait pas les belles mains de Mme Rubens.

Un domino noir, fleurs d'acacia au chapeau, dansa avec Psyché.

« Qui est-ce ? demanda la générale.

— Son Altesse Royale, dit le général, j'en suis tout à

fait sûr, je l'ai tout de suite reconnu à sa poignée de main ! »

La générale en doutait.

Le général Rubens n'en doutait pas, il s'approcha du domino noir et traça dans sa main le monogramme royal ; on fit un signe de dénégation mais on donna une indication :

« La devise de la selle ! *Quelqu'un que Monsieur le Général ne connaît pas.*

— Mais alors, je vous connais ! dit le général. C'est vous qui m'avez envoyé la selle ! »

Le domino leva la main et disparut parmi les autres.

« Émilie, qui est ce domino noir avec lequel tu as dansé ? demanda la générale.

— Je ne lui ai pas demandé son nom ! répondit-elle.

— Parce que tu le savais ! C'est le professeur ! Votre protégé, monsieur le comte, est ici ! » poursuivit-elle en se tournant vers le comte qui se trouvait tout près. « Un domino noir avec des fleurs d'acacia !

— Bien possible, chère madame ! répondit-il. Toutefois, l'un des princes est également costumé de la sorte !

— Je reconnais sa poignée de main ! dit le général. C'est au prince que je dois la selle. J'en suis tellement sûr que je peux l'inviter à notre table !

— C'est cela ! Si c'est le prince, il viendra sûrement... ! dit le comte.

— Et si c'est l'autre, il ne viendra pas ! » dit le général qui s'approcha du domino noir, lequel était précisément en train de parler au roi. Le général fit une invitation particulièrement cérémonieuse, disant qu'ils pourraient faire connaissance. Il souriait, tant il était certain de savoir qui il invitait. Il parlait haut et clair.

Le domino leva son masque : c'était Georg.

« Monsieur le Général réitère-t-il son invitation ? » demanda-t-il.

Le général grandit assurément d'un bon pouce, il prit une posture plus ferme, fit deux pas en arrière, et un pas en avant comme pour un menuet, il y eut dans le visage raffiné du général autant de gravité et d'expression qu'il était capable d'en mettre.

« Je ne reviens jamais sur ma parole ! Vous êtes invité, monsieur le professeur ! » Et il s'inclina en faisant un regard au roi qui avait certainement tout entendu.

★

Et donc, il y eut un dîner chez le général, n'étaient invités que le vieux comte et son protégé.

« Le pied sous la table, pensa Georg, et la première pierre est posée ! » et la première pierre fut réellement posée, en grande cérémonie, chez le général et sa femme.

Cet homme était arrivé et, comme le général le savait fort bien, il avait parlé tout à fait comme une personne de la bonne société, il avait été extrêmement intéressant, force fut au général de dire maintes fois son : « Charmant ! » La générale parla de son dîner, elle en parla même à l'une des dames de la cour et celle-ci, l'une des plus spirituelles, demanda d'être invitée la prochaine fois que le professeur viendrait. Il fallut donc l'inviter, et il fut, lui aussi, invité, il vint, fut charmant de nouveau, il savait même jouer aux échecs.

« Il n'est pas du sous-sol, dit le général, c'est très certainement le fils d'une famille distinguée ! Il y a beaucoup de fils de familles distinguées, et ce jeune homme est parfaitement innocent de venir du sous-sol ! »

Monsieur le Professeur qui était reçu chez le roi pouvait bien venir chez le général, mais s'y implanter, il n'en était pas question, bien que toute la ville en parlât.

★

Il s'implanta. La rosée de la grâce tombait d'en haut !

Aussi ne fut-on pas surpris que, lorsque le professeur devint conseiller d'État, Émilie devînt sa femme.

« La vie est une tragédie ou une comédie, dit le général, dans la tragédie, on meurt, dans la comédie, on se marie. »

Là, ils se marièrent. Et ils eurent trois garçons éveillés, mais pas tout de suite.

Ces gentils enfants faisaient du cheval de bois par les chambres et les salles quand ils étaient chez grand-père et grand-mère. Et le général aussi faisait du cheval de bois, chevauchant derrière eux, « comme jockey pour les petits conseillers d'État » !

La générale était dans le sofa et souriait même si elle avait sa grosse migraine.

★

Voilà jusqu'où Georg alla, et encore beaucoup plus loin, sinon, il n'aurait pas valu la peine de raconter l'histoire du fils du concierge.

LE CRAPAUD

Le puits était profond, aussi la corde était-elle longue. On avait du mal à actionner le treuil quand il fallait ramener le seau plein d'eau au-dessus de la margelle. Le soleil ne parvenait jamais à se refléter dans l'eau, toute claire qu'elle fût, mais de la verdure poussait parmi les pierres jusqu'à l'endroit qu'atteignaient ses rayons.

Habitait là une famille de l'espèce des crapauds, c'étaient des immigrés, en fait, cette famille était arrivée là, la tête la première, en la personne de la vieille mère crapaud qui vivait encore. Les grenouilles vertes qui étaient ici chez elles depuis bien plus longtemps et qui nageaient dans l'eau reconnurent leur cousinage et les appelèrent « les visiteurs du puits ». Ceux-ci avaient certainement l'intention de rester. Ils vivaient là fort agréablement au sec, comme ils appelaient les pierres mouillées.

La mère grenouille avait voyagé autrefois, elle avait été dans un seau d'eau quand il remontait, mais il faisait trop clair pour elle, elle avait eu mal aux yeux, heureusement, elle s'était échappée du seau. Elle était tombée dans l'eau avec un plouf ! effroyable et elle était restée allongée trois jours ensuite, elle avait mal dans le dos. Elle n'aurait pu raconter grand-chose du monde d'en haut, mais ce qu'elle savait, et ce qu'ils savaient tous, c'est que le puits n'était pas le monde entier. La mère crapaud aurait fort bien pu raconter une chose ou une autre, mais elle ne répondait jamais quand on la questionnait, aussi ne la questionnait-on pas.

« Elle est grosse et laide, affreuse et grasse ! disaient les jeunes grenouilles vertes. Ses petits sont tout aussi affreux !

— C'est bien possible, disait la mère crapaud, mais il y en a un qui a une pierre précieuse dans la tête, ou si ce n'est pas lui, c'est moi ! »

Et les grenouilles vertes entendirent en ouvrant de grands yeux, et comme cela ne leur plaisait pas, elles se retournèrent et allèrent au fond. Mais les petits crapauds étirèrent leurs pattes de derrière par pure fierté. Chacun d'eux croyait avoir la pierre précieuse. Et ils gardaient la tête bien immobile, mais ils finirent par demander de quoi ils étaient fiers et ce qu'était cette pierre précieuse, en fait.

« C'est une chose tellement splendide et superbe, dit la mère crapaud, que je ne peux la décrire ! C'est une chose que l'on porte pour son propre plaisir et qui irrite les autres. Mais ne questionnez pas, je ne répondrai pas !

— Bon, ce n'est pas moi qui ai la pierre précieuse ! » dit le plus petit crapaud. Il était aussi laid qu'on peut l'être. « Pourquoi aurais-je une pareille splendeur ? Et si cela irrite les autres, ça ne peut pas me faire plaisir ! Non, tout ce que je souhaite, c'est de pouvoir monter un jour sur la margelle et voir au-dehors. Ça doit être formidable !

— Reste plutôt où tu es ! dit la vieille ; tu connais les lieux, tu sais ce que c'est ! Prends garde au seau, il t'écrasera. Et si, par hasard, tu y entres, tu peux tomber, tout le monde n'a pas autant de chance que moi en tombant, tout le monde ne garde pas tous ses membres et ses œufs intacts !

— Côa ! » dit le petit, et c'était comme lorsque nous autres humains disons : « Hélas ! »

Il avait tellement envie de monter sur la margelle et de voir au-dehors. Il éprouvait un tel désir de la verdure là-haut. Et lorsque, le matin suivant, par hasard, le seau plein d'eau fut remonté et qu'il resta immobile, un instant, devant la pierre où se trouvait le crapaud, la petite bête frémit intérieurement, elle sauta dans le seau plein, tomba au fond de l'eau, laquelle fut remontée ensuite et versée.

« Pouah ! quelle horreur ! » dit l'homme qui le vit. « C'est bien le plus affreux que j'aie jamais vu ! » et il donna un coup de pied au crapaud qui faillit être estropié mais en réchappa tout de même en pénétrant dans de hautes orties. Il voyait tige sur tige, il voyait aussi vers le haut ! Le soleil brillait sur les feuilles. Elles étaient toutes transparentes. C'était pour lui comme pour nous autres humains quand, soudain, nous pénétrons dans une grande forêt où le soleil brille parmi les branches et les feuilles.

« Il fait bien meilleur ici qu'en bas dans le puits ! Ici, on pourrait avoir envie de rester toute sa vie ! » dit le petit crapaud. Il y resta une heure, il y resta deux heures ! « Qu'est-ce qu'il peut bien y avoir au-dehors ? Puisque me voici arrivé si loin, il faut que je tâche de continuer ! » Et il rampa aussi vite qu'il pouvait ramper, et déboucha sur le chemin où le soleil brillait et où il fut saupoudré de poussière en traversant la grand-route.

« Ici, on est vraiment au sec, dit le crapaud, c'est presque trop bien pour moi, j'en ai des chatouillements ! »

Alors, il atteignit le fossé. Y poussaient des myosotis et des spirées, tout près, il y avait une haie vive avec du sureau et de l'aubépine. Des convolvulus s'y enlaçaient. Toutes les couleurs qu'il y avait à voir ! Un papillon volait aussi par là. Le crapaud crut que c'était une fleur qui s'était détachée pour mieux regarder autour d'elle de par le monde, c'était bien naturel, n'est-ce pas !

« Si seulement on pouvait prendre son essor comme lui, dit le crapaud. Côa ! Ah ! quelles délices ! »

Il resta huit jours et huit nuits près de ce fossé, il ne manquait pas de nourriture. Le neuvième jour, il pensa : « Allons plus loin ! »... mais que pouvait-on trouver de plus magnifique ? Peut-être un petit crapaud ou quelques grenouilles vertes. La dernière nuit, le vent avait apporté des sons qui auraient laissé entendre qu'il y avait des « cousins » dans le voisinage.

« C'est merveilleux de vivre ! remonter du puits, coucher dans les orties, ramper sur la route poussiéreuse, se reposer dans le fossé humide ! Mais allons plus loin ! essayons de trouver des grenouilles ou un petit crapaud, on ne peut tout de même pas s'en passer, la nature ne vous suffit pas ! » Et il reprit sa marche.

Il arriva dans le champ, à une grande mare entourée de joncs ; il se rendit dedans.

« Ce doit être trop mouillé pour vous ? dirent les grenouilles. Mais vous êtes très bienvenu !... Vous êtes mâle ou femelle ? Peu importe, d'ailleurs, vous êtes tout aussi bienvenu ! »

Et il fut invité à un concert, le soir, un concert de famille : grand enthousiasme et grêles voix. Nous connaissons cela. On ne servit rien, seulement des boissons à volonté, toute la mare si l'on pouvait.

« Bon, je continue ! » dit le petit crapaud. Il éprouvait toujours le besoin de quelque chose de mieux.

Il voyait scintiller les étoiles, si grandes, si claires, il voyait luire la nouvelle lune, il vit le soleil se lever, monter de plus en plus.

« Je dois être encore dans le puits, dans un puits plus grand, il faut que je monte davantage ! Je suis d'une inquiétude ! d'un désir ! » Et lorsque la lune fut pleine et ronde, la pauvre bête pensa : « Et si c'était le seau que l'on descend, dans lequel je saute pour monter plus haut ? ou bien est-ce le soleil, ce grand seau ? Comme il est grand, comme il rayonne, il peut nous contenir tous tant que nous sommes ! il faut que je saisisse l'occasion ! Oh ! comme ça brille dans ma tête ! je ne crois pas que la pierre précieuse puisse briller mieux ! Mais je ne l'ai pas et je ne pleure pas pour ça, non, plus haut, dans l'éclat et la joie ! Je suis plein de confiance et d'angoisse en même temps... c'est un fameux pas à faire ! mais il le faut ! en avant ! droit sur la grand-route ! »

Et il se mit en route, comme peut le faire un pareil animal rampant, et il se trouva alors sur le grand chemin où habitaient les humains. Il y avait et des jardins fleuris et des potagers, il se reposa dans un potager.

« Tout de même, comme il y a des quantités de créatures diverses que je n'ai jamais connues ! et comme le monde est grand et béni ! Mais il faut regarder autour de soi dans ce monde-là aussi et ne pas rester en un seul endroit. » Et il bondit dans le potager. « Comme c'est vert ici ! comme c'est beau !

— Je le sais bien ! » dit la chenille sur la feuille de chou. « Ma feuille est la plus grande ici ! Elle cache la moitié du monde, mais je peux me passer de cette moitié.

— Cot ! cot ! » dit-on : c'étaient des poules qui arrivaient. Elles trottinaient dans le potager. La plus avancée avait la vue longue. Elle vit la chenille sur la feuille grisée, elle lui donna un coup de bec, la chenille tomba par terre où elle se tordit et se retourna. La poule regardait d'abord d'un œil, puis de l'autre car elle ne savait pas ce qui pourrait résulter de ces contorsions.

« Elle ne fait pas ça de bon gré ! » pensa la poule et elle dressa la tête pour donner un coup de bec. Le crapaud fut tellement effrayé qu'il rampa tout droit vers la poule.

« Ah bon ! elle a des troupes de renfort ! dit la poule. Regardez-moi cette vermine ! » et la poule fit demi-tour. « Je n'ai que faire de cette petite bouchée verte, ça ne fait que vous donner des chatouillements dans la gorge ! » Les autres poules étaient du même avis et elles s'en allèrent.

« Je lui ai échappé en me tortillant ! dit la chenille. Il est bon d'avoir de la présence d'esprit. Mais le plus difficile reste à faire : remonter sur ma feuille. Où est-elle ? »

Et le petit crapaud vint exprimer sa sympathie. Il était content d'avoir, dans sa laideur, effrayé les poules.

« Que voulez-vous dire par là ? demanda la chenille. Je leur ai échappé toute seule en me tortillant. C'est très désagréable à regarder ! Me permettra-t-on d'être chez moi ! Voilà, je sens l'odeur d'un chou ! Me voici près de ma feuille ! Il n'y a rien d'aussi merveilleux que son chez-soi ! Mais il faut que je monte plus haut !

— C'est ça, plus haut, dit le petit crapaud, plus haut ! Elle a les mêmes sentiments que moi ! Mais elle n'est pas de bonne humeur aujourd'hui, cela vient de la peur qu'elle a eue. Tous, nous voulons monter plus haut ! » Et il regarda aussi haut qu'il put.

Le père cigogne était dans son nid, sur le toit du paysan. Il bavassait, et la mère cigogne bavassait.

« Comme ils habitent haut ! pensa le crapaud. Oh ! celui qui pourrait arriver là-haut ! »

Dans la maison du paysan habitaient deux jeunes étudiants : l'un était poète, l'autre, naturaliste. L'un chantait et écrivait joyeusement sur tout ce que Dieu avait créé, et qui se reflétait dans son cœur. Il le chantait en vers mélodieux, brefs, clairs et riches. L'autre s'emparait de la chose en soi, il la disséquait au besoin. Il prenait l'œuvre de Notre-Seigneur comme une grande opération mathématique, soustrayait, multipliait, voulait la connaître à fond et en parler avec entendement, et il l'entendait complètement, et il en parlait avec joie et intelligence. C'étaient des hommes bons et joyeux, tous les deux.

« Tiens ! voilà un bon exemplaire de crapaud ! dit le naturaliste. Il faut que je le mette dans l'alcool !

— Mais tu en as déjà deux autres ! dit le poète. Laisse-le s'amuser tranquille !

— Mais il est si merveilleusement affreux ! dit l'autre.

— Et si nous pouvions trouver la pierre précieuse qu'il a dans la tête, dit le poète, je t'aiderais moi-même à le disséquer !

— La pierre précieuse, dit l'autre, tu connais ton histoire naturelle, oui !

— Mais précisément, est-ce qu'il n'y a pas quelque chose de très beau dans la croyance populaire qui veut que le crapaud, le plus affreux des animaux, recèle souvent dans sa tête la plus précieuse des gemmes ? Est-ce qu'il n'en va pas de même avec les hommes ? Quelle pierre précieuse avait Ésope, et Socrate, donc [1]... ? »

Le crapaud n'en entendit pas davantage et il n'en avait pas compris la moitié. Les deux amis s'en allèrent, et il fut quitte d'aller dans l'alcool.

« Ils ont parlé aussi de la pierre précieuse ! dit le crapaud. Heureusement que je ne l'ai pas, sinon, j'aurais eu des ennuis ! »

Il y eut alors des jacassements sur le toit du paysan. Le père cigogne faisait une conférence à sa famille, laquelle regardait de travers les deux jeunes gens dans le potager.

« L'homme est la vermine la plus vaniteuse qui soit ! dit la cigogne. Écoutez-les bavasser ! Et ils ne sont même pas capables de craqueter comme il faut ! Ils se rengorgent de leurs dons oratoires, de leur langue ! Drôle de langue, oui ! elle leur devient incompréhensible au cours de chacun de nos voyages : celui-ci ne comprend pas celui-là. Nous, nous pouvons parler notre langue sur toute la terre, au Danemark comme en Égypte. D'ailleurs, les hommes ne savent pas voler non plus ! Ils prennent leur essor grâce à une invention qu'ils appellent "chemin de fer", mais il faut dire qu'ils se cassent souvent le cou. J'en ai des frissons dans le bec quand j'y pense ! Le monde peut subsister sans les hommes. Nous pouvons nous passer d'eux ! Pourvu que nous conservions les grenouilles et les vers de terre !

— Voilà un fameux discours ! pensa le petit crapaud. Quel grand homme ! Et comme il est haut, jamais encore je n'ai vu personne siéger si haut ! Et comme il sait nager ! » s'écria-t-il quand la cigogne, ailes étendues, prit son essor.

Et la mère cigogne parlait dans le nid, elle raconta le pays d'Égypte, les eaux du Nil et toute l'incomparable vase qu'il y avait en pays étranger. C'était tout à fait nouveau et délectable pour le petit crapaud.

« Il faut que j'aille en Égypte ! dit-il. Si seulement la cigogne pouvait m'emporter, elle ou un de ses petits. Je le lui revaudrais le jour de ses noces. Oh si ! j'irai en Égypte, j'ai tellement de chance ! Tout ce désir et cette envie que j'ai, c'est vraiment mieux que d'avoir une pierre précieuse dans la tête ! »

Or, il avait précisément cette pierre précieuse : l'éternel désir et l'envie de monter, toujours monter ! il en était illuminé, illuminé de joie, rayonnant de désir[1] !

À ce moment arriva le père cigogne. Il avait vu le crapaud dans l'herbe, se posa et s'empara, pas précisément avec douceur, de la petite bête ; le bec pinçait, le vent sifflait, ce n'était pas agréable, mais on montait, on montait vers l'Égypte, le crapaud le savait. Aussi ses yeux brillaient-ils, c'était comme si une étincelle en volait :

« Côa ! Ah ! »

Le corps était mort, le crapaud, tué. Mais l'étincelle de ses yeux, qu'en advint-il ?

Le rayon de soleil la prit, le rayon de soleil emporta la pierre précieuse de la tête du crapaud. Où ?

Ne va pas le demander au naturaliste, demande-le

plutôt au poète. Il te le racontera sous forme de conte. Et la chenille y figurera, et la famille cigogne aussi. Pense donc ! La chenille se métamorphose et devient un ravissant papillon ! La famille cigogne vole pardessus montagnes et mers jusqu'à la lointaine Afrique et retrouve tout de même le chemin le plus court pour rentrer chez elle en pays danois, au même endroit, au même toit ! Oh oui ! vraiment, c'est presque trop fabuleux et pourtant, c'est vrai. Tu n'as qu'à interroger le naturaliste, il sera forcé de le reconnaître. Et tu le sais bien, toi aussi, car tu l'as vu.

« Mais la pierre précieuse dans la tête du crapaud ? »

Cherche-la dans le soleil ! Tâche de la voir si tu peux !

Là, l'éclat est trop fort. Nous n'avons pas encore des yeux pour plonger dans toute la splendeur que Dieu a créée, mais nous les aurons sans doute, et ce sera le conte le plus merveilleux, car nous y figurerons nous-mêmes !

LA THÉIÈRE

Il y avait une fière théière, fière de sa porcelaine, fière de son long bec, fière de son anse large. Elle avait quelque chose devant et quelque chose derrière, le bec devant, l'anse derrière, et elle en parlait. Mais elle ne parlait pas de son couvercle, il avait craqué, il avait été rafistolé, il avait un manque et de ses manques, on ne parle pas volontiers, les autres s'en chargent bien assez. Les tasses, le pot à crème, le sucrier, tout le service à thé préféraient sûrement se rappeler l'état minable du couvercle et en parler, plutôt que de la bonne anse et du remarquable bec. La théière le savait bien.

« Je les connais, se disait-elle, je connais aussi ma défectuosité et je l'avoue, par là, je montre mon humilité, ma modestie. Des manques, nous en avons tous, mais on a ses qualités aussi. Les tasses ont eu une anse, le sucrier, un couvercle, moi, j'ai eu l'un et l'autre et, sur l'avant, une chose qu'ils n'auront jamais, j'ai eu un bec, cela fait de moi la reine de la table à thé. Au sucrier et au pot à crème, il a été donné d'être les serviteurs du bon goût, mais moi, je suis celle qui donne et qui règne, je répands la bénédiction parmi l'humanité assoiffée.

En moi s'élaborent les feuilles chinoises dans l'eau bouillante et insipide. »

Voilà tout ce que disait la théière au temps de sa belle jeunesse. Elle se tenait sur la table servie, elle fut prise par la plus délicate des mains. Mais la plus délicate des mains était maladroite, la théière tomba, le bec se brisa, l'anse se brisa, du couvercle, ce n'est pas la peine de parler, on en a déjà suffisamment parlé. La théière gisait, évanouie, sur le parquet, l'eau bouillante s'en échappa. Ce fut un rude coup qu'elle reçut là, et le pire, ce fut que l'on rit, on rit d'elle et pas de la main maladroite.

« De ce souvenir-là, je ne me débarrasserai jamais ! » disait la théière quand, ensuite, elle se racontait sa vie. « On m'a déclarée invalide, on m'a mise dans un coin et, le lendemain, on m'a donnée à une femme qui mendiait du lard. Je fus réduite à la misère, je restai sans voix, dehors comme dedans, mais là où j'étais commença une vie meilleure pour moi. On est une chose et on en devient une tout autre. On me remplit de terre. Pour une théière, c'est être enterrée, mais dans cette terre, on mit un bulbe de fleur. Qui l'avait mis, qui l'avait donné, je ne sais pas. Donné, il fut, en compensation des feuilles chinoises et de l'eau bouillante, en compensation de l'anse brisée et du bec. Et le bulbe était dans la terre, le bulbe était en moi, il devint mon cœur, mon cœur vivant, jamais encore je n'en avais eu un pareil. Il y avait de la vie en moi, il y avait de la force et de la vigueur. Le pouls battait, le bulbe sortit des germes, il était sur le point d'éclater en pensées et en sentiments. Qui percèrent pour donner une fleur. Je la vis, je la portai, je m'oubliai dans sa splendeur. Quelle bénédiction de s'oublier en autrui ! Elle ne me remercia pas. Elle ne pensait pas à moi... on l'admira, on en fit compliment. J'en étais toute contente, comme elle devait l'être, alors ! Un jour, j'entendis dire qu'elle méritait un meilleur pot. On me frappa en plein milieu. Cela fit affreusement mal. Mais la fleur fut mise dans un pot meilleur... et moi, je fus jetée dans la cour, j'y suis restée, vieux débris... mais je garde le souvenir, lui, je ne peux pas le perdre. »

LES CHIFFONS

Devant l'usine étaient empilés en gros tas des paquets de chiffons rassemblés d'un peu partout. Chaque chiffon avait son histoire, chacun faisait son discours, mais on ne peut pas les entendre tous ensemble. Certains chiffons étaient de ce pays, d'autres venaient de l'étranger. Or il y avait un chiffon danois par-dessus un chiffon norvégien. L'un était archidanois, l'autre, furieusement norvégien, et c'est ce qu'ils avaient d'amusant tous les deux, diront tout Norvégien et tout Danois sensé.

Ils se reconnurent à leur langue, bien que chacune d'elles, disait le Norvégien, différât autant de l'autre que le français de l'hébreu. « Nous allons jusqu'à la Colline pour avoir une langue pure et originelle, alors que le Danois se fabrique son verbiage à la Bragi[1], fade et douceâtre. »

Les chiffons parlaient, et un chiffon est un chiffon en tout pays, ils ne valent quelque chose que lorsqu'ils sont en piles.

« Je suis norvégien, dit le Norvégien, et quand je dis que je suis norvégien, je crois en avoir assez dit ! J'ai les fibres aussi fermes que les montagnes primitives de la vieille Norvège, le pays qui a une constitution comme la libre Amérique[1]. Quand je pense à ce que je suis, et que je fais résonner cette pensée en propos de granit, j'en ai des chatouillis dans les fibres.

— Mais nous, nous avons une littérature ! dit le chiffon danois. Comprenez-vous ce que c'est ?

— Comprendre ! reprit le Norvégien. Habitant de pays plat, faut-il que je le hisse sur la montagne et l'éclaire d'une aurore boréale, loque comme il est ! Quand la glace dégèle sous le soleil norvégien, les rafiots danois montent chez nous apporter du beurre et du fromage, des marchandises bien nobles, oui ! et il s'y ajoute de la littérature danoise en guise de ballast. Nous n'en avons pas besoin ! On se passe aisément de bière fadasse là où jaillit la source fraîche, il y a là un puits qui n'est pas foré, pas connu par des *bavasseries* européennes sur les journaux, la camaraderie et les voyages d'écrivains à l'étranger. Librement je parle, à pleins poumons, il faut que le Danois s'habitue à ces libres accents, et il le fera dans sa façon scandinave de s'accrocher à notre fier pays de rocs, la touffe primitive du monde !

— Jamais un chiffon danois ne pourrait parler de la sorte ! dit le Danois. Ce n'est pas notre nature. Je me connais, et tous nos chiffons sont comme moi, nous sommes si débonnaires, si modestes, nous croyons trop peu en nous-mêmes, et, certes, on ne gagne rien à cela, mais ça me plaît bien, je trouve ça tellement charmant ! Du reste, je peux vous assurer que je connais pleinement ma propre valeur, mais je n'en parle pas, personne ne pourra m'accuser d'un pareil défaut. Je suis tendre et souple, je supporte tout, n'envie personne, parle bien de tout le monde, quoiqu'il n'y ait pas grand bien à dire de la plupart des autres, mais c'est leur affaire ! Je m'en moque toujours, je suis tellement doué !

— Ne me parlez pas cette langue molle et collante du pays plat, ça me donne la nausée ! » dit le Norvégien qui, grâce au vent, se détacha du paquet et passa sur un autre.

Ils devinrent papier, tous les deux, et le hasard voulut que le chiffon norvégien devînt une feuille sur laquelle un Norvégien écrivit une lettre d'amour fidèle à une jeune fille danoise, et que le danois devînt le manuscrit d'une ode danoise à la louange de la force et de la splendeur de la Norvège.

Il peut sortir quelque chose de bon aussi des chiffons, une fois qu'ils sont tirés du paquet et que s'est produite leur transformation en vérité et en beauté, ils vivent en bonne entente et il y a, en cela, une bénédiction.

Voilà l'histoire, elle est tout à fait amusante et elle n'offense absolument personne en dehors des... chiffons.

L'ESTROPIÉ

Il y avait un vieux manoir dont les maîtres étaient d'excellents jeunes gens. Ils avaient richesse et bonheur, ils voulaient s'amuser et ils faisaient le bien. Ils voulaient rendre heureux tout le monde, comme eux-mêmes l'étaient.

Le soir de Noël, il y avait un arbre superbement décoré dans la vieille salle des chevaliers où le feu brûlait dans les cheminées et où l'on avait accroché des rameaux de sapin autour des vieux tableaux. Les maîtres et leurs invités s'y rassemblèrent, on chanta, on dansa.

Déjà plus tôt dans la soirée, on fêtait Noël dans la salle commune. Là aussi, il y avait un grand sapin avec des bougies allumées, rouges et blanches, de petits drapeaux danois, des cygnes et des filets de pêche découpés dans du papier multicolore et pleins de bonbons. Les enfants pauvres de la paroisse étaient invités. Chacun était avec sa mère. Celle-ci ne regardait pas beaucoup l'arbre, elle regardait les tables de Noël où étaient posés des vêtements de laine et de toile, du tissu pour robes et pantalons. Oui, c'était de ce côté-là que regardaient les mères et les grands enfants, seuls, les petits tendaient les mains vers les lumières, les paillettes d'or et les drapeaux.

Toute l'assemblée arrivait de bonne heure l'après-midi, prenait du gruau de Noël et de l'oie rôtie avec du chou rouge. Une fois l'arbre de Noël bien regardé et les cadeaux distribués, chacun prenait un petit verre de punch et des beignets aux pommes.

Ils rentraient dans leurs pauvres chaumières, on y parlait de la « bonne vie », c'est-à-dire de la bonne chère, et, une fois encore, on examinait comme il faut les cadeaux.

Or, il y avait Kirsten-du-Jardin et Ole-du-Jardin. Ils étaient mariés, ils avaient une maison et gagnaient leur pain quotidien en sarclant et en bêchant le jardin du manoir. À chaque fête de Noël, ils avaient bonne part aux cadeaux. Ils avaient cinq enfants aussi, tous les cinq habillés par les maîtres.

« Ce sont des gens bienfaisants, nos maîtres ! disaient-ils. Mais ils en ont les moyens aussi, et ça leur fait plaisir !

— Voilà de bons habits que les quatre enfants useront ! dit Ole le Jardinier. Pourquoi n'y a-t-il rien pour l'Estropié ? D'habitude, pourtant, ils pensent à lui aussi, bien qu'il ne soit pas de la fête ! »

C'était l'aîné des enfants, on l'appelait l'Estropié, sinon il se nommait Hans.

Tout petit, ç'avait été l'enfant le plus alerte et le plus vif, et puis soudain, il avait eu les « jambes molles », comme on disait, il ne pouvait ni rester debout ni marcher, il était au lit depuis cinq ans.

« Si, j'ai eu quelque chose pour lui aussi ! dit la mère. Mais ce n'est pas grand-chose, ce n'est qu'un livre qu'il peut lire !

— Ce n'est pas ça qui le rendra gras ! » dit le père.

Mais Hans en fut heureux. C'était un garçon très éveillé qui aimait bien lire, mais qui employait aussi son temps à travailler dans la mesure où il pouvait se rendre utile, lui qui devait garder le lit tout le temps. Il était adroit de ses mains, s'activait, tricotait des bas de laine et même des couvertures de lit. La dame du domaine en avait fait compliment et les avait achetés.

C'était un livre de contes que Hans avait reçu : il y avait là beaucoup à lire, beaucoup sur quoi réfléchir.

« Ça ne sert à rien du tout dans cette maison-ci, disaient les parents. Mais qu'il lise, ça fait passer le temps, il ne peut pas toujours tricoter des chaussettes ! »

Le printemps vint. Fleurs et verdure se mirent à percer, les mauvaises herbes aussi, comme il est bien permis d'appeler les orties, bien que le cantique en parle si gentiment :

> « *Quand tous les rois à la file*
> *S'avanceraient dans leur puissance et leur splendeur,*
> *Ils ne sauraient faire pousser*
> *La moindre feuille sur une ortie*[1]. »

Il y avait beaucoup à faire au jardin du manoir, non seulement pour le jardinier et ses apprentis, mais aussi pour Kirsten-du-Jardin et pour Ole-du-Jardin.

« C'est un rude labeur, disaient-ils, et à peine avons-nous ratissé et bien nettoyé les allées qu'on les repiétine aussitôt ! On est envahi d'étrangers au manoir. Qu'est-ce que ça doit coûter ! Mais les maîtres sont des gens riches !

— C'est une répartition ridicule ! disait Ole. "Nous

sommes tous enfants de Notre-Seigneur", dit le pasteur. Alors, pourquoi une telle différence !

— Ça vient du péché originel », disait Kirsten.

Ils en reparlaient le soir, alors que Hans l'Estropié était couché, lisant le livre de contes.

Leur condition difficile, l'éreintement, le labeur avaient endurci les mains des parents mais aussi leur jugement et leurs opinions. Ils ne pouvaient maîtriser cela, éclairer cela, et, d'en parler, cela les rendait plus hargneux et fâchés.

« Certains ont le bien-être et le bonheur, d'autres, seulement la pauvreté. Pourquoi faut-il que la désobéissance et la curiosité de nos premiers parents retombent sur nous ? Nous ne nous serions pas conduits comme ces deux-là !

— Si ! Nous l'aurions fait, dit soudain Hans l'Estropié. Tout ça est là, dans ce livre !

— Qu'est-ce qu'il y a dans ce livre ? » demandèrent les parents.

Et Hans leur lut le vieux conte du bûcheron et de sa femme : eux aussi maudissaient la curiosité d'Adam et d'Ève qui était cause de leur malheur. Puis le roi du pays vint à passer. « Suivez-moi chez moi, dit-il, vous serez aussi bien traités que moi, sept plats et un autre pour le spectacle. Celui-ci est dans une terrine fermée, il ne faut pas y toucher, sinon, finie la grande vie ! — Qu'est-ce qu'il peut bien y avoir dans cette terrine ? dit la femme. — Ça ne nous regarde pas ! dit l'homme. — Bon, je ne suis pas curieuse, dit la femme, j'aimerais seulement savoir pourquoi nous ne devons pas soulever le couvercle. C'est sûrement quelque chose d'exquis ! — Pourvu qu'il n'y ait pas de mécanique là-dedans, dit l'homme, quelque chose comme un coup de pistolet qui claque et qui réveille toute la maison ! — Oh là ! » dit la femme qui ne toucha pas à la terrine. Mais la nuit, elle rêva que le couvercle se soulevait de lui-même, il arrivait un parfum comme de punch délicieux, du genre que l'on prend aux mariages et aux enterrements. Il y avait une grande plaque d'argent avec l'inscription : SI VOUS BUVEZ DE CE PUNCH, VOUS SEREZ LES DEUX PLUS RICHES DU MONDE ET TOUS LES AUTRES SERONT DES MENDIANTS... et la femme se réveilla aussitôt et raconta son rêve à son mari. « Tu penses trop à cette chose-là ! dit-il. — On pourrait bien le soulever prudemment ! dit la femme. — Prudemment ! » dit l'homme. Et la femme souleva tout doucement le couvercle... Alors, deux vives petites souris sortirent d'un bond et les voilà disparues dans un trou. « Bonne nuit ! dit le roi. Maintenant, vous pouvez aller chez vous et vous accommoder de votre sort. N'insultez plus Adam et Ève, vous avez été tout aussi curieux et ingrats... ! »

« D'où cette histoire est-elle venue dans ce livre ? dit Ole-du-Jardin. Pour un peu, il s'agirait de nous. Ça donne sérieusement à réfléchir. »

Le lendemain, ils retournèrent au travail. Ils furent brûlés par le soleil et trempés jusqu'aux os par la pluie. Ils étaient pleins d'idées moroses, qu'ils ressassaient.

Il faisait encore clair, chez eux, le soir, ils avaient pris leur soupe au lait.

« Relis-nous l'histoire du bûcheron, dit Ole-du-Jardin.

— Il y a tant de jolies histoires dans ce livre ! dit Hans. Tant de choses que vous ne connaissez pas !

— Bon, les autres, je m'en moque ! dit Ole-du-Jardin. Je veux entendre celle que je connais ! »

Et lui et sa femme la réentendirent.

Plus d'un soir, ils revinrent à cette histoire.

« M'expliquer vraiment tout, elle ne le peut tout de même pas ! dit Ole-du-Jardin. Il en est des hommes comme du lait non écrémé, il tourne. Certains deviennent du bon fromage au lait caillé, d'autres, du petit-lait clair comme de l'eau ! Certaines gens ont de la chance en toutes choses, ils tiennent le haut du pavé toute leur vie et ne connaissent ni chagrins ni privations. »

Hans l'Estropié entendit cela. Il avait des jambes lamentables, mais une bonne tête. Il leur lut dans le livre de contes l'histoire de « L'Homme sans chagrins ni privation ». Où donc le trouvait-on, car il fallait qu'on le trouve.

Le roi était malade et l'on ne pouvait le guérir qu'en lui mettant la chemise qui avait été portée et usée sur le corps d'un homme qui pourrait dire en vérité n'avoir jamais connu chagrins ni privations.

On envoya des messagers dans tous les pays du monde, tous les châteaux et les manoirs, toutes les personnes aisées et heureuses, mais quand on les questionnait vraiment, chacun avait quand même éprouvé chagrins et privations.

« Pas moi », dit le porcher assis au bord du fossé, riant et chantant. « Je suis le plus heureux des hommes.

— Alors, donne-nous ta chemise, dirent les envoyés, tu auras pour paiement la moitié d'un royaume. »

Mais il n'avait pas de chemise et pourtant, il se disait le plus heureux des hommes.

« Ça, c'est un fameux gaillard ! » s'écria Ole-du-Jardin, et lui et sa femme riaient comme ils n'avaient pas ri depuis des années.

Alors, le maître d'école passa.

« Comme vous êtes joyeux ! dit-il. Il y a un événement nouveau à la maison ? Vous avez gagné à la loterie ?

— Non, ce n'est pas ça, dit Ole-du-Jardin. C'est Hans qui nous a lu dans le livre de contes l'histoire de l'homme sans chagrins ni privations, et ce type-là, il n'avait pas de chemise. Ça vous met la larme à l'œil d'entendre ça, et ce, dans un livre imprimé. Tout le monde a son fardeau à traîner. On n'est pas le seul. C'est toujours une consolation.

— D'où tenez-vous ce livre ? demanda le maître d'école.

— C'est notre Hans qui l'a reçu pour Noël il y a plus d'un an. Ce sont les maîtres qui le lui ont donné. Vous savez, il a tellement envie de lire, et c'est un estropié. Nous aurions préféré cette fois-là qu'il reçoive deux chemises en fil d'étoupe. Mais ce livre est extraordinaire, il est pour ainsi dire capable de répondre à ce qu'on pense ! »

Le maître d'école prit le livre et l'ouvrit.

« Reprenons la même histoire, dit Ole-du-Jardin, je ne l'ai pas encore bien en tête. Il faudra qu'il lise aussi l'autre, celle du bûcheron. »

Ces deux histoires avaient été et restèrent suffisantes pour Ole. C'étaient comme deux rayons de soleil qui pénétraient dans la pauvre maison, dans la pensée asservie qui les rendait grincheux et maussades.

Hans avait lu tout le livre, l'avait lu bien des fois. Les contes le transportaient dans le monde, là où il ne pourrait, bien entendu, pas aller puisque ses jambes ne le portaient pas.

Le maître d'école s'assit près de son lit. Ils parlèrent et ce fut un plaisir pour tous les deux.

À partir de ce jour, le maître d'école vint plus souvent voir Hans, quand les parents étaient au travail. Chaque fois qu'il venait, c'était comme une fête pour le garçon. Comme il écoutait ce que le vieil homme lui racontait, sur la taille de la terre, sur les nombreux pays, et que le soleil était presque un demi-million de fois plus gros que la terre, et si loin qu'un boulet de canon, à la vitesse qu'il avait, mettait vingt-cinq ans en tout à aller du soleil à la terre, alors que les rayons lumineux pouvaient atteindre la terre en huit minutes.

Tout écolier capable est au courant de tout cela, mais pour Hans, c'était nouveau et encore plus merveilleux que tout ce qu'il y avait dans le livre de contes.

Le maître d'école était invité à dîner deux ou trois fois par an chez les maîtres, et, lors d'une de ces occasions, il raconta l'importance qu'avait le livre de contes dans la pauvre maison où ces deux seules histoires avaient suffi à éveiller l'intérêt et le bonheur. Le petit garçon maladif et intelligent avait, par ses lectures, apporté méditation et joie.

Quand le maître d'école quitta le manoir pour rentrer chez lui, Madame lui mit deux rixdales d'argent luisant dans la main pour le petit Hans.

« Il faut les donner à père et mère ! » dit le garçon quand le maître d'école lui remit l'argent.

Et Ole-du-Jardin et Kirsten-du-Jardin dirent : « Hans l'Estropié, il est tout de même utile et nous apporte bénédiction aussi. »

Quelques jours après, les parents étaient au travail au manoir, la voiture des maîtres s'arrêta devant la maison. C'était l'excellente dame qui arrivait, heureuse que son cadeau de Noël ait été une telle consolation et un tel plaisir pour le garçon et ses parents.

Elle apportait du pain blanc, des fruits et une bouteille de sirop. Mais, chose encore plus réjouissante, elle lui apportait, dans une cage dorée, un petit oiseau noir qui savait siffler de façon tout à fait ravissante. On posa la cage sur la vieille commode, à quelque distance du lit du garçon, il pouvait voir et entendre l'oiseau. Et même les gens, sur la grand-route, l'entendaient chanter.

Ole-du-Jardin et Kirsten-du-Jardin ne rentrèrent qu'après le départ de Madame. Ils sentaient comme Hans était content, mais ils trouvèrent pourtant que ce cadeau ne leur vaudrait que des ennuis.

« Les gens riches ne voient pas bien loin ! dirent-ils. Va-t-il falloir que nous nous occupions de celui-là aussi ! Hans l'Estropié ne peut pas le faire, bien sûr. Le chat finira par l'attraper ! »

Huit jours passèrent, et huit encore. Pendant tout ce temps, le chat avait été maintes fois dans la pièce sans effrayer l'oiseau, encore moins sans lui faire du mal. Alors, il se produisit un grand événement. C'était l'après-midi, les parents et les autres enfants étaient au travail, Hans était tout seul. Il avait le livre de contes à la main et lisait l'histoire de la femme du pêcheur qui avait vu tous ses désirs réalisés[1]. Elle voulait être reine, elle l'était. Elle voulait être impératrice, elle l'était. Mais alors, elle voulut être le bon Dieu... elle se retrouva dans le fossé boueux d'où elle était venue.

Bien entendu, cette histoire n'avait aucun rapport avec l'oiseau ou le chat, mais c'est précisément cette histoire qu'il lisait quand l'événement se produisit. Il se le rappela toujours ensuite.

La cage était sur la commode, le chat, par terre, regardant fixement l'oiseau de ses yeux jaune vert. Il y avait, dans l'expression du chat, quelque chose qui semblait vouloir dire à l'oiseau : « Comme tu es mignon ! si seulement je pouvais te manger ! »

Hans comprit cela. Il le lisait dans l'expression du chat.

« Va-t'en, chat ! cria-t-il. Veux-tu sortir de la pièce ! »

On aurait dit que le chat se ramassait pour bondir.

Hans ne pouvait l'atteindre, il n'avait rien d'autre à jeter sur lui que son plus cher trésor, le livre de contes. Il le jeta, mais la couverture se détacha, elle vola d'un côté et le livre, avec toutes ses feuilles, de l'autre. Le chat recula un peu dans la pièce, à pas lents, et regarda Hans comme s'il voulait dire :

« Ne te mêle pas de ça, petit Hans ! moi, je peux marcher et je peux sauter, toi, tu ne peux ni l'un ni l'autre ! »

Hans gardait les yeux sur le chat et était fort inquiet. L'oiseau aussi était inquiet. Il n'y avait personne qu'on pût appeler. On aurait dit que le chat le savait. De nouveau, il se préparait à bondir. Hans agita sa couverture, il pouvait se servir de ses mains. Mais le chat n'avait cure de la couverture. Et lorsqu'elle aussi lui eut été jetée dessus, vainement, il sauta d'un bond sur la chaise, puis sur le rebord de la fenêtre. Là, il était plus près de l'oiseau.

Le sang de Hans se mit à bouillir, mais il n'y pensait pas : il pensait au chat et à l'oiseau. Il ne pouvait sortir de son lit, bien entendu ; se tenir sur ses jambes, il n'en était pas capable, encore moins de marcher. Ce fut comme si son cœur se retournait quand il vit le chat sauter de la fenêtre sur la commode et pousser la cage qui se renversa. Dedans, l'oiseau éperdu voltigeait.

Hans poussa un cri, il eut une secousse et, sans y réfléchir, il bondit de son lit, alla à la commode, fit tomber le chat et empoigna la cage où l'oiseau était comme éperdu. Il tenait la cage et courut sur la route en l'emportant.

Alors, les larmes lui ruisselèrent des yeux. Il exultait, il criait très fort : « Je marche ! je marche ! »

Il n'était plus invalide. Ces choses-là peuvent se produire et c'est ce qui lui arriva.

Le maître d'école habitait tout près. Hans courut chez lui, pieds nus, en chemise et chandail, l'oiseau dans sa cage.

« Je marche ! criait-il. Seigneur, mon Dieu ! » Et il sanglotait de joie.

Et de la joie, il y en eut dans la maison d'Ole-du-Jardin et de Kirsten-du-Jardin. « Nous ne pourrons connaître un jour plus heureux ! » disaient-ils tous les deux.

On fit venir Hans au manoir. Il n'avait pas fait ce chemin depuis bien des années. On aurait dit que les arbres et les noisetiers qu'il connaissait si bien lui faisaient signe en disant : « Bonjour, Hans ! Bienvenue par ici ! » Le soleil brillait sur son visage et jusque dans son cœur.

Les maîtres, les jeunes gens bénis du manoir, le firent asseoir et eurent l'air tout aussi contents que s'il avait été de leur propre famille.

La plus contente était tout de même Madame qui lui avait donné le livre de contes, donné le petit oiseau chanteur : celui-ci était mort, il est vrai, mort de peur, mais il avait été pour ainsi dire le moyen de sa guérison, et le livre avait été une stimulation pour lui et ses parents. Il l'avait encore, il le garderait et le lirait, si vieux qu'il devînt. Maintenant, il pouvait aussi se rendre utile à la maison. Il apprendrait un métier, relieur de préférence, « car, disait-il, ainsi je pourrai lire tous les livres nouveaux ».

Dans l'après-midi, Madame fit venir les deux parents. Elle et son mari avaient parlé de Hans. C'était un garçon intelligent et pieux, il avait envie de s'instruire et de l'entendement. Notre-Seigneur défend toujours les bonnes causes.

Ce soir-là, les parents rentrèrent vraiment heureux du manoir, Kirsten surtout, mais huit jours après, elle pleurait car le petit Hans s'en allait. Il avait mis de bons habits. C'était un bon garçon. Mais maintenant, il allait traverser l'eau salée, aller bien loin, être mis à l'école, une grande école, et beaucoup d'années passeraient avant qu'ils le revoient.

Il n'emporta pas le livre de contes, ses parents voulaient le garder en souvenir. Son père le lisait souvent, mais jamais autre chose que les deux histoires car celles-là, il les connaissait.

Et ils recevaient des lettres de Hans, plus joyeuses l'une que l'autre. Il était chez des gens gentils, dans de bonnes conditions. Et le plus agréable, c'était d'aller à l'école. Il y avait tant de choses à apprendre et à savoir. Il souhaitait seulement y rester cent ans et être un jour maître d'école.

« Si nous pouvions voir ça ! » disaient les parents, et ils se tenaient par la main comme pour communier.

« Quelle aventure tout de même, que celle de Hans ! disait Ole. Notre-Seigneur pense aussi à l'enfant du pauvre ! C'est précisément pour notre estropié que cela devait se manifester ! Est-ce qu'on ne dirait pas que Hans aurait pu nous lire ça dans le livre de contes ! »

DOSSIER

CHRONOLOGIE

2 avril 1805 : Naissance de Hans Christian Andersen, à Odense (Fionie), d'un père artisan cordonnier et d'une mère lavandière. Ses parents se sont mariés deux mois plus tôt. Sa mère, Anne-Marie, a quarante ans, son père, Hans, en a vingt-cinq. Le foyer est extrêmement pauvre.

1810 : Parce que le roi du Danemark, Frederik VI, a fait alliance avec Napoléon (alliance désastreuse), des troupes espagnoles de l'Empereur, sous la conduite du maréchal Bernadotte, traversent la Fionie pour se préparer à un débarquement en Suède. Des rebelles y sont fusillés. Andersen sera marqué par l'événement qui lui inspirera d'abord un poème, « Le Soldat » (1833), puis une pièce de théâtre *Quand les Espagnols étaient ici* (1865). Il fréquente une école pour enfants juifs, puis une école pour les pauvres.

1812 : Le père d'Andersen s'engage dans l'armée napoléonienne ; il reviendra en 1814, dans un état physique lamentable. Hans Christian doit travailler dans une usine de textiles, puis dans une usine de tabac pour faire plaisir à sa mère.

1813 : Naissance à Copenhague du philosophe Søren Kierkegaard.

1816 : Hans Andersen revient de l'armée. Il est malade et meurt peu après.

1818 : Sa mère se remarie avec un autre cordonnier qui ne s'intéresse pas à Hans Christian. Après diverses tentatives pour gagner sa vie à Odense, Andersen décide de « monter » à la capitale, Copenhague, où il est sûr de trouver de quoi satisfaire son ambition. Il arrive à Copenhague le 6 septembre et il habite dans un quartier de prostituées. Aidé de divers protecteurs, il tente sa chance comme chanteur, puis danseur, puis acteur (il joue des utilités) au Théâtre Royal. Il comprend qu'il n'est pas doué pour ce genre d'activités et décide d'écrire pour le théâtre tout en essayant vainement de se faire embaucher dans une usine. Ses premiers essais sont refusés. La cause en est son manque d'instruction, ce qui décide ses protecteurs, dont le riche bourgeois Jonas Collin, personnage politique en vue et membre du Conseil du Théâtre Royal, à lui faire suivre la scolarité qui lui fait si cruellement défaut. Il a passé sa confirmation avant de partir pour Copenhague.

1820 : Le directeur de l'Académie de chant, l'Italien Siboni, s'intéresse à sa voix : malheureusement, elle mue.

1821 : Un danseur étoile du Théâtre Royal, Dahlén, le dissuade de faire du théâtre mais lui donne un rôle (un petit troll) dans le ballet « Armida ». Hans Christian écrit un drame romantique, *La Chapelle de la forêt.*

1822 : Il envoie au Théâtre Royal une pièce *Les Bandits de Vissemberg,* qui est refusée pour inculture totale de l'auteur. Il compose une tragédie, *Alfsol,* servilement inspirée de Shakespeare, qui sera pareillement refusée, mais qui lui vaudra l'amitié et la protection du futur amiral Wulff. Grâce à l'intervention de Jonas Collin, qui sera comme un second père pour lui toute sa vie, il entre à la *latinskole* (approximativement : lycée) de Slagelse, à une certaine distance de Copenhague. Il est admis dans ce qui serait notre classe de troisième. Il a dix-sept ans et souffre terriblement de la différence d'âge avec ses condisciples. Il ne supporte pas davantage d'être réprimandé, notamment par le directeur de cette école, Simon Meisling, dont il fera sa bête noire pratiquement jusqu'à la fin de ses jours, bien que Meisling ait certainement été fort indulgent pour cet élève bizarre. Il souffre notamment de grandes difficultés à acquérir les rudiments du grec et du latin. Il fait publier une scène des *Bandits de Vissemberg* dans l'hebdomadaire *Harpen,* sous le pseudonyme de Villiam Christian Walter (où se lit son admiration de Shakespeare et de Walter Scott).

1823 : Il passe dans la classe suivante où il devra rester deux ans, ses progrès n'étant pas jugés suffisants.

1825 : Il passe en quatrième classe et est admis à loger chez les Meisling. Le comportement de Mme Meisling à son égard est souvent équivoque.

1826 : En mai, Meisling ayant été nommé directeur de la *latinskole* de Helsingør (notre Elseneur), Andersen le suit. Mais il ne supporte pas mieux la férule du sévère *rektor*. Jonas Collin finit par comprendre sa situation et le fait rentrer à Copenhague, où il poursuivra ses études avec divers précepteurs.

1827 : Il dîne chaque semaine chez les Wulff où il se lie d'amitié avec la fille de la maison, Henriette, qui est une bossue quasi naine : il correspondra avec elle toute sa vie, elle lui inspirera un jour son conte « Poucette ». Cette année-là paraît son poème « L'Enfant mourant ».

1828 : En octobre, il devient enfin étudiant, comprenons qu'il est admis au baccalauréat. Rien ne s'oppose plus à ce qu'il s'adonne tout entier aux belles-lettres. Il fait son service militaire sans être tenu à une vie de caserne. Il compose divers poèmes, rencontre Œrsted, le physicien renommé, qui est aussi homme de lettres bien connu (c'est lui qui l'encouragera un jour à écrire des contes). Il fait également la connaissance de J. L. Heiberg, critique littéraire redouté et arbitre du goût en Danemark, avec lequel il entretiendra des relations souvent orageuses.

1829 : Le « second examen » *(anden eksamen)*, qu'il passe en octobre-novembre (Œrsted est du jury), marque la fin de ses études universitaires. Il publie à ses frais son *Voyage à pied de Holmen à la pointe est d'Amager* (Amager est aujourd'hui un quartier de Copenhague), récit humoristique plus proche du conte que de la relation de voyage, qui lui vaut un certain succès. Cette même année, le Théâtre Royal joue *Amour sur la tour Saint-Nicolas*, sorte de vaudeville qui n'est pas trop mal accueilli par le public.

1830 : Au cours d'un voyage à Fåborg, il rencontre Riborg Voigt, sœur de son ami Christian Voigt, pour laquelle il se prend d'une vive passion, mais qui ne répond pas à ses attentes : elle est déjà presque fiancée et se mariera peu après. Il est possible que cette passion déçue ait marqué toute sa vie puisque l'on trouvera sur son corps, au jour de sa mort, une petite bourse de cuir contenant une lettre de Riborg. En tout cas, ce désappointement lui dictera quelques-uns de ses poèmes les plus réussis, dont certains seront mis en musique par Edvard Grieg (comme *La pensée de ma pensée, voilà ce que tu es devenue*) et par Robert Schumann. Il publie d'ailleurs cette année-là son premier recueil de *Poèmes* ainsi qu'un récit qu'il intégrera ensuite à ses contes, « Le Fantôme », et qu'il fait précéder de cet exergue : « Enfant, ma plus grande joie était d'entendre des contes, une grande partie restent encore bien vivants dans mon souvenir et certains ne sont que peu connus ou pas du tout. »

1831 : Il entreprend son premier voyage à l'étranger (cela deviendra une passion et une véritable nécessité chez celui qui, au total, aura passé presque neuf ans de sa vie en dehors du Danemark), en Allemagne en l'occurrence, dans la Harz et la Suisse saxonne (notamment Lübeck, Hambourg, Lüneburg, Halle, Merseburg, Leipzig, Dresde où il rencontre Tieck, Potsdam, Berlin où il voit Chamisso) : il aura été parti deux mois, mai et juin, et en rapportera un récit de voyage (*Ombres portées d'un voyage dans la Harz*) qui imite les *Reisebilder* de Heine et où l'on trouve déjà des passages qui pourraient être d'authentiques contes.

1832 : Il circule dans le Danemark même, séjourne notamment à Sorø chez son ami Ingemann et publie *Les Douze Mois de l'année,* qu'il reprendra un jour dans ses contes. On joue au Théâtre Royal deux de ses pièces, *La Fiancée de Lammermoor* (le roman de Walter Scott est de 1819, l'opéra de Donizetti, de 1835) et *Le Corbeau,* d'après un conte de Gozzi. C'est sans doute cette année-là qu'il commence sa première autobiographie, la seule à laquelle il faut apporter quelque crédit, *Biographie (Levnedsbogen)* qui ne sera éditée qu'en 1926.

1833 : Il obtient une bourse de voyage de six cents rixdales, pour deux ans, qui va lui donner l'occasion d'entreprendre son premier très grand voyage en Europe. Il sera successivement en Allemagne, France, Italie, Suisse et Autriche. Ces déplacements seront la source de romans, de contes et d'autres travaux littéraires importants. Notons les principales étapes : Hambourg, Hanovre, Göttingen, Kassel où, fidèle à une habitude qui ne se démentira jamais, il va voir le musicien Spohr; Francfort, Mayence, Coblence, puis Metz, Verdun et Paris, où il arrive au début de mai. Il visite Versailles, rencontre Heinrich Heine, Victor Hugo, puis passe en Suisse, à Genève, où il apprend, en août, la publication de ses *Poèmes complets* à Copenhague, fait des excursions tout autour du lac Léman (on en aura des échos dans « La Vierge des glaces »), termine sa pièce *Agnès et le Triton* (qui sera jouée, dans l'hostilité générale, en 1843), se rend en Italie en septembre, visite le lac Majeur et Milan, puis Gênes, Pise (où il apprend la mort de sa mère, recueillie à l'Hôpital des Frères Gris d'Odense et abîmée dans l'alcoolisme, mort qui ne lui inspirera qu'un très bref commentaire), Florence et Rome où il restera d'octobre 1833 à février 1834 : il y verra le grand sculpteur islandais adopté par le Danemark, Bertel Thorvaldsen, pour lequel il professera toute sa vie la plus vive admiration, en raison sans doute du parallèle de leurs deux destinées (Thorvaldsen, un maître de la sculpture classique, est présent, directement ou par allusions dans les contes « La Cloche », « Ogier le Danois », « Les Familles de voisins » et « Bavardage d'enfants »). Le peintre danois Küchler fait son portrait pour la première fois (le fait se reproduira bien souvent, Andersen adore être peint, photographié, dessiné, etc.) et il est fêté par la colonie scandinave de Rome le 24 décembre. Chamisso a publié, en janvier, trois de ses poèmes : « Le Soldat », « Rêve d'une mère » et « Violette de mars ». À la fin de l'année, il commence son premier grand roman, *L'Improvisateur.*

1834 : Il voit le carnaval romain puis descend à Naples, où il entend la Malibran (le personnage d'Annunziata, dans *L'Improvisateur,* est tout plein de réminiscences de la grande cantatrice), visite Herculanum et Pompéi dont *L'Improvisateur* se souviendra, et se retrouve à Rome pour Pâques. De là, il passe à Venise, Padoue et se rend en Autriche, à Innsbruck notamment, pour revenir à Munich où il voit F. Schelling, puis à Salzbourg et Vienne. Il va trouver Grillparzer et se rend sur les tombes de Beethoven et de Schubert, entend Johann Strauss l'aîné. En juillet, il est à Prague, repasse par Dresde, se rend à Berlin où il retrouve Chamisso et rentre à Copenhague le 3 août. Il s'installe au n° 20 de Nyhavn.

1835 : Son périple a donné matière à un long roman, *L'Improvisateur,* qu'il publie cette année-là et qui assure sa célébrité désormais sans faille. Il sera traduit aussitôt en allemand sous le titre *Jeunesse et rêves d'un poète italien* (traduction française en 1847 par Mme Camille Lebrun sous le titre *L'Improvisateur ou la Vie en Italie*) : il est clair aussi que ce roman accuse très nettement l'influence de la *Corinne* de Mme de Staël. Ce livre ne se comprend pas sans une parfaite connaissance de ses impressions italiennes, telles qu'il les a consignées dans le *Journal* qu'il tenait en vérité depuis sa jeunesse mais auquel il se confiera désormais très régulièrement, jusqu'à la fin de ses jours, en particulier lorsqu'il est en voyage (sa publication intégrale, maintenant achevée, couvre presque quatre mille cinq cents pages!). C'est aussi cette année-là qu'il publie, plutôt à titre de divertissement ou d'expérimentation, son premier recueil de contes : deux minces fascicules de *Contes racontés aux enfants,* dont « Le Briquet », « Le Petit Claus et le Grand Claus » et « La Princesse au petit pois » (premier cahier), voient le jour. On sait qu'il n'y attachait pas tellement d'importance et qu'il sera le premier surpris de l'extraordinaire succès qu'ils rencontreront d'emblée. Pourtant, Œrsted lui prédit que si *L'Improvisateur* le rendra célèbre, les *Contes* lui assureront l'immortalité.

1836 : Il publie un second roman, *O.T.,* dont le titre, ou bien renvoie aux initiales du héros du livre, Otto Thostrup, ou bien signifie *Odenses Tugthus,* « la Maison de correction d'Odense ». Il fait quelques voyages à l'intérieur du Danemark, à Odense en particulier. Il publie aussi deux pièces, *La Fête à Kenilworth,* d'après Walter Scott, et *Séparations et rencontres.* C. A. Jensen, le portraitiste le plus célèbre du Danemark, achève son portrait le plus connu.

1837 : Troisième cahier du premier recueil de *Contes* (dont « La Petite Sirène » et « Les Habits neufs de l'empereur »). Il décide de se rendre en Suède : Hälsingborg, Göteborg, Stockholm par le Göta Kanal. Il voit en cours de route la romancière suédoise Fredrika Bremer. Puis il est à Uppsala et rayonne autour de Stockholm. Sur le chemin du retour, il rencontre le grand poète romantique suédois Esaias Tegnér. Il publie *Rien qu'un violoneux,* celui de ses romans qui comporte le plus de traits autobiographiques, et apprend les fiançailles de Sophie Œrsted, la fille de son ami et protecteur C. Œrsted, pour laquelle il a éprouvé une affection qui paraît sincère.

1838 : Il obtient une pension royale d'un montant de 400 rixdales par an. Cela le met définitivement à l'abri du besoin : il a toujours considéré cette date comme l'une des plus importantes de sa vie, tant il aura eu peur de manquer d'argent, en dépit de la faveur croissante que rencontrent ses œuvres. Il publie *Trois poèmes* ainsi qu'un nouveau recueil de *Contes,* dont « L'Intrépide Soldat de plomb ».

1839 : Il fait jouer au Théâtre Royal *L'Homme invisible de Sprogø,* « plaisanterie dramatique en un acte, avec chœur et chants », qu'il publiera la même année. Le succès en est pourtant médiocre. Il se rend à Malmö, retourne à Odense, publie un nouveau cahier de *Contes* et les charmants récits du *Livre d'images sans images* qui s'apparentent de tout près aux contes. Première traduction des *Contes* en allemand *(Contes et récits pour enfants)*. Dans son *Histoire de la littérature au Danemark et en Suède,* Xavier Marmier, qui sera l'ami et le grand diffuseur en France d'Andersen, lui consacre tout son dernier chapitre : il n'y parle pourtant pas des *Contes.*

1840 : Le Théâtre Royal joue *Le Mulâtre,* « drame romantique original en cinq actes », qui est probablement la seule de ses pièces ayant remporté un véritable succès et digne d'être encore jouée de nos jours; elle s'inspirait d'une nouvelle de Mme Charles Reybaud, *Les Épaves*; il rencontrera Mme Reybaud à Paris trois ans plus tard. *Une comédie à la campagne,* « vaudeville en un acte », jouée par le Théâtre Royal, n'obtiendra pas la même faveur. Puis il décide d'entreprendre un long voyage de neuf mois après l'obtention d'une nouvelle bourse royale : il ira jusqu'en Turquie. Principales étapes : Kiel, Hambourg où il entend Liszt au piano, Magdeburg où il prend, pour la première fois, avec émerveillement, le chemin de fer (son admiration, comme enfantine, pour les réalisations techniques de ce siècle ne se démentira jamais), Leipzig où il rencontre F. Mendelssohn; Bayreuth, Nuremberg, Augsburg où il voit pour la première fois des daguerréotypes, Munich qui lui vaut de revoir Schelling; Innsbruck, Mantoue, Bologne, Florence, Assise. Pour la fin de l'année, le Théâtre Royal a représenté *La Mauresque,* « tragédie originale en cinq actes ». C'est au cours de cette année-là, en Suède où les étudiants de Lund lui réservent un accueil enthousiaste, qu'il fait la connaissance de la cantatrice suédoise Jenny Lind, « le rossignol du Nord », dont il tombe violemment amoureux mais qui ne le paiera pas de retour. Elle lui inspirera des contes comme « L'Ange » ou « Le Rossignol ». Il passe Noël à Rome.

1841 : Il reste à Rome jusqu'à la fin de février, puis descend sur Naples, passe à Malte, de là en Grèce où il visite Athènes et ses environs. Il est reçu par le roi de Grèce. Il franchit ensuite les Dardanelles et arrive à Constantinople en avril. Les derviches tourneurs l'impressionnent fortement. À la fin de mai, il est à Budapest; à la fin de juin, à Vienne, et il rentre par l'Allemagne en passant notamment par Leipzig où il rencontre Ottilie, fille de Goethe, ainsi que Mendelssohn.. À Hambourg, il voit J. P. E. Hartmann. Copenhague le revoit en juillet. La fin de l'année sera marquée par la publication d'un nouveau cahier de *Contes* (dont « Le Garçon porcher »).

1842 : *Le Bazar d'un poète,* fidèle à son titre, livre pêle-mêle toutes sortes d'impressions tirées de son dernier voyage. Plusieurs chapitres seront repris ensuite dans ses *Contes.*

1843 : Nouveau voyage pour la France, via l'Allemagne et la Belgique. À Paris, il fréquente Xavier Marmier, Victor Hugo de nouveau (qui lui offre une place pour aller voir *Les Burgraves,* qu'Andersen n'aimera pas du tout), Alexandre Dumas qui l'emmène au Théâtre-Français où il verra jouer Rachel pour qui il professera la plus vive admiration (il ira la voir jouer dans *Phèdre, Marie Stuart,* et elle l'accueillera chez elle), Balzac, Heine, Vigny, David d'Angers, Lamartine. Il rentre par Strasbourg, Heidelberg, Francfort, Coblence, Hambourg où il voit le célèbre violoniste norvégien Ole Bull, pour se retrouver à Copenhague à la mi-juin. Il a revu, cette année-là, Riborg Voigt qui lui inspire le conte désabusé « Les Fiancés ». C'est aussi cette année-là que J. Thiele commence la publication de ses *Légendes populaires du Danemark* (troisième et dernier volume en 1860) dont Andersen tirera la matière de bon nombre de contes, et que paraissent les *Nouveaux contes* (premier volume, premier recueil) parmi lesquels « Le Rossignol » et « Le Vilain Petit Canard », cette fois sans la mention « racontés aux enfants ».

1844 : Représentation au Théâtre Royal de Copenhague du *Roi rêve,* « drame romantique original en un acte ». Publication d'un nouveau recueil de *Contes.* Nouveau voyage pour l'Allemagne; il séjourne notamment à Weimar où il est reçu par le grand-duc, début d'une habitude qu'il prendra de se faire recevoir par les grands de ce monde dans leurs châteaux. Il visite de nouveau Leipzig où il rencontre Schumann, puis Berlin : il y voit Jakob Grimm qui l'humilie gravement en disant n'avoir jamais entendu parler de lui, Tieck, A. von Humboldt, Meyerbeer, Bettina von Arnim. Il est de retour au Danemark en août. Le roi et la reine le reçoivent, il en donnera un écho dans son roman *Les Deux Baronnes.* Mort de Thorvaldsen, il compose pour lui un chant funèbre et une esquisse biographique qui sera traduite en allemand. Le deuxième recueil de *Nouveaux contes* paraît cette année-là : parmi ces contes figure « Le Sapin ».

1845 : Le Théâtre Royal joue *La Fleur du bonheur,* une comédie féerique, et *La Nouvelle Chambre de l'accouchée,* inspirée de Holberg. La pension royale en sa faveur passe de 400 à 600 rixdales. Nouveau recueil de *Contes* dont « La Bergère et le Ramoneur ». Il revoit Jenny Lind et est reçu, à Potsdam, par le roi de Prusse qui le décore.

1846 : Voyage en Allemagne, il y revoit de nouveau Jenny Lind, à Weimar. L'éditeur allemand C. B. Lorck passe contrat avec lui pour la publication de ses œuvres complètes en allemand. Il est en Autriche, en Italie, en France, à Marseille où il revoit Ole Bull, puis Nîmes : il va voir le boulanger Reboul; de là, Perpignan, Avignon, Lyon; puis il se rend à Genève, Berne, Bâle, Mayence, Francfort, Weimar, Brême où il apprend avec une joie puérile qu'il vient d'être fait chevalier du Dannebrog (la principale décoration danoise). Il est rentré à Copenhague en octobre.

1847 : On publie en allemand, en deux volumes, *Das Märchen meines Lebens ohne Dichtung* (« Le Conte de ma vie sans embellissements poétiques », ce titre se souvient évidemment de l'œuvre de Goethe *Dichtung und Wahrheit,* Poésie et vérité) qu'il reprendra par la suite en diverses langues. Cet ouvrage sert d'introduction à ses *Œuvres complètes* qui paraîtront à Leipzig en 38 volumes, de 1847 à 1853. De même, en avril, *Nouveaux contes* (deuxième volume, premier recueil) parmi lesquels figurent « Le Vieux Réverbère », « L'Aiguille à repriser » et « L'Ombre ». Puis il se met en route pour le plus glorieux de tous ses voyages. Il traverse l'Allemagne, arrive en Hollande qu'il visite scrupuleusement selon son habitude, et passe de là en Angleterre. Il est à Londres de la fin de juin au début d'août et il y rencontre Dickens pour lequel il a toujours professé la plus vive admiration, d'ailleurs réciproque. Les deux écrivains vont nouer de chaleureuses relations. Andersen monte en Écosse, le pays de Walter Scott, et rend visite à Dickens chez lui. Il rentre au Danemark, par l'Allemagne, pour assister à la représentation d'un de ses drames, *Ahasverus* (Le Juif errant).

1848 : *Nouveaux contes* (deuxième volume, deuxième recueil) dont « La Petite Fille aux allumettes » et publication, d'abord en anglais, puis en danois, du roman *Les Deux Baronnes.* Pour le centième anniversaire du Théâtre Royal, on joue, en prélude, une saynète d'Andersen, *Le Dannevirke de l'art.* Première traduction française des *Contes* par Victor Caralp, illustrations de Derancourt.

1849 : Nouveau voyage en Suède. Il est reçu, à Stockholm, par le roi Oscar Ier (fils de Bernadotte) auquel il doit une décoration qui lui a été décernée l'année précédente, et parcourt méthodiquement la Suède centrale. Il sera de retour à Copenhague en septembre pour y voir jouer *Plus que des perles et de l'or* et faire publier la première version illustrée, par Vilhelm Pedersen qu'il a lui-même choisi, de ses *Contes* dont «Le Lin». On joue égalèment au Théâtre Royal un opéra sur un livret de lui, *Les Noces au lac de Côme*.

1850 : Représentation au théâtre du Casino (le Théâtre Royal ayant fermé ses portes pour un temps) d'*Ole Ferme-l'Œil,* une pièce qui développe le même argument que le conte ainsi intitulé.

1851 : Il publie divers poèmes patriotiques et aussi le récit de son voyage en Suède, accompli deux ans plus tôt, sous le titre *En Suède.* Il voyage toujours : en Allemagne notamment où il descend chez ses illustres amis. Il apprend en octobre qu'on vient de lui décerner le titre honorifique de *titulær professor.* Il édite certains de ses contes dans le *Calendrier populaire du Danemark* et fait jouer au Casino sa *Fée du sureau.* Il est au comble de sa gloire mais n'est pas heureux : sans véritable foyer en dépit de la sollicitude indéfectible des Collin et de l'amitié de ses princiers ou royaux hôtes, comme le roi Maximilien II de Bavière.

1852 : Publication d'un nouveau recueil de contes (sous le titre d'*Histoires*), dont «Sous le saule », voyage en Allemagne où il revoit Liszt, en Suisse, en Italie. En novembre, second recueil d'*Histoires.*

1853 : Sans parler de ses habituels déplacements, notons un drame, *Nøkken* (désigne un esprit des eaux), qui est joué sous forme d'opéra sur une musique de F. Glæser. Publication des deux premiers volumes de ses *Œuvres complètes* (en danois) et de quelques contes dans le *Calendrier populaire.*

1854 : Voyage en Allemagne, en Autriche où il revoit Jenny Lind, maintenant mariée, en Italie, puis de nouveau en Allemagne, où les grands de ce monde tiennent à le recevoir.

1855 : Le Casino joue *Histoire d'une ville de la campagne*; un nouveau recueil d'*Histoires* paraît, cette fois encore illustré par Vilhelm Pedersen. Ce recueil contient « Hans le Balourd », « Ib et la Petite Christine », « "Elle n'était bonne à rien" » et « Deux demoiselles ». Andersen est de nouveau en Allemagne, c'est durant ce séjour que paraît, pour ses cinquante ans, *Le Conte de ma vie,* complaisante autobiographie à laquelle il ne convient pas de faire trop crédit : ce livre constitue les volumes 21 et 22 des *Œuvres complètes.* En Suisse, il fait la connaissance de Richard Wagner. Rentré à Copenhague, il donne encore quelques contes au *Calendrier populaire.*

1856 : Il se rend en Allemagne, une fois de plus. À Dresde, il apprend que sa pièce, *L'Oiseau dans le poirier,* est jouée à Copenhague. Il ne manque pas plus que d'habitude de descendre dans les manoirs ou châteaux de ses nobles amis, comme Glorup en Fionie ou Basnæs en Sjælland.

1857 : Un nouveau roman, *Être ou ne pas être,* voit le jour, la version anglaise suit presque immédiatement, mais la critique juge l'œuvre périlleuse pour les jeunes intelligences. Andersen a décidé de répondre à l'invitation de Dickens et se rend en Angleterre : il séjournera plus d'un mois chez le grand romancier anglais et, sans que l'on puisse dire qu'il ait été un invité particulièrement agréable, les deux hommes resteront en bons termes. Il aura mis à profit son passage pour se faire inviter par Lord Palmerston. Il passe en France, par Paris, puis repart pour l'Allemagne où il loge quelque temps chez un ami pianiste, et se retrouve à Copenhague pour l'automne.

1858 : Publication de *Nouveaux contes et histoires* (première série, premier recueil, où figure « Le Dernier Rêve du vieux chêne », et deuxième recueil). Voyages en Allemagne et en Suisse.

1859 : *Nouveaux contes et histoires* (première série, troisième et quatrième recueil qui contient « Une histoire des dunes »). Randonnées dans le Danemark.

1860 : Il donne divers articles à des journaux ou revues danois. En Allemagne, où il ne manque pas de se rendre, il voit diverses têtes couronnées. À Oberammergau, il assiste à la traditionnelle Passion du Christ, qui fera forte impression sur lui, au point de lui inspirer un long compte rendu, « Le Jeu de la Passion à Oberammergau en 1860 », dans l'*Illustreret Tidende.* Il partage ses loisirs entre Suisse et Allemagne. Sa pension de poète passe de 600 à 1 000 rixdales.

1861 : Deuxième série de *Nouveaux contes et histoires* (premier recueil, qui contient « Le Bousier », et deuxième recueil, où figurent « La Vierge des glaces » et « L'Escargot et le Rosier »). Voyages en Allemagne, Suisse, France méridionale, Italie (dont Rome où il fait la connaissance du grand écrivain norvégien Bjørnson et celle de l'Anglais Robert Browning). Le 28 août, il apprend la mort de son protecteur de toujours, Jonas Collin.

1862 : Il se rend en Espagne en passant par l'Allemagne et la Suisse, puis la France. Il voit méthodiquement, comme toujours, Barcelone, Valence, descend jusqu'à Alicante, passe par Grenade puis par le détroit de Gibraltar pour aboutir à Tanger d'où il remonte sur Cadix, Séville (les corridas auxquelles il assiste lui inspirent des réflexions indignées), Cordoue, Madrid, Tolède. Il rentre en France par Bayonne et passe la fin de l'année à Bordeaux.

1863 : De Bordeaux, il passe à Paris où il retrouve Bjørnson et voit Clara Schumann. Les Scandinaves de la capitale font une grande fête en son honneur. Il rentre au Danemark par l'Allemagne. Il publiera, en novembre, le récit de son voyage dans le Sud : *En Espagne,* que beaucoup tiennent pour le meilleur de ses livres.

1864 : L'âge venant, les activités d'Andersen tendent à diminuer un peu. Il est fort affecté par la guerre qui oppose la Prusse au Danemark et qui vaudra à ce dernier la perte des duchés de Schleswig, de Holstein et de Launbourg. C'est certainement la raison pour laquelle cette année aura été inféconde.

1865 : Le Théâtre Royal qui avait fermé un certain temps et qui a rouvert ses portes joue deux pièces d'Andersen : *Quand les Espagnols étaient ici* et *Le Corbeau.* Pour le reste, il circule selon sa coutume à l'intérieur du Danemark ainsi qu'en Suède. La fin de l'année voit la publication du troisième recueil de *Nouveaux contes et histoires* (deuxième série).

1866 : Allemagne, Hollande, Belgique, France et, de nouveau, Espagne, puis Portugal (où, bien entendu, il est reçu par le roi Fernand). Rentré au Danemark, il réside chez ses grands amis Melchior, au domaine de Rolighed. Pour la fin de l'année, quatrième recueil de *Contes et histoires* (dont « Le Fils du concierge » et « Le Crapaud ») et *Une visite au Portugal.*

1867 : D'abord un voyage à Paris pour voir l'Exposition universelle qui aura toutes les faveurs de ce passionné de techniques et de machines. Cela nous vaudra le conte « La Dryade ». Une fois de plus, les Scandinaves de notre capitale font une fête en l'honneur d'Andersen. Puis c'est la Suisse et l'Allemagne. Revenu à

Copenhague, il reçoit la visite officielle d'une délégation de journalistes et de députés français. Il retourne en France et en Allemagne. Mais surtout, le 11 décembre, il est fait citoyen d'honneur de sa ville natale d'Odense : son *Journal* en conserve le souvenir ému et émerveillé. Il publie tout à la fin de l'année un recueil de poèmes, sous le titre : *Poèmes connus et oubliés,* et une quinzaine de ses *Contes,* illustrés, cette fois, par Lorenz Frølich.

1868 : Andersen est, une fois de plus, en Allemagne, Hollande, Belgique, France, Suisse. Il publie des *Esquisses de voyages* et le conte « La Dryade ». Certains de ses *Contes,* comme « La Théière », sont recueillis dans les *Œuvres complètes* de 1868.

1869 : Pour le cinquantième anniversaire de son arrivée à Copenhague (ce dernier événement toujours présent à sa mémoire et dûment noté, chaque année, dans son *Journal*), on lui fait fête et il est nommé Commandeur du Dannebrog. Il se rend en Allemagne, en Autriche, en Suisse et dans le sud de la France (Marseille et Nîmes notamment). Il publie *Trois nouveaux contes et histoires.*

1870 : Sa santé va déclinant, il souffre des nerfs, en particulier, mais il ne cesse pas pour autant d'écrire. Il retourne en France, en Belgique, en Allemagne. L'année voit la publication d'un nouveau roman de caractère fortement autobiographique, *Pierre le chanceux,* et d'un recueil de *Contes et histoires,* toujours illustré par Lorenz Frølich.

1871 : Il se rend en Suède d'où, pour la première fois, il fait une incursion en Norvège. Il y retrouve Bjørnson. On organise pour lui une fête au Jardin botanique d'Oslo. De retour à Copenhague, il emménage, lui qui a habité des hôtels une bonne partie de sa vie, dans un appartement de Nyhavn, n° 18. Il publie encore un recueil de *Nouveaux contes et histoires,* illustré par Lorenz Frølich. On l'a invité à se rendre aux États-Unis, mais il refuse : ce voyageur intrépide était en même temps pusillanime et superstitieux, or une de ses amies avait péri dans un naufrage en se rendant aux États-Unis!

1872 : *Nouveaux contes et histoires* (troisième série, premier recueil et deuxième recueil qui contient « L'Estropié »). Voyage en Allemagne et en Autriche avec incursion à Venise. Le 1er novembre, il tombe sérieusement malade pour la première fois de sa vie (on peut dire que, jusque-là, il n'a jamais souffert que de maux de dents!). Encore un recueil de *Contes et histoires.*

1873 : Le roi de Danemark vient personnellement rendre visite à Andersen alité. Celui-ci se remet lentement et part, une dernière fois, pour l'Allemagne et la Suisse.

1874 : Il reçoit le titre très honorifique de *Konferensråd* (sans équivalent en français) mais ne sort plus du Danemark. Publication du dernier volume de *Contes et histoires,* illustré par Lorenz Frølich.

1875 : Il fête ses soixante-dix ans le 2 avril, va pour la dernière fois au Théâtre Royal le 5 mai, se retire définitivement à Rolighed chez ses amis Melchior. La dernière notation portée de sa main dans son *Journal* date du 19 juin. Il meurt le 4 août, d'un cancer du foie.

BIBLIOGRAPHIE

On se contentera de mentionner, dans l'immense bibliographie des *Contes,* les ouvrages fondamentaux ou indispensables, en insistant sur les travaux d'ensemble et sur les assez rares ouvrages publiés en français.

À titre indicatif, il existe deux guides très détaillés, aux dates où ils ont paru, en anglais, sur le sujet :

Elias Bredsdorff : « Hans Christian Andersen : A Bibliographical Guide to his Works », *Scandinavica,* VI : 1, mai 1967.

Elias Bredsdorff : « A Critical Guide to the Literature on H. C. Andersen », *Scandinavica,* VI : 2, novembre 1967.

Bien entendu, ces deux articles couvrent toute la production du conteur, non exclusivement ses contes.

Les contes eux-mêmes ont fait l'objet de nombreuses éditions, globales ou fragmentaires. Je ne retiens ici que celles de ces éditions qui font autorité.

Hans Christian Andersen : *Contes et histoires,* édition annotée par Hans Brix et Anker Jensen, 4 vol., Copenhague, 1918-1920.

H. C. Andersen : *Contes,* édition critique d'après les opuscules originaux, avec variantes, par Erik Dal et commentaires d'Erling Nielsen, 7 vol., Det Danske Sprog- og Litteraturselskab, Copenhague, 1963-1990. Édition supervisée par F. J. Billeskov Jansen et H. Topsøe-Jensen. Détail des sept volumes :

I : *Contes racontés aux enfants,* 1835-1842; *Le Fantôme,* 1830; *Les Galoches du bonheur,* 1838 (Erik Dal). 1963;

II : *Nouveaux contes,* 1844-1848; contes repris dans les *Contes* de 1849; *Histoires,* 1852-1855 (Erik Dal). 1964;
III : *Nouveaux contes et histoires,* 1re série, 1858-1860 (Erik Dal). 1965;
IV : *Nouveaux contes et histoires,* 2e série, 1861-1866 (Erik Dal). 1966;
V : *Nouveaux contes et histoires,* 3e série, 1872, et autres contes tardifs. Ajout : contes non recueillis (Erik Dal). 1967;
VI : H. C. Andersen : *Remarques,* etc. Erik Dal : critique textuelle; Erling Nielsen : accueil de la critique. Sous la direction de Flemming Hovmann. 1990;
VII : *Commentaires* (Erling Nielsen). Sous la direction de Flemming Hovmann. 1990.

En français, on pourra se reporter avec fruit au fascicule *Andersen et la France,* édité à l'occasion de l'Exposition Andersen organisée à la Maison du Danemark à Paris, en 1971. Ce fascicule recense, p. 46 à 56, un très grand nombre de publications partielles des *Contes,* de 1848 à nos jours.
On pourra consulter les trois dernières publications, partielles toujours, qui ont vu le jour en France, soit :
Hans Christian Andersen : *Contes,* traductions par D. Soldi, E. Grégoire et L. Moland, chronologie et préface de Maurice Gravier, « GF » Flammarion n° 230, 1970 (La Petite Sirène, La Princesse sur un pois, La Petite Poucette, L'Intrépide Soldat de plomb, Le Coffre volant, Le Vilain Petit Canard, La Reine des neiges, La Petite Fille et les Allumettes, La Cloche, La Bergère et le Ramoneur, Les Amours d'un faux col, La Vierge des glaciers);
Andersen : *Contes,* préface de Régis Boyer, traduction, notices et commentaires de Marc Auchet, Le Livre de poche, 1987 (La Princesse sur le pois, La Petite Sirène, Les Nouveaux Habits de l'Empereur, Le Vaillant Soldat de plomb, Le Vilain Petit Canard, La Reine des neiges, La Cloche, La Bergère et le Ramoneur, La Petite Fille aux allumettes, L'Ombre);
Hans Christian Andersen : *Les Habits neufs de l'Empereur et autres récits,* traduction par D. Soldi et P. G. La Chesnais, introduction, bibliographie et chronologie par Maurice Gravier, « GF » Flammarion n° 537, 1989 (Le Compagnon de voyage, Petit Claus et Grand Claus, Le Briquet, Les Fleurs de la petite Ida, Les Habits neufs de l'Empereur, Les Galoches du bonheur, Les Cygnes sauvages, Une semaine du petit elfe Ferme-l'Œil, Le Rossignol, L'Ombre, La Vieille Maison et La Dryade).

Il existe maintenant deux traductions françaises intégrales des contes :

1) celle de P. G. La Chesnais : *Contes. Édition intégrale,* Mercure de France, coll. « 1 000 pages », 1988 (1re éd. : Mercure de France, 1964, qui reprenait à son tour une traduction en quatre volumes, de 1937-1943, incomplète). Bien entendu, cette édition ne pouvait tenir compte des inédits divulgués par Erik Dal, qui n'étaient pas encore publiés.

2) celle de Régis Boyer : *Andersen : Œuvres I,* Gallimard, Bibliothèque de la Pléiade, 1992. Contient tous les contes, y compris les inédits divulgués par Erik Dal, et *Le Livre d'images sans images.*

Il est hors de question ici de recenser toutes les traductions partielles qui existent en français. J'attire seulement l'attention sur la splendide édition des *Contes,* dans une traduction d'Anne-Mathilde Paraf, Gründ, 1962 (nombreuses rééditions), en raison des délicieuses illustrations de Jiři Trnka (comprend vingt-six contes).

Les études consacrées plus particulièrement aux *Contes* sont également légion. On consultera d'abord les volumes de la série intitulée *Anderseniana.* Publié par Chr. M. K. Petersen et Svend Larsen. Copenhague. I-XIII. 1933-1946, 2e série. Rééd. Svend Larsen puis Niels Oxenvad et H. Topsøe-Jensen. I-IV. 1947-1969, puis 3e série. Rééd. Niels Oxenvad et H. Topsøe-Jensen. I-sq. (en cours). 1970. Il s'agit d'articles, études, inédits, etc., dus aux meilleurs spécialistes et traitant de tous les sujets possibles.

Quant au choix d'études que voici, il est, par force, limité et subjectif :

Berendshon (Walter A.) : *Fantasi og Virkelighed i H. C. Andersens Eventyr og Historier. Stil- og Strukturstudier* (« Imagination et réalité dans les Contes et Histoires de H. C. Andersen. Études de style et de structure »), Copenhague, 1955.

Billeskov Jansen (F. J.) : « Tanker om H. C. Andersens Kunst (Réflexions sur l'art de H. C. Andersen) », *Andersen,* Det Norske Studentersamfund, Oslo, 1954.

Bøgh (N.) : « Hvad H. C. Andersen fortalte (Ce que racontait H. C. A.) », *Danmark. Illustreret Kalender,* 1887.

Böök (Frederik) : *Hans Christian Andersen,* traduit du suédois par T. Hammar et M. Metzger, Je sers, 1942.

Brandes (Georg) : « H. C. Andersen som Eventyrdigter (H. C. A.

en tant qu'auteur de contes) », *Kritiker og Portraiter,* Copenhague, 1870.

Brix (Hans) : *Hans Christian Andersen og hans Eventyr* (« H. C. A. et ses contes »), Copenhague, 1907.

Brøndsted (Mogens) *et al.* : *Hans Christian Andersen og hans Kunst i nyt Lys* (« H. C. A. et son art sous un jour nouveau »), Copenhague, 1976.

Christensen (Georg) : « Hans Christian Andersen og de danske Folkeeventyr (H. C. A. et les contes populaires danois) », dans la revue *Danske Studier,* 1906.

Dahl (S.) et Topsøe-Jensen (H. G.) : *Un livre sur le poète danois H. C. Andersen, sa vie, son œuvre.* Publié à l'occasion de son 150e anniversaire, Det Berlingske Bogtrykkeri, Copenhague, 1955.

Dal (Erik) : *« Den lille Pige med Svovlstikkerne ». Traek af et Eventyrs Forhistorie og Skaebne* (« *La Petite Fille aux allumettes.* Esquisse de la préhistoire et de la destinée d'un conte »), Copenhague, 1956.

Decoin (Didier) : *Il était une joie... Andersen,* coll. « Les Affinités électives », Ramsay, 1981.

Duve (Arne) : *Symbolikken i H. C. Andersens Eventyr* (« La Symbolique des contes de H. C. A. »), Oslo, 1967.

Flahaut (F.) : *L'Extrême Existence. Essai sur les représentations mythiques de l'intériorité,* Maspero, 1972 (comporte une intéressante analyse de *La Reine des neiges*).

Grønbech (Bo) : *H. C. Andersens Eventyrverden* (« Le Monde des Contes de H. C. A. »), Copenhague, 1945.

Høybye (Poul) : *H. C. Andersen et la France,* Copenhague, 1961 (reprend, en français et en les simplifiant, des études parues dans *Anderseniana* en 1952, 1960 et 1961).

Jan (Isabelle) : *Andersen et ses contes.* Essai suivi de cinq contes (La Malle volante, L'Ombre, Le Faux Col, Le vent raconte l'histoire de Valdemar Daae et de ses filles, La Muse du nouveau siècle), Aubier Montaigne, 1977.

Krüger (Paul) : « L'Art de Hans Christian Andersen », *Bulletin de la faculté des lettres de Strasbourg,* 1955.

Larsen (Svend) et Topsøe-Jensen (H.) : *H. C. Andersens eget Eventyr i Billeder* (« Le Conte personnel de H. C. A. en images »), Copenhague, 1952.

Maurois (André) : « Hans Christian Andersen », *Revue de Paris,* 1955.

MYLIUS (Johan de) : « Hans Christian Andersen. Dossier critique 1964-1984 », *Romantisme* n° 48, Paris, 1985.

NIELSEN (Erling) : *Hans Christian Andersen,* ministère des Affaires étrangères, Copenhague, 1963.

PARAF (Pierre) : « Les Cent Cinquante Ans de Hans Christian Andersen », *La Table ronde,* 1955.

RUBOW (Paul V.) : *Hans Christian Andersens Eventyr,* Copenhague, 1927.

STIRLING (Monica) : *Le Cygne sauvage, Andersen et son temps* (traduit de l'anglais), J.-J. Pauvert, 1966.

TOPSØE-JENSEN (H.) : *Hans Christian Andersen og andre Studier* (« H. C. A. et autres études »), Copenhague, 1966.

TOPSØE-JENSEN (H.) : *Il Buket til Andersen. Bemerkninger til femogtyve Eventyr* (« Un bouquet pour Andersen. Remarques sur vingt-cinq contes »), Copenhague, 1971.

Le lecteur sera peut-être également intéressé par les talents artistiques d'Andersen, dessins, découpages, etc. :

H. C. Andersens Billedbog (« Livre d'images de H. C. A. »), publié par Poul Uttenreitter, Copenhague et Flensborg, 1924 (contient à peu près tous les découpages connus du conteur);

H. C. Andersens Tegninger (« Les Dessins de H. C. A. »), publié par Poul Uttenreitter, Copenhague et Flensborg, 1925.

Le lecteur pourra en outre se référer aux ouvrages suivants d'Andersen :

Mit Livs Eventyr revidered Tekstudgave ved H. Topsoe-Jensen. Med Noter af H. G. Olrik og Udgiveren. I-II. Copenhague. 1951. Une partie de cet ouvrage a été traduit en langue française : *Le Conte de ma vie,* traduit du danois par Cecil Lund et Jules Bernard (extraits). Préface de Jean Cassou, Stock, 1930.

Dans notre volume figurent certains extraits du *Journal* d'Andersen : les passages ont été traduits par nos soins à partir de la seule édition complète : *H. C. Andersen Dagbøger. 1825-1875,* H. Topsøe-Jensen, vol. I (1971) à XII (1977).

NOTES

Le Briquet

Page 29.

Publié dans *Contes racontés aux enfants* (premier recueil, premier cahier) en 1835. C'est le tout premier des contes qu'ait fait paraître Andersen qui, apparemment, ne songeait pas du tout à ce genre jusque-là : il venait d'ailleurs de publier, la même année, son premier et peut-être meilleur roman, *L'Improvisateur.* Il prétend, dans une lettre à l'écrivain allemand Chamisso, « avoir exprimé dans ces contes ce qu'il y a de proprement enfantin », mais nous savons qu'il ne faut pas se laisser prendre à ce piège. Les sources du « Briquet » sont en partie populaires, en partie littéraires puisque le motif du briquet magique (une chandelle ailleurs) se trouve aussi bien dans « La Chandelle bleue » des frères Grimm que dans un poème du grand romantique Œhlenschläger, « Aladdin » (1805), inspiré, bien entendu, des *Mille et Une Nuits.* C'est cependant bien une création d'Andersen, ne serait-ce que dans le thème, essentiel chez cet auteur, du personnage humble qui accède aux plus hautes destinées. Et nous trouvons, dès ce tout premier conte, les caractéristiques stylistiques qui font la grandeur d'Andersen : rapidité, vivacité, ton exclamatif, ironie. Et l'on notera les grandes images motrices qui animent littéralement les histoires de ce genre — ici, les yeux des trois chiens, présents jusqu'à la dernière ligne.

1. Dans le conte de Grimm « Les Trois Fileuses » apparaît une femme à la lèvre aussi longue. Dans *Les Mille et Une Nuits,* lors du

troisième voyage de Sindbad le marin, se présente un géant dont « la lèvre inférieure [...] pendait sur la poitrine ». On retrouve des traces du même ouvrage à propos des trois pièces (les grottes souterraines de Nouredin), du briquet que le soldat oublie dans sa hâte (Aladin oublie aussi la lampe), de la croix tracée sur les portes (l'esclave Morgiane dans l'histoire d'Ali Baba), etc.

Page 35.

1. Il s'agit de ces hautes bottes de caoutchouc que portent les pêcheurs et qui montent à mi-cuisse. Le détail, évidemment, est plaisant, parce qu'il s'applique ici non seulement à une femme, mais, de plus, à une dame de la cour!

2. Voir n. 1, p. 29. Ce détail existe aussi dans le *Décaméron* de Boccace, IIIe journée, IIe histoire.

Le Petit Claus et le Grand Claus

Page 39.

Publié en 1835 comme le précédent (premier cahier). Selon l'auteur, il s'agirait d'un conte qu'il aurait entendu dans son enfance, chose fort possible étant donné la banalité des thèmes — le personnage rusé qui fait exécuter par son homologue balourd les gestes précis que lui-même a accomplis, mais en les travestissant et en les détournant de leur fin. Ou l'amant caché dans un coffre par la femme surprise. Mieux vaut relever la maîtrise de l'humour de type absurde, la profusion de situations de vaudeville pour lesquelles Andersen professait un penchant marqué et aussi une indéniable tendance au macabre (à propos de la vieille grand-mère).

Page 46.

1. Ce motif, avec d'innombrables variantes, figure aussi dans « Ali Baba et les Quarante Voleurs », dans *Les Mille et Une Nuits*.

Page 52.

1. Le motif de la vache marine est fréquent dans les sagas islandaises, notamment légendaires.

La Princesse au petit pois

Page 55.

Paru dans le même recueil et le même cahier que les deux précédents, en 1835 donc. Le titre véritable, en danois, serait « La Princesse *sur* le petit pois ». Bien qu'il évoque assez fort un conte populaire suédois qu'il n'est pas exclu qu'Andersen ait entendu dans son enfance, il semble bien que ce conte soit original, comme le prétend l'auteur, d'ailleurs. On prendra garde à la toute dernière phrase qui confesse le véritable plaisir que prenait sans aucun doute Andersen à conter, raconter.

Page 56.

1. Il s'agit du cabinet des Curiosités qui fait partie, aujourd'hui, des collections du Musée national de Copenhague. « Si personne ne l'a pris », parce que le Danemark avait été secoué d'indignation scandalisée lorsque, tout au début du XIXe siècle, deux cornes (à boire) en or massif, qui provenaient de l'âge viking, avaient été volées.

La Petite Sirène

Page 57.

Publié dans *Contes racontés aux enfants,* premier recueil, troisième cahier, avril 1837. Devait s'intituler d'abord *Les Filles de l'air,* puis *Les Filles de la mer.* Le titre définitif apparaît dans une lettre que l'auteur écrit à son ami Ingemann, le 13 mai 1836, il déclare que c'est « le seul de mes travaux qui m'ait ému moi-même tandis que je l'écrivais ». La fin exceptée, il s'inspire probablement de « L'Ondine » de La Motte-Fouqué, voire de contes populaires danois. Le motif est déjà présent dans une pièce d'Andersen, *Agnete et l'Ondin* (en français : *Agnès et le Triton*), qu'il composa en 1833. La clef nous en est donnée dans *Le Conte de ma vie* (I, p. 288) : « L'histoire dit que ce n'est que par l'intermédiaire d'un fidèle amour humain et par le baptême chrétien que la Sirène peut obtenir une âme immortelle. » C'est l'un des plus célèbres des contes d'Andersen, celui aussi qui a donné lieu au plus grand nombre d'adaptations, notamment cinématographiques. La composition en est fort savante. On notera ce mixte, caractéristique des premiers *Contes,* de macabre volontiers baroque et de sentimentalité pathétique.

Les Habits neufs de l'empereur

Page 87.

Paru dans le même recueil que le précédent. La source principale de ce conte, indiquée par Andersen lui-même, est un recueil espagnol, *El Conde Lucanor* (1355) dû au prince don Juan Manuel (1282-1348), qui avait été traduit en allemand par E. von Bülow en 1836. Mais dans cette source espagnole, seul un fils légitime du roi sera capable de voir la supercherie : s'il y manque, cela signifie que la légitimité de la succession au trône est menacée; et, surtout, l'enfant des dernières lignes est de l'invention d'Andersen, qui part du principe que le monde tient à s'abuser lui-même et que la vérité n'est accessible qu'aux petits enfants. On notera le modernisme de cette histoire avec son parti pris de tenir l'absurde pour normal.

L'Intrépide Soldat de plomb

Page 93.

Paru dans *Contes racontés aux enfants,* nouveau recueil, premier cahier, 1838. Andersen affirme que ce conte est de son cru, et cela semble vraisemblable.

Page 96.

1. Rappelons qu'il convenait encore, à l'époque d'Andersen, de posséder un passeport pour passer d'une partie à l'autre d'un même pays.

Page 98.

1. Cette « sylphide » se souvient certainement d'une célèbre ballerine, Lucile Grahn (1819-1907), qu'admirait beaucoup l'auteur.

Le Garçon porcher

Page 99.

Paru dans *Contes racontés aux enfants,* même recueil que le précédent, troisième cahier, 1841. Il est possible qu'Andersen en ait eu l'idée plusieurs années avant cette date. Le motif en est fort banal : mégère apprivoisée, fière princesse, etc. L'intérêt tient aussi au grand nombre de symboles qui y figurent.

Page 101.

1. Ce distique vient d'une chanson populaire autrichienne, la tradition l'attribue au chanteur des rues Marx Augustin (mort en 1705). Traduction littérale : « Ah! mon cher Augustin, / Tout est parti, parti, parti! » La chanson est connue en français également : « Bien l'bonjour cher Augustin, Augustin, Augustin, / Bien l'bonjour cher Augustin, / Ah! quel pétrin! » Au Danemark, c'est en quelque sorte l'équivalent de notre « J'ai du bon tabac dans ma tabatière ».

Le Rossignol

Page 106.

Paru dans *Nouveaux contes,* premier volume, premier recueil, 1843. Andersen y pensait depuis au moins cinq ans. Il voulait l'intituler d'abord « Le Rossignol et la Boîte à musique », puis il parle d'un « Conte chinois », fidèle en cela à la mode européenne des « chinoiseries » à l'époque. Passionné comme il l'était de théâtre, il a aussi bien pu trouver l'idée du décor chinois dans l'opéra d'Auber, livret d'E. Scribe, *Le Prince de Chine,* joué à Copenhague en 1836.

Page 108.

1. L'art noir est la magie.
2. *Tsing-pe* doit vouloir dire « je vous en prie », « à votre guise », à moins qu'Andersen ait voulu imiter les noms « chinois » qui figurent dans le texte de Scribe mentionné plus haut, Tching-Pei ou Tsing-sing, voire Pe-ki.

Page 110.

1. *Succès* figure en français dans le texte.

Page 111.

1. Allusion probable à ces oiseaux de verre ou de faïence que l'on emplit d'eau avant de souffler dedans pour les faire siffler.

Page 117.

1. Andersen pense sans doute à la grande cantatrice suédoise Jenny Lind dont il fut violemment et longuement amoureux, sans être payé de retour, bien qu'il ait osé lui avouer sa passion. On rapporte en effet que Jenny Lind aurait chanté pour le maître de ballets Bournonville qui était malade, et qui se désolait de ne pouvoir entendre la cantatrice : apparemment, ce remède aurait fait effet!

Le Vilain Petit Canard

Page 119.

Extrait du même recueil que le conte précédent, paru en 1843. Il est tellement connu qu'il est à peine nécessaire de le présenter. Comme on le sait, Andersen n'a jamais fait, à travers toutes ses œuvres, à quelque catégorie qu'elles appartiennent, que se raconter lui-même. C'est particulièrement vrai de ce conte. Il l'a avoué dans une lettre au grand critique littéraire danois Georg Brandes : « Le *Vilain Petit Canard* est un reflet de ma propre vie. » Il avait pensé d'abord l'intituler « Les Petits Cygnes » ou « Les Jeunes Cygnes » : c'est en contemplant des cygnes tout jeunes qu'il aurait pris l'idée de son petit canard. On n'insistera pas trop sur le côté autobiographique : des romans comme *L'Improvisateur* ou *Rien qu'un violoneux* sont bien plus imprégnés de souvenirs personnels que ce morceau. En revanche, l'atmosphère est bien andersénienne ainsi que le thème profond : la détresse de l'être solitaire dans un monde qui ne le comprend pas. De même pour la « morale » : la foi en une issue heureuse finale sous-tend toute l'inspiration de l'écrivain.

Le Sapin

Page 132.

Paru dans *Nouveaux contes,* premier volume, deuxième recueil, 1844. Ce texte est intéressant dans la mesure où il nous ouvre des perspectives sur le psychisme profond de son auteur : cette inquiétude constante et cette incapacité de se satisfaire du moment présent sont tout à fait caractéristiques et se retrouvent partout dans l'œuvre.

Page 138.

1. Ivede-Avede renvoie à une comptine enfantine, genre qui est à l'honneur dans ce conte. C'est l'équivalent de notre « Am-stram-gram ».

2. Il entre une idée de balourdise dans le nom de Klumpe-Dumpe. Une variante du conte porte ici : « Voulez-vous entendre l'histoire des cinq doigts ou celle de Hans le Balourd? » L'histoire des cinq doigts figure dans un autre conte, « La Butte aux elfes », ainsi que dans « L'Aiguille à repriser ».

Page 142.

1. Renvoi direct à une autre comptine : « Vittevittevit, mon mari est arrivé, vittevittevit, qu'est-ce qu'il a apporté? Vittevittevit, trois marcs dans sa poche, il faut que je les voie si je peux m'en servir. »

La Bergère et le Ramoneur

Page 144.

Paru dans *Nouveaux contes*, premier volume, troisième recueil, 1845. La source en est visiblement *Le Casse-noisettes et le Roi des souris* de Hoffmann.

Page 146.

1. En hiver, époque où la lumière est rare et faible, on avait coutume de disposer près de la fenêtre une sorte d'estrade de petites

dimensions où s'asseyait la maîtresse de maison pour coudre en exploitant au maximum la lumière du jour. Le dessous de cette petite estrade était d'ordinaire occupé par un grand tiroir, dont il est question ici.

Le Vieux Réverbère

Page 151.

Paru dans *Nouveaux Contes,* deuxième volume, premier recueil, 1847.

1. On remarquera bien que ce qu'Andersen appelle réverbère ne s'applique, en fait, qu'à la partie supérieure où se trouvent la mèche et le combustible, le « chapeau » de notre réverbère en quelque sorte.

Page 156.

1. Bornholm est une petite île au large de la côte sud de la Suède, mais possession danoise. Il semble que les horloges en aient été la spécialité. « Horloge de Bornholm » a les mêmes connotations que notre « armoire normande ».

L'Aiguille à repriser

Page 160.

Extrait du même recueil que le conte précédent.

Page 163.

1. Ce conte est farci de jeux de mots, genre qu'adorait Andersen. Inutile de dire qu'ils sont fort malaisés à traduire ! Au lieu de « je suis passée dans la lessive », on pourrait avoir : « je suis complètement lessivée ». De même, le « je casse », page suivante, renvoie populairement aussi à l'idée de vomir, et le « ventre d'acier » *(ibid.)* peut être pris littéralement (pour une aiguille !) ou signifier « avoir une santé de fer », voire renvoyer à un corset !

L'Ombre

Page 165.

Publié dans le même recueil que les deux précédents. C'est sans conteste l'un des plus réussis, des plus extraordinaires qu'ait écrits Andersen. Son modernisme, notamment, éclate. Il semble qu'il ait été conçu à Naples lors d'un voyage, en 1846. Il y avait vu, dans une église, sur une tombe, une statue d'*Umbra* (une femme) devant un buste d'homme portant l'inscription *Nihil* (rien). Il avait d'abord songé à faire décapiter, à la fin, son héros. Sur le conseil d'un ami, il note simplement qu'il est mort. La source majeure, d'ailleurs évoquée, chose rare, dans le corps même du récit, est *La Merveilleuse Histoire de Peter Schlemihl ou l'Homme qui a perdu son ombre,* de A. von Chamisso (1814) où le héros vend son ombre au diable pour obtenir la possession de la bourse de Fortunatus. Mais le motif se trouve aussi chez Hoffmann et ailleurs encore. Pour l'intelligence du texte, j'ai traité résolument, sauf exceptions où l'équivoque est impossible, « l'ombre » au masculin. De plus, pour faciliter la lecture, j'ai orthographié ombre avec une majuscule à partir du moment où l'ombre première, si je puis dire, du savant s'émancipe. Il y a, en effet, trois ombres au total : celle du savant avant émancipation, la même après émancipation (alors pourvue d'une majuscule) et celle qui « repousse » au savant.

Page 168.

1. C'est l'ouvrage de Chamisso indiqué plus haut.

Page 171.

1. Jeu de mots encore : le rebord d'un chapeau se dit *skygge,* soit le même mot qu' « ombre ».

La Petite Fille aux allumettes

Page 181.

Publié dans *Nouveaux contes,* deuxième volume, deuxième recueil, 1848. Il n'est pas nécessaire d'insister sur la popularité extrême de ce conte. Fait intéressant, c'est le seul qui soit inspiré directement d'une gravure. En effet, un certain A. C. Flinch avait envoyé à Andersen une lettre contenant trois images sur lesquelles il exhortait l'écrivain à écrire des histoires. Andersen avait choisi le dessin de J. Th. Lundbye représentant une petite fille qui tend un paquet d'allumettes, soufrées, bien entendu (les allumettes soufrées, inventées dans les années 1830, constituaient une nouveauté. Leur vente servait d'alibi aux mendiants, la mendicité étant interdite). Un chercheur danois a suggéré qu'il pourrait y avoir dans ce conte un souvenir de la mère d'Andersen; elle avait raconté à son fils comment, petite, elle avait été obligée de mendier, mais elle s'y était refusée, était restée sous un pont de la rivière d'Odense (la ville natale de l'écrivain) en pleurant : « Je n'ai jamais pu demander quelque chose à quelqu'un. Assise comme j'étais là sous le pont, j'avais tellement faim; je trempai alors mes doigts dans l'eau et me mis quelques gouttes sur la langue, parce que je croyais que cela aiderait. Finalement, je m'assoupis et dormis jusqu'au soir. Puis je rentrai à la maison et quand ma mère vit que je ne rapportais rien, elle me gronda fort et dit que j'étais une stupide gamine. » Le thème des visions qu'a en rêve un enfant mourant est orchestré en majeur dès le tout premier poème célèbre d'Andersen, « L'Enfant mourant » (1827).

Le Lin

Page 185.

Publié dans les *Contes illustrés par Vilhelm Pedersen,* 1849. C'est à l'évidence une contrepartie ou une réponse au «Sapin». Sans doute a-t-il été écrit pour faire pièce aux accusations que l'on portait contre Andersen : égocentrisme, incapacité à jouir de l'instant présent, besoin constant de nouveauté, perpétuelle insatisfaction.

Sous le saule

Page 191.

Paru dans *Histoires,* deuxième recueil, 1852. Les titres ont changé au cours de sa genèse : « Le Compagnon cordonnier de Kjøge », « Mère Sureau et Père Saule », « Le Couple de pain d'épice », « Demandez au saule, demandez au sureau en fleur ». Le côté autobiographique est évident : Johanne est la cantatrice suédoise Jenny Lind (voir notes au « Rossignol », *supra*), le thème du prétendant éconduit est banal dans les œuvres d'Andersen (ainsi dans d'autres contes comme « Ib et la Petite Christine » ou « Ce que racontait la vieille Johanne »). Intéressant est le rôle joué par les arbres, sureau et surtout saule : ils tiennent une place centrale dans l'inspiration de ce Scandinave.

Page 198.

1. Un compagnon n'était pas nécessairement inféodé à une guilde. En ce cas, il était à son compte — c'était le cas du père d'Andersen —, mais il ne pouvait avoir de collaborateurs patentés.

Page 200.

1. C'est, selon *Le Conte de ma vie,* ce qu'aurait dit Jenny Lind à Andersen, à Noël 1845.

Page 202.

1. Tout ce qui est dit de Nuremberg et des autres villes évoquées ici a été vu par Andersen : il se sert des notes qu'il avait prises, dans son *Journal,* lors d'un voyage en 1852.

Page 203.

1. Citation d'un poème de Johanne L. Heiberg, « Un dimanche à Amager ».

Page 205.

1. Arena est le nom d'un cirque où Andersen s'est rendu en 1852.
2. Le grand Opéra est la Scala de Milan.

Page 208.

1. Andersen note parfois qu'on lui reproche sa passion immodérée des voyages et qu'il ne se montre pas Danois en agissant de la sorte.

Page 209.

1. On rapprochera cette fin de celles de *Rien qu'un violoneux* et, surtout, de « La Petite Fille aux allumettes ».

Hans le Balourd

Page 210.

Extrait de *Histoires illustrées par Vilhelm Pedersen,* 1855. Il s'intitulait d'abord « Une histoire de nourrice ». C'est, une fois n'est pas coutume, un authentique conte populaire auquel Andersen songeait depuis plus de dix ans (il en est déjà question dans « Le Sapin »). Il faut comprendre le sous-titre comme : « une vieille histoire populaire, ici racontée d'une façon nouvelle ». C'est une histoire connue de tous nos folklores, dans sa version danoise : « Comment clore le bec à la princesse ». Rien ne s'oppose à ce qu'Andersen l'ait entendue, enfant. Le côté totalement absurde de bon nombre de détails ne peut manquer de frapper : Andersen nourrissait une visible prédilection pour ce genre, du reste abondamment illustré, de nos jours encore, par les Danois, en particulier par l'école dite absurdiste (Peter Seeberg, Villy Sørensen, Leif Panduro entre autres).

Page 213.

1. Le tuyau des anciens poêles de faïence comprenait un cylindre destiné à faciliter l'évacuation de la fumée. Il en est également question dans « La Bergère et le Ramoneur ».

Page 214.

1. Il s'agit d'une bande d'étain — en réalité de fer-blanc — qui courait le long du sabot pour le consolider.

Ib et la Petite Christine

Page 216.

Tiré du même recueil que le conte précédent. Il a été écrit au domaine de Silkeborg, qui appartenait à l'ami d'Andersen, Michael Drewsen. Le texte est plein de détails qui renvoient directement à ce domaine. Le thème des amis d'enfance, petit garçon et petite fille, qui sont amoureux l'un de l'autre, mais que trahit la jeune fille, est récurrent dans l'œuvre. Comparez avec «Sous le saule». La fin, toutefois, est ici heureuse, chose rare.

Page 218.

1. M. Drewsen fonda une usine qui donna lieu à la naissance d'une petite ville, à partir de 1844.

Page 223.

1. Them est une bourgade située à dix kilomètres au sud de Silkeborg.

Page 225.

1. Funder est à trois kilomètres au sud-ouest de Silkeborg.

Page 227.

1. Allusion possible à la légende de la vierge du marécage de Bjærup « qui naviguait sur le lac, perdit son anneau d'or et, en conséquence, maudit le lac. Alors, du fond noir, la vase déferla et, en un instant, le lac devint marécage » (Andersen, *Silkeborg,* dans ses *Œuvres complètes*).

« Elle n'était bonne à rien »

Page 231.

Extrait du même recueil que le conte précédent. Ce conte aurait été inspiré par un événement authentique et aurait pour but de fustiger la manie de juger autrui. Le personnage principal n'est autre que la mère d'Andersen : elle aussi devait laver le linge dans la rivière d'Odense, elle aussi s'adonnait aux boissons fortes.

Page 236.

1. La scène serait reprise d'un fait réel : la mère d'Andersen aurait subi une tentative de séduction, avec promesse de lui donner de l'argent, de la part d'un jeune pasteur! Elle aurait rapporté immédiatement les faits à son mari qui se serait, naturellement, mis en colère. La scène aurait fortement impressionné le petit Hans Christian.

Page 237.

1. Les parents d'Andersen se marièrent à la Chandeleur de 1805.

Deux demoiselles

Page 241.

Tiré du même recueil que les trois contes précédents. Dans sa brièveté, ce conte est une réussite à tous égards, tant pour l'habileté extrême avec laquelle Andersen jongle avec les mots (et la chance veut que « demoiselle » ou « mouton » se prêtent, tant en danois qu'en français, aux mêmes équivoques!) que par les allusions, assez rares dans l'œuvre, à des événements d'actualité qu'il satirise allégrement.

1. Le féminisme commençait, sur des incitations anglaises et françaises, à gagner la Scandinavie. Au Danemark, il était d'actualité depuis la publication, en 1851, du livre de Mathilde Fibiger : *Clara Raphael. Douze lettres,* qui avait déclenché une vive querelle.

Page 242.

1. Il s'agit bien du « mouton », « lourde masse de fer ou de fonte employée pour le battage des pieux, des pilotis sur les chantiers de construction » *(Grand Robert).*

2. Allusion à la menace qui pesait sur les duchés de Schleswig et de Holstein. Dans sa campagne électorale de 1853, le gouvernement Bluhme s'était engagé à faire respecter les promesses passées par le gouvernement et le roi en 1851 et 1852, selon lesquelles la monarchie danoise était constituée de trois parties : le Danemark proprement dit, le duché de Schleswig et le duché de Holstein Launburg. L'argument brandi par le gouvernement Bluhme était « la nécessité européenne », c'est-à-dire la nécessité de se plier aux accords passés avec les nations européennes.

Le Dernier Rêve du vieux chêne

Page 244.

Tiré de *Nouveaux contes et histoires,* première série, premier recueil, 1858. Le sous-titre ne doit pas donner à penser qu'Andersen a voulu écrire un *Christmas Carol,* à la Dickens. Il ne vaut que pour le ton et l'atmosphère religieuse.

Page 251.

1. Extrait d'un cantique de H. A. Brorson, *En ce suave temps de Noël* (1739).

Une histoire des dunes

Page 252.

Ce long conte fut publié dans *Nouveaux contes et histoires,* première série, quatrième recueil, 1859. Andersen avait toujours eu envie de connaître le Jutland, il y passa l'été de 1859 et fut fortement impressionné. Il s'est inspiré d'œuvres du grand poète romantique danois St. St. Blicher et, scrupuleux comme il le fut toujours, il a minutieusement lu et annoté divers ouvrages de géographie dont on retrouve sans peine les traces dans son récit. Du point de vue philosophique, ce texte est intéressant pour sa méditation sur une possible vie après la mort. On relèvera aussi, avec intérêt, la science de la composition, la permanence, en particulier, de quelques images ou métaphores obsédantes qui assurent la continuité de l'écriture : voyez, par exemple, ce qui concerne le sable des dunes de Skagen (à la pointe nord du Jutland). Très savante également, la composition « en abyme » qui suscite force épisodes apparemment adventices.

Page 254.

1. Évangile selon Jean, XIV, 2.

Page 255.

1. La ballade héroïque en question est une *folkevise* médiévale, genre extrêmement populaire au Danemark jusqu'à nos jours. Elle ponctue tous les temps forts de l'histoire dont elle constitue, en quelque sorte, la basse continue.

Page 261.

1. Vers 1350, un puissant seigneur, Niels Bugge (mort en 1359), s'opposa au pouvoir royal et fut surnommé le roi Bugge. Il fut assassiné.

Page 264.

1. C'est un marchand ambulant comme il y en avait beaucoup à l'époque d'Andersen encore.

Page 267.

1. Loki est le dieu du mal dans la mythologie scandinave ancienne. Il existait un dicton en Jutland : « Là où Loki mène son troupeau, les forêts poussent. »

2. S'il n'est pas contestable qu'il ait pu y avoir des loups dans cette région, l'étymologie proposée par Andersen (Ulvborg = « Forteresse des loups ») est fausse; il faut probablement lire un ancien Ulborg, « Forteresse du hibou ».

Page 273.

1. Probablement parce qu'il fait rimer *jyde* (jutlandais) et *gryde* (marmite).

Page 279.

1. Il s'agit d'Anna Margrethe Sørensdatter (v. 1720-1794) : elle n'a jamais été mise en prison à Nørre-Vosborg, mais à Viborg, et les accusations ne sont pas fondées. Andersen doit utiliser des récits entendus sur place.

Page 280.

1. Herman Frantz von Schwanewede (1637-1697) — qu'Andersen orthographie Svanwede —, officier supérieur, fut au service de la Suède, puis du Danemark. Il acheta Nørre-Vosborg en 1687. De nombreuses légendes, certaines sinistres, restaient attachées à sa mémoire.

2. Andersen suit ici Thiele, qui publia de très célèbres *Légendes populaires du Danemark* (1843-1860) : Hendrik de Leth posséda Nørre-Vosborg de 1745 à 1754. Il ne connut pas de repos dans sa tombe à cause de sa dureté de son vivant. Chaque nuit, il menait carrosse attelé de six chevaux noirs, « en outre, il se faisait que le chien de garde attaché au pont était retrouvé chaque matin pendu à sa chaîne par-dessus le parapet ».

3. Évocation rapide de l'espèce de jacquerie suivie de passation de droits qui eut lieu entre 1670 et 1700.

Page 283.

1. Andersen reprend ici une histoire racontée par son compatriote Saxo Grammaticus dans ses *Gesta Danorum* (vers 1200). Les Lombards y étaient censés provenir du Danemark. En fait, il est probable que c'étaient plutôt des Norvégiens et que leur nom ne signifie pas « longues barbes » (*longobardi* chez Saxo) mais porteurs de hallebardes à fer long.

Page 287.

1. Un roi anglais nommé Angel ou Amled aurait débarqué près de Bovbjerg et se serait embourbé dans le fossé de Ramme. Il aurait été enterré sous un tertre dit Angelshøj (tertre d'Angel). Andersen a donc accepté l'identification, proposée par Thiele, d'Angel à Amled (Hamlet). Ce récit n'a strictement rien à voir avec la page où Saxo Grammaticus nous parle d'Amlethus, qui est la source de Belleforest et, par l'intermédiaire de ce dernier, de Shakespeare. L'expression « une ancienne chronique » est confondante et l'on voit mal ce que veut dire Andersen qui, d'autre part, note exactement la même chose dans son *Journal* du 22 août 1859.

Page 292.

1. Psaume CXLV, 9.

Page 296.

1. L'église Saint-Laurent, constamment menacée de se trouver enlisée sous le sable apporté par le vent, fut démolie en 1795, à l'exception de son clocher qui demeura, pour servir de repère aux marins. Andersen invente.

Le Bousier

Page 297.

Paru dans *Nouveaux contes et histoires,* deuxième série, premier recueil, 1861. L'inspiration en est venue à Andersen en lisant un numéro de la revue anglaise *Household words,* où Dickens, grand amateur de proverbes et dictons arabes, avait signalé celui-ci : « Quand on vint ferrer les chevaux du pacha, le scarabée tendit la patte », et Dickens ajoutait : « C'est délicieux, nous le recommandons à l'intention de Hans Christian Andersen. » Une grande amitié liait, en effet, l'écrivain anglais et le Danois (au cours d'un voyage, Andersen alla loger chez Dickens) et le conteur mit le conseil à exécution. On se rappelle que le bousier est un scarabée qui se nourrit d'excréments.

Page 303.

1. Traduction libre d'une strophe tirée d'*Aladdin,* pièce du grand poète romantique danois Œhlenschläger (1802).

La Vierge des glaces

Page 307.

Ce très long conte — le plus long de tous ceux d'Andersen — a paru dans *Nouveaux contes et histoires,* deuxième série, deuxième recueil, 1861. Son élaboration a été longue, il est né lors d'un voyage en Suisse, en 1861. Il devait d'abord s'intituler « Le Chasseur des Alpes », puis « Le Nid d'aigles » et n'était initialement conçu que comme « un petit récit » selon une lettre écrite à l'écrivain danois romantique, ami de l'auteur, Ingemann. Dans une autre lettre au même destinataire, Andersen précise qu'il veut y dépeindre « la force naturelle meurtrière qui habite les gouffres profonds et les saillies de glaciers ». Il est clair que ce long morceau (Andersen parle de lui non comme d'un « conte » — *eventyr* — ni d'une « histoire » — *historie* — mais d'un « récit » — *fortælling* —) est resté longtemps sur le métier : il constitue une sorte de synthèse de deux contes apparentés sur le fond comme pour la forme, « Une histoire des dunes » (*supra* p. 252) et « La Reine des neiges ». La mort des fiancés repose sur un fait réel que l'on aurait rapporté à Andersen lors de son séjour en Suisse. Cette très belle et longue histoire ne manquera pas d'attacher par son pathétique retenu, et aussi par telle invention réussie comme le personnage du Vertige, encore qu'il ait pu être inspiré par la Lorelei à laquelle H. Heine avait fait une fortune. Comme pour tant d'autres œuvres qui se déroulent en des pays que le grand voyageur Andersen avait visités (pensons à l'Italie dans *L'Improvisateur*), l'auteur ne résiste pas à la passion de nous livrer une sorte de petit guide touristique : le fait est qu'il avait acheté le guide Baedecker de la Suisse et qu'il puise abondamment aussi dans les notes qu'il avait prises dans son *Journal*! Notons que le Schreckhorn atteint 4 078 mètres et le Wetterhorn, 3 708.

Page 311.

1. Fidèle à ses habitudes, Andersen a voulu rendre les cris des oiseaux par une onomatopée : « Nous et vous » se dit, en danois, *Vi og I!*

2. Le Staubbach est une cascade de 300 mètres de hauteur, dans le Lauterbrunnenthal.

3. Le Sommet de la Vierge (Jungfrau) est haut de 4 166 mètres.

Page 312.

1. Preuve du fait que ce texte a maintes fois été retravaillé, Andersen commet ici, chose rare, un oubli : les pages qui précèdent ne donnent pas ce détail, vestige d'une version antérieure.

2. Le Gemmi : col des Alpes bernoises, 2 329 mètres.

Page 315.

1. Variante d'une fable d'Ésope.

Page 330.

1. C'est la fin d'une sorte de comptine qui se trouve dans *Les Légendes populaires du Danemark* de Thiele.

Page 335.

1. Il s'agit d'un proverbe italien : « Dieu nous donne les noix, mais il ne les casse pas pour nous. »

Page 371.

1. Le guide relié de rouge est le Baedecker, voyez ici plus haut.

L'Escargot et le Rosier

Page 373.

Tiré du même recueil que le conte précédent. Il se peut qu'il soit inspiré de personnages qu'a bien connus Andersen, dont l'un se situait plus haut que les autres hommes parce qu' « il travaillait à son

L'Estropié

Page 417.

Tiré des *Nouveaux contes et histoires,* troisième série, deuxième recueil, 1872. Le conte du bûcheron et de sa femme sort d'un recueil de Mme de Beaumont (« La Femme curieuse », traduit en danois en 1843). Le thème du « péché originel », on dit « capital » en danois, est déjà traité dans un autre conte, « Le Jardin de Paradis ». Ce conte se fonde sur des événements réellement vécus par Andersen (histoire de l'idiot qui réconforte ses parents malheureux en leur racontant une belle histoire qu'il a lue, personnage de l'estropié(e) qu'il a effectivement rencontrée).

Page 419.

1. C'est la deuxième strophe d'un cantique de H. A. Brorson (*Livre des cantiques danois,* n° 12).

Page 425.

2. C'est un récit populaire danois.

DOSSIER

Impression Maury-Imprimeur
45330 Malesherbes
le 14 octobre 2011.
Dépôt légal : octobre 2011.
1er dépôt légal dans la collection : mai 1994.
Numéro d'imprimeur : 168468.

ISBN 978-2-07-038786-1. / Imprimé en France.

239922